HEYNE ‹

Das Buch

Es ist Herbst, als Magali einen Anruf von ihrem Vater erhält. Er lädt sie und ihre Schwestern ein, Weihnachten bei ihm zu feiern. Magali ist fassungslos; seit dem Tod der Mutter vor vielen Jahren war der Vater ihnen allen eine ferne und eher kalte Instanz. Ihre Schwestern sind genauso überrascht wie sie und gehen höchst widerwillig auf diese Idee ein. Jede von ihnen hat eigene Erinnerungen an ihre strahlende, vor Energie sprühende Mutter, die viel zu früh starb, und an den strengen, nie zufriedenen Vater. Als sie bei ihm ankommen, können sie ihren Augen nicht trauen; das vernachlässigte alte Haus ist aufs Schönste dekoriert und geputzt, und auch ihr Vater ist ganz verändert. Als alle um den Tisch versammelt sind, erklärt er ihnen endlich, was all die Jahre zwischen ihnen stand.

Die Autorin

Kate Defrise wuchs in den USA auf und verbrachte die Sommerferien ihrer Kindheit in Belgien. Hier lernte sie, dass gutes Essen die Basis für ein gutes Leben ist. Sie studierte Übersetzung und lebte zeitweilig in Belgien und Frankreich. Heute lebt sie mit ihrem Mann, zwei Töchtern und einer Katze in San Diego.

Kate Defrise

Winter und Schokolade

Roman
Deutsch von Julia Walther

WILHELM HEYNE VERLAG
MÜNCHEN

Die Originalausgabe
CHRISTMAS CHOCOLAT
erschien bei Kensington Publishing Corp.

Verlagsgruppe Random House FSC® N001967
Das für dieses Buch verwendete FSC®-zertifizierte Papier
Holmen Book Cream liefert Holmen Paper, Hallstavik, Schweden.

Deutsche Erstausgabe 11/2015
Copyright © 2015 by Kate Defrise
Copyright © 2015 der deutschsprachigen Ausgabe by Wilhelm Heyne
Verlag, München, in der Verlagsgruppe Random House GmbH
Printed in Germany 2015
Umschlaggestaltung: Eisele Grafik-Design, München
Umschlagabbildung © emilysteffen.com
Redaktion: Céline Genschke
Satz: Fotosatz Amann, Memmingen
Druck: GGP Media GmbH, Pößneck
ISBN: 978-3-453-41895-0

1

Magali

Manche Familien züchten seit Generationen Pferde. Andere bewirtschaften traditionell ihre Ländereien. In meiner belgischen Familie dagegen gibt die eine Generation an die nächste das kostbare Wissen weiter, wie man ein perfektes Omelett und eine exzellente Vinaigrette zubereitet, während man gleichzeitig an einem Aperitif nippt und den zum Essen passenden Wein aussucht. Wenn man gerne isst, und das mit Stil, dann ergibt sich alles Weitere.

Mochten die Teller auch angeschlagen sein und das Geschirr nicht zusammenpassen, Hauptsache, man hatte nach dem Essen das Gefühl, nicht nur gut, sondern *vorzüglich* gegessen zu haben. Und das galt ganz besonders für Weihnachten. Das war schon immer so gewesen. Unsere Mutter hatte meinen Schwestern und mir all ihre Tricks und Kniffe beigebracht. Es wurde gerührt und gebraten, geschmort und sautiert. Dann wurde eingekocht, abgelöscht, wir schlugen Butter schaumig, Eiweiß zu Schnee, Schlagsahne steif und uns selbst die Nächte um die Ohren, bei dem verzweifelten Versuch, Maman am Leben zu erhalten.

Als sie starb, fiel unsere Familie in sich zusammen wie ein missglücktes Soufflé.

Als ich meine Töchter zur Schule gebracht hatte und wieder nach Hause kam, schwanden beim Anblick der Berge schmutzigen Frühstücksgeschirrs meine morgendlichen Vorsätze dahin. Dafür brauchte ich also mein *Grand Diplôme* vom *Institut Culinaire* in Lyon? Die Spülmaschine musste ausgeräumt und alles in meinen viel zu kleinen Küchenschränken verstaut werden, wo sich das Geschirr gefährlich hoch stapelte. Ich trommelte mit den Fingern gegen den Kaffeebecher, doch meine Nägel waren zu kurz, um ein Geräusch zu machen. Wenn ich das Kapitel über Hauptgänge für das Festtagsmenü heute Vormittag nicht abschloss, würde ich meinen Abgabetermin niemals einhalten können.

Wie immer hatte Charlotte, meine Vierjährige, zwei Löffel in Milch eingeweichte Rice Crispies auf den Boden verteilt, die arme Katze sollte ja nicht leer ausgehen. Diese freute sich zwar darüber, ließ aber immer ein bisschen was übrig. Charlottes große Schwester Elly behauptete, damit würde die Katze die Maus füttern, die sie sich als Haustier hielt. Eine Fantasiemaus, wie ich schwer hoffte. Hex-hex …

Oh, Gute Fee, es macht mir überhaupt nichts aus, nicht auf den Ball zu gehen, sondern zu Hause zu bleiben. Ich wünsche mir nur jemanden, der sich um die Küche, die Wäsche und das Putzen kümmert. Gute Fee, ich schwöre, dass diese magische Putzhilfe auch genug zu essen bekommt – hervorragendes Essen, um genau zu sein. Er oder sie darf sich auch gerne jederzeit in einen Kürbis verwandeln, um sich auszuruhen, oder um die Häuser ziehen und sich mit Kürbisschnaps volllaufen lassen oder auf was auch immer Zauberwesen heutzutage eben so stehen.

Sollte ich mich zuerst an die Arbeit setzen oder zuerst den Abwasch erledigen? Das Telefon klingelte und traf damit für mich die Entscheidung. Ich klemmte den Hörer zwischen Ohr und Schulter – eine tolle Stretching-Übung, solange ich nicht vergaß, die Seite zu wechseln, bevor die Muskeln und Sehnen hart wie Zement wurden. Dann würde ich den ganzen Tag in dieser Position verharren müssen, was an sich keine schlechte Haltung ist, wenn man im Ofen nach dem Braten sehen oder charmant fragend dreinschauen möchte – ein Gesichtsausdruck, der mir seit meinem achten Lebensjahr nicht mehr gelang. »Ja, hallo?«

»Ich bin's.«

Mein Vater. Ich sah ihn vor mir, schon vor dem Frühstück perfekt gekleidet. Eine dunkelgraue Hose, ein gebügeltes hellgraues Hemd, ein dunkelblauer – nein, wohl eher ein *schiefergrauer* Pullover mit V-Ausschnitt. Seine Socken schwarz und die Schuhe mittelgrau. Sein Haar, immer noch voll, ebenfalls grau wie der Himmel im November und akkurat gekämmt. Sogar seine Augen waren grau. Mein Vater war eine Erscheinung wie aus einem Schwarz-Weiß-Film.

Als wir klein waren, spielten meine ältere Schwester Jacqueline und ich auf dem Heimweg von der Schule oft »Was hat Daddy an«. Ich stattete ihn stets mit ein wenig mehr Farbe aus, mit einem Schuss Schrulligkeit. Jacqueline gewann fast jedes Mal. Elegant bis hin zu seinen sorgfältig gefeilten Fingernägeln und den polierten Lederschuhen. Sogar sein Atem roch klassisch nach edlem Courvoisier Cognac und Zahnpasta mit Pfefferminzgeschmack.

Ich trat auf die Spur aus Rice Crispies, die inzwischen auf dem grün-gelb gemusterten Linoleum festklebte, und öffnete die Klappe der neuen Geschirrspülmaschine aus Edelstahl, die ich mir geleistet hatte, als ausgerechnet aus Australien ein Tantiemen-Scheck, mit dem ich nicht gerechnet hatte, eingetrudelt war.

»Hallo, Daddy.« Vor lauter schlechtem Gewissen war mir ganz elend.

»Geht es dir gut?«

»Ja, und was ist mit dir?«

»Das Übliche. Und die Kinder?«

Ich lachte. »Auch das Übliche. Elly sollte neulich einen Gegenstand mit in die Schule bringen und dann etwas darüber erzählen. Sie hat sich für ihre Babyschuhe entschieden und schwört, sie würde sich noch daran erinnern, wie sie in ihnen das Laufen gelernt hat. Wobei das bei ihrem guten Gedächtnis sogar sein kann. Und Charlotte hat beschlossen, dass ihre neue Lieblingsprinzessin Feewittchen heisst. Die Schwester von Schneewittchen. Für die sich aber natürlich niemand interessiert.« Ich schluckte. *Vorsicht, Gali.*

»Und ihre Lieblingsfarbe ist nicht mehr Gelb. Jetzt trägt sie nur noch Grün. Heute sah sie aus wie ein Weihnachtself mit Zöpfen.« Ungefährlicheres Terrain.

Er lachte leise. Die Geschichten über meine Kinder bot ich ihm auf einem Silbertablett an, in der Hoffnung auf echte Anerkennung, obwohl mir klar war, dass wir seinen Erwartungen niemals genügen würden. *Warum kannst du nicht so wie deine Schwester sein?* Er sprach es zwar nie aus, aber ich wusste genau, dass er so dachte.

»Hast du dir schon Gedanken über die Feiertage gemacht?«

Am fünfzehnten Oktober, dem Tag nach dem Kolumbus-Tag, startete für ihn die Feiertagssaison. Thanksgiving verbrachte er jedes Jahr in Belgien bei Mamans Familie und meiner Schwester Jacqueline – obwohl dort eigentlich gar kein Thanksgiving gefeiert wurde –, aber Weihnachten gehörte nur mir. Darum konnte ich, Schuldgefühle hin oder her, der Versuchung nicht widerstehen, ihn ein wenig zappeln zu lassen:

»Ich weiß noch nicht, als was ich mich verkleiden werde, aber Elly geht zu Halloween als Wendy aus *Peter Pan*, und Charlotte natürlich als Feewittchen.«

Sollst ruhig ein bisschen schmoren, oh du mein eleganter Vater, der direkte Fragen gerne vermeidet.

»Maggie.« Niemand außer ihm nannte mich Maggie. Das funktionierte wie eine Zeitmaschine: Sofort war ich wieder das sechsjährige Mädchen, das seinen Erwartungen nicht genügte. Für alle anderen war ich Gali, mit Ausnahme meiner Patentante, die mich Magali nannte, und dem Einwohnermeldeamt. Ich wickelte eine Haarsträhne um den Zeigefinger, ließ sie dann wieder los.

»Na gut, Daddy. Weihnachten. Schieß los«, fuhr ich ihn fast bellend an und spürte, wie ich dabei herrisch wurde und einen militärischen Ton anschlug. *Lieutenant, wir müssen diesen Hügel einnehmen, verstanden?* Ich schob einen Stapel Teller in den Schrank.

»Was machst du denn da? Wenn du beschäftigt bist, kann ich auch später noch mal anrufen.«

Beschäftigt? Ich? »Äh, nein, Daddy. Die Katze hat bloß ihren Futternapf umgeworfen.«

»Hmpf.«

Na toll. Jetzt fand er bestimmt auch noch meine Katze tollpatschig.

»Ich glaube, ich würde dieses Jahr gerne Weihnachten hier bei mir feiern.«

»Bei dir zu Hause?« Wie erstarrt blieb ich mit einem Glas in der Hand auf halbem Weg zwischen Spülmaschine und Regal stehen.

»Ja. Hier, wo ich wohne. Sei doch nicht so schwer von Begriff, Maggie.«

Ich stellte das Glas ab und setzte mich. »Bist du sicher? Du weißt, wir können gerne hier feiern. Oder bei Tante Solange.« Mein Herz klopfte.

»Nein, deiner Patentante geht es nicht gut. Wir werden ihr keine Arbeit machen.«

Gut, das war in Ordnung. Aber wir konnten doch nicht – nicht in dem Haus, in dem wir aufgewachsen waren. Nicht, nachdem Maman für immer fort war. »Ihr seid bei mir herzlich willkommen. Und seit wir den Anbau über die hintere Terrasse gemacht haben – den hast du ja noch gar nicht gesehen – mit dem tollen Kamin, gibt es jede Menge Platz.« Ich sprach viel zu schnell. *Tief durchatmen.*

»Nein«, antwortete er. Wie immer duldete er keine Wiederrede. Wie konnte er von uns verlangen, Weihnachten in unserem alten Zuhause zu feiern?

»Nur die Familie?« Ich fragte mich, ob seine aktuelle Freundin wohl mit uns feiern würde. Wie hieß sie noch gleich? Lisa, Lia, nein, *Leah*. Es war nicht ganz einfach, auf dem Laufenden zu bleiben. Seit Mamans Tod hatte es in seinem Leben zwei Ehefrauen und dazwischen eine Lebensabschnittsgefährtin gegeben, wie er sie nannte. Danach hatte er über einige Jahre wechselnde Freundinnen gehabt, und jetzt gab es da eine neue Frau an seiner Seite. Geheiratet hatte er sie noch nicht.

»Nur die Familie. Ich erwarte, dass dieses Jahr *alle* meine Kinder zu Weihnachten nach Hause kommen.«

Wie bitte? Alle? Aber das war unmöglich. »Aber wie …«

»Maggie, es ist wichtig. Hast du das verstanden? Ich verlasse mich darauf, dass du deine Schwestern und deinen Bruder einlädst. So etwas kannst du gut. Und natürlich werdet ihr Mädchen mir beim Kochen helfen.«

Verflucht! Also doch. Vielleicht wollte er Leah der Familie vorstellen, bevor er sich in eine weitere Runde Eheglück oder -unglück stürzte.

»Natürlich. Daddy, hör zu, ich bin hier eigentlich gerade ziemlich beschäftigt. Kann ich dich später zurückrufen?«

»Womit denn?«

»Ich muss arbeiten.«

»Arbeiten?«

»Du weißt doch, was ich beruflich mache.«

»Ach, ja, die Kochbücher.«

Daddy war nicht sonderlich stolz auf das, womit ich mein Geld verdiente. Das war nichts Neues. Er fand meine kleinen populären Kochbücher albern. Aber die *Hopeless in the Kitchen*-Serie bezahlte eine Menge Rechnungen, auch wenn sie mir in den Augen meines Vaters keine große Anerkennung einbrachte. Mit meinen Sammlungen witziger Anekdoten, die ich mit Kochrezepten kombinierte, wollte ich die Leute von ihren Mikrowellen weglocken und dazu ermuntern, sich kreativ in der Küche auszutoben. Sie sollten Erinnerungen kreieren und Traditionen schaffen.

»Ich ruf dich zurück.« Hoffentlich merkte er nicht, wie meine Stimme zitterte. Ich zwang mich, dabei zu lächeln, denn von meiner Freundin Syd wusste ich, dass man ein Lächeln sogar durchs Mikrofon oder Telefon hören kann. »Denk dran, bevor wir wegen Weihnachten irgendetwas entscheiden, dass das immer ein Riesenaufwand ist. Mit den Kindern, dem ganzen Chaos und so.«

»Ich weiß genau, was es bedeutet, ein Weihnachtsfestessen auszurichten. Und die Entscheidung ist schon gefallen. Jetzt will ich dich aber nicht länger von deiner Arbeit abhalten. Auf Wiederhören, Maggie.«

Kaffee, mehr Kaffee blinkte es wie eine Leuchtschrift vor meinen Augen. Ich griff nach der Kanne.

Dann setzte ich mich an den Schreibtisch, den ich in einer Ecke meiner Küche eingerichtet hatte, und klappte meinen Küchen-Mac auf.

Wie konnte er bloß erwarten, dass ich meine Schwestern – ganz zu schweigen von meinem kleinen Bruder – zu Weihnachten heim nach Pennsylvania holte? Ich trommelte mit den Fingern auf die Tischplatte. Es war nicht so, dass wir uns nie trafen. Aber die ganze Familie? Noch dazu in unserem Elternhaus? Das hatte es nicht mehr gegeben, seit … nun ja, seit Mamans Beerdigung. Dazu kam, dass Colette sich seit Jahren davor drückte, nach Hause zu fahren. Zu wenig Geld, so redete sie sich immer raus. Dafür musste dann immer ich zu ihr nach Kalifornien fliegen. Und Jacqueline? Sollte Weihnachten nicht in Belgien verbringen? Wahrscheinlich hatte sie einen Auftritt oder so was in der Art. Außerdem würde sie unsere Großmutter niemals über die Feiertage alleine lassen. Ich warf einen

Blick auf die Uhr. Auf gar keinen Fall würde ich mich mit dieser Geschichte alleine hier herumschlagen. Wen sollte ich zuerst anrufen?

Als ich nach dem Telefon griff, fiel mir ein, dass Colette vermutlich noch schlief. Meinen Anruf würde ich so timen müssen, dass ich sie nach dem Aufstehen erwischte, aber noch bevor sie an den Strand oder zum Inline-Skaten ging oder was auch immer man in San Diego so machte.

Jaqueline würde sich jetzt gerade für die Oper zurechtmachen. Kein günstiger Zeitpunkt, um mit ihr zu sprechen.

Eine graue Wolke, in exakt demselben Farbton wie die Garderobe unseres Vaters, senkte sich auf mich herab. Ich räumte die restlichen Teller in den Schrank. Es gab nichts, was ich jetzt sofort wegen Daddys Bitte unternehmen konnte. Wobei es sich im Grunde eher um einen Befehl handelte. Einen Ruf an den Hof. Sehr majestätisch. Vielleicht würden hochoffizielle Einladungen Wirkung zeigen.

Ich seufzte. Dann wandte ich mich wieder dem Computer zu und konzentrierte mich auf einen Text, in dem es darum ging, wie man mit einem Metzger Freundschaft schließt, statt eingeschweißtes Fleisch im Supermarkt zu kaufen. Mit dem konnte man sich schließlich kaum anfreunden, wenn man nicht gerade ein Außerirdischer ist und mit Kunstoffverpackunge kommunizieren kann.

Das Klingeln des Telefons unterbrach meinen Gedankenfluss. Vielleicht war es Colette, auf deren sechsten Sinn immer Verlass war.

Doch es war Ana, meine Literaturagentin, die sich mit mir zum Mittagessen treffen wollte. Ich hatte mich schon gefragt, wann sie mich wohl zurückrufen würde. In den vergangenen Wochen hatte ich ihr mehrere Nachrichten hinterlassen und fühlte mich langsam ein bisschen vernachlässigt, was wahrscheinlich der Beweis dafür war, dass ich die innere Reife eines trotzigen Erstklässlers hatte. Wir verabredeten uns für den nächsten Tag.

Während der letzten Monate hatte sie sich irgendwie seltsam verhalten. Jetzt würde ich endlich erfahren, warum sie so geheimnisvoll getan hatte.

Ana glaubte an meine Bücher. Sie war überzeugt davon, dass die Menschen sie brauchten, weil die Welt, in der wir lebten, uns allem entfremdete. Drive-in, Drive-thru, bestellen, liefern, fertig.

So viele Kinder wachsen bei Müttern auf, für die Kochen bedeutete, eine Tiefkühllasagne im Backofen statt in der Mikrowelle warm zu machen.

Dann gibt es da die anderen Mütter für die Kochen eine todernste Angelegenheit ist. Sie kippen so viel Butter und Sahne in jedes Gericht, dass sich selbst die wunderbare Köchin Julia Child im Grab umdrehen würde. Dann sehen sie, liebenswürdig lächelnd, dabei zu, wie ihre Gäste einen Herzinfarkt bekommen. Sie definieren sich nur darüber, was sie ihren Gästen servieren und wie sie die Teller anrichten. Womit ich natürlich nicht Julia Child meine. Sie ist schließlich eine Göttin.

Der neueste Trend hieß »Knackig-Frisch«. Eine wunderbare Sache. Ich war total dafür, Produkte zu verwenden, die direkt vom Erzeuger kamen, aber es musste eben auch gut schmecken. Und einfach, leicht zuzubereiten und lecker sein.

Das war einer der Gründe, weshalb ich froh gewesen

war, nicht mehr im Restaurant zu arbeiten. Dort verwendete man zu viel Mühe auf die Präsentation der Speisen und darauf, alle Gänge von der Vorspeise bis zum Dessert nach den angesagtesten Koch-Trends zuzubereiten.

Mir blieben immer noch fast zwei Stunden, bevor ich Charlotte vom Kindergarten abholen musste. Ich machte mich an die Arbeit und schrieb den ersten Entwurf des Kapitels fertig. Es fühlte sich gut an.

Dann würde ich eben keinen Nobelpreis bekommen. Für Köche gab es den ja sowieso nicht, dabei dachte ich manchmal, dass es eine Überlegung wert wäre. Schließlich kann ein gutes Essen Frieden stiften.

Ich nahm mir vor, einen Brief an das Nobelpreiskomitee zu schreiben.

Nachdem ich mir zu Mittag einen Rest Ratatouille warm gemacht und an meinem Schreibtisch gegessen hatte, rief ich meine Patentante an, um sie zu bitten, Charlotte am nächsten Tag vom Kindergarten abzuholen. Es fiel mir sehr schwer, obwohl ich Tante Solange heiß und innig liebte. Sie würde garantiert wieder das Medaillon mit der Jungfrau Maria rauskramen, das sie, als Mom krank wurde, in Lourdes gekauft hatte.

Ich cremte mir die Hände ein. An den Narben an meinen Händen und Unterarmen konnte man problemlos die Geschichte jeder Mahlzeit ablesen, die ich in meinem Leben je zubereitet hatte. Dann trug ich noch etwas Lippenstift auf und machte mich auf den Weg. Einen Pullover brauchte ich nicht, so warm, wie es draußen war.

Was sollte ich zu meinen Schwestern sagen, um sie dazu zu bringen, an Weihnachten hierherzufliegen? Vielleicht, dass ich schwanger war? Oder krank? Nein, das war keine gute Idee.

Und Art? Keine von uns wusste, wie wir unseren kleinen Bruder erreichen konnten. Jacqueline nannte ihn früher König Arthur, den angebeteten, lang ersehnten Sohn. Doch bald verwandelte er sich in Artful Dodger: Er verschwand monatelang – manchmal sogar über Jahre – und machte während dieser Zeit unglaublich erfolgreiche Fotos von Kriegsschauplätzen und Naturkatastrophen. Dann tauchte er plötzlich wieder auf, als wäre nichts geschehen. Irgendwann hatte ich mich daran gewöhnt. Doch jetzt gerade wünschte ich mir, ich hätte ihm heimlich einen dieser Mikrochips implantiert, um ihn orten zu können. Dabei hatte ich nicht die leiseste Ahnung, wie man so etwas machte. Aber da gab es sicher Möglichkeiten.

Warum musste ich mich immer um alle Familienangelegenheiten kümmern?

Falls die anderen an Weihnachten nicht kamen, wäre das wieder meine Schuld. Aber wenn ich Erfolg haben sollte, dann verdiente ich den Friedensnobelpreis.

Ich parkte auf dem Kindergartenparkplatz. Vor meinem inneren Auge sah ich alle Geschwister zu Weihnachten einträchtig versammelt.

Meine Laune besserte sich. Morgen würde ich erfahren, was Ana die letzten Monate über ausgeheckt hatte. Ein eisiger Windstoß verursachte mir eine Gänsehaut. Ich hätte doch meinen Pulli mitnehmen sollen. Wann würde ich endlich lernen, dem für diese Jahreszeit ungewöhnlich milden Wetter nicht zu trauen?

Ich parkte vor Anas Haus, damit wir gemeinsam bis zum Restaurant ein paar Schritte gehen konnten. Chestnut Hill, ein Viertel im Nordwesten Philadelphias, sah aus, als wäre es direkt einem Bilderbuch entsprungen.

Ana wartete bereits vor der Tür, das Gesicht den warmen Oktobersonnenstrahlen entgegengestreckt. Es war wieder einer jener trügerischen Tage, die einen in Versuchung bringen, ohne Mantel aus dem Haus zu gehen. Die Sonne schien fast zu grell von einem Himmel, dessen Blauton einen an den Sommer denken ließ, obwohl es schon längst Herbst war. Die Blätter des Ahorns leuchteten blutrot mit dem Orange, dem Gold und Braun der Kastanien und Eichen um die Wette. Da und dort blitzten dunkelgrüne Fichten hervor, die schon bald, geschmückt mit der Weihnachtsbeleuchtung, funkeln würden Jetzt wurden sie von den farbenfrohen Laubbäumen überstrahlt.

»Es ist wirklich perfekt, dass du hier wohnst«, stellte ich fest.

»Wie wäre es mit einem ›Hallo, Ana, wie geht's dir, was für ein herrlicher Tag‹? Du weißt schon, das, was normale Menschen so zueinander sagen, wenn sie sich begrüßen.« Sie lachte.

»Ja, natürlich, bitte entschuldige, das meinte ich doch auch.«

»Hallo. Na, gut. Es ist wirklich ein herrlicher Tag! Und wieso ist es perfekt, dass ich hier wohne?« Sie küsste mich zur Begrüßung auf beide Wangen.

Es gibt auf der Welt zwei Arten von Menschen: die Umarmer und die Küsser. Ana gehörte zu letzteren. Ich hingegen war beides. Ich konnte sofort den Schalter umlegen und mochte beide Formen der körperlichen Begrüßungsrituale. Oder machte mich das eher zu einem Zwitterwesen? Vielleicht gibt es ja drei Arten von Menschen auf der Welt.

»Eine Bilderbuchstraße in einem Bilderbuchviertel. Du bist wie eine Hebamme für unsere Bücher. Ohne dich würden sie nie das Licht der Welt erblicken.«

»Unsinn! Ihr seid alle wunderbare Autoren. Wenn ich das nicht machen würde, würde es jemand anderes tun.«

»Nein, das hat nur mit dir zu tun! Gehen wir, ich bin am Verhungern.«

Das Restaurant *Ruth and John's* lag ungefähr zehn Gehminuten entfernt. Ich genoss es sehr, an diesem strahlenden Tag draußen zu sein und mit den Stiefeln, die ich mir letztes Jahr gekauft hatte, durchs Laub zu rascheln.

»Du siehst übrigens bezaubernd aus«, sagte Ana.

Ich lächelte. Ich hatte mich für diesen Anlass extra ein bisschen schick gemacht, was ich sehr selten tat. Doch heute hatte ich mir den Hermès-Schal meiner Mutter um den Hals geknotet und trug ein wadenlanges graues Strickkleid aus Wolle, die so weich war, dass ich mich hineinkuscheln und darin schlafen würde, wenn Leo das nächste Mal auf Geschäftsreise war. Ein schlichter schwarzer Ledergürtel und ein langer, rostfarbener Pullover, von dem alle sagten, er betone die rötlichen Strähnen in meinem wilden Haarschopf, vervollständigten das Outfit. Abgesehen von meinem üblichen Lippenstift, hatte ich sogar ein wenig Augen-Make-up aufgelegt. Ich fühlte mich richtig gut. Essengehen gehörte zu meinen Lieblingsbeschäftigungen, heute würde ich noch dazu mit einem meiner Lieblingsmenschen essen gehen und es sogar von der Steuer absetzen können.

»Du siehst auch toll aus, Ana.« In ihrem schwarz-weißen Chanel-Kostüm sah sie ein bisschen aus wie Grace Kelly. Nur kleiner.

Bevor diese Frau, meine Agentin und Freundin, mich unter ihre Fittiche genommen hatte, war ich orientierungslos gewesen und hatte mich nach einer Mentorin gesehnt, doch meine wiederholten Versuche, mich mit meiner Patentante zu verbünden, hatten zu nichts geführt. Tante Solange hatte zwei Gesichter. Wann immer ich glaubte, von ihr akzeptiert zu werden, verletzte sie mich mit einer spitzen Bemerkung, über die sie tagelang gegrübelt haben musste.

Weihnachten. Alle zusammen in unserem alten Haus. Mit Tante Solange. Und dem Versuch, die Erinnerung an vergangene Weihnachtsfeste zu verdrängen.

Ich schob den Gedanken beiseite, weil ich ihn in diesem Moment nicht ertrug. Stattdessen konzentrierte ich mich wieder auf die Postkartenidylle hier, in der ich noch dazu die Hauptrolle spielte. Nun ja, vielleicht nicht ganz. Schließlich war Ana der eigentliche Star, aber eher auf eine natürliche Weise à la Meryl Streep als auf diese glamouröse *natürlich-erkennen-Sie-mich-hinter-dieser-Sonnenbrille-Julia-Roberts-Hollywood*-Art.

Wir bogen in die Haupteinkaufsstraße von Chestnut Hill ein, die herbstlich geschmückt noch hübscher als sonst wirkte.

»Das alles wird mir fehlen«, seufzte Ana.

»Mir auch! Dieses Wetter ist unglaublich.«

»Nein, ich meine, das alles hier.« Ihre ausladende Armbewegung schloss das gesamte Panorama ein, inklusive meiner Wenigkeit.

Auf einmal war meine Kehle wie zugeschnürt, und mir wurde schwindelig. Hektisch griff ich nach Anas Hand, damit sie mich ansah, wobei ich Mund und Augen aufgerissen hatte wie ein Karpfen. Nicht gerade vorteilhaft.

»Oh, nein, nein, nein. Keine Angst. Mir fehlt nichts. Es ist alles in Ordnung.« Sanft löste sie meinen Griff. »Ich werde in Rente gehen.«

Das musste ein Missverständnis sein. Doch da war wieder dieser Gesichtsausdruck, der mir während des vergangenen Frühjahrs und Sommers schon ein paarmal aufgefallen war, zum Beispiel auch bei meiner traditionellen Party zum Unabhängigkeitstag am vierten Juli. Es war nicht so sehr das zufriedene Lächeln einer Miezekatze, die heimlich Sahne geschleckt hat, als das eines Stubentigers, der nachts heimlich in die Küche schleicht, die Gefriertruhe öffnet und eine ganze Packung Ben & Jerry's Eiscreme verputzt. Und ich hatte geglaubt, Ana hätte jemanden kennengelernt, sich verliebt. Seit dem Tod von Charles, ihrem zweiten Mann, vor etwas über sechs Jahren, lebte sie allein. In letzter Zeit war sie ab und zu mit dem einen oder anderen interessanten geschiedenen Herrn oder Witwer ausgegangen, meist Lektoren oder Männer, die im Kulturbetrieb arbeiteten. Vor einem Jahr war es ein Handchirurg gewesen. Ana war viel zu attraktiv und lebenslustig, um alleine alt zu werden. Nicht zum ersten Mal fragte ich mich, wie alt sie eigentlich genau war. Sie befand sich in diesem alterslosen Zustand, den nur wenige Frauen zwischen 47 und 63 erreichen, wenn sie keine fünfundzwanzig mehr sind, aber dafür umso schöner, weil die Falten in ihrem Gesicht die Geschichten ihres Lebens erzählen, vom Lachen und Weinen.

Nun hatte ich endlich meine Stimme wiedergefunden. »Aber du kannst nicht in Rente gehen. Du bist doch viel zu jung!« Wenn sie uns fallen ließ, musste sie einen triftigen Grund dafür haben.

Ana hakte sich bei mir unter und schob mich in Richtung des Restaurants. Die Welt kam mir auf einmal irgendwie knallbunt vor, wie ein expressionistisches Karnevalsgemälde oder ein Theaterstück von Ödön von Horváth. Ich suchte in meiner Handtasche nach meiner Sonnenbrille, um dann festzustellen, dass ich sie bereits auf der Nase hatte.

»Ich wollte es dir möglichst schonend beibringen.«

»Es ist ein Mann, hab ich recht?«

»Nein. Eine Frau.«

Ich öffnete den Mund, aber es kam kein Ton heraus. Warum fielen mir in solchen Situationen nie große, wunderbare Sätze ein. Warum konnte ich nicht Ana Karenina sein? Lady Macbeth? Oder wenigstens Scarlett O'Hara? Ich musste unbedingt jemanden beauftragen, mir eine Rolle auf den Leib zu schreiben. Ob die Drehbuchautorin Amy Sherman-Palladino wohl zufällig Zeit hatte?

»Die Glückliche«, antwortete ich. »Wann darf ich sie kennenlernen?«

»Gali, du bist lustig. Nein, die Frau, von der ich spreche, ist meine Muse.«

Dieses Mal war ich mir sicher, dass ich sie missverstanden hatte. Wir gingen weiter, Arm in Arm. Ana war für viele von uns, für ihren *Stall* von Autoren, so etwas wie ein Verbindungsglied. Wir waren wie ein Haufen Rennpferde, die darauf hofften, immer weiterlaufen zu dürfen, trotz der amerikanischen Großkonzerne, die einen vertraglich komplett an sich binden wollten, was nichts anderes als den Tod des freien Geistes bedeutete.

Ana war der Eckpfeiler meiner Karriere, wenn man sie überhaupt als solche bezeichnen konnte – was ich durchaus tat, nur nicht in Gegenwart meines Vaters.

Ich hatte Ana durch Syd kennengelernt – die große, blonde, hinreißende, wunderbare Syd. Eigentlich hätte ich sie hassen müssen, aber sie war meine beste Freundin, was das Hassen ziemlich erschwerte. Sie arbeitete als Rechercheurin beim öffentlich-rechtlichen Radiosender und kannte alle in der Kunst- und Medienwelt.

Syd war in allem perfekt, bis auf eine winzige Kleinigkeit: Sie konnte nicht kochen.

Dann begegnete sie Adam und hatte zum ersten Mal in ihrem Leben das Gefühl, dass eine Beziehung ernst genug war, um zu lernen, wie man eine Mahlzeit ohne Mikrowelle zubereitet.

»Es ist wirklich erbärmlich. Eine der elementarsten Fähigkeiten des Menschen, und ich habe keine Ahnung, wo ich überhaupt anfangen soll. Selbst meine Mutter konnte ein bisschen kochen«, hatte sie gejammert.

Ich lachte. »Süße, ich habe während unserer Schulzeit jeden Monat ein paarmal bei euch gegessen. Dass es abends Dunkin' Donuts und Cola gab, fand ich echt exotisch.«

»Oh, aber manchmal hat sie auch gekocht. Na gut, ich geb's zu, unter selbst gemacht verstand sie so etwas wie ihren berühmten Reis-Nudel-Auflauf, aber zumindest hat sie dafür einen Kochlöffel benutzt.«

Wir fingen beide an zu kichern.

»Kannst du dir vorstellen, wie ich Adam die Spezialität

meiner Mom vorsetze? Stell dir das wunderschöne hand-gewebte Tischtuch vor, das ich aus Griechenland mitge-bracht habe, die Kerzen, die romantische Musik ...«

»Und dazu mit Mini-Marshmallows garnierte Käsemakka-roni«, beendete ich ihren Satz.

»Könnte ich mir dein weißes Porzellangeschirr ausleihen? Du weißt schon, damit die Marshmallows besser zur Gel-tung kommen.«

Also mailte ich ihr ein paar Rezepte.

Ich erklärte ihr alles ganz genau: Wo sie das Fleisch, das Obst und das Gemüse kaufen und nach welchen Kriterien sie es aussuchen sollte. Schritt für Schritt, so als würde ich mit ihr reden, »führte« ich sie per Mail durch das Rezept. Sie bereitete das einfachste Gericht zu, das ich kannte und dem Gast trotzdem das Gefühl gab, er sei etwas Besonde-res: Bœuf Bourguignon, weil man es am Tag zuvor zube-reiten kann und weil Rindfleisch eine Art Aphrodisiakum ist. Als Beilagen gab es einen gemischten grünen Salat mit Vinaigrette, grüne Bohnen und neue Kartoffeln mit frischer Petersilie und grobem Meersalz, als Nachtisch in Minze und Cointreau marinierte Orangenscheiben mit einem Klacks echter Crème fraîche. Das Essen war ein Erfolg, und Syd wollte mehr. Also führten wir das fast ein ganzes Jahr so fort. Ihre Begeisterung für einfache, aber stilvolle Ge-richte ließ nie nach, selbst nachdem es ihre Liebe zu Adam getan hatte und er die Liste ihrer Ex-Lover erweitert hatte.

»Ich kann nicht fassen, dass ich für diesen Idioten gelernt habe zu kochen!«, hatte sie gerufen und dabei ein Glas Bourgogne Aligoté durch die Luft geschwenkt.

Eines verschneiten Morgens, einige Wochen vor Weihnachten, hatte Syd blaugemacht und bei mir vor der Tür gestanden. Das tat sie öfters, denn als Rechercheurin war sie ohnehin viel unterwegs, und manchmal führten sie ihre Recherchen eben in meine Küche.

»Das hier«, erklärte sie und zog ihre Wollmütze ab, wodurch ihre blonden Haare wie ein Heiligenschein aussahen, »ist ein Buch.«

»Was du da in der Hand hältst, ist ein Stapel ausgedruckter E-Mails, und zwar ein ziemlich zerfledderter. Das hier« – ich hielt den neuesten Roman von Barbara Kingsolver in die Höhe –, »ist ein Buch.«

»Du kapierst es nicht. Glaubst du, ich bin die Einzige, die nicht kochen kann? Nenn es doch, ach, keine Ahnung, *Das Ich-wünschte-ich-könnte-kochen-Kochbuch*.«

»Super Titel.« Ich wandte mich wieder dem Spülbecken zu, wo ich gerade Lauchstangen für eine Suppe putzte.

Inzwischen hatte Syd ihren dicken Wollschal, die Handschuhe und die Jacke mit Webpelzfutter ausgezogen. Ich brachte ihr einen Kaffee mit Zucker, ohne Milch. Sogar mit roter, leicht wunder Nase, vor Kälte tränenden Augen und aufgesprungenen Lippen sah Syd aus wie ein Model.

»Ich weiß, was du jetzt denkst.« Sie war einer der wenigen Menschen, die von meinem heimlichen Traum wussten, Schriftstellerin zu werden. Geschichten zu schreiben. Oder, besser noch, Romane. Ich malte mir aus, wie ich mit dem nationalen Buchpreis oder dem Pulitzer ausgezeichnet wurde und mit einem signierten Exemplar meines preisgekrönten Romans bei meinem Vater vorbeischaute, statt wie sonst mit einer Biskuittorte mit Himbeerfüllung und einem Überzug aus belgischer Schokolade oder mit einer

Tarte Tatin. Er bekam nie mein berühmtes Tiramisu mit Schuss, denn es hatte keinen Sinn, Perlen vor die Säue zu werfen. Dieses Bild war so intensiv wie der Kaffee, den ich eben gekocht hatte.

»Das hier« – Syd wedelte wieder mit den ausgedruckten E-Mails herum –, »schließt das andere nicht aus. Schreiben ist Schreiben.«

»Die sind doch albern. Und irgendwie persönlich, verstehst du?«

»Genau. Du brauchst bloß die Namen zu ändern, um die Schuldigen zu schützen.«

Ich schüttelte den Kopf. »Dafür hab ich keine Zeit. Falls es dir noch nicht aufgefallen sein sollte, ich bin schwanger.« Ich legte die Hände auf meinen Bauch und strich Leos altes Princeton Sweatshirt über der kleinen Kugel glatt.

Sie starrte mich an.

»Okay, du hast recht, ich hab Zeit. Aber ... bist du dir sicher?«

»Wäre ich sonst bei diesem Wetter hergekommen?«

»Du würdest selbst bei einem Sturm vorbeikommen.« Ich machte mich wieder daran, die Erdreste vom Lauch zu spülen.

»Stimmt. Tu's für mich.« Sie lehnte sich an den Tresen und trank einen Schluck Kaffee.

Ich brauchte etwa fünf Monate, um die chaotischen E-Mails an eine Freundin in etwas zu verwandeln, was für ein öffentliches Publikum gedacht war.

Dann machte Syd mich mit Ana bekannt, und mein Leben veränderte sich ein wenig. Oder vielleicht doch mehr als das. Es war wie ein kleines Erdbeben. Als Elly ihren ersten Geburtstag feierte, hatte ich einen Buchvertrag unterschrieben.

Ana und ich standen nun gegenüber vom *Ruth and John's*. Die Fußgängerampel war rot, und wir warteten darauf, dass sie auf Grün schaltete.

Jemand hupte.

»Hallo, Maggie!« Mein Vater winkte mir zu, als er in seinem schwarzen Mercedes vorbeifuhr. Ich hob die Hand, aber er war verschwunden, bevor ich etwas sagen konnte. Mein Vater, der hupend und winkend an uns vorbeifuhr?

»Er sieht immer noch gut aus«, meinte Ana. »Wie geht es ihm?«

»So wie immer. Wahrscheinlich ist er auf dem Weg zum Mittagessen.« Sprich, in eine Bar. Der Ausstellungsraum seines Antiquitätengeschäfts befand sich nur wenige Straßen von hier. Ich hätte eigentlich mal dort vorbeischauen sollen, aber ich hatte immer so viele andere Dinge zu tun. »Er will, dass wir dieses Jahr Weihnachten bei ihm feiern.« Ich seufzte.

Die Fußgängerampel schaltete auf Grün, und wir überquerten die Straße.

»Vielleicht ist es an der Zeit«, meinte sie. »Du siehst aus, als könntest du einen Drink vertragen.«

Ich nickte. »Oder auch mehrere.«

Bald saßen wir an einem Tisch, mit Speisekarten und Chablis versorgt. Das war einer der großen Vorzüge dieses Lokals: Die Bedienungen waren so aufmerksam wie liebenswürdige Familienmitglieder, aber dabei nicht penetrant, unterwürfig oder hochnäsig. Ana ließ ihr volles Glas auf der Tischdecke kreisen. Ich wollte ihr gerne in die Augen sehen, aber sie hielt den Blick auf ihren Wein gerichtet.

»Lass mich versuchen, es dir zu erklären. Ich wollte schon immer schreiben ...«

»Aber davon hast du nie etwas erzählt ...«

»Lass mich ausreden. Ich habe es nie erwähnt, weil ich es nämlich nicht kann. Meine Stärke ist, gute Texte zu erkennen.« Nun sah sie mich an, und in ihren Augen lag unendlich viel Wärme.

Rasch leerte ich mein Glas Vaillons – ein ausgezeichneter Premier Cru – und schenkte uns beiden nach, obwohl Ana ihr Glas kaum angerührt hatte.

»Aber auch wenn ich keine gute Schriftstellerin bin, will ich es trotzdem versuchen. Deshalb habe ich mir ein kleines Haus in Vermont gekauft und ... du erinnerst dich, dass Charles damals dieses Apartment in Dallas gekauft hat, damit wir meinen Sohn und seine Familie immer besuchen können? Wenn es mir zu viel Grün wird oder mir die Kälte auf die Nerven geht, fahre ich einfach nach Dallas.«

»Aber ...« Ich hätte am liebsten *Was ist mit mir?* gerufen.

»Was ist mit uns? Ich dachte, du liebst deinen Job.«

»Ich liebe euch alle und das, was ihr schreibt.«

»Aber wie kannst du dann?« Ich biss mir auf die Lippe.

»Weil die Zeit reif für eine Veränderung ist, wie es so schön heißt.« Ihre Augen funkelten, und ihre Wangen waren so rosig, als hätte sie soeben vom Brunnen der ewigen Jugend getrunken.

»Was für Bücher willst du denn schreiben?« Ich probierte die Seezunge und stellte nebenbei fest, dass sie wirklich köstlich schmeckte. Eigentlich hätte sie meine volle Aufmerksamkeit verdient, aber ich konnte mich nicht aufs Essen konzentrieren. Also schob ich meinen Teller zur Seite.

Ana schob ihn wieder zu mir. »Wenn du brav isst, erzähle ich dir alles.«

Nun hatte sie mich am Wickel. Denn wenn es ums Essen geht, werde ich immer schwach. Ich griff wieder nach Messer und Gabel und spießte ein weiteres Stück Seezunge auf. Der Fisch war fest, ohne eine gummiartige Konsistenz zu haben, und die Hummer-Sahne-Sauce war mit einem Hauch von Trüffel verfeinert. Alles war so zart, dass ich es löffelweise einem sechs Monate alten Säugling hätte füttern können. Ich verspürte einen kurzen Stich des Bedauerns, nicht mehr in einem Restaurant zu arbeiten, doch bei der Vorstellung, dass sich dann jemand anderes um meine Töchter kümmern müsste, verflüchtigte sich dieses Gefühl sofort wieder. Diese Seezunge könnte einen guten Fischgang fürs Weihnachtsessen abgeben.

Ich ließ die Gabel sinken. »Siehst du? Ich esse.«

»Gut. Du weißt ja, dass ich Englische Literatur studiert habe, und damals habe ich natürlich auch geschrieben. Ziemlich viel sogar. Ich habe Notizbücher voll schrecklicher Gedichte und naiver, aber intensiver Kurzgeschichten gefüllt, an denen ich die halbe Nacht gearbeitet habe und die am nächsten Tag dann doch nichts taugten.« Mit einer Handbewegung schien sie diese frühen Versuche vom Tisch wischen zu wollen, ehe sie ein Stück Fisch auf die Gabel schob.

In diesem Moment öffnete sich die Restauranttür, und der Geräuschpegel stieg merklich an. Ana legte das Besteck beiseite. Neugierig drehten wir uns beide um.

Aidan Thomas, der Nachrichtensprecher des örtlichen Fernsehsenders und aktueller Liebling von halb Philadelphia, hatte das Lokal zusammen mit einer atemberaubend schönen Frau betreten, die er zu einem Tisch in der Ecke geleitete. Es war Syd. Sie trug dieses blaue Kleid, das ich so an ihr mochte. Vermutlich recherchierte sie für eine Geschichte. Ich winkte ihr zu, doch sie sah mich nicht. Dann würde ich eben später hinübergehen und sie begrüßen. Schließlich hatte ich nichts dagegen, auch mal einen Blick auf diesen heißen Typen zu werfen, durch den die Nachrichtensendung von Channel 6 auf einmal gigantische Einschaltquoten einfuhr.

»Syd und Aidan Thomas?« Ana sah mich fragend an.

»Ach, Syd kennt doch alle wichtigen Leute.« Ich trank einen Schluck Wein.

»Hmm. Also, ich weiß nicht.«

»Was denn?« Ich spitzte die Ohren, denn Ana wusste immer über alles Bescheid.

»Das ist nur so ein Gefühl. Ist dir aufgefallen, dass seine Hand auf ihrem Rücken lag, als sie durchs Restaurant gegangen sind?«

»Vielleicht ist er einfach ein Kontrollfreak.« Damit wäre er nicht der erste extrem gut aussehende Mann, der dieser Gruppe angehörte.

»Schau sie dir an«, meinte Ana.

Ich drehte mich um. Syd sah toll aus, aber das tat sie immer. Doch da war dieses besondere Leuchten. »Seltsam. Das wären schlechte Nachrichten. Der ist nicht schlecht, oder? Der Nachrichtensprecher … schlechte Nachrichten.«

Ana lächelte. »Syd ist vermutlich alt genug, um auf sich selbst aufzupassen.«

Da war ich mir nicht so sicher. »Sollen wir rübergehen?«

»Lass uns zuerst fertig essen. Es starren sowieso alle die beiden an und versuchen, es sich nicht anmerken zu lassen.«

»Die machen einen auf cool. Also gut, was willst du mir sagen? Du hast beschlossen, dich dem Schreiben zu widmen, obwohl du denkst, du hast kein Talent? Ich kapier's immer noch nicht.«

Ana trank einen Schluck Wein und lächelte. »Ja, ich kann nicht schreiben. Zumindest konnte ich das nie. Aber ich habe beschlossen, meine Zeit nur noch mit Dingen zu verbringen, die mir Spaß machen. Das Alter und das Glück, das ich im Leben gehabt habe, verschaffen mir dieses Privileg.«

»Vermutlich bist du gar nicht so schlecht, wie du denkst.«

»Hoffentlich hast du recht. Aber, Gali, so sehr ich mich geschmeichelt fühle, Wunder kann ich keine vollbringen. Und wenn ich mich mit etwas auskenne, dann mit guten Texten.«

»Dann willst du also den Rest deines Lebens damit verbringen, miese – sorry, ich meine *schlechte* – Romane zu schreiben.«

Unser Kellner, John-Paul, kam an den Tisch, um uns zu fragen, ob wir ein Dessert wünschten.

»Komm, wir teilen uns eine *Crème brûlée*. Die ist hier zwar nicht so gut wie deine, aber ...« Sie sah mich fragend an.

Ich stürzte den Rest meines Weins hinunter. »Für mich noch einen Espresso, bitte«, fügte ich hinzu.

»Für mich auch. Und die Rechnung bitte.«

Ich spielte mit meiner rosafarbenen Leinenserviette. Dann sah ich nach oben und entdeckte einen Riss in der Stuckdecke. »Aber, Ana, was passiert dann mit uns? Mit mir?« Ich konnte bereits meinen Vater hören: *Du hast keine Agentin mehr?* Ein tolles Thema fürs Weihnachtsessen.

»Du wirst schon klarkommen. Vielleicht ist es sogar besser so.« Sie seufzte. »Ich habe mich entschieden«, sagte sie so leise, dass ich sie kaum hören konnte. Ich warf einen Blick zu Syd hinüber, die wie gebannt dem schönen Aidan lauschte. Seltsam, dass sie uns gar nicht bemerkt hatte. Als befände sie sich in ihrer eigenen kleinen Welt …

O-oh! Das sind immer die ersten Anzeichen von Verliebtsein, wenn man außer dem Angebeteten niemanden mehr wahrnimmt. So hatte ich sie schon einige Male erlebt. Das war die Nachricht des Tages!

»Ich habe außerdem dafür gesorgt« – Ana sprach nun wieder lauter –, »dass du mit zwei Agenten sprechen kannst, die meiner Meinung nach gut zu dir passen könnten.« Vor diesem Mittagessen hätte ich nicht damit gerechnet, dass sich mein Berufsleben komplett verändern würde.

Ich wartete, bis Ana die Rechnung beglichen hatte.

Dann beugte ich mich vor, beide Handflächen auf den Tisch gelegt. Es war an der Zeit, alle Register zu ziehen. »Und was ist mit deinem Patenkind?«

»Gali, ich verschwinde doch nicht. Ich werde immer noch Teil ihres Lebens sein. Und deines.«

Wir erhoben uns, und beim Verlassen des vollen Restaurants sah ich, dass Syd und Aidan zwischenzeitlich gegangen waren.

Wir traten in die strahlende Herbstsonne hinaus. Als ich

schließlich mein Auto erreichte und wir uns verabschiedet hatten, dröhnte mein Kopf. Was war bloß so falsch an mir, dass alle, die ich liebte, mich verließen? Meine Mutter, meine Schwestern, und jetzt auch noch Ana. Hatte ich eine besondere Aura, die die Leute vertrieb? Und was konnte ich bloß dagegen tun?

Der Tag, den ich vor wenigen Stunden noch so schön gefunden hatte, fühlte sich nun laut und grell an. »Seid doch still«, flüsterte ich den Farben zu.

Sobald die Mädchen an diesem Abend im Bett waren, kuschelten Leo und ich uns auf der Couch zusammen.

»Na ja«, meinte Leo und kratzte sich am Kopf. »Es könnte schlimmer sein.« Er trank einen Schluck Wein.

»Schlimmer geht immer!«, zitierten wir im Chor, und ich lächelte.

»Im Ernst. Du musst nicht nach der Pfeife deines Vaters tanzen. Wenn er Weihnachten groß bei sich zu Hause mit der ganzen Familie feiern will, warum kümmert er sich nicht selbst darum?«

»Du kennst doch meinen Vater.« Ich wackelte mit den Zehen in meinen gestreiften flauschigen Lieblingssocken, die aussahen, als gehörten sie einer meiner Töchter.

»Sag ihm einfach, du hast zu viel zu tun.«

»Klar.« Ich strich mir die Haare aus der Stirn. Ich hatte nie begriffen, wie es manche Leute schafften, ihre Eltern einfach zu ignorieren. Für mich setzte diese besondere Bindung alle Regeln der Vernunft und jegliche Logik außer Kraft. Ich würde nie aufhören können, Daddy gefallen zu wollen, um sein Wohlwollen zu ringen. Er war eben mein

Vater. Punkt. Ich zwang mich zu einem Lächeln. »Schon gut. Ich muss das einfach machen. Außerdem habe ich bessere Chancen als er, alle zusammenzutrommeln.«

»Wie du meinst. Kommst du ins Bett?« Ich spürte, wie er seine Körperhaltung veränderte.

»Gleich. Ich möchte noch ein paar Kleinigkeiten erledigen.« Ich stand auf und trug unsere Gläser in die Küche, wo ich sie ausspülte und in die Spülmaschine stellte. Leo stellte sich hinter mich und schlang seine Arme um mich. Während ich mich an ihn schmiegte, merkte ich, wie sich meine verspannten Muskeln ein wenig lockerten.

»Mach nicht mehr zu lange«, sagte er.

Ich drehte mich um und küsste ihn auf den Mund. Ein echter Pärchenkuss, wie Elly jetzt sagen würde. »Versprochen. Ich will versuchen, wenigstens eine meiner Schwestern zu erreichen, und mir überlegen, wie ich Ana von ihrem Plan abbringen kann.«

Dann gab es noch ein besonders kompliziertes Problem: Wie sollte ich meinen verschollenen Bruder ausfindig machen?

Ich beobachtete den Mann, mit dem ich seit fünfzehn Jahren verheiratet war, wie er aus unserer Küche ging. Ich hatte in meinem Leben eine Menge dummer Dinge getan, aber an dem Tag, an dem ich Ja zu diesem Mann gesagt hatte, hatte ich alles richtig gemacht. Das Beste wäre wohl, dieses ganze Familienfeiertheater zu vergessen und zu Leo ins Bett zu kriechen.

Doch ein kleiner Teil von mir, tief in meinem Innern, sehnte sich danach, Weihnachten so zu feiern, wie wir es getan hatten, als Maman noch lebte.

Ich nahm mir ein frisches Weinglas aus dem Regal und entkorkte die Flasche Croze-Hermitage, die wir zum Abendessen geöffnet hatten. Mit halbvollem Glas setzte ich mich an meinen Schreibtisch. Es war die einzige Art, wie ich »zusammen« mit meinen Schwestern ein Glas Wein trinken konnte. Ein Ritual, das wir trotz der Zeitverschiebung, aufrechtzuerhalten versuchten. Zuerst wählte ich Colettes Handynummer. In San Diego war es immer noch relativ früh. *Geh ran, geh ran.* Die Mailbox ging ran. Verdammt. Sollte ich eine Nachricht hinterlassen oder nicht? Na gut. Vielleicht sollte ich den beiden mailen, aber das war mir nicht direkt genug. Ich wollte nicht, dass sie Zeit hatten, sich Ausreden einfallen zu lassen. Am liebsten hätte ich es ihnen persönlich gesagt, aber zwei Flugtickets zu kaufen, nur um mit meinen Schwestern über diese Sache zu reden, kam mir dann doch etwas übertrieben vor.

Blieb also nur das gute alte Telefon.

»Hallo, Süße, ich bin's. Ich muss mit dir reden. Ruf mich an. Hab dich lieb, tschüss.« Das sollte reichen.

Es war erst halb zwölf, und damit … ich zählte an den Fingern ab … halb sechs Uhr morgens in Brüssel. Ich wollte nicht ins Bett gehen, ohne in Sachen Dads Weihnachtszirkus irgendetwas erreicht zu haben, aber Jacqueline wäre ungenießbar, wenn ich sie aufwecken würde. Es war immer einfacher, wenn ich diejenige war, die vor einer Tasse Kaffee und sie vor einem Glas Wein saß. In der Zwischenzeit hatte ich andere Probleme zu lösen. Schließlich gab es nicht nur meine Schwestern, sondern auch noch meinen Bruder und Ana.

Ich würde einen Kuchen für Ana backen. Einen köstlichen

Schokoladenkuchen voller Lebenslust und Liebe, mit einer traumhaft luftigen Crème pâtissière. Ein so leckerer Kuchen, dass Ana es nicht über's Herz bringen würde zu gehen. Die Macht einer göttlichen Süßspeise darf man nicht unterschätzen.

Ich goss mir den restlichen Wein ein und stellte die leere Flasche zum Altglas.

Als Nächstes zog ich die Kochschürze über und band die Haare zurück. Dann holte ich Eier und Butter aus meinem Edelstahlkühlschrank und die trockenen Zutaten aus der Speisekammer. Meine Hände wussten instinktiv, was sie zu tun hatten, ohne dass mein Kopf sich einschalten musste. Manche Menschen meditieren. Andere machen Yoga. Manche gehen sogar joggen. Ich backe.

Aus einer Dose holte ich eine Tafel Zartbitterschokolade von Côte d'Or mit hohem Kakaoanteil. Selbst für jemanden der sich in der Küche dumm anstellt und keinerlei Erfahrung hat, ist es schlicht unmöglich, einen Nachtisch zu vermasseln, wenn man Côte d'Or dafür verwendet. Ich heizte den Ofen auf 175°C vor und ließ die Schokolade und die Butter unter ständigem Rühren im Wasserbad schmelzen. Die samtige Mischung verströmte den Duft von Glück und guten Zeiten. Einen Kuchen zu backen ist das Einfachste auf der Welt. Wenn etwas leicht und süß und gut ist, sagt man auf Englisch, es sei ein »piece of cake«, also ein Stück Kuchen. Und was ist noch besser als ein Stück Kuchen? Eine ganze Torte!

Wenn ich an Weihnachten wirklich nur kochen müsste, würde es ein Kinderspiel werden. Ich griff nach einem Löffel und probierte den Teig. Es schmeckte köstlich. Nachdem ich den Löffel abgewaschen hatte, probierte ich noch mal.

Doch Daddy ging es um Perfektion. Wenn etwas nicht so funktionierte, wie er sich das vorgestellt hatte, dann war immer derjenige schuld, dem er die Aufgabe übertragen hatte. Leo hatte recht. Ich sollte aufgeben. Mich gar nicht erst drauf einlassen.

Die Hitze des Ofens wärmte mein Gesicht, als ich die Kuchenformen hineinschob. Ich versuchte mir vorzustellen, wie es sich anfühlen würde, mich Daddys Forderung zu widersetzen. Ich konnte es förmlich riechen: Es roch wie Gebirgsluft. Wie Freiheit. Nebenher brach ich ein Stück Schokolade ab und ließ es auf der Zunge zergehen.

Zurück an meinem Schreibtisch öffnete ich die unterste Schublade. Unter einem Ordner mit Rezepten und Notizen lag das Tagebuch meiner Mutter. Ich brauchte es nicht zu öffnen, denn ich kannte es auswendig. Gleich nach ihrem Tod hatte ich es von ihrem Nachttisch stibitzt. Zwar plagte mich das schlechte Gewissen, bereut hatte ich diesen Diebstahl aber nie, denn keine Woche nach der Beerdigung waren alle ihre Sachen – ihre Kleider, der Schmuck, ihre Taschen und Briefe – verschwunden. Jede von uns Töchtern bekam ein Hermès-Tuch, und Daddy übergab Art Mamans zerfledderte Ausgabe von Rilkes *Briefe an einen jungen Dichter*.

Ursprünglich hatte ich vorgehabt, das Tagebuch für meine Geschwister zu kopieren, doch dann war ich nie dazu gekommen. Vielleicht würde es dieses Jahr klappen, als Weihnachtsgeschenk. Ich könnte die Exemplare ja dann binden lassen.

Das Tagebuch war dick. Es erzählte, in der typisch europäischen kursiven Handschrift meiner Mutter von der Zeit vor ihrer Hochzeit mit Daddy. Es endete, als sie mit mir schwanger war. Ein zweites Tagebuch, sollte es das je gegeben haben, fand ich nicht, obwohl ich sehr gründlich danach gesucht hatte.

Ein letztes Mal. Ich würde einen allerletzten Versuch unternehmen, damit er stolz auf mich sein konnte, auf das, was ich erreicht hatte. Und vielleicht würde er dann wieder zu dem Mann aus dem Tagebuch werden, in den meine Mutter so verliebt gewesen war.

Ich schlug die Sahne mit solcher Kraft, dass ich sie fast um Gnade winseln hörte. Nachdem ich fertig war, kratzte ich die Reste aus den Schüsseln, ehe ich alles abwusch.

Es war immer noch zu früh, um Jacqueline in Brüssel anzurufen. Sie war der schlimmste Morgenmuffel, den ich kannte. Zu ihrer Entschuldigung musste man allerdings sagen, dass sie außer sonntags und montags immer spät ins Bett ging. Es war Freitag, also hatte sie am Abend davor Vorstellung gehabt. Ich gab mich meiner Lieblingsfantasie hin und stellte mir vor, in ihre Haut zu schlüpfen und so zu leben wie sie.

Meine hinreißende ältere Schwester mit den langen seidigen blonden Haaren und der fantastischen Stimme, die Opernsängerin, die erst nach der Vorstellung zu Abend aß, weil ein üppiges Mahl vor ihrem Auftritt schlecht für die Stimme war und sie schläfrig machte, wie sie mir wiederholt erklärt hatte. Sie trank tagsüber nur gesüßten Zitronentee. Nach der Vorstellung, wenn sie sich abgeschminkt hatte, ging sie mit dem Rest der Truppe zum Essen aus.

Und das in einer Stadt, in der es unmöglich ist, schlechtes Essen serviert zu bekommen. Das alles war unfassbar glamourös, vor allem wenn ich es mit meinem Leben verglich. Kein Wunder, dass Daddy stolz auf sie war. Schon in unserer Kindheit war sie sein Liebling gewesen. Nicht dass er sie mit Komplimenten überschüttet hätte. Aber wenn sie eine schwierige Arie gemeistert hatte oder sich mit einer gewissen Eleganz kleidete, schenkte er ihr ein kleines Lächeln und nickte ihr zu. »*Pas mal.*«

Warum die beiden sich heute nicht näherstanden, wusste niemand so genau.

Ich versuchte es wieder bei Colette, ohne Erfolg. In betont lockerem Tonfall hinterließ ich eine weitere Nachricht. Vermutlich war sie mit ihrem Freund Wayne, diesem Idioten, unterwegs. Wenn sie doch nur endlich nach Hause kommen würde. Und Art? Ich hatte nicht die geringste Ahnung, wie ich ihn erreichen sollte.

Meine Gedanken kehrten zum Kuchen zurück. Sollte es Sahne oder Ganache werden? Ich könnte auf die Himbeercreme ganz verzichten und stattdessen den Kuchen mit Schokoladenganache überziehen. Dazu würde eine Orangencremefüllung gut passen. Ich öffnete eine weitere Flasche Wein und schenkte mir ein. Ich würde zwei Kuchen backen: Eine Biskuittorte mit sahniger Himbeercreme – in dieser Jahreszeit aus gefrorenen Früchten – mit Kakaoüberzug, und ein Schokokuchen mit Orangencreme und Bitterschokoladenglasur. Ich brach ein weiteres Stück Schokolade ab und schob es mir in den Mund. Kurz bevor es sich ganz aufgelöst hatte, nahm ich einen Schluck Wein und ließ ihn im Mund kreisen. Mir wurde ganz warm ums Herz.

Um halb drei Uhr morgens war die Küche wieder sauber, und ich hatte zwei Kuchen fertig gebacken. Was nun? Ich musste noch mindestens eine halbe Stunde totschlagen, bevor ich Jacqueline anrufen konnte. Sollte ich noch ein Blech Brownies mit Chocolate Chips backen? Ich könnte sie einfrieren und am Montag den freiwilligen Helfern und den Sekretärinnen in die Schule mitbringen.

Sobald die Brownies im Ofen waren, setzte ich mich mit meinem Wein an den Tisch und tippte die lange Zahlenreihe der Brüssler Telefonnummer meiner Schwester ins Telefon. Es war niemand da. Als ich aufstand, fiel das Tagebuch meiner Mutter vom Tisch. Schnell legte ich es zurück in die Schublade. Während die Brownies abkühlten, versuchte ich es noch einmal bei Jacqueline. Ich hatte wieder kein Glück. Wütend sah ich mich in meiner blitzblanken Küche um. Wozu hatte man denn Schwestern? Sie wohnten nicht nur am anderen Ende der Welt, sondern waren nicht mal telefonisch erreichbar. Auch wenn es altmodisch war, das Telefon war meine Rettung. Ich musste einfach ihre Stimmen hören.

Schokoladenmousse. *Mousse au chocolat* wäre ein guter Zeitvertreib.

Als das letzte Schälchen im Kühlschrank verstaut war, ließ ich mich auf einen Stuhl sinken. Noch eine Viertelstunde, dann würde ich es wieder probieren.

Das Nächste, woran ich mich erinnern konnte, war, dass Leo mich schüttelte. Stöhnend öffnete ich die Augen. Ich war eingeschlafen. Die Mischung aus Teig, Schokolade und Wein rumorte in meinem Bauch, und mein Kopf fühlte sich an, als würde er gleich explodieren. Ich rieb mir das Gesicht.

Leo ließ den Blick über die zwei Torten und die Brownies schweifen, ehe er den Kühlschrank inspizierte und anerkennend pfiff. »Tod durch Kuchen?«

»Ja, aber klar.« Ich knotete meine Schürze auf und streifte sie mir über den Kopf.

»Geh ins Bett. Ich kümmere mich um die Kinder.«

»Und was ist mit der Schule?«

Er sah mich bloß mit hochgezogenen Augenbrauen an.

»Ach, stimmt ja, heute ist Samstag.« Ich löste das Haargummi von meinem Pferdeschwanz und versuchte vergeblich, mit den Fingern die verknoteten Strähnen zu glätten.

Leo half mir hoch, brachte mich ins Schlafzimmer, zog mich aus und deckte mich dann bis zum Hals zu.

»Wie ist es mit Jacqueline gelaufen?«, erkundigte er sich.

»Gar nicht. Ich liebe dich«, murmelte ich. »Ab Montag mache ich Diät.«

»Was immer du willst.«

Ich war eingeschlafen, noch bevor er das Zimmer verlassen hatte.

Mousse au chocolat belge

~

Belgische Mousse au chocolat

Eine wirklich gute Mousse au chocolat kommt immer gut an.
Sie passt perfekt zu jedem Anlass. Verwenden Sie immer nur die besten
Zutaten, und lassen Sie sich Zeit.

200 g hochwertige belgische Zartbitterschokolade,
wie z. B. Côte d'Or (70% Kakaoanteil ist perfekt)
5 frische Bio-Eier (Zimmertemperatur)
2 EL + 1 TL (20 g) Zucker
125 g Schlagsahne
30 g Puderzucker
2 TL Kaffeeextrakt oder 1 EL sehr starker Espresso
1/4 TL Salz
nach Belieben: 1 EL Kaffeelikör (z. B. Kahlua)

Zum Garnieren
1 Tasse Schlagsahne
1–2 EL Zucker
1 TL Vanilleextrakt (oder Vanillezucker statt der letzten beiden Zutaten)
1 Prise Salz
etwas geriebene Schokolade

Die Schokolade in Stücke brechen und bei ganz schwacher Hitze im Wasserbad oder in der Mikrowelle schmelzen. Die sicherste Methode ist das Wasserbad. Sobald die Schokolade geschmolzen ist, die Sahne unterrühren und vom Herd nehmen. Etwas abkühlen lassen.

In der Zwischenzeit das Eigelb mit dem Zucker schaumig schlagen, bis die Masse hellgelb und cremig wird. Das kann ziemlich lange dauern, aber die Mühe lohnt sich.

Dann das Eiweiß mit dem Puderzucker und dem Salz steif schlagen, bis es glänzt. Den etwas abgekühlten Espresso oder das Kaffeeextrakt (und gegebenenfalls den Kaffeelikör – ich verwende selten welchen) unter die Schokocreme rühren. Die Schokoladenmasse zur Ei-Zucker-Masse geben und gut vermischen. Dann mit einem Holzlöffel ganz vorsichtig den Eischnee nach und nach unterheben, der möglichst luftig bleiben sollte.

Die Mousse in eine große Servierschüssel, einzelne Portionsförmchen oder Dessertgläser füllen und abdecken. Mindestens zwei Stunden lang kalt stellen, wobei die Mousse fester wird, wenn sie über Nacht gekühlt wird. Dieser Nachtisch eignet sich sehr gut für eine Dinnerparty, weil er am besten tags zuvor zubereitet wird.
Kurz vor dem Servieren die restliche Sahne mit dem Zucker und der Vanille aufschlagen, bis sie anfängt, steif zu werden. Die Mousse mit einem Klecks Schlagsahne garnieren und etwas Bitterschokolade darüber reiben.

Es gibt viele verschiedene Variationen von diesem Rezept, und alle sind köstlich. Aber manchmal ist die einfachste Variante einfach die beste.

2

Jacqueline

Bisher entwickelte sich der Tag ganz hervorragend. In der aktuellen Ausgabe der *Télémoustique* war Didier De Meesmeckers Interview mit mir und seiner überschwänglichen Kritik der *La Bohème*-Inszenierung unseres Ensembles erschienen. Es war Montag, wir hatten also keine Vorstellung, und ich hatte vor, ein wunderbares Abendessen für meine Familie zuzubereiten. Es war so warm, dass ich meinen Burberry Regenmantel offen tragen konnte, was um diese Jahreszeit ungewöhnlich und deshalb besonders erfreulich war. Die feuchten Pflastersteine meines Brüsseler Viertels glänzten in der blassen Oktobersonne. Und ich war seit drei Tagen überfällig.

Durch die dicke hölzerne Eingangstür konnte ich drinnen das Telefon klingeln hören, während ich mit dem übergroßen Schlüssel im uralten Schloss herumstocherte und dabei versuchte, weder meine Tasche, die Morgenpost, noch meinen Einkaufskorb fallen zu lassen, aus dem die Zutaten fürs Abendessen quollen. Außerdem hatte ich noch zwei Exemplare der *Télémoustique* unterm Arm – eine davon war für meinen Vater gedacht. Es hätte meinem Image geschadet, wenn ich etwas Dummes gesagt hätte oder nicht wie ein absoluter Profi rübergekommen wäre, der alles hatte: die goldene Stimme, das goldene Heim und den Göttergatten, der sie anbetete. Alles außer dem goldenen Kind. Aber selbst das würde sich bald ändern.

Als sich endlich der Schlüssel im Schloss drehte, rutschte das Baguette zu Boden. Ich hob das Brot auf und klemmte es mir unter den Arm, Hygiene hin oder her, und rannte zum Telefon, das aber natürlich genau in dem Moment aufhörte zu klingeln und auf den Anrufbeantworter schaltete. *Merde!* Ich hatte vergessen, das Band zu löschen, das schon wieder voll war.

Ich hängte meinen Regenmantel auf und warf die Haustür zu, ohne sie abzuschließen. Wir sollten wirklich die Sicherheitsvorkehrungen verbessern, aber unser Öko-Viertel war so beschaulich, dass es ruhigeren Zeiten zu entstammen schien. Ich liebte unser Haus mit der unverdorbenen Innigkeit einer ersten Liebe.

Als ich damals durch die Terrassentüren hinaus in den Garten getreten war, wusste ich, dass ich mein Zuhause gefunden hatte. Völlig egal, wie wild und überwuchert es war. Als Ausgleich für den grauen Himmel und den vielen Regen hatte Mutter Natur Belgien ein Grün geschenkt, das selbst Smaragde vor Neid erblassen lassen würde. Der Garten war von einer alten Backsteinmauer eingefasst, deren Farbe von Grau über Ocker bis hin zu einem vornehmen, blassen Rosa reichte, das man kaum als Farbe bezeichnen konnte. Eine riesige Kastanie überragte eine Trauerweide. Weiter hinten standen – der Joker – zwei Kirschbäume und ein Pfirsichbaum, die beide dringend ausgeschnitten werden mussten, und in ihrem Schatten fand sich eine aus Stein gehauene Bank und ein kleiner Teich, von Unkraut überwuchert und voller Laub.

Ich war zur Mauer hinübergegangen und froh gewesen, meine Stiefel erst kürzlich imprägniert zu haben. Ich trug meistens Jeans, Stiefel und Pulli, dazu mein edles *Hermès*-Tuch – ein Erbstück meiner Mutter – und ausgefallene Ohrringe: *l'Américaine*, nannten sie mich. Behutsam fuhr ich mit den Fingern über die raue Backsteinoberfläche und das weiche Moos, das sich da und dort an der Mauer ausgebreitet hatte. An einer Stelle befand sich eine gemauerte Nische, in der früher eine Statue der Jungfrau Maria oder vielleicht auch eines Heiligen gestanden hatte. Meine kleine Schwester, Colette, hatte mir eine selbst gemachte Figur der *Sainte Cécile*, der Schutzheiligen der Musiker, geschenkt. Die würde sich in diesem Garten wohlfühlen.

Also dampften Laurent und ich Schicht für Schicht der vergilbten Tapete ab und strichen die Wände, wir schmirgelten das Holz und schliffen die Böden. Ein *vitrier* kam, um die Fenster zu reparieren, ein *marbrier* richtete die gesprungenen Kamine aus Marmor wieder her. Pause machten wir nur, um etwas zu essen, entweder draußen im Garten, wenn es nicht regnete, oder im *salle de séjour* – dem Wohnzimmer – auf einem improvisierten Tisch. Es gab Brot, Wein und Käse, und manchmal kauften wir Pommes und Würstchen mit, dazu gab es goldenes Leffe oder Trappiste Bier. Nach dem Essen zog mir Laurent meine farbverspritzten Jeans aus, und wir liebten uns. All das gute Essen, die körperliche Arbeit und die Liebe verliehen mir eine bessere Muskelspannung und einen strahlenderen Teint als je zuvor.

Ich ließ die Post auf den Louis Philippe-Sekretär fallen und ging durchs repräsentative Empfangszimmer, wo der Stutzflügel im hereinfallenden Sonnenlicht schimmerte, ins Esszimmer und dann zurück ins *séjour*, wo wir uns die meiste Zeit über aufhielten. Zwei geschwungene Glastüren führten in den Raum hinein, und die Gegenstücke dazu hinaus in den Garten. Am Ast der großen Kastanie baumelte eine einsame Schaukel. Der Rasen war mit Tau benetzt und glitzerte im zitronengelben Schein der blassen Morgensonne.

Ich lebte das Leben, das meine Mutter hätte führen sollen, wäre sie nicht von meinem Vater in die Staaten entführt worden. In der Familie hieß es zwar immer, sie wäre aus Belgien genauso gerne weggegangen wie er, doch das glaubte ich nicht.

Das Einzige, was in meinem Leben fehlte, war ein Kind. Aber nicht mehr lange. Wer auch immer behauptete, man könne nicht alles haben, dem fehlte es lediglich an Entschlossenheit und Durchhaltevermögen.

Leise vor mich hin singend, trug ich den Korb in die Küche, legte das Baguette beiseite und fing an, Fisch, Lauch, Petersilie, *bintje* Kartoffeln, Kopfsalat, Eier, knackige Äpfel, die letzten schönen Trauben der Saison und fünf goldene Birnen auszupacken, die heute noch gegessen werden mussten. Ich würde sie in Wein und Zucker andünsten und mit gesüßter Crème fraîche zum Nachtisch servieren. Außerdem würde es *potage* – Lauchsuppe – geben, gefolgt von einer *lotte en papillote* und einem *gratin dauphinois*. Danach würden wir Salat, Käse und Dessert essen. Und natürlich würde es Wein dazu geben. Schließlich hatte ich heute frei. Laurent würde nach der Arbeit meine Großmutter,

Mamy Elise, abholen. Schon seit Längerem hatte er seine Arbeitszeiten so eingerichtet, dass er montags früher Schluss machen konnte. Sein Job als Dolmetscher beim EU-Parlament wurde nicht nur gut bezahlt, sondern ließ ihm auch eine Menge Freiheiten, seit er die Beamtenprüfung zum *fonctionnaire* erfolgreich abgelegt hatte. Auch wenn die Arbeit inzwischen etwas eintönig geworden war. Tante Charlotte und ihr Mann Gérard kamen dann gegen sechs vorbei, rechtzeitig für einen *apéritif*.

La Bohème würde noch sechs Wochen laufen, danach hätte ich ein paar Wochen Pause, ehe die Proben für die Weihnachtsaufführung begannen. Dieses Jahr sang ich Gounods *Ave Maria*. Es war nur ein einziges Stück, aber eine hervorragende Wahl für ein Weihnachtskonzert. Es war schon amüsant, an der Oper zu arbeiten. Ich war dort auch so eine Art *fonctionnaire*. Auch ich bekam ein monatliches Gehalt mit festen Urlaubstagen, Zusatzleistungen, Krankenversicherung, das ganze Drum und Dran. *La vie d'artiste*, wie es sich alle vorstellten, war das nicht. Aber so konnte ich hier in der Stadt leben, in die ich gehörte.

Ich ließ mich mit meiner Ausgabe der *Télémoustique* auf die Couch sinken und wollte gerade die Seite mit meinem Interview aufschlagen, als das Telefon wieder klingelte. Verärgert sprang ich auf, um das Mobilteil vom Tisch zu holen. Nur für den Fall, dass ein weiterer Journalist ein Interview mit mir führen wollte, machte ich meine Stimme so tief und sinnlich wie nur möglich: Brigitte Bardot trifft Marlene Dietrich.

»*Allo*«

»Jackie? Bist du das? Was ist mit deiner Stimme?«

»Ach, Gali, du bist's.« Ich räusperte mich. »Nichts. Monets Frosch, du weißt schon.« Das war ein alter Scherz zwischen uns. Wir fanden die Vorstellung von einem schleimigen Frosch im Hals so eklig, dass wir uns sicher waren, dass es sich nur um einen Frosch aus Monets Seerosenteich handeln konnte. Quasi um einen impressionistischen Frosch.

»Ooh! Ich hab schon ewig keine Froschschenkel mehr gegessen«, seufzte Gali.

»Na, dann komm vorbei: Froschschenkel und Muscheln in Weißwein, *pommes frites* und Côte d'Or Schokolade … das alles wartet nur auf dich. Ganz zu schweigen von deiner bezaubernden, talentierten Schwester, einer herzallerliebsten Großmutter, Tanten, Onkel, Cousinen, was auch immer du dir wünschst, wir haben es! Und mich nicht zu vergessen!«

»Dich hattest du bereits erwähnt.«

»Gute Dinge kann man nie genug haben. Mehr ist mehr, noch nie gehört?« Ich fühlte mich so gut, dass ich die ganze Welt hätte umarmen können.

»Ich würde euch sehr gerne besuchen, das weißt du. Vielleicht nach Weihnachten? Zum Dreikönigsfest? Oder an Mariä Lichtmess? Wir könnten *crêpes* machen, wie früher.«

Um zu sehen, ob sie staubig war, strich ich über die Tischplatte, aber mein Finger blieb sauber. »Ich kann es kaum erwarten, dich zu sehen. Ganz zu schweigen von meinen Nichten. *Comment vont les petites puces?*« Mein Herz zog sich ein wenig zusammen. Ich musste an die Schaukel denken, die Laurent draußen im Garten aufgehängt hatte und von graugrünem Schimmel überzogen war. Ich ging in die Küche.

»Den beiden Flöhen geht's gut. Jacqueline? Ich muss dir was sagen.«

»Schieß los, meine Liebe. Du weißt, ich bin immer für dich da.« Ich klemmte mir das Telefon zwischen Ohr und Schulter, um meine Einkäufe weiter zu verstauen.

»Tja, also, es wäre schön, wenn du jetzt *hier* wärst«, sagte sie.

Schuldgefühle. Schuldgefühle. Schuldgefühle. Verdammt, verdammt, verdammt. In Sachen schlechtem Gewissen könnte meine Familie selbst Woody Allen noch was beibringen. Ich ging mit dem Telefon zurück ins Wohnzimmer und ließ mich auf die Couch fallen, dessen weiche rote Polster mich umfingen wie ein riesiges Herz. Das ganze Zimmer war dazu gedacht zu behüten, zu umschmeicheln, zu trösten. Die Fenster nach Süden ließen jeden Lichtstrahl herein, und in der Ecke gedieh ein riesiger Ficus Benjamina. Die Sonnenstrahlen fielen auf die welken Blätter unten im Topf, die man eigentlich hätte zusammenkehren sollen. Aber ich liebte den lehmigen Geruch modriger Blätter im Herbst. Das erinnerte mich an zu Hause. Genau wie diese Schuldgefühle. *Ich konnte nicht mit dir zurückgehen, verdammt! Ich hatte meine Stimme verloren, schon vergessen? Ich lag im Sterben*, schrie ich meine Schwester in Gedanke an.

»Irgendwann vielleicht.« Ich unterdrückte einen Seufzer.

»Klar. Wie dem auch sei, hast du in letzter Zeit mal mit Daddy gesprochen?«

»Nein.« Ich schlug die Beine über und zog mit der freien

Hand meinen Rock glatt. Warum fragte sie mich das? Sie wusste, dass ich fast nie mit ihm telefonierte. Und wenn wir miteinander sprachen, verlief unsere Unterhaltung immer gestelzt, wie bei zwei höflichen Menschen auf einer Cocktailparty, die nicht wissen, was sie miteinander reden sollen. Es war ermüdend. »Ich habe ihm vor ein paar Wochen eine Karte mit dem aktuellen Spielplan geschickt.«

»Er hat mich angerufen, wegen Weihnachten. Er will, dass wir in unserem alten Haus feiern.«

»Du machst Witze. Du Ärmste.« Ich konnte mir kein schrecklicheres Weihnachten vorstellen. Ich fröstelte.

»Er will, dass wir alle kommen.«

Ich stand auf. »Kommt nicht in Frage. Ich muss arbeiten.«

»Jacqueline, es war ein Befehl. Ich habe ihn seit unserer Kindheit nicht mehr in diesem Tonfall reden hören.«

Ich ging im Zimmer auf und ab. »Unmöglich. Ich sage es noch einmal, ich habe Vorstellung.« Was nicht ganz stimmte, denn die letzte Aufführung des Winterkonzerts fand am 23. Dezember statt, danach stand eine Komödie auf dem Spielplan, die bis ins neue Jahr hinein laufen sollte.

»Was? Wird dieses Jahr keine Komödie aufgeführt?«

Mist. Gali wusste, wie gern sich die Belgier während der Feiertage amüsierten. Ich hatte es ihr selbst erzählt, hatte den gesunden Menschenverstand einer Nation gepriesen, für die Lachen die Antwort auf fast alles ist. Außerdem musste ich mir den Weihnachtsbaum im Grand-Place anschauen, was ich immer mit Freunden und Tante Charlotte tat ... das war die Lösung! »Aber wer kümmert sich dann um Mamy Elise? Wir können sie über die Feiertage nicht alleine hier zurücklassen.«

Ich hatte mir geschworen, dass ich mich erst mit einem Baby in den Armen wieder zu Hause blicken lassen würde. Und falls ich richtiglag und dieses Mal tatsächlich schwanger war, wollte ich für eine rundum entspannte Schwangerschaft sorgen, was Weihnachten mit meinem Vater ausschloss.

»Mamy Elise hat er auch eingeladen. Und sie hat zugesagt.«

»Woher weißt du das?«

»Weil er mich heute angerufen und es mir erzählt hat. Jacqueline, hör zu, mach es mir nicht noch schwerer, als es ohnehin schon ist, okay? Er will, dass *alle* kommen.«

Ich hörte sie am anderen Ende der Leitung schlucken. »Trinkst du etwa Wein?« Ich schob einen ohnehin ordentlichen Stapel Zeitschriften auf dem Sofatisch zurecht.

»Was unterstellst du mir?«

In Gedanken rechnete ich nach, hier war es Viertel nach neun, also war es Viertel nach drei Uhr morgens in Pennsylvania.

»Gali, es ist –«

»Ach, erzähl du mir nicht, wie spät es ist! Auf einmal willst du die große Schwester spielen? Ich sag dir, was los ist! Es ist Zeit, deinen ver –, deinen Heimflug zu buchen!«

»Bist du allein?« Ich hörte Alarmglocken läuten. Ich hatte nichts dagegen, wenn man Alkohol trank, vor allem, wenn es sich um einen guten Wein handelte. Aber allein trinken?

»Nein, also ich meine, ja. Die Kinder schlafen. Und Leo

auch. Jedenfalls will Daddy uns anscheinend irgendetwas Wichtiges erzählen. Irgendein großes Geheimnis.« Beim letzten Wort wurde ihre Stimme ganz leise.

Ich erschauderte. »Kann er uns das nicht sagen, wenn er im November herkommt?«

»Keine Ahnung. Warum fragst du ihn nicht selbst?«

»Na gut.« Ich war froh, dass niemand sehen konnte, wie wenig ich von der Aussicht auf Daddys jährlichen Besuch begeistert war. Galis Stimme und ein seltsames Schluchzen am anderen Ende der Leitung rissen mich aus meinen Gedanken.

»Weinst du etwa?«, fragte ich überrascht.

»Ana geht in Rente, und ich weiß nicht, was ich machen soll.«

»Oh nein. Was ist denn passiert?« Ich hörte meiner Schwester zu, während ich gleichzeitig nach einer plausiblen Ausrede für Weihnachten suchte. Aber mir wollte nichts einfallen. Noch nicht.

»Gali, hör mir zu. Stell jetzt die Flasche weg. Spül dein Glas ab. Trink einen Schluck Wasser und geh ins Bett zu deinem wunderbaren sexy Ehemann. Wir reden später, aber jetzt musst du dich erst einmal ausruhen.«

»Okay.« Gali seufzte, und das Geräusch machte selbst mich müde. Ich stand auf und sah aus dem Fenster. So sehr ich mich auch anstrengte, meine freudige Stimmung von vorhin war verflogen.

Also holte ich das Fensterleder und einen Eimer warmes Wasser mit einem Spritzer Essig und putzte die Erkerfenster, bis sie blitzten. Danach zog ich einen dicken Pulli über und machte mich draußen im Garten daran, die Blätter zusammenzurechen. Dann tat ich etwas, das ich seit Jahren nicht mehr gemacht hatte. Ich ging in die Küche und verschlang, Stück für Stück, das gesamte Baguette, dick mit Butter bestrichen. Nachdem ich mich im Badezimmer übergeben hatte, wusch ich mir das Gesicht, putzte die Zähne und frischte mein Make-up auf. Dann verließ ich das Haus, um Brot zu kaufen.

3

Colette

Alle, die ich kannte, waren mit verrückten Familien geschlagen. Ich selbst bildete da keine Ausnahme. In meiner Familie hatten wir eine besonders intensive Beziehung zum Thema Essen. Und bei uns waren alle Künstler oder wollten es gerne sein. Ich hatte mich noch nicht geoutet. Damit meine ich, dass sich meine Kreationen bisher noch im Kleiderschrank versteckten und nur ab und zu das Licht der Welt erblickten, wenn ich Glück hatte, jemand zu finden, der bereit war, sie anzuziehen.

In meiner Familie war ich das Küken. Ich war nicht nur die dritte und jüngste Tochter, sondern auch noch kleiner als meine Geschwister. Ich hatte weniger Erinnerungen an meine Mutter vor ihrer Krankheit als die anderen, an die Zeit, als mein Vater glücklich gewesen war. Das war auch einer der Gründe, weshalb ich für einigen Abstand zwischen mir und meiner Familie gesorgt hatte, ein Abstand, der sich in Kilometern, Metern, ja, sogar Zentimetern messen ließ. Diese stolze Leistung präsentierte ich der Welt und mir selbst gegenüber wie einen goldenen Pokal. Nicht dass ich mir etwas darauf einbildete, aber … na gut, irgendwie tat ich es doch. Und wir alle wissen schließlich, wie sehr die

Natur eingebildete Kreaturen verabscheut, die glauben, sie könnten aus ihrem persönlichen Urschleim herauskriechen. Nicht ohne Grund braucht die Evolution Jahrhunderte.

Ich war in meinem Honda Civic auf dem Weg von der Arbeit nach Hause. Das hier war Kalifornien. Außer mir waren hier alle braun gebrannt, sogar mein Wagen war braun. Die Sonne ging am Ende eines strahlenden Oktobertages unter. Von meinem klapperigen Auto aus hatte ich eine grandiose Aussicht auf die dunklen bläulichen Berge auf der einen Seite, und den Horizont, wo der Himmel in den sonnengesprenkelten Ozean überging, auf der anderen. Ich nahm gern den längeren Heimweg über Mount Soledad. So konnte ich das Rodeo aus gestressten Fahrern, die an ihren Handys hingen, meiden, die während der Rushhour den Freeway verstopften. Keine Ahnung, warum es immer hieß, Südkalifornien sei so entspannt. Das hier war der stressigste Ort, an dem ich je gelebt hatte. Wobei ich nicht viele Vergleichsmöglichkeiten hatte.

Ich liebte dieses ganz besondere Licht, wenn der Tag in die Nacht überging. Ich war gut gelaunt, fast schon glücklich. Dabei hätte ich es besser wissen müssen. Ich hätte nach etwas *streben* sollen, nach mehr, nach Größerem. Ich unterrichtete an der Uni Französisch, allerdings ohne Festanstellung. Ich gehörte zu jenen unterbezahlten Arbeitskräften, die an den Universitäten des Landes den Großteil der Seminare stemmen. Auf Französisch klingt das gut, *professeur adjoint*, doch ohne Vertrag schielt man im Supermarkt praktisch ständig auf den Aushang »Kassenaushilfe gesucht«. Mit Mitte zwanzig war es kein Problem, ein Leben am Abgrund zu führen, obwohl ich immer an Höhenangst gelitten habe. Mit zweiunddreißig war es an der Zeit, dauerhaft festen Boden unter den Füßen zu bekommen. Zumindest hatte man mir das wieder und immer wieder gesagt.

Jetzt gerade war der Job gut genug. Er war sogar mehr als das. Er gab mir die Freiheit, meinen Traum weiterzuspinnen. Ich drehte am Radio herum, um den Verkehrsfunk zu unterbrechen. Auf einem Sender, auf dem Oldies aus den Achtzigern gespielt wurden, grölten The Clash *Should I Stay or Should I Go?* Als Teenager standen meine beiden Schwestern total auf diese Band, und da ich damals meine Schwestern vergöttert hatte, überließ ich mich eine Weile diesen nostalgischen Gefühlen. Wobei mir schleierhaft war, wie jemand mit meiner verkorksten Vergangenheit überhaupt so etwas wie Nostalgie empfinden konnte. Eigentlich stand ich auf Musik aus den Sechzigerjahren. Dass ich diese Zeit nie erlebt hatte, spielte dabei keine Rolle.

In meiner Familie war man *künstlerisch veranlagt.* Das wurde von einem erwartet, so wie andere davon ausgehen, dass ihre Kinder ins Familienunternehmen einsteigen oder auf ein bestimmtes College gehen. In meiner Familie gingen alle davon aus, dass ich Schriftstellerin werden würde. Daddy war immer noch enttäuscht, dass ich noch nicht den großen amerikanischen Roman geschrieben hatte. Doch das war sein Traum. Und Galis heimlicher Traum. Dabei schrieb ich ja: Wörter waren ein zentrales Element meiner Kunst. Ich hatte es dilettantisch mit Malerei und Bildhauerei versucht, hatte mit allem experimentiert, was dreidimensional war, mit Texturen und Farbe. Ich hatte so lange herumprobiert, bis ich meinen Stil fand. Bis zu jenem Tag, als ich plötzlich begriffen hatte, was mir wirklich Freude machte: Kleider nähen. Nicht nach fertigen Schnittmustern. Ich entwarf sie selbst und kombinierte dabei verschiedene Stoffe und Halbedelsteine, Pailletten und Knöpfe, natürliche und künstliche Materialien.

Jedes Unikat erzählte eine Geschichte. Ich bestickte meine Kreationen mit Zitaten, die teilweise von mir, teilweise von anderen Autoren stammten, die ich liebte. Gerade hatte ich die letzten Feinarbeiten an Galis Weihnachtsgeschenk vorgenommen: Es war ein fließendes Cocktailkleid aus mitternachtsblauer Seide mit violetten Samttaschen, schulterfreiem Dekolleté und einem asymmetrischen Saum, in den von Hand mit Goldfaden der Anfang von Dinesens *Babettes Fest* eingestickt war.

Am kommenden Wochenende würde ich mich Jacquelines Weihnachtsgeschenk widmen. Es musste prächtig und dramatisch werden, und doch ein wenig fragil, wie sie selbst. Vielleicht würde es ein Cape mit Federn, in strahlend bunten Farben werden, die mit modernen, trashigen und künstlichen Materialien wie Plastik oder Gummi stehen würden. Ich würde das Libretto einer ihrer Lieblingsopern verarbeiten. Auf jeden Fall etwas Italienisches. Ich tendierte zu Puccini.

Für meinen Bruder Art hatte ich mich für ein schlichtes weißes Hemd mit aufgestickten Zitaten aus *On the Road* entschieden. Vielleicht würde es auch etwas weniger Offensichtliches werden.

Wenn Jacqueline die Stimme der Familie und Gali das Herz war, war ich das Gehirn. Ich hatte zwei Master-Abschlüsse, einen in Französisch und einen in Englischer

Literatur. Alle dachten, ich würde Schriftstellerin werden. Sogar ich tat es. Doch als ich herausfand, dass ich Tücher und Stoffe als Ergänzung zu meinen Worten brauchte, gab es kein Zurück mehr.

Das Klingeln meines Handys unterbrach meinen Gedankenfluss. Es war meine Freundin Sonya.

»Hallo, wie geht's dir?«, erkundigte ich mich.

»Furchtbar. Farley hat doch eine Halsentzündung, und ich weiß, ich werde mich anstecken.«

»Geht's ihm inzwischen besser?« Der sechsjährige Farley war Sonyas mittleres Kind.

»Es ist wieder total viel los. Ich muss wissen, ob Samstagabend immer noch steht.« Am Telefon war ihr russischer Akzent auffälliger als sonst.

Ich hatte ganz vergessen, dass wir uns für Samstag verabredet hatten. Mädelsabend. Wayne machte das nichts aus. Er würde etwas mit seinen Surferkumpels unternehmen. Oder sie kamen bei uns vorbei, um Karten zu spielen, sich ein Match anzusehen oder irgend so etwas in der Art.

»Klar.« Ich bog nach rechts in die Soledad Road ab.

»Ich habe beim Mexikaner reserviert, den Alice mag.«

»Klingt gut.«

»Colette. Wir haben beschlossen, dass du mit diesem verrückten Theater beim Essen aufhören musst. Wie nennen die Amerikaner das? Intervention.«

»Mmm.« Ich konnte sehr wortgewandt sein, wenn ich wollte.

»Ist in Ordnung. Wir haben alle schon mal dort gegessen. Es ist gut, versprochen.«

Wenn es um Essen ging, war ich ein bisschen speziell. Ich

konnte nur Sachen essen, bei denen ich wusste, wo sie herkamen und wie sie zubereitet worden waren. Wayne meinte, ich müsste eigentlich jüdisch sein. Doch es ging über koscheres Essen hinaus. Und es wurde immer schlimmer. In Restaurants und auch auf den meisten Partys konnte ich nichts mehr essen. Nichts, was abgepackt oder zu lange im Voraus zubereitet worden war. Inzwischen konnte ich nur Essen zu mir nehmen, das ich selbst gekocht hatte, und auch nur, wenn die Zutaten aus bestimmten Läden kamen. Außer Gali hatte es zubereitet, aber die würde leider nicht allzu oft mit ihren Zaubertöpfen und -löffeln vom Himmel fallen, um mich zu bekochen.

»Ich kann euch ja einfach auf einen Drink treffen«, meinte ich. Meine Aversion übertrug sich nicht auf Alkohol, was mein soziales Leben mehr oder weniger rettete.

»Um halb acht, ja? Und du wirst etwas essen.«

Mein Handy piepste. Ich hatte wieder mal vergessen, es zu laden. »Mein Akku macht gleich schlapp. Ich ruf dich von zu Hause aus an, okay?«

»Nicht zu spät...« Doch mein Telefon schnitt ihr das Wort ab.

Ich hatte eigentlich noch Wayne anrufen wollen, um ihm zu sagen, dass ich auf dem Heimweg war, aber egal. Ich liebte es, zu ihm nach Hause zu kommen. Er war der einzige Mensch, der alle meine Macken und Geheimnisse kannte und mir trotzdem Blumen kaufte. Ich wusste, ich würde ihm immer alles verzeihen. Schließlich hatte, ich ihm bereits das Unverzeihliche verziehen. Außerdem konnte ich inzwischen verstehen, was ihn dazu gebracht hatte, mich vor dem Altar stehen zu lassen, auch wenn ich damals am liebsten eine Knarre aus meinem Brautstrauß gezogen und mir eine Kugel in den Kopf gejagt hätte. Wie gut, dass Floristen keine Waffen zwischen den Blüten und Farnen verstecken. Hierher zu ihm an die Westküste, nach Kalifornien, zu ziehen – wo mich der Duft von Jasmin immer aufs Neue betörte – war genau das Richtige für uns. Weit weg von meiner Familie, von meiner toten und seiner lebendigen Mutter.

Ich bog in unsere Straße ein und begann nach einer Parklücke Ausschau zu halten. Die Suche nach dem Heiligen Gral war nichts im Vergleich dazu, an einem Freitag nach 18 Uhr in Pacific Beach, Kalifornien einen Parkplatz zu finden. Die Leute kamen aus ganz San Diego hierher, um in einer der Bars was zu trinken, von denen es fast so viele gab wie Sandkörner am Strand. Ich war jedoch aus gutem Grund so spät dran, denn ich hatte mich mit Chantal, der Leiterin des Französischinstituts, unterhalten. Bei der Erinnerung an unser Gespräch machte mein Herz einen Satz.

Das würde Wayne so glücklich machen.

Ich konnte ein Grinsen nicht unterdrücken, während ich mein Auto in eine Lücke bugsierte, die genau in dieser Sekunde von einem glänzenden blauen VW Käfer freigegeben wurde – dem Auto meiner Träume. Schließlich lebte ich in Kalifornien, dem Geburtsort des Flower Power, und auch ich wollte frische Blumen in diese kleine Vase stecken, die es fürs Armaturenbrett des Käfers gab. Es musste sich um ein gutes Omen handeln, dass ich den Parkplatz meines Lieblingsautos übernahm. Ganz zu schweigen davon, dass ich bereits im ersten Anlauf perfekt geparkt hatte. Ich fühlte mich kompetent, hatte die Dinge im Griff. Aussichtsloser Job hin oder her, heute war ich Superwoman.

Ich nahm meine Handtasche und die Tasche mit den Büchern vom Beifahrersitz, stieg aus und ging einmal ums Auto herum, das keine fünfzehn Zentimeter vom Bordstein entfernt stand. Meine hohen Absätze klapperten auf dem Asphalt. Ich konnte es kaum erwarten, meine Arbeitskleidung loszuwerden und etwas anzuziehen, das besser zu mir passte.

Kurz darauf bog ich in den Fußweg ein, der zu unserem Häuschen führte, einem winzigen gelben Bungalow auf dem Grundstück hinterm Haupthaus, was es hier in Pacific Beach häufig gab. Ich suchte in meiner Tasche nach dem Schlüssel, der sich natürlich zwischen allen möglichen Dingen versteckte, bis ich schließlich den Anhänger ertastete. Beim Herausziehen kamen ein zerknüllter Kassenbeleg von Whole Foods und ein altes Pfefferminzbonbon zum Vorschein. Ich nahm den cremefarbenen Umschlag auch gleich heraus und klemmte ihn mir zwischen die Zähne. Der Umschlag war das Erste, was Wayne sehen sollte, denn der Inhalt hatte es in sich. Ich fühlte mich wie der Weihnachtsmann.

Während der vergangenen sechs, nein sieben Wochen, seit Wayne seinen High-Tech-Job bei der Sands Corporation verloren hatte, lag er, wenn ich heimkam, in Surfshorts und zerschlissenem T-Shirt auf dem Sofa und sah sich alte *Friends*-Folgen an. Da Freitag war, würde er eine Flasche Pacifico Bier in der Hand und eine Tüte dieser Bio-Kartoffelchips auf dem Bauch liegen haben, die er so gerne mochte. Montag, Dienstag und Mittwoch waren Diet Coke und Karottensticks mit Joghurtdressing an der Reihe, donnerstags stieg er auf kalorienreduziertes Bier um, weil er nicht zu viele Kohlenhydrate zu sich nehmen wollte, dazu gab es mit Meersalz gewürzte Vollkorncracker.

An den Wochenenden gab es dann kein Halten mehr: Wein, Tequila, Wodka mit Oreos, Ben & Jerry's und dergleichen. Wenigstens hielt er sich an einen Terminplan. Und er wusch sich immer noch die Haare, obwohl er sich nur noch sporadisch rasierte. Da er nicht sonderlich viel Bart hatte, sah das, was in seinem Gesicht spross, trotzdem eher spärlich und kümmerlich aus. Ich war froh, dass mein Vater es nicht sah.

Doch die Dinge würden sich zum Besseren wenden. Ich brüstete mich immer gerne mit meiner Intuition, was ganz schön schwierig war, da ich eigentlich keine besaß. Das kopflose Huhn, das einfach blind weiterrennt, das war ich. Auch wenn ich es nur ungern zugab, verwechselte ich mitunter Intuition und Wunschdenken.

Doch das hier war eine bombensichere Sache. Der Firmenchef von OrangeCom, Waynes Traumfirma, würde mit viel Tamtam an der Uni geehrt werden. Mehrere Gebäude, einschließlich der neuen Bibliothek, ja sogar der Coffeeshop sollten nach ihm benannt werden. Wahrscheinlich würden sie irgendwann die gesamte Universität umbenennen. Doch solange der große Mark Jasper zu unserem ganz persönlichen Wohltäter wurde, war mir das egal. Was für ein Coup, dass ausgerechnet ich – eine unwichtige Angestellte aus der Schar der Arbeiterbienen, ein Niemand – durch eisernen Willen und Charme eine Einladung zu diesem Event ergattert hatte.

Wayne redete dauernd von diesem Senkrechtstarter, der zum kreativen Unternehmer, zum Held eines kalifornischen

Märchens geworden war, eine Legende in Waynes High-tech-Welt aus Piepsen und Drähten und Zahlenreihen. Mark Jasper war reich, erfolgreich, attraktiv, mit einer dünnen dunkelhaarigen Schönheit verheiratet, die zuvor seine persönliche Assistentin gewesen war, dazu gab es zwei bezaubernde Kinder, und alle lebten sie zusammen glücklich und zufrieden in einer Villa in den Hügeln von La Jolla mit Blick auf den Pazifik. Der Stoff, aus dem die Träume der Jahrtausendwende gemacht sind. Und Waynes großer Traum war es, seinen persönlichen König Artus zu treffen und in die Tafelrunde aufgenommen zu werden.

Ich ging rasch um die Garage herum auf unseren Bungalow zu, den Schlüssel in der einen und den Umschlag mit der Einladung in der anderen Hand. Heute passte die fröhliche gelbe Farbe des Hauses und die weißen Verzierungen gut zu meiner Stimmung. Alles wirkte noch freundlicher durch die Halloween-Lichterkette, die wir letztes Wochenende aufgehängt hatten und die Wayne an einen Timer angeschlossen hatte, damit sie sich bei Sonnenuntergang einschaltete. Ich konnte das Meer riechen, und der Wind fühlte sich kühl an auf meinen heißen Wangen. Ich steckte den Schlüssel ins Schloss. Wayne schloss immer die Tür ab, sogar wenn er zu Hause war, eine der wenigen Angewohnheiten, die mich an ihm nervten, genauso wie es ihn nervte, dass ich nie irgendwelche Türen abschloss.

Und falls es sich aus dieser Party nichts ergeben sollte, dachte ich, um damit die Mächte im Universum zu besänftigen, die womöglich aus reinem Jux meine Pläne durchkreuzen wollten, würden wir es trotzdem schaffen. Wir könnten woandershin ziehen, einen Neuanfang an einem neuen Ort wagen, der vielleicht etwas erschwinglicher war als San Diego. Schließlich war ich mit Kalifornien nicht verheiratet. Ich war überhaupt nicht verheiratet. Noch nicht. Ich hatte nicht einmal eine unbefristete Stelle. Wir konnten überallhin gehen. Überallhin, nur nicht zurück nach Hause.

Außerdem liebte ich Schnee.

Wir würden das schon hinkriegen.

Das Wichtigste ist, dass ich einen Partner habe, der auf mich wartet, dachte ich, als die Tür schließlich nachgab und aufschwang. Mein Blick wanderte von einer Seite des Raumes auf die andere.

Wayne saß nicht auf dem Sofa und sah fern. Es gab nicht mal mehr einen Fernseher und auch kein Sofa, auf dem man hätte fernsehen können. Die Musikanlage war weg, die gesamte Unterhaltungselektronik, fast alle CDs, sein Surfboard. Der Orientteppich, ein Geschenk seiner Mutter, alles weg. Überall waren leere Stellen.

Mein Gott, war jemand bei uns eingebrochen? War ein Mörder hier gewesen? Oder ein mordender Einbrecher? War er vielleicht sogar noch hier? Lag Wayne blutend in der Badewanne? Ich erstarrte und lauschte auf irgendein Geräusch, das auf menschliches Leben schließen ließ, bereit, sofort die Flucht zu ergreifen.

Wer auch immer es war, er hatte meinen Lieblingssessel dagelassen, ein Ungetüm mit blassem Chintz-Bezug. Auch die Halloween-Dekoration war noch im ganzen Raum verteilt. Der scheußliche Keramikkürbis, ein Geschenk unserer Vermieterin, lag nun in einer Ecke auf dem Boden und nicht mehr auf dem runden Bistrotisch, wo er heute Morgen noch gestanden hatte. Die kleine Hexenpuppe, die ich vor Jahren gebastelt hatte und immer zu Halloween herausholte, war weg.

Welcher Bekloppte klaute eine Puppe?

Der Esstisch war noch da, um den vier Klappstühle standen, ein Sonderangebot von IKEA. Die Kerzen auf dem Tisch waren nur noch ein Klumpen, ein halb geschmolzener Wachsstrauß aus Gold, Ocker und Rostorange.

Ich konnte mich nicht bewegen, brachte keinen Ton heraus. Ich schaffte es kaum zu atmen. Dann entdeckte ich auf dem Tisch, an eine dicke, orangegelbe Kerze gelehnt, im Lichtschein der Straßenlaterne, der durchs Fenster fiel, einen Umschlag. Er war weiß und nicht cremefarben wie der, den ich in meiner feuchten Hand hielt. Ich wollte es erst nicht wahrhaben, aber dann tat ich es doch. Das hier war nicht das Werk eines Einbrechers. Die Welt war aus den Fugen geraten, und ich verspürte einen Druck auf der Brust. *So muss es sich anfühlen zu ertrinken*, dachte ich. Mir war schwindelig. Ich wusste, ich sollte mich bewegen, mich hinsetzen, wenigstens die Haustür schließen.

Nach einer gefühlten Ewigkeit, wobei es sich kaum mehr als um ein paar Minuten handeln konnte, schloss ich die Tür hinter mir, ließ meine Taschen fallen und ging zitternd zum Tisch. Ich warf den inzwischen ziemlich zerknitterten cremefarbenen Umschlag beiseite und las meinen Namen, der in Druckbuchstaben auf dem weißen Umschlag stand. *Colette*, klar und nüchtern. Es klang wie der Titel einer Kurzgeschichte: »Colette, klar und nüchtern«. Es war einer der Umschläge, die wir zum Bezahlen von Rechnungen verwendeten. Sicherheitsumschläge nannte man sie. Es war bloß ein blödes, billiges Stück Papier mit selbstklebendem Rand, zusammengefaltet, um Worte zu enthalten. Worte, die Schulden begleichen, die ein Lächeln hervorzaubern, den Alltag am Laufen halten oder einen Traum zerplatzen lassen können.

Ich konnte ihn einfach nicht öffnen. Stattdessen ging ich, ohne das Licht eingeschaltet zu haben, zum Kühlschrank und öffnete die Tür. In der kühlen Luft fühlte sich meine Haut sofort klamm an, und das Licht warf unheimliche Schatten ins Zimmer. Ich kickte meine hohen Schuhe von den Füßen und stellte mich barfuß auf die kalten Fliesen.

Er hatte das ganze Bier mitgenommen. Jede einzelne Flasche. Sogar das mit den vielen Kalorien. Auch die Flasche Chimay, die Jean-Pierre, ein belgischer Freund von *mir*, uns geschenkt hatte und die wir für einen besonderen Anlass aufgehoben hatten. Ich griff nach einer halb leeren Flasche billigem Chardonnay, um den ich normalerweise einen Bogen machte. Davon bekam ich immer schreckliche Kopfschmerzen, die wiederum das süße Vergessen, das Alkohol mit sich bringen konnte, zunichtemachten. Heute Abend müsste diese Flasche ausreichen. Mein Kopf dröhnte sowieso schon.

Ich schaltete das Unterlicht des Hängeschrankes an, nahm mir ein Glas und schluckte drei Ibuprofen auf einmal. Ich konnte mir einfach nicht merken, welche Schmerzmittel man nicht mit Alkohol kombinieren sollte. Dann schenkte ich mir wieder ein, zog einen Stuhl vor den Kühlschrank, stieg hinauf und öffnete den Schrank oben drüber. Blind tastete ich hinter den Vasen und alten Telefonbüchern herum, bis ich gefunden hatte, wonach ich suchte. Meinen heimlichen Vorrat. Mit der Schachtel Lucky Strike und dem wunderschönen goldenen Feuerzeug, das Gali mir zum achtzehnten Geburtstag geschenkt hatte, als wir beide noch wie verrückt rauchten, stieg ich wieder hinunter.

Das Weinglas in der Hand, ging ich hinaus vors Haus und steckte mir eine an. Zuerst machte der Rauch meinen Kopf frei, dann wurde mir schwindelig. Ich war dankbar, sehr dankbar für diesen Sog, der mich von dem Albtraum entfernte, den ich würde durchleben müssen. Es war also wieder passiert. Während der Rauch zum Sternenhimmel aufstieg und sich auflöste, wünschte ich mir, die ganze Situation würde dasselbe tun. Sich einfach in Luft auflösen. Bestimmt gab es deshalb immer noch so viele Raucher. Wir wollten, dass es sich mit unseren Problemen so verhielt wie mit dem Rauch, selbst wenn wir dabei draufgingen.

Nach meiner zweiten Zigarette und dem zweiten Glas Wein kehrte ich nach drinnen zurück. In meinem Kopf drehte sich alles. Ich hielt die Kippen kurz unters Wasser, um sicherzugehen, dass sie ganz erloschen waren, bevor ich sie in den Mülleimer warf. So war ich eben: Zwanghafter Selbsterhaltungstrieb trifft auf Todessehnsucht.

Ich wollte noch mehr trinken und fand eine volle Flasche Portwein. Wenn ich das gewusst hätte, hätte ich den billigen Chardonnay nicht angerührt. Ich nahm ein Glas des dickflüssigen, süßen Weins mit ins Wohnzimmer und ließ mich in meinen Sessel fallen. Beim Blick aus dem Fenster auf die blinkende orangefarbene Lichterkette, die wir letztes Wochenende aufgehängt hatten, fühlte ich mich wie betäubt.

Der Umschlag grinste mich fröhlich an.

»Halt's Maul!«, sagte ich.

Wayne schuldete mir mehr als einen schnöden, getippten Dear-Jane-Brief. Er konnte, sollte, würde mit mir reden, verdammt!

Ich griff nach dem Telefon auf dem Beistelltisch, nur um festzustellen, dass beides verschwunden war. Egoistischer Dreckskerl. Wie sollte ich ohne Telefon und Fernseher einen Nervenzusammenbruch überleben? Der Nebel in meinem Hirn lichtete sich ein wenig, und mir fiel der Segen mobiler Kommunikation ein. Ich nahm noch einen Schluck Porto. War das Glas wirklich schon leer? Dieses Zeug trank sich wie Limonade. Ich brauchte – nein, ich wollte – mehr davon. Zucker war gut bei Schockzuständen, hat meine Mutter immer gesagt. Natürlich meinte sie damit Schokolade. Ich sollte mir welche besorgen. Am besten Godiva mit Likörfüllung.

Nachdem ich mir nachgeschenkt hatte, ging ich zum Auto, um mein Handy zu holen. Ich schloss das Ladegerät an und drückte im Schnellwahlmenü die Eins.

Nach dem zweiten Klingeln hörte ich eine charmante Stimme: *Wayne Harper-Jones kann Ihren Anruf nicht entgegennehmen und empfängt momentan leider auch keine Nachrichten.*

Ich riss den Stecker aus dem Handy.

Am Sonntagnachmittag hatte ich immer noch mit niemandem geredet und war auch nur ein einziges Mal draußen gewesen, in Schlafanzughose, Schlabber-T-Shirt und Flipflops. Ich hätte ein T-Shirt von Wayne angezogen, aber er hatte kein einziges Kleidungsstück dagelassen. Dazu trug ich eine dunkle Sonnenbrille, die nicht groß genug war, um die Ringe unter meinen zugeschwollenen Augen zu verdecken. Meine Haare standen vom Kopf ab wie bei einem zeitreisenden Punkrocker. Das war am Samstagmorgen gewesen, als ich bei Trader Joe's kurz meine Wein- und Essensvorräte aufgestockt hatte. Außerdem hatte ich Zigaretten im 7-Eleven besorgt. Von den Einkäufen waren jetzt nur noch die Lebensmittel übrig.

Abserviert, verlassen, vernichtet. Mir gingen pausenlos solche Worte durch den Kopf.

Allein.

Krank.

Tot.

Ich könnte endlos damit weitermachen, aber wozu auch. Ob sich mein Vater wohl so gefühlt hatte, als Maman gestorben war? Bestimmt noch schlimmer.

Schließlich steckte ich mein Handy wieder ein. Acht verpasste Anrufe.

Zwei waren von Sonya, sechs von Gali. Keiner von Wayne Harper-Jones …

Meine Schwester hatte sechsmal angerufen?

Ich legte auf. Weihnachten mit meinem Vater verbringen? Das war unmöglich. Noch unmöglicher, als es schon so gewesen wäre. Fürs Erste war es aber besser, Gali glauben zu lassen, dass ich kommen würde. Ich blickte an mir herab. Meine Jogginghose war ausgeleiert. Ich musste dringend duschen. Ich musste mich waschen, etwas tun, jemanden anrufen. Aber nicht meine Schwester. Auf dem Weg zum Bad fiel mein Blick auf mein Bett, und ich kroch hinein, rollte mich auf die Seite, zog die Knie an die Brust und die

Decke über den Kopf. Nur noch die Nasenspitze schaute heraus. Ein paar Minuten, dann würde ich aufstehen.

Ich starrte auf ein Ölgemälde, ein Hafen in Blau- und Grautönen, das an der Wand gegenüber vom Bett hing. Ein Geschenk meines Vaters. Ich konnte mich erinnern, wie er es in seinem kleinen Atelier neben dem Esszimmer restauriert hatte. Ursprünglich war das eine verglaste Veranda gewesen, der hellste Raum im ganzen Haus. Ich sah ihm von der Türschwelle aus heimlich zu. Er wirkte so mit sich im Reinen, wenn er an einer Leinwand arbeitete, eingehüllt in den Geruch nach Lösungsmitteln, speziellen Seifen und Lack. Die Farben verschwammen, und ich schloss die Augen.

Als ich aufwachte, stand die Sonne hoch am Himmel. Es war Zeit, es hinter mich zu bringen. Ich ging die elf Schritte vom Schlafzimmer zum Wohnzimmer. Der Umschlag lag immer noch da und wartete darauf, dass ich ihn öffnete. Als ob er wüsste, dass ich es tun würde.

Als ich den Umschlag öffnete, spürte ich einen schneidenden Schmerz. Blut quoll aus der feinen Schnittwunde an meinem Finger. Den Daumen im Mund, zog ich vorsichtig das weiße Blatt Druckerpapier aus seiner Hülle. Ich wusste, was darauf stehen würde, noch ehe ich die Worte gelesen hatte, und trotzdem war ich neugierig. Also zwang ich mich, mich zu konzentrieren. Blut war auf das Papier getropft.

Colette, Baby,
ich kann das nicht. Es liegt an mir, nicht an dir. Sorry, Babe.
Ciao,
W.

Er hatte den Brief nicht einmal mit der Hand geschrieben. Es waren bloß gedruckte Buchstaben auf Recyclingpapier.

Ich fragte mich, aus welcher Soap er sich den Satz »es liegt an mir, nicht an dir« abgeschaut hatte. Das sah ihm gar nicht ähnlich. Mit dem blutbefleckten Brief in der Hand setzte ich mich auf einen Stuhl und wartete. Darauf, dass der Schmerz einsetzen würde. Das letzte Mal war es unerträglich gewesen. Ich wartete. Aber es passierte nichts.

Dann sprang ich auf, knüllte den Brief zusammen und schleuderte die Papierkugel so fest ich konnte gegen die Wand.

»Scheißkerl, verdammter Kackmist!«

Fast geräuschlos prallte sie ab und fiel zu Boden.

Den restlichen Tag verbrachte ich mit ganz alltäglichen Dingen. Ich duschte, zog Leggings und ein rot-violettes Kleid mit Paisley-Muster an – ein Outfit, in dem ich mich normalweise immer gleich besser fühlte – und ging in die Waschküche neben der Garage hinüber. Evelyn, meine Vermieterin, hatte einen Zeitplan aufgestellt: Die Bewohner des Haupthauses durften Waschmaschine und Trockner unter der Woche benutzen, die Mieter am Wochenende. Ich kümmerte mich um die Wäsche, saß draußen am schmiedeeisernen Tisch unter einem gestreiften Sonnenschirm. Ich bereitete meinen Unterricht für den nächsten Tag vor und korrigierte einige Studienarbeiten fertig.

Ich musste mir eine glaubwürdige Geschichte einfallen lassen. Niemand durfte erfahren, was passiert war. Diese Schande würde ich kein zweites Mal ertragen. Das ganze Mitgefühl. Dass alle wussten, dass ich versagt hatte. Schon wieder. Ich sah immer noch Daddys Gesicht vor mir, als meine Schwestern mich aus der Kirche brachten.

Als Wayne und ich auf der Highschool ein Paar wurden, konnte ich mein Glück kaum fassen. Er war der heißeste Typ in unserer Klasse. Sportlich und clever. Alle Jungs wollten mit ihm befreundet sein, alle Mädchen standen auf ihn. Mich eingeschlossen. Seltsamerweise konnten weder Jacqueline noch Art ihn leiden. Gali freute sich einfach nur, dass ich glücklich war. Als er mich zum ersten Date einlud, kam mir das vor wie ein Wunder. Dem Rest der Klasse auch. Ich gehörte nicht gerade zur A-Liste. Die einzigen As in meinem Leben waren meine Noten und meine Körbchengröße. An Waynes Arm wurde ich zum ersten Mal sichtbar. Der Rest der In-Clique hatte keine andere Wahl, als mich zu akzeptieren, einige widerwilliger als andere. Vor allem Tracy Harris, die Anführerin der Cheerleader, hatte es auf ihn abgesehen. Ich wusste, sie würde mich eher mit ihren Pompons ersticken, als sich mit mir anzufreunden, aber sie lieferte eine glaubwürdige Show ab, zumindest vor den anderen. Mir war das egal. Ich war mit Wayne zusammen, und der Rest war Zuckerguss. Nicht mal das, höchstens noch die Perlen zur Dekoration auf dem Zuckerguss.

Wir gingen beide nach Shippensburg aufs College, obwohl ich ein Stipendium für Bryn Mawr bekommen hatte. Daddy hatte mir immer noch nicht verziehen, dass ich einem Mann zuliebe auf die Ausbildung an einer erstklassigen Universität verzichtet hatte, auch wenn er aus einer angesehenen Familie kam.

Aber Wayne war mein Leben. Meine Sonne.

Als es das erste Mal passierte, wollten wir eigentlich übers

Wochenende ans Meer fahren. Es war der Sommer nach dem ersten Collegejahr. Wir arbeiteten beide, um Geld auf die Seite zu legen – ich in einer Boutique, die einer Freundin von Tante Sola gehörte, und er als Bademeister im Shady Oaks Country Club. Mir fiel es schwer zu sparen, weil ich 30 % Mitarbeiterrabatt bekam. Das war eine ziemliche Verlockung. Immer wieder wurde ich schwach, und an den Tagen, an denen Wayne arbeitete und ich freihatte, nähte ich die Kleidungsstücke um.

Das Wochenende vor dem 4. Juli hatten wir beide frei. Ich packte meine Tasche mit den Badeanzügen, den Strandkleidern, die ich genäht hatte, Shorts und mehreren Litern Sonnencreme. Meine Mutter hatte stets betont, wir wären beide Nordlichter und die Sonne kein Freund unserer Haut. »Es gibt so viel Schöneres, als sich wie ein *crêpe* zuerst von der einen und dann von der anderen Seite zu bräunen«, erklärte sie mir. Doch als Teenager, und selbst noch zu Collegezeiten wäre es undenkbar gewesen, auf diese Ausflüge an die Küste Jerseys zu verzichten.

Ich saß auf der Veranda, meine Reisetasche zu Füßen, und las zum zweiten Mal die *Claudine*-Bücher von Colette, meiner Namensvetterin.

Wayne kam einfach nicht.

Er hatte seinen Job hingeschmissen. Seine Mutter, Eleanor, erklärte mir, er hätte einfach mal rausmüssen. Sie hatte sich bereit erklärt, sowohl seine Reise als auch die Studiengebühren fürs kommende Jahr zu übernehmen. »Er kann doch noch sein ganzes Leben lang arbeiten. Er ist jung. Er sollte sich amüsieren, unvernünftig sein. Armes Ding, hat er dir nicht gesagt, dass er geht?«

»Muss mir irgendwie entfallen sein«, hatte ich gemurmelt und mich schnell ihrem eiskalten Blick entzogen. »Er gehört mir«, sagten diese Augen, »mir allein.«

Im Herbst auf dem College war es dann, als wäre nichts passiert. Er nahm mich mit offenen Armen auf, und ich durfte mich wieder in seiner goldenen Aura sonnen.

»Ich musste einfach eine Weile alleine sein. Wenn ich dich gesehen hätte, hätte ich nicht die Kraft gehabt zu gehen. Hat dir meine Mutter meinen Brief nicht gegeben?«

Ich schüttelte den Kopf, aber es war mir inzwischen egal. Er war zurück, und er wollte mich.

Das zweite Mal passierte es am Tag unserer Hochzeit – der glücklichste Tag im Leben einer jungen Frau, wie mir von allen Seiten versichert wurde, angefangen bei den Hochzeitsmagazinen, über die Kosmetikerin, bis hin zum Caterer und sämtlichen Menschen, denen ich begegnete und die den Diamanten an meinem Ringfinger bemerkten.

Vor dem Altar sitzen gelassen, das arme Mädchen.

Jacqueline und Gali retteten mich, indem sie mich zu Gali nach Hause brachten und dort versteckten. Zusammen passten sie auf mich auf, bis Jacqueline nach Belgien zurückmusste.

Die folgenden vier Jahre verbrachte ich wie eine Schlafwandlerin. Ich fand eine Stelle als Lehrerin und kaufte mir ein Auto. Ich wohnte bei meiner Schwester und lebte nur in Ellys Gegenwart auf, die damals noch ein Baby war.

Dann, eines Tages im März, bekam ich eine Postkarte aus San Diego mit zwei Bikinischönheiten mit blondierten Haaren und unnatürlich großen Brüsten. Hintendrauf hatte er geschrieben:

Komm zu mir, Babe. Es tut mir leid. Werde dir alles erklären. Ich liebe dich.

W.

Außerdem fand sich dort eine Telefonnummer.

Obwohl meine Familie entsetzt war, packte ich meine Sachen und meine Nähmaschine, hob das Geld von meinem Flitterwochenkonto ab, kündigte meinen Job, verstaute mein Hab und Gut in meinem Honda Civic und fuhr einmal quer durch die Staaten.

Das war vor fünf Jahren gewesen.

Wie konnte es sein, dass die Zeit so schnell vergangen war? Ich dachte, inzwischen müsste doch ... Ich schüttelte den Kopf. Der Trockner brummte. Nachdem ich die Sachen ausgeschüttelt und zusammengelegt hatte, ging ich wieder ins Haus.

»Ja, seine Mutter ist krank. Zum Glück arbeitet er gerade nicht. Nein wirklich, Sonya, mir geht's gut. Komm nicht vorbei, okay? Hier sieht's furchtbar aus.« Was ja auch stimmte, dachte ich und sah mich in dem halb ausgeräumten Zimmer um. »Danke. Wir sehen uns morgen an der Uni. Ja, ein Kaffee um elf klingt gut. Bis dann.«

Ich wusste, er würde zu mir zurückkommen. Das tat er immer. Aber wie würde ich in der Zwischenzeit – und es konnte sehr hart werden – überleben? Mit einer Tasse Tee in der Hand zog ich Bilanz.

Bei meinem Job wurde ich nur für geleistete Unterrichtsstunden bezahlt, also durfte ich auf keinen Fall krank werden oder aus einem anderen Grund fehlen. Zum Glück hatte ich immer noch einen Batzen Geld auf dem Sparbuch, auch wenn das Geld weniger geworden war, seit Wayne seinen Job verloren hatte. Ich checkte übers Online-Banking mein Konto.

Es war leer.

Ich sah noch einmal nach.

Der Kontostand war auf null.

Er hatte mein ganzes Geld abgehoben. *Mein Geld.*

Es war nichts mehr übrig.

Ich betrachtete meine leere Tasse und unterdrückte das dringende Bedürfnis, sie bis zum Rand mit Wodka zu füllen. Stattdessen griff ich nach meinem Handy und rief Val an.

»Lust auf einen Drink?« Val war meine beste Freundin und berühmt für ihr katastrophales Liebesleben, in dem ein Loser den nächsten ablöste.

»Klar!«

»Wie gehabt?«

»Bin in zwanzig Minuten da.«

Irgendwie würde ich es schaffen. An Val würde ich meine Geschichte austesten. Trotz ihrer desaströsen Beziehungen war sie immer so fröhlich, was an ihren irischen Wurzeln liegen musste. Ich zog eine saubere Jeans und mein Camus-T-Shirt an und trug etwas Mascara und Lipgloss auf. Essen sollte ich auch etwas. Später. Ich würde später etwas essen. Ich würde das alles auf die Reihe kriegen. Ich konnte einen Kredit aufnehmen. Einen zweiten Job annehmen. Aber das hatte Zeit. Heute Abend würde ich meinen Schmerz in Wein ertränken.

Ein leises Klicken weckte mich. Ich war immer noch ziemlich angetrunken. Wie spät war es? Ich suchte den Wecker, bis mir einfiel, dass Wayne ihn auch mitgenommen hatte. Dann lauschte ich, reglos, die Finger in die Bettdecke gekrallt.

Es waren sehr leise Schritte, kaum wahrnehmbar, aber mein Gehör war schon immer sehr fein gewesen. Eine Gabe, von der ich nicht wusste, was ich damit anfangen sollte. Sie hatte mir noch nie so richtig was gebracht.

War das Wayne? Aber weshalb sollte er hier auf Zehenspitzen herumschleichen? Oder hatte er etwas vergessen und wollte es jetzt holen, ohne dass ich es merkte? Ha! Er hatte wohl vergessen, dass ich Ohren hatte wie ein Luchs.

Ich schlug die Decke zurück, bereit zum Kampf, doch dann hielt ich inne. Vielleicht war eine tränenreiche Szene nicht die beste Taktik. Aber was dann? Sollte ich einfach nur daliegen und so tun, als würde ich ihn nicht hören? Klar, das war verlockend. Was um alles in der Welt wollte er denn noch mitnehmen? Ich würde ganz ruhig bleiben. Charmant sein. Ihn überrumpeln.

Und mein Geld zurückverlangen, flüsterte eine Stimme in meinem Kopf.

Witzig. Sei witzig. Er liebte es, wenn ich ihn zum Lachen brachte. Leider war mir gerade nicht nach Scherzen zumute. Mein Hirn war von zu viel Pinot ganz taub, und der Kater machte sich langsam bemerkbar.

Ich hörte, wie eine Schublade aufgezogen wurde.

Vielleicht sollte ich ihm charmant, witzig und nackt entgegentreten?

Ich stieg aus dem Bett und holte tief Luft, um den Nebel in meinem Kopf zu vertreiben. Das letzte Glas Wein hätte ich nicht trinken sollen. Ich musste einige Male blinzeln, bis ich mich halbwegs stabil fühlte. Oder zumindest etwas stabiler. Ich würde einfach improvisieren. Schließlich konnte ich mir in einer dramatischen Geste immer noch den Pyjama vom Leib reißen.

Ich tapste ins Wohnzimmer und tastete nach dem Lichtschalter.

Dann blieb mein Herz stehen.

Vor mir stand, blinzelnd wie ein Reh im Scheinwerferlicht, der wahrscheinlich hinreißendste Mann, der mir je begegnet war. Seine glänzenden dunklen Locken umrahmten ein Gesicht von solch klassischer Schönheit, dass ich ihn am liebsten gemalt hätte. Völlig ungeachtet der Tatsache, dass ich seit Ewigkeiten keinen Pinsel mehr in der Hand gehabt hatte, erst mal beim Künstlerbedarf einen Großeinkauf hätte machen müssen und dazu noch im Schlafanzug war. Er trug eine schwarze Jeans und ein enges schwarzes T-Shirt. Sein Körper war geschmeidig und auf diese schlanke Art muskulös, wie man es sich nicht im Fitnessstudio antrainieren kann. Seine Haut hatte die Farbe von Karamell. Und seine schönen Finger durchwühlten eine meiner Küchenschubladen. Als ich das Licht anmachte, hielt er mit weit aufgerissenen haselnussbraunen Augen mitten im Wühlen inne. Ein Brasilianer?

Ich machte auf dem Absatz kehrt und stürzte auf die Haustür zu, wobei mir das Blut in den Ohren pochte. Leider stolperte ich dabei über meine eigenen Füße und stürzte. Mich selbst verfluchend, dass ich so viel getrunken hatte, rappelte ich mich wieder auf und schwankte wie ein Schilfhalm bei starkem Wind.

»*Sc-scusi*!«

Er legte mir sanft die Hand auf den Arm. Ich riss mich los, öffnete mühsam die Haustür und stolperte in die Nacht hinaus. Dann spürte ich, wie sich starke Hände auf meine Schultern legten und mich zurückhielten. Als ich schreien wollte, zog er mich mit einem Arm an sich und hielt mir mit der anderen Hand den Mund zu, wodurch jeder Laut erstickt wurde. Dann drehte er mich zu sich um.

»*Scusi*«, wiederholte er.

Ein Italiener. Und ein höflicher dazu. Ich hätte es wissen müssen. Nur die Italiener verstehen so viel von Ästhetik, um so schöne Menschen hervorzubringen. Instinktiv vergrub ich die Finger in den Handflächen, um meine abgekauten Nägel zu verbergen. Gab es in San Diego eigentlich keine echten Einheimischen? Diese Stadt war wie eine einzige Kolonie.

»Wenn ich meine Hand nehme, Sie schreien nicht, ja?«

Ich sah ihn mit großen Augen an und nickte.

»Ich werde nicht wehtun. Ich denke, niemand ist in das Haus.« Er entfernte seine Hand nur wenige Zentimeter von meinem Mund. Ich holte tief Luft.

»Zu Hause.« Jetzt verbesserte ich ihn auch noch? Ich verbot der Englischlehrerin in mir das Wort und starrte ihn an. Ich glaubte ihm, dass er mir nicht wehtun wollte. Wahrscheinlich wollte ich ihm glauben, weil er einfach so wunderschön war. Schönheit kann die Gehirnzellen ordentlich durcheinanderbringen. Falls überhaupt noch welche übrig waren, nachdem ich die meisten heute Abend mit Wein abgetötet hatte.

»*Sì.*«

»Was ...? Wer ...?« Ich war ja so wortgewandt. Ein Naturtalent.

»*Scusi.* Ich bin Dante. Dante di Lucca.« Er neigte seinen bezaubernden Kopf.

»Nett, Sie kennenzulernen, Dante. Könnten Sie mir sagen, was Sie in meiner Küche zu suchen hatten?« Seine Schönheit war entwaffnend. Ich konnte nicht glauben, dass er gefährlich war. Er sah aus, als hätte er sich verlaufen. Aber wohin wollte er und warum war er in meiner Küche gelandet?

»Ah, *sì, scusi.* Gehen wir wieder rein, und ich werde erklären.« Er ließ mir den Vortritt. Aus irgendeinem Grund, auch weil ich noch angetrunken war, ging ich brav zurück ins Haus. Wenn man später meine blutige Leiche auf dem Wohnzimmerfußboden fand, würde es Wayne noch leidtun. Dante folgte mir und zog mir einen der Klappstühle heraus. Ich setzte mich.

Ich liebte gute Manieren. Gerade in der heutigen Zeit. Noch dazu in Südkalifornien.

»Ich bin gekommen« – er senkte den Blick und verzog das Gesicht –, »um zu rauben.«

»Raupen?« Bisher verstand ich nur Bahnhof.

»Zu *rauben. Sono und ladro.* Ich bin ein Dieb.« Aus seinem Mund klang das wie Poesie.

Obwohl ich dieses Wochenende so viel geschlafen hatte, war ich auf einmal unglaublich erschöpft. Entnervt fuhr ich ihn an:

»Tja, Dante. Wenn du hier irgendwas Wertvolles zum Mitnehmen findest, dann tu dir keinen Zwang an. Wie wäre es mit meinem Laptop und meinem Handy? Bitte lass die Nähmaschine da, für die kriegst du nämlich nichts. Ich gehe jetzt ins Bett.« Ich stakste zurück ins Schlafzimmer und konzentrierte mich darauf, dabei nicht zu sehr zu schwanken, ehe ich unter die Decke kroch.

Er folgte mir mit entsetztem Blick. »*Ma tu sei matta!* Sie sind verrückt. Jemand könnte Ihre *identità* stehlen!«

»Wenn die irgendjemand haben will, bitte schön. Ich habe jedenfalls nicht sonderlich viel Glück damit gehabt.« Es wäre bestimmt ganz erfrischend, jemand anderes zu werden..

Trotzdem setzte ich mich auf. Es schien mir angemessen zu sein, jetzt wo sich mitten in der Nacht ein hinreißender italienischer Einbrecher in meinem Schlafzimmer aufhielt und mir einen Vortrag über Identitätsraub hielt. Okay. Ich träumte. Das passierte jetzt nicht wirklich. Vielleicht sollte ich in Zukunft tatsächlich weniger trinken.

Sein Blick fiel auf das Hermès-Tuch von Maman, das ich über meine Schneiderpuppe drapiert hatte.

Ich sah ihn kopfschüttelnd an. »Das ist ein Geschenk. Von meiner Mutter. Sie ist gestorben.«

Sein Blick kehrte ruckartig zu mir zurück. »*La tua mamma! Povera bambina.* Ich bin auch Waise von meiner Mutter.«

Nun verband mich also der Tod unserer Mütter mit einem imaginären bildschönen italienischen Einbrecher.

»Du bist wirklich einer der nettesten und kreativsten Träume, die ich je hatte. Aber wenn du mich jetzt bitte entschuldigen würdest. Ich muss morgen arbeiten und deshalb jetzt schlafen.«

»*Aspetta un'attimo*. Sie sehen nicht gut aus.«

»Na, vielen Dank auch.« Natürlich, wer sah neben ihm schon gut aus? Ich konnte nicht fassen, dass ich von einem Fantasiegebilde beleidigt wurde.

»Nein, Sie sehen nicht aus gut in Form.«

»Gesund?«

»*Si*, nicht gesund. Zu blass. Sie bleiben hier. Ich habe eine wunderbare Idee. Ich koche Essen. Essen macht Leben immer schöner. Nicht normal, seine *identità* hergeben wollen.«

Ich hörte ihn in meiner Küche herumhantieren und Töpfe und Pfannen klappern. Dabei sang er leise vor sich hin. Für eine bloße Erscheinung machte er ziemlich viel Lärm. Vielleicht war er ja doch aus Fleisch und Blut.

Ich stand auf, wickelte mich in meinen seidenen Ana-Karenina-Kimono und schob mein Handy in die Tasche, nur zur Sicherheit, ehe ich in die Küche ging. So viel war in diesem Raum nicht mehr passiert, seit ich ihn vor zwei Jahren frisch gestrichen hatte.

»Ich weiß, dass der Herd funktioniert, aber beim Ofen kann ich für nichts garantieren. Der ist ein bisschen gefährlich.«

»*Che bella*«, bewunderte er meinen Morgenrock und berührte dabei ganz leicht den Stoff. »Also, was ist los. Warum so traurig?«

»Na ja ...« Diese ganze Situation war so krass, so abgefahren, dass ich mit der ganzen Wahrheit herausplatzte. Dante hörte zu, ohne mich zu unterbrechen, während er nebenher kochte, den Tisch deckte, den Kühlschrank durchwühlte, bis er schließlich einen Teller mit einem köstlich aussehenden Omelett vor mich hinstellte.

»*Frittata con zucchini. Mangia.*«

Mir war nicht bewusst gewesen, dass mein Kühlschrank die Zutaten für frittata con zucchini enthielt. Ich war von mir selbst beeindruckt. Gali wäre stolz auf mich.

»Ich habe eigentlich keinen Hunger.«

»Doch. Sie haben Hunger, das sehe ich. *Mangia*!«

Ich nahm einen vorsichtigen Bissen. Es schmeckte gut. Sehr gut sogar. Ehe ich michs versah, hatte ich den ganzen Teller leer gegessen. Dante servierte mir eine zweite Portion, die ich ebenfalls ganz aufaß. Ich hatte das Gefühl, seit Jahren nichts derartig Gutes mehr gegessen zu haben.

»Haben Sie Wein?«

Ich wies mit dem Kopf auf die halb leere Flasche auf dem Tresen.

»Das hier« – er hielt die Flasche in die Höhe –, »ist kein Wein. Das ist *vinagre*, Essig. Nicht mal gut zum Kochen. Ist es nicht würdig genug, damit zu kochen.« Mir war der Wein, den ich aus Sparsamkeit ausgesucht hatte, zu peinlich, um auch nur ein Wort herauszubringen.

Er goss den Wein in den Ausguss. Dann füllte er unsere Gläser mit Eiswürfeln und Wasser. »Und dann?«, forderte er mich auf weiterzuerzählen.

»Und dann hat er so ziemlich alles mitgenommen. Sogar das ganze Geld von meinem Sparbuch.«

Dante schüttelte angewidert den Kopf. »Keine Moral. Dieser Wayne, er ist ein Schwein, *sì*?«

Ich nickte. »*Sì*.« Ich wusste, dass ich meine Meinung irgendwann ändern würde. Das tat ich immer. Aber jetzt gerade entsprach es ganz meinem Gefühl.

»Was ist mit Ihnen?«, erkundigte ich mich. »Was ist Ihre

Geschichte? Ich weiß, Sie haben Ihre Mutter verloren. Und Sie sind ein unglaublich guter Koch. Wie kommen Sie... wie sind Sie in die Einbruchsbranche gekommen?«

»*Domani*. Morgen ich komme zurück, und wir essen und reden, und ich erzähle Ihnen meine Geschichte. *Va bene?*«

»*Sì.*« Mein Italienisch wurde heute Abend ordentlich trainiert. Die Neugier überwog bei Weitem die Sorge darüber, einen Einbrecher zu empfangen.

»Sie gehen wieder schlafen. Ich mache sauber.«

Brav stand ich auf und fühlte mich schon wesentlich stabiler. An dieser ganzen Sache mit der Nahrungsaufnahme könnte doch etwas dran sein.

»*Aspetta*!«

Ich blieb stehen.

»Wie ist Ihr Name?«

»Colette. Die Leute nennen mich Coco.«

»*Bello*! Nicoletta. Ja? Ich Sie nenne Nico. *Ciao Nico.*«

»*Ciao.*«

Am nächsten Morgen hätte ich schwören können, dass ich die ganze Geschichte nur geträumt hatte. Schließlich hatte ich zu viel getrunken. Doch als ich in die Küche kam, lag dort ein schwacher Duft, nein, eher die Erinnerung an einen Duft, in der Luft. Das Geschirr war abgewaschen, sauber neben der Spüle gestapelt und mit einem leuchtend orangefarbenen Geschirrhandtuch abgedeckt.

Der Rest des Tages verlief wie im Nebel. Mechanisch führte ich alles aus: Unterrichten und Lächeln, was ich hoffentlich überzeugend tat. So tun, als würde ich essen, was mir wahrscheinlich weniger gut gelang.

Bis ich nach Hause kam, war ich mir sicher, dass ich ihn nie wiedersehen würde. Was gut war, in Anbetracht der Tatsache, dass er ein Krimineller war. War man überhaupt ein Krimineller, wenn man nicht verurteilt worden war? Das würde ich nachprüfen müssen.

Nur für den Fall, dass er doch zurückkommen würde, hielt ich auf dem Heimweg bei Whole Foods und kaufte eine Flasche Gavi di Gavi und einen Santa Cristina. Beide wurden mir vom Chef der Weinabteilung empfohlen.

Wenn er nicht käme, könnte ich meine enttäuschten Hoffnungen wenigstens in zwei wirklich guten Flaschen Wein ertränken. Ich duschte, zog Jeans und meinen *Breakfast at Tiffany's*-Sweater an. Dann setzte ich mich aufs Bett, den Rücken mit Kissen gestützt, weil es ja keine Couch mehr gab, und fühlte mich dabei ein bisschen dekadent. Da mir irgendwie nach etwas Zynischerem als *Stolz und Vorurteil* zumute war, das ich gerade zum zweiten Mal las, legte ich das Buch beiseite und griff stattdessen nach dem neuesten Roman von Amélie Nothomb. Diese Frau würde nie an die Liebe glauben.

Dann überkam mich das dringende Bedürfnis zu rauchen. Also stand ich auf und holte meine Zigaretten und das Feuerzeug aus der Schublade in der Küche. Jetzt, wo Wayne weg war, musste ich sie ja nicht mehr verstecken. Ich setzte mich vors Haus auf die Stufen. Es war zwar ziemlich frisch, aber die kühle Luft fühlte sich auch irgendwie gut an.

Eine Weile rauchte ich so vor mich hin. Ich sollte aufpassen, dass ich mich nicht wieder daran gewöhnte, denn es war furchtbar schwer, damit wieder aufzuhören. Nachdem ich die Kippe an meiner Schuhsohle ausgedrückt hatte, wollte ich wieder hineingehen.

»*Ciao, Nico*!«

Die Hand auf dem Türknauf, blieb ich stehen. »Hi.« Er war gekommen. Ich starrte ihn an. Im Arm hielt er eine Einkaufstüte von Trader Joe's. Lächelnd wies er mit dem Kopf auf die Tür.

»Oh, ja. Tut mir leid. Kommen Sie rein.« Wo waren denn meine guten Manieren geblieben? Es gibt schließlich gewisse Benimmregeln, wenn man einen Einbrecher zu Gast hat.

»*Grazie.*«

Heute trug er ein weißes Hemd, das den Honigton seiner Haut unterstrich, und Jeans. Vermutlich war das schwarze Outfit seine Arbeitsuniform. Er stellte die Tüte auf den Tisch, während ich am Waschbecken die Kippe unter den Wasserhahn hielt und sie dann entsorgte.

»In Europa viele Leute rauchen. Hier sie sind ungewöhnlich«, kommentierte er.

»Ich bin in der Tat ungewöhnlich. Aber Sie …«

»Nein. Ich verspreche meiner Mamma, dass ich würde rauchen nie.«

»Nicht zu klauen haben Sie ihr vermutlich nicht versprochen, was?«

Der Ausdruck in seinen Augen ließ mich zusammenzucken. »Es tut mir leid«, entschuldigte ich mich.

»Nein, Sie haben recht.« Er drehte sich um und packte die Lebensmittel aus. »Richtiges Essen.«

Ich sah, wie er Pasta, Gemüse, Olivenöl, Knoblauch, Käse und eine Flasche Wein hervorzauberte. Ich griff danach, um das Etikett zu lesen. »Barolo.«

»*Sì*. Er ist sehr gut. Sie werden mögen.«

»Ich habe auch welchen gekauft.« Ich zeigte ihm meine beiden Flaschen.

Vor Begeisterung riss er die Augen auf. Ich hatte noch nie einen Erwachsenen gesehen, dessen Gesichtszüge sich durch einfache Freude so verwandelten wie bei einem Kind an Weihnachten.

»*Sei brava*!«

Es kam mir vor, als würde er mich mit warmer Schokolade übergießen. Ich sollte öfter tollen Wein kaufen.

Er öffnete den Wein und schnupperte daran, hielt die Luft an und atmete dann zufrieden aus. Meine Haut kribbelte. Er schenkte uns beiden ein und reichte mir ein Glas.

»*Bella Nico*. Auf dich.«

Ich suchte vergeblich nach einer flotten Erwiderung. »Cheers.« Genial. Ich war genial. Mein scharfer Verstand und meine Schlagfertigkeit würden ihn umhauen.

Der Wein war kalt und spritzig, wie ein Sprung in den Pool an einem heißen Tag.

Beinahe hätte ich nach Luft geschnappt. »Der ist köstlich.«

»*Buono, sì*.« Er reichte mir ein paar Karotten. »Du schneidest.«

»Klar.« Ich machte mich ans Werk, während er Tomaten und Petersilie wusch.

»Du möchtest also wissen meine Geschichte. Warum ich hier bin in San Diego, in so einem seltsamen … Beruf.«

Ich nickte, obwohl ich mir auf einmal gar nicht mehr sicher war, ob ich wollte, dass die Realität diesem magischen Moment ihren Stempel aufdrückte.

»Also, ich komme aus Ravenna. Kennst du das?«

»Nein.« Ich griff nach einer Karotte und fing an, sie zu schälen.

»Es ist eine kleine Stadt, an der *Adriatico*, sehr schön.«

»Das, was ich von Italien gesehen habe, war alles sehr schön.«

»Du warst in Italien?« Er hackte eine Zwiebel und blinzelte dabei immer wieder.

»Ein paarmal, vor langer Zeit. In Verona.« Ich warf die Karottenschalen in den Müll und fing an zu schneiden. Ich sollte in ein besseres Messer investieren.

»*Per vedere la Casa die Giulietta.*«

»Ja, Julias Haus. Aber du bist aus Ravenna?«, hakte ich nach, da meine Neugier nun doch über den Widerwillen siegte, diesen märchenhaften Moment in Gefahr zu bringen.

Er nickte. »*Babbo*, mein Vater, ist ein guter Mann. Ein trauriger Mann, aber gut. Er hat nie, wie sagt man, erholt?«

»Überwunden …«

»Den Tod meiner Mutter überwunden.«

Das kannte ich nur zu gut. Sofort hatte ich ein Bild meines traurigen, grauen Vaters vor Augen.

»*Allora*, mein Bruder, er ist sehr ernst – studiert die ganze Zeit. Er ist ein Doktor, sehr gut, sehr genial.« Er war mit den Zwiebeln fertig und wusch sich die Hände unter kaltem Wasser. »Damit das Brennen aufhört«, erklärte er. »Meine Schwester, Gabriella, ist verheiratet mit drei Kinder. Wollte immer *bambini* haben, und ist eine fantastische *mamma*.«

»Und du?«, beharrte ich.

»Ah, *sì*. Ich.« Er lächelte. »Ich spiele. Ich mache Späße. Mein Vater gibt mir Geld. Ich gebe es alles aus für nichts. Letztes Jahr, ich gewinne in Green Card Lotterie. Er gibt mir wieder Geld und sagt mir, dass es ist das letzte Mal. Nicht mehr. Er sagt: *Mach dir ein Leben. Versprich mir.* Also ich komme nach Amerika und versuche, ein Restaurant zu eröffnen. Ich finde einen Partner, der hat eine Konzept, *sì*?«

»Ja.« Ich war mit den Karotten fertig und widmete ihm meine ganze Aufmerksamkeit.

»Ich kenne mich aus mit Essen, aber nicht mit Business. Ich denke, das reicht, aber nein. Wir geben Geld für *consiglieri* aus – für Rat –, um Geschäft zu gründen. Sie nehmen und nehmen, für Genehmigungen und Lizenzen und Steuern. Das Geld ist weg, und mein Partner auch. Ich bin, *come si dice*, übers Ohr gehauen worden.«

»Oh, Dante, das tut mir so leid!« Am liebsten hätte ich die Hand ausgestreckt und ihn berührt, aber ich traute mich nicht.

»Ich kann so nicht zurück nach Italien gehen. Kein Geld, kein Job, kein neues Leben … *niente*. Also ich werde Einbrecher, wie in amerikanischen Filmen. Ich stehle ein bisschen, kleine teure Dinge. Ich erkenne Qualität.«

Das hatte ich am Abend zuvor schon bemerkt, als er meinen Hermès-Schal bewundert hatte.

»Wenn ich genug habe, ich gehe nach Las Vegas. Mache mehr daraus.« Er nahm sein Glas und trank einen Schluck Wein.

»Wow.« Meine Gedanken wanderten weiter. »Kannst du

diese *consiglieri* nicht irgendwie verklagen? Du könntest doch versuchen, dein Geld auf legale Weise wiederzubekommen.«

»Das sind Profis. Sie verschwinden. Ich brauche Anwalt. Aber ohne Geld ...«

»Kein Anwalt. Verstehe.« Der einzige Anwalt, den ich kannte, war Leo, mein Schwager. Vielleicht wusste der jemanden in Kalifornien, der pro bono arbeitete. Doch ich wollte mir gar nicht vorstellen, wie ich versuchte, meiner Schwester und ihrem Mann zu erklären, weshalb ich einem Dieb half, auch wenn er Italiener war, umwerfend aussah und übers Ohr gehauen worden war. Ganz zu schweigen davon, dass ich die Sache mit Wayne beichten müsste.

»Kannst du dir nicht einfach ein Ticket kaufen und nach Hause fliegen? Es ist ja nicht deine Schuld, dass du reingelegt worden bist.«

»Unmöglich. Es würde Babbo umbringen. Er würde es nicht glauben. Ich muss als Erfolg nach Hause gehen.« Mit der flachen Messerschneide zerdrückte er eine Knoblauchzehe.

Ich hob mein Glas. »Manche Menschen sind einfach zum Kotzen!«

Er lachte laut heraus und stieß mit mir an. »Aber wenn das Essen gut ist und der Wein etwas Besonderes, dann essen und trinken wir und werden stark fürs Leben, ja?«

»Ja«, antwortete ich, um ihn glücklich zu machen.

Dienstags musste ich nicht unterrichten, deshalb verbrachte ich viel Zeit an meiner Nähmaschine und arbeitete an Jacquelines Weihnachtsgeschenk weiter. Das Projekt brachte mich auf andere Gedanken, und ich nahm auch nicht mehr die Leere um mich herum wahr. Dafür ließ ich zu, dass Dante immer wieder durch meinen Kopf geisterte.

Gegen Mittag machte ich Pause, um einen Kaffee zu trinken. Ich dehnte und streckte mich und fragte mich, ob er am Abend wohl wiederkommen würde. Irgendwie hoffte ich es. Warum nur? Ich könnte Freunde anrufen. Ich könnte ausgehen. Seufzend kehrte ich an meinen Arbeitstisch zurück, um weiter zu heften und zu nähen. Das vertraute Surren der Maschine hatte etwas Tröstliches. Abends aß ich die Nudelreste und trank ein Glas Barolo dazu. Ich hätte Val oder Sonya oder sonst jemanden aus der Clique anrufen sollen. Doch der einzige Mensch, mit dem ich außer mit Wayne reden wollte, war Dante.

Als ich am Mittwochmorgen auf dem Weg zur Arbeit war, rief mich Chantal, die Institutsleiterin, an und lud mich zum Mittagessen ein. Ich freute mich immer, sie zu treffen. Chantal gehörte zu den Menschen, die anderen das Gefühl gaben, klüger und besser zu sein, als sie es eigentlich waren. Oder vielleicht wurde man es in ihrer Gegenwart auch tatsächlich. Ihre Aura hatte diese Wirkung.

Nach meinen Vormittagsseminaren machte ich mich auf den Weg zum Café, meine Schritte raschelten dabei in den trockenen Eukalyptusblättern, die den Weg bedeckten. Die Santa-Ana-Winde bliesen heiß und trocken, und der Himmel hatte eine acrylblaue Farbe angenommen. Bei diesem Wetter wurden immer alle nervös, und es konnten seltsame Dinge passieren. Selbst in meinem ärmellosen Baumwollkleid und den Espadrilles war mir zu warm.

Ich ergatterte einen Tisch am Fenster und nippte an einem San Pellegrino, während ich Aufsätze korrigierte, bis Chantal hereingeschneit kam. Sie wirkte frisch und munter. Chantal war für mich der Inbegriff einer Französin: Sie war immer elegant gekleidet, aber nicht in diesem klischeehaften Fünfzigerjahre-Look, den sich die meisten Amerikaner bei französischen Frauen vorstellen. Sie kleidete sich modisch, hip, und alles passte immer zusammen. Alle ihre Studenten beteten sie an, und sie hatte keinen geringen Anteil daran, dass mancher von ihnen ein Auslandsjahr in Frankreich verbracht hatte. Ich fragte mich, wie es wohl wäre, nur einen Tag lang Chantal zu sein, mich ganz und gar »*bien dans ma peau*«, wohl in meiner Haut zu fühlen.

Sie war schlank, aber nicht dünn, und sie aß alles, sogar Nachtisch. Mir war schleierhaft, wie sie das schaffte. Es wirkte auf mich immer so elegant – kein Diätwahn, bei dem ganze Lebensmittelgruppen plötzlich stigmatisiert und fürs Schlanksein geopfert wurden. Ich war nicht dick, aber es war auch nicht so, dass ich alles aß.

Heute trug sie ein langes ärmelloses, cremefarbenes Oberteil mit Gürtel über weiten schwarzen Hosen. Um den Hals hatte sie einige lange Goldketten geschlungen und sich die dunklen Haare aus der Stirn gebunden. Selbst ihre Augen hatten etwas typisch Französisches. Etwas, das ich nicht beschreiben konnte, aber das in den äußeren Augenwinkeln, zwischen den Lidern und den Lachfältchen saß. Sie küsste mich auf beide Wangen, ehe sie sich setzte und sich ebenfalls ein Glas Pellegrino einschenkte.

»Worauf ich jetzt wirklich Lust hätte, wäre ein Glas trockener Weißwein, aber wenn ich nur mit dem Hauch einer

Alkoholfahne im Unterricht auftauche, wird die Gerüchte-küche ...« Sie machte eine flatternde Geste.

»Noch dazu, wo es auf dem ganzen Campus keinen Alkohol gibt ...« Ich zog die Augenbrauen hoch.

»Sie würden sich ausmalen, wie ich heimlich Whiskey aus einem Flachmann in meiner Schreibtischschublade trinke.« Sie lehnte sich in ihrem Stuhl zurück.

»Das wäre bei Ihnen unvorstellbar«, sagte ich.

»Sie wären überrascht, was die Leute alles glauben.« Sie schenkte mir ein breites Lächeln.

Unser Mittagessen wurde serviert. Chantal hatte ein Schinken-Brie-Baguette und einen kleinen Salat bestellt, ich den Salat mit separatem Dressing.

Chantal griff nach ihrem Sandwich, doch dann ließ sie es seufzend wieder sinken. »Ich habe schlechte Neuigkeiten.«

Ich sah sie an und nickte.

»Die hochschulpolitische Strategie, nicht erfahrenes Lehr-personal, sondern Masterstudenten unterrichten zu lassen ist desaströs.« Sie sah mir direkt in die Augen. »Momentan gibt es drei Studenten, die unterrichten wollen.«

»Was bedeutet, dass ich nächstes Trimester keinen Job mehr habe.«

»Es tut mir so leid.« Mit Daumen und Zeigefinger rieb sie sich den Nasenrücken. »Ich habe schon mit dem Dekan gesprochen, aber es gelten die Richtlinien.«

»Und was ist mit Martin?« Martin war mein Kollege am Institut, der ebenfalls keinen festen Vertrag hatte.

»Er ist schon länger da, und« – sie senkte den Blick –, »er hat Familie.«

»Verstehe.« Mit verschränkten Armen sah ich durchs

Fenster hinaus auf die Zweige der Eukalyptusbäume, die im Wind schwankten. Ich konnte Chantals Parfüm riechen, leicht und frisch wie eine Meeresbrise.

»Ach, Colette. Es tut mir so leid, dass ich Ihnen das antun muss. Vielleicht ist es nur übergangsweise, und nächsten Herbst kann ich Sie wieder einstellen. *Je suis désolée.*« Sie biss von ihrem Baguette ab und verzog das Gesicht. »Zu salzig. Irgendwie habe ich heute sowieso keinen Appetit.«

»Das ist die Hitze.« Wenigstens hatte ich ausnahmsweise einen guten Grund, mein Essen nicht anzurühren. Normalerweise spießte ich ein Salatblatt auf und gestikulierte damit herum, bevor ich meine Gabel wieder weglegte, es diskret entfernte und als Nächstes ein Tomaten- oder Gurkenstück auswählte, um das ganze Theater von vorn zu beginnen. Ich wusste schließlich nicht, wo dieses Gemüse herkam oder wer es gewaschen und zubereitet hatte.

Chantal hatte die Stirn in Falten gelegt. »Und Sie wissen, dass Sie und Martin die Neuen einlernen müssen.«

»Ja.« Was echt nervig war. Bis zum Ende des Trimesters würden die Masterstudenten, die mir den Job wegnahmen, in meinem Unterricht sitzen, sich Notizen machen und sich in das Material einarbeiten.

Mit zusammengepressten Lippen schüttelte sie den Kopf. Da ich es hasste, sie so bestürzt zu sehen, zwang ich mich, eine fröhlichere Miene aufzusetzen.

»Kein Problem. Ich komme schon klar.« Als sie aufblickte, lächelte ich sie an. Mir blieben noch sechs Wochen. Pünktlich zu Weihnachten würde ich kein Gehalt mehr bekommen. Na, wunderbar. Weihnachten mit Daddy in Pennsylvania, alle an einem Tisch versammelt, und ich musste erklären, dass ich nicht nur wieder sitzen gelassen worden war, sondern auch keinen Job mehr hatte. Diese berauschende Vorstellung war kaum auszuhalten. Mein Rücken war schon ganz steif. Ich rollte mit den Schultern, um die Muskeln zu lockern, aber es half nichts. Kopfschmerzen hatte ich inzwischen auch, vermutlich vom Wetter.

Wie konnte all das in weniger als einer Woche passieren? Keinen Freund mehr, keinen Job, keine Ersparnisse, nicht mal mehr Möbel hatte ich. Ach, und Dante war auch verschwunden. Selbst mein hinreißender italienischer Einbrecher hatte mich verlassen. Trotzdem wartete ich während der nächsten beiden Abende auf ihn, mit einer guten Flasche Wein, die ich mir eigentlich nicht mehr leisten konnte. Am dritten Abend gab ich auf, trank den ganzen Wein und ging ins Bett.

4

Magali

Der sonnige Herbst war in Pennsylvania Sturm und Regen gewichen. Ich beeilte mich, ins *Two Lions* zu kommen, und ließ den Blick über die vielen Gäste schweifen, überrascht, dass an einem Dienstagabend so viel los war. Nachdem ich meinen klitschnassen Trenchcoat ausgezogen hatte, zupfte ich den Kragen meines schwarzen Rollkragenpullis zurecht. Seitdem ich Kinder bekommen hatte und nur noch selten ausging, war die Welt kultivierter geworden. Maman wäre begeistert gewesen, mit ihrem Jaguar vor einer echten belgischen Taverne direkt hier in Philly vorfahren zu können. Alles, vom hefigen Biergeruch und den Liedern von Jacques Brel, die hier gespielt wurden, bis hin zum Jugendstil-Dekor war auf schräge Art authentisch. Ich war froh, wenigstens Pumps zu tragen.

Ich hatte gerade zwei freie Barhocker ergattert, als ich spürte, wie ich von einer regennassen Windbö eingehüllt wurde. Eine Sekunde später stand Syd neben mir. Die feuchten blonden Haare klebten ihr an der Wange, was ihrer Schönheit keinen Abbruch tat.

»Du siehst echt scheiße aus!«, stellte sie fest und umarmte mich.

»*Du* hingegen nicht, hast du auch nie und wirst du auch nie. Übrigens freu ich mich auch, dich zu sehen.« Schon vor langer Zeit hatte ich es aufgegeben, Syd wegen ihrer Ausdrucksweise zurechtzuweisen, nur in Gegenwart meiner Kinder musste sie sich zurückhalten.

»Komm, wir holen dir was zu trinken, und dann kannst du mir erzählen, was los ist.« Sie gab dem Barkeeper ein Zeichen, der sofort wie ein verliebter Welpe herbeigesprungen kam. Nicht dass es Syd aufgefallen wäre.

Ich bestellte ein helles Leffe und sie ein Lindeman's Framboise.

»Weißt du, wie froh ich bin, dass du auf die obligatorischen Apple-Martinis verzichtest und mit mir ein Bier trinken gehst?«, fragte ich, als unsere Getränke serviert wurden.

»Nun ja« – sie trank einen Schluck –, »es gibt Bier und *Bier*. Hippe Cocktails kommen und gehen. Appletinis sind übrigens schon lange out.« Sie lächelte mich nachsichtig an, wie ein Kind, das viel zu lange an den Osterhasen glaubt. »Aber Bier bleibt Bier.«

Ich zuckte mit den Schultern und nahm ebenfalls einen Schluck: Das Leffe schmeckte wie Sonne mit Sahne obendrauf.

»Wollen wir was essen?«, fragte Syd.

»Hast du mich jemals dazu Nein sagen hören?«

Sie studierte die Speisekarte. »Mir ist nach *Moules frites*.«

Micheline kam zu uns. »Meine Lieben, euer Tisch ist fertig.« Micheline und ihrem Mann Piet gehörte das *Two Lions*, und zusammen repräsentierten sie Belgien: Piet, ein schlaksiger Blonder mit rosigen Wangen kam aus Flandern, und die winzige Micheline, mit den dunklen Haaren und haselnussbraunen Augen, aus Wallonia im Süden. Eine Mischehe sozusagen. Er war so sanft und leise wie sie geräuschvoll und wild.

Mein Blick wanderte zu ihrem Bauch.

»Micheline! Du bist –«

»In Erwartung eines Babys, ja!« Die Art, wie sie die Worte ein wenig verdrehte, erinnerte mich so sehr an meine Mutter, dass ich sie selbst dann noch lieben würde, wenn sie heimlich in der Küche Leute erstechen würde.

»Herzlichen Glückwunsch!« Syd sprang von ihrem Hocker und umarmte die kleine Frau stürmisch.

»Wir sind glücklich«, erklärte diese mit einem Grinsen.

Sie küsste uns beide auf die Wange, ehe sie uns zu einer Nische am Fenster führte, wo ein Tisch unter einem Schwarz-Weiß-Foto vom Brüsseler *Hôtel de Ville* stand. Mit dem Rauschen des Regens draußen, den betörenden Essensgerüchen und Michelines Fürsorge, fühlte ich mich zum ersten Mal seit dem Anruf meines Vaters wieder besser. Wir gaben unsere Bestellung auf.

»Und jetzt zurück zum Thema«, meinte Syd.

»Ich wusste gar nicht, dass es ein Thema gibt. Ach ja, jetzt fällt's mir wieder ein, wir haben uns darüber unterhalten, wie furchtbar ich aussehe. Kannst du mir da verübeln, dass ich lieber über etwas anderes sprechen will?«

Syd sah mich mit ihren kornblumenblauen Augen an. Solche Augen sollten bei Erwachsenen eigentlich verboten und ausschließlich Babys vorbehalten sein.

Duncan, unser Kellner, brachte uns das zweite Bier. Rasch

nahm ich einen großen Schluck, in der Hoffnung, damit die Tränen zu unterdrücken, die mir in die Augen stiegen. Prompt verschluckte ich mich und war froh, nun einen Grund zu haben, weshalb mir die Tränen über die Wangen liefen.

»Was ist los? Gali …?«

Ich wischte mir übers Gesicht und versuchte mich an einem Grinsen. So wie Syd mich anstarrte, musste ich dabei ziemlich grotesk aussehen.

»Okay, dann mal los.« Ich zählte an meinen Fingern auf: »Erstens, Daddy will Weihnachten in unserem alten Haus mit der gesamten Familie feiern. Zweitens, muss ich nicht nur meine Schwestern davon überzeugen, sondern auch meinen Bruder –«

»Wie geht's Art?«

»Wer weiß? Letzten Sommer ist er plötzlich bei Colette aufgetaucht. Er war nur kurz bei ihr, bevor er gleich zum nächsten Übersee-Einsatz aufgebrochen ist. Laut Colette sah er umwerfend aus. Stell dir vor: Angeblich ist er braun gebrannt und total durchtrainiert.«

»Wow.« Sie lächelte.

»Du hast es erfasst. So ähnlich ging es mir auch.«

»Seither hat keiner mehr was von ihm gehört?« Syd beugte sich vor.

»Nein. *Rien.*« Ich zuckte mit den Schultern.

»Und er meldet sich immer nur bei Colette?«

Ich nickte. »Sie stehen sich sehr nah, es sind ja die beiden Babys der Familie.«

Die Muscheln wurden serviert und waren perfekt. Sie rochen förmlich nach Nordsee. Nachdem Duncan die

Schüssel mit knusprigen *Pommes frites* zwischen uns auf den Tisch gestellt hatte, zusammen mit einem Schälchen Mayonnaise, überließ er uns unserem Mahl.

Syd kannte das Prozedere: Nachdem man sich eine schöne Muschelschale ausgesucht hatte, löste man mit einer Gabel das Muschelfleisch heraus und löffelte dann mit dieser einen leeren Schale die restlichen aus.

»Hast du irgendeine Ahnung, wo er jetzt steckt?«, fragte sie.

»Nein. Daraus macht er immer ein Riesengeheimnis. Wir wissen eigentlich immer erst, wo er ist, wenn seine Fotos in der Presse oder im Netz auftauchen. Und zu dem Zeitpunkt ist er meistens schon beim nächsten Auftrag. Er hat allerdings wohl von Veränderungen gesprochen.«

»Will er doch sesshaft werden?«

Ich zuckte mit den Schultern und stocherte in meinem Essen herum. Irgendwie war ich nicht mehr hungrig. Ich nippte an meinem Bier, aber wie es bei Bier immer so ist, schmeckt das erste eben doch immer am besten. Komisch, dass das für Wein nicht galt.

»Und drittens …« Ich sprach so leise, dass mich eigentlich nur noch Hunde hören konnten. »Drittens, Ana geht in Rente.«

Syd hörte auf zu kauen.

»Wenn du jetzt aus Versehen das Essen runterschluckst, erstickst du. Kau weiter.«

»Ja, Mama. Aber warum?«

»Sie will Romane schreiben.« Ich trank einen weiteren Schluck Bier.

»Das ist ja scheiße.«

»Ja. Können wir bitte über was anderes reden?«

Syd griff nach einer Fritte und biss die Hälfte ab. »Die sind kalt.«

Als hätte sie unsere Gedanken gelesen – manchmal kam es mir so vor, als würden wir uns ein Hirn teilen, wobei Syd den Löwenanteil an Intelligenz beisteuerte –, kam Micheline vorbei, um die Schüssel mit den leeren Muschelschalen gegen eine neue auszutauschen.

»Ich bring euch frische *Frites*, heiße.«

Ich schüttelte ablehnend den Kopf. »Ich muss bis Weihnachten noch ein paar Kilo abnehmen.«

»Du willst ausgerechnet in der Zeit von Halloween, Thanksgiving und Weihnachten Diät machen?«, fragte Micheline ungläubig.

»Genau das habe ich ihr auch gesagt«, mischte sich Syd ein. »Ausgezeichnetes Timing.«

»Keine Diäten! Ihr wisst doch, was ich von *Diäten* halte!« Ein sinnloses und frustrierendes Unterfangen. Diäten machen einen bloß dicker und trauriger. »Ich will nur ein bisschen kürzer treten und mich mehr bewegen.«

»*Alors*, ich bringe gleich Nachschub. *Regarde*, wir haben einen Stargast.« Mit schief gelegtem Kopf wies sie Richtung Bar.

Durch den Nebel meines Elends hindurch erspähte ich ein bekanntes Profil. Syd warf einen Blick über die Schulter und zuckte dann so abrupt zurück wie eine Maus in der Falle.

»Aidan Knight.« Ich sah sie aus zusammengekniffenen Augen an. »Willst du nicht rübergehen und Hallo sagen?«

»Nee.« Sie schob hoch konzentriert die Salz- und Pfefferstreuer hin und her.

»Soll ich mir für euch ein Dinner-Menü überlegen?«

Als sie den Kopf schüttelte, fühlte ich mich … irgendwie erleichtert, seltsamerweise. Irgendetwas an diesem Typ gefiel mir nicht. Es war nichts Persönliches, ich hätte ihn nur nicht als besten Kumpel gewählt. Er verlas die Nachrichten, als würde er von allen gemocht werden wollen.

Doch Syd war ganz rot im Gesicht geworden. Man brauchte nicht bei der CIA zu sein, um zu merken, dass sie mir etwas verheimlichte.

Ich zückte meinen Geldbeutel. »Das Abendessen geht auf mich.«

Zur Krönung des Ganzen schien meine beste Freundin mir nicht mehr zu vertrauen.

Moules frites

Muscheln mit echten belgischen Pommes

Das ist eines der Gerichte, das schwieriger klingt, als es wirklich ist.
Es ist so köstlich, dass Sie nicht bereuen werden, es riskiert zu haben, denn:
Eigentlich kann fast nichts schiefgehen.

Kleiner Hinweis am Rande: Echte belgische Frites werden zweimal frittiert und
zwar in Blanc de Boeuf (Rindertalg oder -fett). Der Vorteil dabei ist, dass dieses
Fett im Vergleich zu Öl nicht in die Kartoffel eindringt. Dadurch sind die Fritten
leichter, knuspriger und weniger fettig, auch wenn es paradox erscheint.
Man kann es bis zu 10 Mal wiederverwenden. Falls Sie sich entscheiden sollten,
es einmal auszuprobieren, dann nehmen Sie Rinderfett vom Bio-Weiderind.
Heutzutage frittieren wir in Amerika und sogar in Europa jedoch meistens in Öl.
Dabei eignet sich eines mit hohem Rauchpunkt (über 200°C) beim Erhitzen,
wie Distelöl, Rapsöl und Traubenkernöl. Verwenden Sie bitte kein Olivenöl, so
lecker es auch sein mag, weil es nicht dazu gedacht ist, so hoch erhitzt zu werden.

Nun zu den Kartoffeln: Für Fritten verwendet man in Belgien Kartoffeln der
Sorte Bintje. Es sollten jedenfalls keine neuen Kartoffeln sein, sonst werden die
Pommes niemals außen knusprig und golden und zartschmelzend luftig im
Innern. Je älter die Kartoffel, desto besser.

Sind Sie bereit? Hier kommt die Einkaufsliste.

Für 4 Portionen

Für die Muscheln

ca. 2,3 kg Miesmuscheln, enthaart und geputzt
(man rechnet etwa 500-600 g Muscheln pro Person – die Mengen
dann entsprechend anpassen)
500 ml trockener Weißwein
2/3 EL Butter
3 Stangen Sellerie, gehackt
3 Schalotten oder eine Zwiebel, gehackt
frische Petersilie, gehackt
frisch gemahlener Pfeffer

Für die Frites

900 g Bintje Kartoffeln (es sollte auf jeden Fall eine mehlige Sorte sein)
700-950 ml Öl zum Frittieren
Salz
Ein elektrisches Frittiergerät, ein 3,5-5 l Schmortopf oder eine Fritteuse mit
herausnehmbarem Korb und ein Frittierthermometer.

Zuerst zu den Kartoffeln. Die Kartoffeln schälen und eine Stunde in kaltes Wasser
legen (das zieht die Stärke heraus und sorgt für leichte, luftige Pommes).
Gründlich abtrocknen. Das meine ich ernst! In flache Scheiben schneiden und
diese dann der Länge nach in gleichmäßig große Stifte zerteilen. Große und
kleine Pommes nicht mischen, weil die Garzeiten dann unterschiedlich sind.
In Belgien bevorzugen wir dickere Pommes. Nochmals abtrocknen. Die
Kartoffelschnitze sollten so trocken wie möglich sein.

Das Öl in die Fritteuse geben und auf 160°C erhitzen. Die Kartoffeln
portionsweise 7-8 Min. darin ausbacken. Nicht zu lange frittieren. Zu viele
Kartoffeln auf einmal senkt die Temperatur des Öls, und die Pommes garen

nicht richtig. Sie sollten außen hellgelb (nicht gebräunt) sein, aber innen zart und gar.

Den Korb schütteln, um überschüssiges Öl loszuwerden. Dann die Pommes in eine mit Küchenkrepp ausgelegte große Schüssel oder ein Backblech umfüllen. Die Temperatur des Öls sollte konstant bei 160°C bleiben. Dann den Rest der Kartoffeln in kleinen Portionen frittieren. Die fertigen Pommes ruhen lassen, bis sie Zimmertemperatur erreicht haben. Man kann sie auch mehrere Stunden im Voraus vorfrittieren. Es ist wichtig, sie ruhen und abkühlen zu lassen, bevor man sie ein zweites Mal frittiert.

Wenn Sie so weit sind, das Öl auf 190–195°C erhitzen. Die Pommes wieder portionsweise frittieren, bis sie außen schön gebräunt sind. Das kann zwischen 2 bis 4 Minuten dauern. Am besten nicht aus den Augen lassen. Auf frischem Küchenkrepp abtropfen lassen und in eine vorgewärmte, mit Küchenkrepp ausgelegte Schüssel geben. Salzen und servieren. Eventuell die Hälfte der Pommes direkt vor dem Essen zubereiten und die zweite Hälfte etwas später, damit die Frites immer heiß sind.

Für die Muscheln

Die Butter bei mittlerer Hitze in einem Topf zergehen lassen, der groß genug für alle Muscheln ist (wer Muscheln für mehr als vier Personen zubereitet, muss vielleicht zwei Töpfe verwenden).

Den gehackten Sellerie und die Schalotten oder Zwiebeln in der Butter etwa 5 bis 7 Minuten andünsten, bis sie weich werden.
Die Muscheln, etwas gehackte Petersilie, den Weißwein und den frisch gemahlenen Pfeffer hinzugeben.

Mit geschlossenem Deckel bei großer Hitze aufkochen. Den Topf dabei immer wieder gut schütteln, damit sich die Muscheln neu verteilen. So lange kochen, bis sich alle Muscheln geöffnet haben, was ca. 5-6 Minuten dauert.
Kocht man die Muscheln zu lange, werden sie zäh. Den Topf anschließend vom Herd nehmen und die geschlossenen Muscheln aussortieren.
Muscheln und Brühe in Suppenteller schöpfen und mit Petersilie bestreuen.

Mit den heißen Pommes sofort servieren. Dazu passt ein kühler Weißwein. Oder ein gutes Bier.

5

Jacqueline

Ich drückte die schwere Tür des *Drug Opera* auf – einem Café in der Nähe vom *Grand'Place* – und ließ den Blick durch den Raum schweifen. Nur die übliche Ansammlung von Damen, die sich an Tee, Kaffee und süßen Stückchen labten. Als ich das Café mit dem ungewöhnlichen Namen das erste Mal entdeckt hatte, dachte ich sofort: »Wow! Mozart auf Drogen!« Wie sich herausstellte, handelte es sich um das, was diesseits des Ärmelkanals einem ehrwürdigen englischen Teesalon wohl am Nächsten kam. Der Name hatte sich aus einer abgekürzten Form von »drugstore« entwickelt – die Belgier waren damals ganz besessen von amerikanischen Filmen aus den Fünfzigern gewesen, wo in Drugstores Milchshakes und Softeis verkauft wurden – und da es sich in einer Nebenstraße des *Place de l'Opéra* befand, war das Café einfach *Drug Opera* getauft worden.

Ich machte einem Paar Platz, das das Café verließ. Sie trug Jeans und eine weite Bluse. Beim Gehen knöpfte sie ihre hüftlange Strickjacke zu. Er trug ein Baby in einem Tragetuch. Das Kind war noch so klein, dass ich nicht erkennen konnte, ob es sich um einen Jungen oder ein Mädchen handelte, und da die Europäer Mädchen nicht mehr nur in Rosa und Jungs nicht mehr nur in Blau kleideten, was laut Gali in den Staaten immer noch der Fall war, half mir die Kleidung des Babys auch nicht weiter. Während ich dastand und die drei beobachtete, stülpte die Frau ihrem Kind eine leuchtend blaue Wollmütze mit aufgesticktem orangefarbenen Elefanten über den Kopf. Die beiden betrachteten das kleine Wesen mit voller Hingabe. Mir schlug das Herz bis zum Hals. Als der Vater meinen Blick bemerkte, lächelte er. »Sehen Sie nur, was wir vollbracht haben«, schien sein Lächeln zu sagen. Ich lächelte zurück. Dann legte er den Arm um seine Frau, und die beiden spazierten davon.

»Wie ich das öffentliche Zurschaustellen von Zuneigung hasse«, ertönte eine Stimme hinter mir. »Die drei sollen gefälligst zu Hause bleiben.«

»David.« Ich kicherte. »Psssst. Vielleicht sprechen sie Englisch. Das tun schließlich die meisten Menschen.«

»Es wird langsam echt unmöglich, in der Öffentlichkeit zu lästern. Das nimmt dem Leben die Würze.« Wie immer gelang es David, trotz seines bescheidenen Budgets hip auszusehen. Wobei er wahrscheinlich für seinen akkuraten Haarschnitt vermutlich mehr Geld als die meisten Frauen beim Frisör ließ.

Wir ergatterten den Tisch, den die junge Familie eben verlassen hatte: Einer der begehrtesten Plätze direkt neben einem der Bleiglasfenster, durch die man vermutlich einst beobachten konnte, wie die Adligen in ihren Pferdekutschen über die Pflastersteine klapperten. Ich fragte mich, ob meine Eltern wohl auch mal hier gewesen waren, als sie ein Paar wurden.

David zog seine Zigarettenschachtel aus der Tasche.

»David.« Ich zeigte auf das Nichtraucherschild.

Er seufzte. »Du kennst doch den alten Witz, oder? Warum überquert der Raucher die Straße? Weil der Nichtraucher es ihm verboten hat.«

»Erzähl das der belgischen Regierung. Falls es gerade eine gibt. Gibt es denn eine?« Ich griff nach der Speisekarte.

»Weiß nicht genau. Bald wird es hier für Raucher so schlimm wie in Amerika. Da kann ich genauso gut wieder zurückgehen.«

»Du würdest es dort hassen. Die Männer haben keinen Sinn für Mode.« Shoshanna, meine beste Freundin und Untermieterin, war an unserem Tisch aufgetaucht und zog ihren Mantel aus.

»Warum heterosexuelle amerikanische Männer eine Aversion dagegen haben, sich gut zu kleiden, ist mir ein Rätsel«, erwiderte David.

»Vielleicht ist dieser metrosexuelle Trend in deinem Sinne«, meinte ich.

»Wie ich dieses Wort hasse. Klingt, als hätte man immer nur Sex in der U-Bahn.«

Shoshanna rutschte auf den Platz neben mich. »Bald passe ich nicht mehr hinter den Tisch.«

»Wie geht's dir?«

»Als würde ich bald Hulk auf die Welt bringen.« Über ihren grauen Leggins trug sie eine weiche, dunkelblaue Tunika, deren Stoff über ihrem dicken Bauch spannte. Ihr krauses Haar umgab ihr Gesicht wie ein Heiligenschein. »Ich habe seit Tagen Heißhunger auf einen *Croque-monsieur*. Und *Frites*. Und Mayo.«

»Sho, was würde der Rabbi dazu sagen?« Ich stupste sie sanft.

»Der Rabbi wäre schon lange tot umgefallen. Ich bin ungefähr so jüdisch wie Grey-Poupon-Senf französisch ist. Lasst uns schnell bestellen, ich bin am Verhungern.« Sie sah sich suchend um.

»Ich hoffe, du hast deine Lektion jetzt gelernt, und das ist dein letztes Kind«, sagte David. »Manche Frauen blühen auf, wenn sie schwanger sind, du dagegen verwelkst.«

»Nee, ich werde einfach weiter Kinder bekommen, bis es nicht mehr geht.« Sho entdeckte einen Kellner und winkte ihn herbei.

»Du machst Witze. Du bist ja nicht mal katholisch«, sagte David.

»Ja, ich übertreibe ein bisschen. Wir haben uns überlegt, nach diesem noch eines zu bekommen. Weil vier eine schöne gerade Zahl ist. Wenn ich das hier überlebe.«

»Klingt vernünftig«, sagte ich.

Dann kam der Kellner. Er zuckte nicht einmal mit der Wimper, als Shoshanna ihre Bestellung aufgab. Ich entschied mich für die *Tomates-crevettes*.

»*Filet américain*«, sagte David.

»Das bestellst du nur, weil du den Namen so witzig findest«, meinte ich.

»Filet vom Amerikaner, was soll man daran nicht mögen? Ist schließlich auch der Grund, weshalb ich hierherkomme. Allein der Name zählt.«

»Dir ist schon klar, dass du die emotionale Reife eines vorpubertären Jungen hast«, meinte Shoshanna kopfschüttelnd.

»Wenigstens kleide ich mich nicht wie einer. Shoshanna, wird es dann mit vier Kindern nicht ein bisschen eng in eurer Wohnung?«

»Ach, ja. Was das betrifft.« Sie fasste nach meinem Arm. Ich betrachtete ihre hübschen roten Nägel. »Lass uns nicht darüber reden.«

»Jacqueline, bitte?«

Ich wusste, dass dieser Tag kommen würde. Shoshanna und ihr Mann Josh waren meine Mieter gewesen, seit wir eingezogen waren. Mit zwei Kindern war es bereits ein bisschen eng. Obwohl mein Verstand mir sagte, dass sie nicht viel länger dort wohnen bleiben konnten, stellte sich mein Herz auf stur.

»Wir werden nicht weit weg sein.«

»Steht eines der Häuser nebenan zum Verkauf?« Ich schichtete die Bierdeckel sauber aufeinander und schob sie beiseite.

»Es ist ja nicht so, als würden wir zurück in die Staaten gehen.«

David und ich sahen sie beide entsetzt an.

»Beiß dir auf die Zunge«, warnte er.

»Klingt, als hättet ihr bereits einen Plan.« Bitte nicht raus aus der Stadt, bitte.

»Wir haben ein kleines Haus mit Garten in einer tollen Gegend gefunden.« Sie gestikulierte mit den Händen, als könne sie damit ein Bild heraufbeschwören.

»In Brüssel? Das kann eigentlich nur Boisfort sein.« Am anderen Ende der Stadt.

Sie schüttelte ihre Locken und murmelte etwas.

»Ich hab dich nicht ganz verstanden«, sagte ich.

Sie räusperte sich. »Rixensart.«

Rixensart war ein bezauberndes Städtchen samt Schloss, ungefähr zwanzig Minuten vom Stadtrand Brüssels entfernt.

»Wir waren noch nicht beim *notaire*. Aber das Haus ist perfekt für uns.« Ihre Wangen waren gerötet, ob vor Aufregung, Rührung oder wegen der Hormone konnte ich nicht sagen.

Unser Mittagessen wurde serviert. Ich konzentrierte mich auf die Tomaten, die mit winzigen Krabben gefüllt waren. Sie schmeckten nicht so frisch und salzig wie sonst, aber ich aß trotzdem alles auf. Als ich nach meinem Glas Mineralwasser griff, hielt sie mich mit ihrer warmen Hand fest.

»Das ist auch für mich nicht leicht. Ich weiß nicht, wie ich ohne dich überleben soll.« Shoshanna war den Tränen nahe.

»Ich weiß.« Auch meine Stimme war belegt. Dann übernahm die Schauspielerin in mir die Kontrolle. »Ihr begeht da einen Riesenfehler, ist dir das klar?«

Sie seufzte. »Josh will das unbedingt für die Kinder. Frische Luft, tolle Schulen ...«

»... versnobbte Nachbarn, kein kulturelles Leben, keine Abendunterhaltung, keine Jacqueline«, beendete ich ihren Satz.

Sie machte ein ganz zerknautschtes Gesicht. Was tat ich gerade? Ich machte meine beste, schwangere Freundin unglücklich. Toll. Ich hatte den Preis für herausragende Leistungen im Bereich Empathie verdient. Ich rang mir ein Lächeln ab. »Ich versteh schon. Aber glaub mir, du wirst zurückkommen. Lasst uns Nachtisch bestellen. Mir ist nach einer *Dame Blanche*.« Ich griff nach der Dessertkarte.

»Ich glaube, so hungrig hab ich dich noch nie erlebt«, meinte David.

Ich lächelte wie eine Katze, die ein Leck im Sahnefässchen entdeckt hat.

Shoshanna machte große Augen. »Bist du womöglich ...«

Ich kicherte.

»Oh mein Gott«, quietschte sie.

»Nicht quietschen, Darling. Das schickt sich nicht.« David sah zuerst Shoshanna und dann mich an. Ein Grinsen breitete sich auf seinem Gesicht aus. »Ich melde mich schon mal für den Job als Patenonkel an. Oder wenigstens für den als exzentrischen Onkel.«

»Das wäre doch der perfekte Zeitpunkt für David, bei euch einzuziehen«, jubelte Shoshanna.

»Ich glaube nicht, dass David der Typ ist, der volle Windeln wechselt. Dabei kann er sich nicht richtig entfalten.«

»Du unterschätzt mich. Aber das passiert mir ja dauernd.« Er erhob sein Perrier-Glas.

Nachdem ich schon mal einige Weihnachtsgeschenke für meine Nichten besorgt hatte, fuhr ich nach Hause und konzentrierte mich darauf, das wöchentliche Abendessen für meine Familie zuzubereiten.

Ich legte ein frisch gebügeltes, hell goldenes Tischtuch auf den Esstisch, faltete die rotbraunen Stoffservietten, deckte das gute Geschirr und stellte für jede Person drei Gläser auf den Tisch: eines für Wasser, eines für Weißwein und eines für Rotwein, obwohl wir den Bourgogne erst zum Käse trinken würden.

Mamy Elise, meine Tante und mein Onkel wurden älter. Sie hatten es verdient, verwöhnt zu werden.

Als Laurent schließlich mit meiner Großmutter erschien, war alles vorbereitet. Ich trug ein einfaches Wickelkleid aus Wolle und die goldenen Ohrringe, die Laurent mir zum Geburtstag geschenkt hatte.

Mamy sah umwerfend aus wie immer und duftete unaufdringlich nach Chanel No. 5.

»*Bonjour petit*«, begrüßte mich meine Großmutter. Als ich sie auf die Wange küsste, wunderte ich mich wie jedes Mal, wie weich ihre Haut war. Ihr eleganter blauer Hosenanzug brachte ihre Augen zur Geltung. Nachdem sie ihren Hut abgenommen hatte, zog sie ihr Halstuch zurecht. Ihre Haare waren frisch gewaschen und gelegt, und natürlich trug sie Lippenstift. Genau wie meine Mutter war Mamy Elise die Eleganz in Person.

»*Tu es belle en robe*«, sagte sie. Meine Großmutter mochte es, wenn Frauen Kleider trugen und weiblich aussahen. Sie konnte es nicht ausstehen, wenn man in formlosen Hosen herumschlurfte, und war auch nicht besonders begeistert von Jeans. Hier stand eine Frau, die einen Weltkrieg und die Besetzung ihres Landes überstanden, ihren Mann durch die Nazis verloren, ihre drei Töchter alleine großgezogen und dafür gesorgt hatte, dass sie zur Schule gingen.

Sie hatte sich, weder in den schwierigen noch in den besseren Zeiten, als die Regierung den Witwen ermordeter Gefangener schließlich großzügige Pensionen als »réparation« zahlte, niemals gehen lassen. Ihr Haus war stets blitzblank, und sie hatte immer dafür gesorgt, dass Essen – und zwar gutes Essen – auf dem Tisch stand. Maman hatte mich gelehrt, was es heißt, eine Frau zu sein, Mamy brachte mir bei, eine starke Frau zu sein. Ein Aufbaustudium fürs Leben.

Dafür verwöhnte ich sie jetzt nur zu gerne einmal die Woche.

»Es riecht köstlich.« Ihr Blick schweifte über mein makelloses Wohnzimmer.

Laurent kam in Jeans und einem grauen Hemd herunter. »Dann hole ich mal den Aperitif. Portwein?«, erkundigte er sich bei meiner Großmutter. Sie strahlte ihn an.

Ich folgte ihm in die Küche. »Sie ist immer noch völlig hin und weg von dir.«

»Recht so.« Er trug das von mir vorbereitete Tablett mit den Gläsern und der Flasche aus der Küche.

Es klingelte an der Tür, und ich öffnete meinem Onkel und meiner Tante.

Das Abendessen verlief wie jede Woche. Mein Onkel Gerard brachte uns mit seinen leicht schlüpfrigen Witzen zum Lachen, und wir erzählten uns von der vergangenen Woche, aßen das von mir zubereitete Essen und saßen im sanften Kerzenschein beisammen.

Meine Tante, ein Vögelchen von einer Frau, liebte es, über die Vergangenheit zu sprechen.

»Deine Mutter und dein Vater«, sagte sie, »hatten vor nichts Angst und liebten das Leben, immer auf der Suche nach neuen Abenteuern. Er besaß einen wunderschönen Wagen, aber hier in der Stadt sausten sie immer auf ihrer kleinen Vespa durch die Gegend, selbst nach dem Unfall noch. Nichts konnte deine Mutter bremsen. Alle wollten sein wie diese beiden.«

»Und deshalb sind sie dann auch in Amerika gelandet«, sagte mein Onkel. Er schüttelte sein silbernes Haupt. »Sie haben versucht, uns zu überreden, ihnen zu folgen, aber ...«

»Das war nichts für uns. Wir gehören hierher.« Sie sah liebevoll zu Mamy Elise hinüber.

»Wenigstens eine meiner Töchter ist bei mir geblieben«, erwiderte meine Großmutter. Tante Solange und ihr Mann André waren ungefähr ein Jahr nach meinen Eltern ausgewandert. Er und mein Vater gründeten zusammen das Antiquitätengeschäft. Sie waren ein gutes Team: André war der Geschäftsmann und mein Vater der Experte. Onkel André, ein *bon-vivant*, war immer dicker und dicker geworden je mehr das Geschäft florierte, während seine Frau sich ausschließlich ihrem einzigen Sohn widmete und ihren Mann vernachlässigte. Er starb vor sechs Jahren an einem heftigen Herzinfarkt.

»Es hat mich immer überrascht, dass Tante Solange nie zurückgekehrt ist«, sagte ich. Ich war hier dermaßen glücklich und fühlte mich so geborgen, dass ich nicht verstehen konnte, weshalb meine Tante weiter in Amerika blieb.

»Es ist zu ihrer Heimat geworden. Und außerdem ist Vincent dort«, meinte Tante Charlotte. »Kinder sind das Allerwichtigste.«

Nach dem Dessert und dem Kaffee – die Birnen waren vorzüglich, sie waren nicht zu mehlig und hatten genau die richtige Süße – erhob sich meine Großmutter.

Ich half ihr in ihren Mantel und begleitete sie zur Tür. Auch meine Tante und mein Onkel brachen auf.

»*A la semaine prochaine!*«, »Das Essen war köstlich«, »*Merci*« riefen alle durcheinander, und nach vielen Küsschen reihum verschwanden sie schließlich in der Nacht. Laurent begleitete Mamy Elise nach Hause.

Ich räumte in der Zwischenzeit den Tisch ab, schaltete die Spülmaschine ein, schrubbte das Backblech, spülte und trocknete die Gläser ab. Als ich gerade das Tischtuch und die Geschirrtücher in die Waschmaschine stopfte, streckte Laurent den Kopf zur Küche herein.

»Lass doch gut sein«, meinte er.

»Kann ich nicht. Außerdem ist es schon erledigt.« Ich wischte ein letztes Mal über die Arbeitsplatte, wrang den Lappen aus und hängte ihn zum Trocknen auf. »Ich möchte dir was zeigen.« Ich wickelte das Plastikstäbchen aus, das ich in einem Stück Küchenkrepp versteckt hatte.

Laurent strahlte. Dann hob er mich hoch, wirbelte mich herum und küsste mich stürmisch.

»Vorsicht. Ich trage ein neues Leben in mir.«

»Dann solltest du dich nicht überanstrengen.« Er hob mich hoch und trug mich ins Schlafzimmer, wie eine Braut in einem Film, wo er mich so sanft auf dem Bett absetzte, als wäre ich zerbrechlich wie Eierschalen.

Ich kicherte. »Ich bin nicht krank.«

»Dieses Mal werden wir aufpassen.« Er setzte sich neben mich.

»Du hast gut reden, nachdem du mich so herumgewirbelt hast«, meinte ich und sprang auf. »Warum sollte ich ruhig bleiben? Das ist aufregend. Sogar mehr als das. Es ist großartig.«

»Natürlich. Aber...« Er nickte drei Mal, eine Angewohnheit, die ihn wie einen ernsten kleinen Jungen wirken ließ. Normalerweise fand ich das liebenswert, aber jetzt gerade ärgerte es mich. Es gab kein *Aber*.

»Aber?« Ich war kurz davor, die Beherrschung zu verlieren. »Wir haben gesagt, wir reden nicht darüber. Niemals. Wir haben gesagt, wir denken nicht mal daran. Und jetzt kommst du damit an.«

»Ich habe nichts gesagt.« Er stand auf und fing an, sich auszuziehen.

»Nein, aber du denkst es.«

»Okay. Tut mir leid, Ich glaube einfach nicht, dass ich es ein drittes Mal ertragen würde. Wir müssen ganz ruhig bleiben.« Er ging ins Bad, wo ich ihn Zähne putzen hörte. Nun stand auch ich auf, zog mich aus und hängte mein Kleid in den Schrank. Ich stellte die Schuhe ins Regal und legte meine Ohrringe zurück in die Schmuckschatulle auf dem Frisiertisch.

Laurent schlüpfte ins Bett, während ich einen seidenen Morgenmantel überzog und mich dann neben ihn setzte.

»Mit *wir* meinst du mich«, nahm ich unser Gespräch wieder auf.

Er streichelte mir den Rücken, wobei seine Hand meine Wirbelsäule auf und ab wanderte. Es fühlte sich wunderbar an.

»Wir sind jetzt an der Reihe, Laurent. Es fühlt sich dieses Mal einfach anders an.«

»Lass es uns noch niemandem erzählen, einverstanden?« Er küsste mich.

»Wenn es dich glücklich macht. Aber wir könnten es. Denn es wird alles gut werden, du wirst schon sehen.« Ich sagte ihm nicht, dass Sho und David bereits Bescheid wussten. Eigentlich hatte ich es ihnen ja auch nicht wirklich *erzählt*.

Im Badezimmer starrte ich mich im Spiegel an. »Maman, ich weiß, dass du da bist. Bitte lass dieses Kind auf die Welt kommen.« Dann drehte ich mich vom Spiegel weg, knipste das Licht aus und ging zum Bett, wo ich meinen Kimono zu Boden fallen ließ und meinen nackten Körper an den meines Mannes schmiegte.

Am nächsten Morgen machte ich am Klavier meine Aufwärmübungen. Mir war ganz warm vor lauter Freude. Dann rief mein Vater an.

Es fühlte sich so an, als ob die ganze Freude wie eine Welle im Sand versickerte, der plötzlich kalt und nass war.

Daddy rief mich so gut wie nie an. Wir schickten uns auch nur selten E-Mails. Und wenn wir miteinander kommunizierten, dann war er immer kurz angebunden. Ich sah auf die Uhr. »Wie spät ist es bei dir? Es ist ja mitten in der Nacht. Was ist los?«

»Nichts. Ich kann nur nicht schlafen.«

Das war ungewöhnlich. Früher war er immer um halb elf in seinem Sessel eingenickt und irgendwann angezogen ins Bett gewankt.

»Du bist aber nicht krank, oder?« Nebenher arrangierte ich die Kerzenständer auf dem Kaminsims neu, nur um sie dann wieder auf ihren alten Platz zu stellen.

»Natürlich nicht.« Es klang, als hätten Krankheiten bei ihm nicht die geringste Chance. »Ich wollte dir sagen, dass ich dieses Jahr zu Thanksgiving nicht komme.«

Ich hatte das Gefühl, als sollte ich protestieren oder mich

zumindest aufrichtig nach dem Grund erkundigen. Stattdessen ließ ich mich auf meine Klavierbank sinken.

»Es gibt hier momentan einige Dinge, um die ich mich kümmern muss.« Das wurde ja immer bizarrer. Ich stand wieder auf, zog zwei Blüten, die aussahen, als wären sie kurz vor dem Verwelken, aus der Vase auf dem Tisch, und ließ sie in den Mülleimer fallen.

»Also, ich … wir werden dich vermissen.« Das sagte man doch in so einem Fall, oder? Selbst wenn es nicht von Herzen kam. Was für ein Monster musste ich sein, um meinen eigenen Vater nicht sehen zu wollen? Vielleicht sehnte ich mich einfach nach ein bisschen Ruhe und Fröhlichkeit?

»Es tut mir leid. Ich weiß, das kommt überraschend für dich.«

»Ja.« Eine willkommene Überraschung. Sag doch etwas … denk nach, schnell, schnell. »Ich kann es irgendwie noch nicht glauben, das ist alles. Das ist doch eine Tradition. Ohne dich wird es nicht dasselbe sein.« Das zumindest war die Wahrheit.

»Aber ich sehe dich ja dann an Weihnachten. Maggie hat dir Bescheid gesagt.«

»Hat sie.«

»Dann wäre das ja geklärt.« Jetzt klang er wieder mehr wie er selbst. Just in dem Moment, in dem ich anfing, sein neues Ich zu mögen. »Dann lasse ich dich jetzt wieder an deine Arbeit. Es war gut, deine Stimme zu hören.«

Nachdem ich aufgelegt hatte, kehrte ich zum Klavier zurück, fühlte mich aber auf einmal zu rastlos, um dort zu sitzen. Einige Sekunden später hing ich würgend über der Kloschüssel. Purer Zufall.

Ich liebte meinen Job. Ich liebte es, angenehme schwarze Kleidung anzuziehen, meine Tasche zu packen, in die Metro zu steigen und aus den Tiefen Brüssels zum *Place de la Monnaie* aufzusteigen und das Theater zu erblicken. Zu wissen, dass ich hierhergehörte. Ich fühlte mich aufgekratzt, beschwingt, wie ein Korken in einem brausenden Bach, ein leichtes Summen im Kopf. So ging es mir vor jeder Vorstellung. Es war nichts, was ich als selbstverständlich betrachtete.

Als ich den Bühneneingang erreichte, seufzte ich. Ich hasste es, nach Amerika zu fliegen. Mir wurde wieder übel, und ich rannte zur Toilette, ohne Thierry, den Inspizienten, begrüßt zu haben.

Hör auf damit!, befahl ich in Gedanken dem Baby in meinem Bauch. Ich putzte mir die Zähne und aß dann ein paar der mitgebrachten Salzcracker, die ich mit einem Schluck Perrier hinunterspülte.

In meiner Garderobe nahm ich einen welken Blumenstrauß aus der Vase am Schminkspiegel und ließ ihn in den Mülleimer fallen, bevor ich hinaus in den Zuschauerraum ging, um mich einzusingen. Francesco, unser Regisseur, legte Wert darauf, dass das Ensemble wie eine Art Familie war, und vor jeder Vorstellung mussten wir uns alle auf der Bühne versammeln. Nicht nur die Sänger und Musiker, sondern auch die Bühnenarbeiter, die Gewandmeister, die Stylisten und *accessoiristes*. Kurz, alle, die für den Erfolg der Aufführung mitverantwortlich waren.

Heute würden sich alle über die tolle Kritik freuen, die wir bekommen hatten, und ich strahlte, weil ich so überschwänglich gelobt worden war.

Der Großteil der Besetzung war bereits da, und ich stellte mich zu den Kollegen. Im Zuschauerraum waren die Lichter an, was die Bühne verhältnismäßig dunkel wirken ließ .

»Geht's dir gut?«, erkundigte sich Francesco bei mir. »Thierry ...« Er wies mit dem Arm in Richtung des Inspizienten.

»Bestens.« Langsam wurde ich müde, es zu wiederholen. »Hab nur was Falsches gegessen.«

Genau in diesem Augenblick wurde mir erneut übel, und obwohl ich mich um ein beruhigendes Lächeln bemühte, musste ich blass geworden sein.

»Komm, setz dich.« Er nahm neben mir Platz.

»Jacqueline, seit du Teil dieses Ensembles bist, hast du da je eine Vorstellung verpasst?«

»Nein. Und ich habe auch nicht vor, damit anzufangen.« Außer vielleicht, wenn das Baby da wäre, aber dann wäre ich ja im Mutterschutz.

Francesco fühlte mit der Hand meine Stirn. »Kein Fieber. Wenn man Kinder hat, braucht man kein Thermometer.«

Ich lächelte schwach und kämpfte gegen die Übelkeit an. Noch ein paar Cracker und etwas Mineralwasser, dann wäre ich wieder einsatzbereit. Alles bestens.

»Du bist Profi, aber dir geht es ganz eindeutig nicht gut. Geh nach Hause.«

»Aber ...« Ich stand auf.

Er legte mir die Hand auf den Arm und drückte mich sanft zurück auf den Stuhl.

»Aber die Kritik in der T.« Ich zitterte.

»Ah, ja! Die war wunderbar! Die haben wir natürlich

auch dir zu verdanken. Du musst auf dich aufpassen, gut für dich sorgen. Dich nicht überanstrengen.«

»Ich kann auf die Bühne. Ich bin bereit.« Ich zwang mich, tief durchzuatmen, um mich zu beruhigen.

Das war alles Daddys Schuld. Sein Anruf und der daraus resultierende Stress hatten diese Übelkeit ausgelöst. Babys hassten Stress. Das war hinlänglich bekannt. »Wirklich, Francesco. Ich schaffe das.«

»Ich weiß. Aber ist es wirklich nötig? Nein. Geh nach Hause. Ruh dich aus. Schau, du zitterst ja. Was, wenn du etwas ausbrütest? Du könntest alle anderen anstecken.«

»Aber ich bin nicht krank. Du hast doch eben selber gesagt, dass ich kein Fieber habe. Ich würde niemals riskieren …«

»Ich weiß. Aber ich will, dass du tust, was ich sage.« Sein Tonfall war sanft. »Manchmal muss der Körper ruhen. Und die Stimme ist Teil des Körpers. Geh nach Hause. Wir sehen uns morgen.«

Darauf gab es nichts zu erwidern. Ich war verbannt worden. Ich spürte die Blicke der anderen im Rücken, als ich hinter die Bühne ging, um meine Sachen zu holen. Meine Zweitbesetzung strahlte übers ganze Gesicht. Jung, schön, gebürtige Italienerin … ging er mit ihr ins Bett? Ich schüttelte den Kopf, um den Gedanken zu vertreiben. Wir waren hier schließlich nicht in dem Film *Alles über Eva*.

Das Tageslicht wich langsam der Dunkelheit, als ich den *Place de la Monnaie* überquerte. Die Cafés waren überfüllt mit Leuten, die sich nach der Arbeit noch ein Bier gönnten, bevor sie den Heimweg antraten. Um diese Tageszeit war ich eigentlich nie unterwegs, und darum wusste ich nicht so recht, was ich mit mir anfangen sollte. Ich könnte bei Cora Kemperman's Boutique vorbeischauen und ein bisschen shoppen. Ich könnte weitere Weihnachtseinkäufe erledigen.

Stattdessen überquerte ich die Straße und blieb vor dem Schaufenster eines Kinderladens stehen. Ich sollte nicht hineingehen, wirklich nicht. Vielleicht sollte die Tatsache, dass mich Francesco vorhin nach Hause geschickt hatte, ein Zeichen sein, dass ich mich auf meine bevorstehende Mutterrolle konzentrieren sollte.

Ich ging hinein. Entgegen meinen guten Vorsätzen kaufte ich einen winzigen weißen Baumwollstrampelanzug, so weich wie eine Wolke, auf dem ein blaues Entlein aufgestickt war. Außerdem zwei Wollmützen für meine Nichten. Es gab nichts in Pink im Angebot, obwohl ich wusste, dass Charlotte für diesen Farbton schwärmte und nichts anderes trug. Stattdessen wählte ich für sie ein sanftes Perlgrau, das gut zu ihren ganzen rosafarbenen Outfits passen würde. Perfekt für Weihnachten.

Meine Übelkeit war verschwunden, doch das nützte mir jetzt nichts mehr. Dann ließ ich mich vom Eingang zur Metrostation verschlucken.

Da fiel mir auf einmal ein, dass ich Laurent das mit Weihnachten immer noch nicht gesagt hatte.

6

Colette - Halloween

Jedes Jahr vor Halloween kauften Wayne und ich Süßigkeiten ein. Obwohl ich jetzt Single und so gut wie pleite war, würde es dieses Jahr nicht anders sein. Ich konnte die wenigen hoffnungsvollen Kinder, die an der Tür klingelten und »Süßes oder Saures« riefen, einfach nicht enttäuschen. Es handelte sich nur um eine Handvoll Nachbarskinder, die, angelockt von meinen orangenfarbenen Lichterketten und den Kürbissen, wussten, dass sich hinten im Garten ein Halloween-freundliches Haus versteckte.

Ich schnitzte zwei weitere Kürbisse fertig. Es waren Biokürbisse, was ich aber niemandem erzählte aus Angst, man könne mich ins Irrenhaus sperren lassen. Die Ausgabe rechtfertigte ich damit, dass ich die Kerne röstete und sie, mit Meersalz bestreut, aß. Der nussige Geruch der Kerne und der würzigen Duftkerze ließ mein Häuschen nach Herbst duften – so wie früher daheim. Hier tat man gerne so, als gäbe es unterschiedliche Jahreszeiten, doch eigentlich gab es nur eine einzige.

Dieses Jahr brachte ich es jedoch nicht über mich, ein Kostüm zu nähen. Dafür kleidete ich mich von Kopf bis Fuß in Schwarz, schlang mir eine türkisfarbene Federboa um den Hals und band mir einen passenden Turban um dem Kopf.

Ich war mit den Vorbereitungen für Halloween so sehr beschäftigt gewesen, dass ich nicht hatte nachdenken müssen. Morgen würde ich die Halloween-Deko komplett abnehmen und wegpacken, um putzen zu können. Für Sonntag hatte ich keinen Plan. Noch nicht. Ich wünschte, ich hätte eine Couch und einen Fernseher, um den Zeichentrickfilm *Der große Kürbis* anzuschauen. Stattdessen hing ich mit einer Schüssel Süßigkeiten auf dem Schoß in meinem Sessel, als es klingelte. Vor der Tür stand ein ausgewachsener maskierter d'Artagnan, der sogar die passenden Stiefel trug.

»Hübsches Kostüm«, murmelte ich. Als ich über seine Schulter blickte, sah ich jedoch kein einziges Kind und auch keinen weiteren Musketier. Er war allein. Was für ein Widerling.

»Süßes oder Saures«, sagte er. Sein Akzent verriet ihn.

»Dante!« Ich konnte mich gerade noch bremsen, ihm nicht um den Hals zu fallen. Stattdessen trat ich einen Schritt zurück. Weshalb war ich so glücklich?

»*Ciao, bella Nico.*« Er zog seine Maske ab. »*Venite qui*«, rief er über die Schulter. Zwei Männer kamen mit einem Sofa den Weg entlang. Da erst fiel mir ein Lieferwagen auf, der vorne an der Straße geparkt war.

»Wo sollen wir es hinstellen?«, fragte er.

»Oh, Dante, nein. Das geht nicht.« Das Letzte, was ich jetzt noch brauchte, war, wegen Besitz eines gestohlenen Sofas verhaftet zu werden.

»Nein, nein. Keine Angst. Das ist von Goodwill. Ich mache sauber und repariere sie.«

»Du hast mir ein Sofa gekauft?« Ich trat einen Schritt zurück, um ihn hereinzulassen.

»*Sì*. Sehr billig, aber immer noch gute Qualität.«

Die beiden Männer mit der Couch standen immer noch im Garten.

»*Dai, Dante*«, sagte der kleinere von beiden.

»*Sì, sì*. Kommt rein. Also, wohin damit?«

Ich zeigte auf die Mitte des Raumes vor den Kamin. Das Sofa war klein und mit einem groben grünen Webstoff bezogen. Es sah aus wie ein Möbelstück aus den Dreißigerjahren. Dante zog ein großes Fransentuch aus der schwarzen Umhängetasche, die er über der Schulter trug. Dieses drapierte er über die Lehne der Couch. Es sah … perfekt aus.

Ich versuchte, den Kloß hinunterzuschlucken, der sich in meinem Hals gebildet hatte. Plötzlich sah ich wieder vor mir, wie mein Vater mit einem Art-déco-Beistelltisch nach Hause kam und meine Mutter in die Hände klatschend durchs Zimmer tanzte.

»V-vielen Dank«, sagte ich, unsicher, wie ich reagieren sollte. Die beiden Männer zogen ab, um kurz darauf wiederzukommen, der eine mit einer Stehlampe, der andere mit einem kleinen runden Sofatisch. Sie stellten die Lampe neben die Couch und den Tisch davor.

»Es passt zu die Geist von deine Stühle«, erklärte Dante.

Ich nickte und spürte, dass ich idiotisch grinste. Da wurde mir plötzlich bewusst, dass ich immer noch meinen Turban und die Boa trug. Schnell nahm ich alles ab und legte beides auf den Tisch.

»*Grazie*, Paolo, Vincente.«

Mit einem Chor von *Ciaos* verschwanden sie in der Dunkelheit, diese Engel, die mich beschenkt hatten, ehe ich mich richtig bedanken oder ihnen etwas anbieten konnte.

»Ich wollte ihnen eine Flasche Wein oder Süßigkeiten mitgeben«, sagte ich.

»Sie gehen jetzt heim zu ihren Familien. *Sono bravi.* Ich sage ihnen, du brauchst Möbel, sie helfen.« Er grinste.

»Dante, ich weiß gar nicht, was ich sagen soll.« Das Seltsame war, hätte ich all die Jahre allein gelebt, dann hätte ich mir genau solche Möbel ausgesucht. Möbelstücke mit einer Geschichte, die schon viel miterlebt hatten. Möbelstücke mit einer Seele. Wayne mochte klare, moderne Linien.

»Komm rein, setz dich, mach's dir bequem – dank dir kann ich das jetzt tatsächlich wieder sagen.« Ich fuhr mit der Hand über das Polster.

Dante ließ sich elegant auf die Couch sinken und schien sich pudelwohl zu fühlen.

»Ich habe leider keinen anständigen Wein mehr übrig. Und auch nichts zu essen, außer Kürbiskernen. Und natürlich Süßigkeiten.« Ich ging in die Küche und kam mit einer Schale Kürbiskerne zurück.

Er probierte einen. »*Buono.* Gut für Pesto.«

Aus der Tasche, die ich irrtümlicherweise für seinen Süßigkeitenbeutel gehalten hatte, zog er eine Flasche Rotwein – ein Santa Cristina, wie ich am Etikett ablesen konnte, und zwei in Wachspapier eingewickelte Päckchen. Sie stellten sich als Panini heraus. Ich aß nie Panini.

Während ich Gläser und Teller aus dem Schrank holte, war ich auf einmal hungrig. Wir picknickten im weichen Licht meiner neuen Lampe.

Ich hatte fast die Hälfte meines Sandwichs verdrückt, ehe ich es weglegte.

»*Non ti piace*? Du magst nicht?«

»Das schmeckt gut. Es ist nur zu viel.«

»Nicht zu viel. *Mangia*!« Er nickte mir zu und aß weiter.

»Es ist köstlich.« Zum Beweis nahm ich einen weiteren Bissen. Es war eines der besten Sandwichs, die ich je gegessen hatte, mit dünn geschnittenem Parmaschinken und Povolone, Tomaten, Olivenöl und Kräuter. »Aber ...« Lächelnd schüttelte ich den Kopf.

»Etwas ist passiert, eh? Etwas Neues?« Er zog die Stirn kraus.

Woher wusste er das? Bei jedem anderen wäre es mir unheimlich gewesen, aber Dante war zu großherzig, um mich vor ihm zu gruseln. Ich wickelte den Rest meines Panino ein und legte es auf den Sofatisch.

»Deine Augen. Heute Abend sehr dunkelblau, fast schon grau, und auch hier« – er berührte einen Punkt zwischen meinen Augenbrauen. »Und hier.« Er legte seine Hände auf meine Schultern, und ich spürte, wie hart sie waren. Ein Kribbeln ging durch meinen Körper.

»Tja.« Meine Stimme hätte jede heisere Kröte vor Neid erblassen lassen. Ich räusperte mich. »Du hast wieder mal ins Schwarze getroffen. Ja, du hast recht. Wie es aussieht, habe ich meinen Job verloren.«

Dante riss die Augen auf.

Nachdem ich einen Schluck Wein getrunken hatte, fügte ich hinzu: »Ab Januar werde ich offiziell arbeitslos sein.«

Nachdem ich ihm erklärt hatte, was passiert war, nahm er mich in die Arme. Ich schmiegte mich an ihn, den Kopf an seine Brust gelegt, wie ein Kätzchen. Eine Träne lief mir über die Wange. Dann folgte eine zweite.

»Dann wirst du kein Geld haben?«, fragte er.

»Keinen *sou*.«

»Und hast du einen Plan?«

»Nein, ich habe keinen Plan.« Sein Hemd wurde an der Stelle dunkler, wo meine Tränen es durchnässt hatten.

Sanft schob er mich ein Stückchen von sich weg und sah mir in die Augen. »Ich habe eine Idee.«

7

Magali – Halloween

Ich nahm gerade meinen Hexenhut ab und knotete mein Cape auf, als es an der Haustür klingelte. Die Kinder waren endlich im Bett und mit so viel Zucker vollgepumpt, dass sie bestimmt nachts Albträume bekommen und morgen Kopfweh haben würden.

Halb zehn. Ein bisschen spät für Halloween-Besuche.

»Süßes oder Saures!«

Auf meiner Veranda stand ein fast eins neunzig großer, maskierter Mann, der als Verrückter Hutmacher verkleidet war. Ein Erwachsener. Von denen tauchten jedes Jahr einer oder zwei auf. Sie wollten anscheinend einfach nicht erwachsen werden.

Er hatte allerdings ein sehr schönes Kostüm an. Ich griff mir ein paar Schokoriegel und hielt nach seiner Süßigkeitentüte Ausschau.

»Um ehrlich zu sein«, sagte er, »wäre mir eher nach einem Bier und vielleicht einer Scheibe von diesem leckeren Kürbisbrot, das du an Halloween immer bäckst.«

»Art!« Ich umarmte ihn stürmisch und warf ihn dabei fast um.

»Wie schön, dass du mich noch nicht vergessen hast.«

»Du Dumpfbacke.«

»Dein Vokabular hat sich durch die Kinder nicht wirklich verändert, wie ich sehe. Äußerst kultiviert.«

Ich nahm meinen Bruder an der Hand und zog ihn ins Haus. »Du hast ja keine Ahnung. Ich hätte dich auch Hosenscheißer nennen können, wobei wir hier versuchen, Fäkalausdrücke zu vermeiden. Leo, schau mal, wer da ist!«

»Lass mich raten«, meinte Leo in dem Tonfall, den er Kindern vorbehielt. »Darth Vader? Ariel?« Er kam maskiert und mit einem Cape über den Schultern aus dem Wohnzimmer. Der Lancôme Augenbrauenstift, mit dem er sich das Bärtchen angemalt hatte, war links etwas verwischt.

»Wenn das nicht der Verrückte Hutmacher ist«, stellte er fest.

»Wie ich sehe, bleibst du der Tradition treu. Zorro, wie immer.« Art grinste.

»Was du nicht verstehst: Das hier ist mein Alltagsoutfit. Der Anwalt im Anzug, das ist meine eigentliche Verkleidung.« Er hob die eine Ecke seines Capes an.

Die beiden klopften sich auf die Schulter, ein Ritual, mit dem Männer sich gegenseitig zeigen, wie männlich sie sind.

Art nahm den hohen lilafarbenen Hut ab.

»Du siehst gut aus.« Es stimmte. Unter dem Kostüm wirkte mein Bruder gesund und durchtrainiert.

Morgen würde ich anfangen zu trainieren.

Art legte mir den Arm um die Schultern. Er überragte uns alle, selbst Leo, der immerhin über eins achtzig groß war. Art kam wie Jacqueline nach Daddys Familie, während Colette und ich unserer Mutter ähnelten. Das Einzige, was uns äußerlich verband, war das Blau unserer Augen.

»Sieht klasse aus bei euch«, sagte Art, woraufhin mir bewusst wurde, dass wir immer noch im Flur standen.

»Siehst du diese Spinnweben da? Die sind echt! Komm rein. Setz dich.«

Er ließ sich ins tiefe rote Sofa sinken. Als ich die Couch meiner Schwester in Brüssel das erste Mal gesehen hatte, verliebte ich mich auf der Stelle in dieses Möbelstück und ruhte nicht eher, bis ich mein persönliches Gegenstück gefunden hatte. Wobei ihre Couch bei meinem letzten Besuch immer noch in erstklassigem Zustand war.

»Dann gefällt dir also meine neue Deko? Lauter kaputte Spielsachen und ein paar schöne Flecken…« Dabei hätte ich beinahe eine brennende Kerze umgeworfen. Ich konnte sie gerade noch auffangen.

Er lachte. »Sieht doch super aus.«

Es stimmte tatsächlich, dass es mit den Kerzen, unseren leuchtenden Keramikkürbissen auf dem Kaminsims, den zwei Vasen mit Blumensträußen, die eine rund, die andere eckig, und unserer freundlich dreinblickenden Hexe eher gemütlich als gespenstisch aussah.

Art nahm dankend das von Leo angebotene Bier an. So entspannt hatte ich ihn noch nie erlebt.

»Hast du schon gegessen?« Ich stand auf.

»Ja, hab ich vorhin.«

»Wie lange ist vorhin denn schon her? Ich hol uns ein bisschen Käse zum Bier«, erklärte ich und war dabei schon fast in der Küche.

»Gali, komm zurück, und setz dich hin. Ich bin hier, um dich zu sehen.«

»Bin in einer Sekunde wieder da.«

»Ich hatte ganz vergessen, dass man hier ständig gefüttert wird.«

In Wahrheit wollte ich ein paar Minuten Zeit schinden, um mir etwas auszudenken, wie ich Art dazu bewegen konnte, mit uns allen bei Daddy Weihnachten zu feiern. Ich brauchte einen Plan. Eine List. Einen Trick. Komm schon, Gehirn, dachte ich. Jacqueline, wo bist du, wenn ich dich am dringendsten brauche?

Ich nahm einen Petit Basque, einen normalen Brie und ein herrliches Stück gereiften Chimay Käse. Was für eine schöne Entwicklung, dass außer dem Bier nun auch Käse in die Staaten exportiert wurde. Dazu legte ich ein paar Trauben und Walnüsse und war wieder zurück im Wohnzimmer, ehe ich mir etwas hatte ausdenken können. Vielleicht könnte ich die Kinder als Vorwand benutzen? Mieser Trick, könnte aber funktionieren.

»… meinen letzten Auftrag für die Agentur abgeschlossen.«

»Und jetzt?«, fragte Leo. Er hatte Maske und Cape abgelegt, aber der Schnurrbart zierte immer noch seine Oberlippe.

»Oh, jetzt beginnt mein neues Leben.« Bei Art wusste man nie so genau. »Die Bezahlung war gut. Ich hab eine Menge Geld auf meinem Konto liegen. Das ist auch der Grund, weshalb ich hier bin. Gali, ich möchte, dass du dich für mich darum kümmerst.« Er nahm sich ein Stück Käse.

»Was ist los?« Mein Bruder, Mr. Unabhängig, der niemanden brauchte, bat mich um Hilfe?

Er kaute. »Das ist lecker. Danke.« Dann trank er einen Schluck Bier. »Die Sache ist die, ich gehe für eine Weile weg.«

»Wow, das ist ja unglaublich. Echt. Warte, bis ich das Colette und Jacqueline erzähle. Die Schockwelle wird weltweit zu spüren sein.« Ich wandte mich an meinen Mann. »Leo, ruf besser mal Al Gore an.«

Art schnitt sich ein Stück vom Chimay ab. »Wer außer dir hat belgischen Käse im Kühlschrank?«

Leo hatte mir ein Glas Croze-Hermitage eingeschenkt. Ich trank einen Schluck. »Das sind jetzt nicht gerade überraschende Neuigkeiten. Wäre anders, wenn du gesagt hättest, du bleibst hier.«

»Ich habe beschlossen, ein Buch zu schreiben …«

»Ein Buch! Du?« Vor lauter Verblüffung verschüttete ich etwas Wein auf meine Bluse. Zum Glück war sie schwarz.

Sogar ich hörte die Panik in meiner Stimme. Beide sahen mich seltsam an. Jeder, absolut jeder schrieb auf einmal ein Buch: erst Ana, jetzt Art. Eine Mädchenstimme, die etwa Charlottes Alter und Reife besaß, schrie in meinem Innern: »Wissen die denn nicht, dass es dein Traum ist, den sie da stehlen? Was ist bloß los mit diesen Leuten?«

»Ja, warum solltest du die einzige Schriftstellerin in der Familie sein? Hier.« Er reichte mir eine Serviette.

»Was ich mache, ist ja nicht wirklich Schreiben.« Noch nicht. Ich tupfte am Weinfleck herum.

»Und falls du ihr nicht glaubst, frag euren Vater«, sagte Leo.

Arts Blick flackerte. Dann setzte er sich neben mich auf die Couch. »Weißt du denn nicht, wie wunderbar deine Bücher sind? Warte, ich zeig dir mal was.«

Er verschwand nach draußen in die Diele und kam mit seinem alten Rucksack zurück. Aus diesem zog er ein, zwei, vier ramponierte, ganz zerfledderte Bücher, die mehrfach gelesen worden waren und die deren Besitzer sehr lieben musste. Der Traum eines jeden Autors.

Es waren meine.

Ich leerte mein Glas und stopfte mir etwas Käse in den Mund, ohne etwas davon zu schmecken.

Art zuckte mit den Schultern. »Wenn ich dich vermisse …«

»Dann kochst du?«, brachte ich mühsam heraus.

»So weit geht es dann doch nicht. Aber du wärst überrascht.«

»Stiehl mir nicht die Schau«, schimpfte ich mit gespielter Empörung. »Ich bin die Köchin in der Familie.« Und die Schriftstellerin.

»Du hilfst jedenfalls vielen Menschen – keine Widerrede. Deine Bücher zu lesen ist wie nach Hause zu kommen und ein gutes Gespräch mit dir zu führen.«

»Dann verschwindest du wieder, um ein Buch zu schreiben?«

»Auf der Suche nach meinem persönlichen Walden Pond See, vielleicht. Es fühlt sich einfach richtig an: Ich habe so viele Fotos, die ich alle mit einer tollen Geschichte verknüpfen will.« Er wirkte so glücklich, dass ich seine positive Energie beinahe körperlich spüren konnte.

Da keimte eine Idee in mir auf. »Art, bleib doch einfach hier zum Schreiben. Bitte. Wir haben jede Menge Platz.«

Ich sah zu Leo hinüber, der nickte. »Ja, Kumpel.«

»Und ich dachte schon, du würdest mich nie fragen.« Er legte den Kopf schief.

»Du Dumpfbacke.«

»Schon wieder Dumpfbacke? Ich werde euch im Haus helfen. Und viele Fotos von den Kindern machen.«

Ich hatte meinen Mann nicht mehr so glücklich gesehen, seit ich vor zwei Jahren einen Handwerker aufgetan hatte, der sich um die kleinen Arbeiten im Haus kümmerte. Leo erhob sich aus dem Sessel und zog mich ebenfalls vom Sofa, um mich zu küssen. »Ich liebe deinen Bruder.«

»Ich auch.« Das Ganze kam mir fast zu einfach vor. Art würde zu Weihnachten hier sein. Manchmal gönnte mir das Universum wohl auch mal eine Pause.

Mein Bruder stand auf und legte mir die Hand auf die Schulter. »Nur eines noch: Sag niemandem, dass ich hier bin, okay?«

»Niemandem?«

Er sah mir tief in die Augen. »*Niemandem.* Damit meine ich unseren Vater.«

Schon kapiert.

8

Jacqueline – Halloween

Die Nacht vom 31. Oktober auf den 1. November war immer ziemlich heftig, und dieses Jahr bildete da keine Ausnahme. Es gefiel mir besser, als die Belgier noch kein Halloween gefeiert hatten. In einem Land, wo die meisten Feiertage entweder mit Heiligen oder mit Jesus und Maria zu tun haben, oder Nationalfeiertage sind wie der Geburtstag des Königs, passte Halloween irgendwie nicht so richtig. Trotzdem gab ich mir Mühe. Normalerweise war ich im Theater, daher bestand der ganze Aufwand darin, einige Kürbisse aufzustellen und viel zu viele Süßigkeiten einzukaufen, die Laurent und ich schließlich selber aßen, bis ich ihn dazu zwang, die Reste mit ins Büro zu nehmen. Wenigstens schmeckten Süßigkeiten in Belgien wirklich gut.

Laurent trug jedes Jahr ein Vampirgebiss aus Plastik und eines meiner alten Capes, wobei er mir versicherte, dass er es »nur für die Kinder« machte.

Für mich hingen an Halloween einfach zu viele Erinnerungen. Die schönen waren schwer zu ertragen. Meine Eltern waren stets ausgegangen: Sie dekorierten das ganze Haus, gingen auf Partys und zogen schöne Kostüme an. Sogar in den schlimmsten Zeiten nach Mamans Tod schienen die Erinnerungen an glückliche Zeiten Daddy immer an Halloween heimzusuchen. Ich verstand nie, warum, aber der Funke war definitiv da. An Weihnachten war er wieder erloschen, und das Fest war freudlos. Ich erschauderte.

Der nächste Tag, Allerheiligen, war für die Belgier umso wichtiger. Die Schüler hatten die ganze Woche frei, und auch Laurent musste fast nie zur Arbeit, weil keine Meetings stattfanden. So ziemlich alles bis auf Blumenläden, Restaurants und Cafés blieb geschlossen, damit die Leute Zeit hatten, große Chrysanthementöpfe an die Gräber ihrer verstorbenen Verwandten zu bringen.

Dunkel gekleidet, begaben Laurent und ich uns zum Haus meiner Großmutter, wo sich die ganze Familie versammelt hatte. Nicht nur Tonton Gerard und Tante Charlotte, sondern auch ihre Söhne Pierre und Maxime waren da, begleitet von ihren jeweiligen Partnerinnen, Isabelle und Marianne, und ihren Kindern.

Meine Großmutter bot uns *une petite goutte* an – im wörtlichen Sinne ein kleiner Tropfen – womit ein winziges Glas Likör oder Cognac gemeint war –, um uns »gegen die Kälte zu schützen«.

Es handelte sich um eine alte Tradition, die von meiner Generation nicht mehr aufrechterhalten wurde, außer vielleicht auf dem Land, wo die Zeit an Tagen wie diesem stehen geblieben zu sein scheint.

Normalerweise entschied ich mich für ein Gläschen Bénédictine, doch dieses Jahr lehnte ich dankend ab.

Laurent nippte an seinem Calvados, der in der Normandie aus Äpfeln gebrannt wurde und eher intensiv und rauchig als süß im Geschmack war.

Gegen halb zehn brachen wir Richtung Friedhof auf, mit Schirmen gegen den Nieselregen gewappnet.

Als wir ankamen, war schon ziemlich viel los. Laurent setzte uns am Tor ab, um dann den Wagen zu parken. Während wir mit unseren Blumentöpfen auf ihn warteten, rannten die Kinder herum und spielten eine Runde Fangen.

Schließlich kam auch Laurent, hakte sich bei uns unter, und gemeinsam gingen wir zum Grab meines Großvaters. Es befand sich in der Mitte des Friedhofs, in der wunderschön gepflegten *pelouse d'honneur*, wo die Helden begraben lagen. In dem Teil, der für die politischen Gefangenen bestimmt war, stellten wir die rostroten und goldgelben Chrysanthemen ab. Mein Großvater war von der Gestapo inhaftiert, gefoltert und exekutiert worden, was das Leben meiner Großmutter und ihrer drei Töchter erschüttert hatte. Er war nur zweiundvierzig Jahre alt geworden.

Genauso alt, wie auch Maman geworden war.

Danach begleiteten wir meine Großmutter noch an einige andere Gräber, wo sie den Verstorbenen ihren Respekt zollte. Ich hielt meinen Blick auf den Kiesweg gerichtet, da ich die Lebensdaten der Toten, die in den polierten Granit gemeißelt waren, nicht lesen wollte.

Dann gingen nur noch wir drei weiter zu Sainte Marie, um eine Kerze für Maman anzuzünden.

Anschließend fuhr Laurent Mamy Elise und mich ins *Chez Nous*, ihr Lieblingsrestaurant. Es war zwar klein, aber einladend mit den schneeweißen Tischdecken und den Salz- und Pfefferstreuern aus Kristall. Im offenen Kamin flackerte ein Feuer, und es fühlte sich an, als wäre man in einen Kaschmirmantel eingehüllt. Außerdem kannte man

Mamy Elise hier sehr gut, und es wurde immer viel Aufheben um sie gemacht. Sie wurde behandelt wie eine Königin, und genau das hatte sie auch verdient.

Laurent und die anderen wollten noch weitere Gräber besuchen. Mamy, die Älteste und Matriarchin, kam immer zuerst.

Sie bestellte einen Portwein und sah mich dann fragend an.

»*Un Perrier.*«

Irgendwie wirkte sie müde. Ich legte meine Hand auf ihre und fragte: »*Ça va?*«

Sie seufzte. »Ich wünschte einfach, sie wäre hier begraben, in meiner Nähe. In ihrem Land.«

Ich nickte, obwohl ich in Wirklichkeit froh war, dass Maman nicht hier begraben lag. Die meiste Zeit konnte ich dann so tun, als wäre das alles nie geschehen, als wäre sie noch immer am Leben, nur dass sie in Pennsylvania war, weshalb es ganz normal war, sie nicht um mich zu haben. Es gab nur wenige Erinnerungen an sie, die mit Belgien zu tun hatten, bloß einige Urlaube, kurze Episoden jenseits des Alltags. In den Staaten hingegen war ihr Fehlen viel stärker zu spüren. Ich wusste nicht, wie Gali das ertragen konnte.

Ich wusste auch nicht, ob ich ein Weihnachten mit der Familie ohne sie überstehen würde. Gedankenverloren rückte ich die Vase auf dem Tisch in die Mitte und stellte die Salz- und Pfefferstreuer nebeneinander.

»Nun …« – meine Großmutter nippte an ihrem Drink, und ihre blauen Augen strahlten. »Wann erzählst du mir von dem Baby?«

»Ich … ich …« Woher wusste sie davon? Laurent und ich hatten besprochen, kein Wort darüber zu verlieren, bis ein weiterer Monat vergangen war.

»Also habe ich recht!« Sie klatschte in die Hände.

»Wir sprechen noch nicht darüber. Es ist zu früh. Sag Laurent bitte nicht, dass du es weißt.«

»Unfug! Das sind wunderbare Neuigkeiten. Ich werde Urgroßmutter.« Sie beugte sich vor und griff nach meinen Händen.

»Zum … wievielten Mal? Zum siebten?«, fragte ich.

»Aber jedes Mal ist wie das erste Mal.« Sie winkte dem Kellner. »Antoine! *Deux coupes de champagne, s'il vous plaît*!« Sie schenkte ihm ein umwerfendes Lächeln. Dasselbe Lächeln, das auch Maman und später meine Schwestern von ihr geerbt hatten und das jetzt, wie ich hoffte, auch das Kleine in meinem Bauch erben würde.

»Aber Mamy, ich darf doch nichts trinken.«

»Aber du musst! Champagner ist gut für das Baby, es enthält viel Eisen. Außerdem«, meinte sie und erhob den Finger, »muss das Leben immer gefeiert werden. Deine Mutter hätte sich so gefreut.«

Ich konnte mir meine Mutter nicht als Großmutter vorstellen. In meinen Gedanken alterte sie nicht. Nach ihrem Tod blieb sie in meiner Erinnerung genau so, wie sie zu Lebzeiten gewesen war: jung, schön, voller Lebensenergie.

Als der Champagner serviert wurde, zögerte ich. Laut Shoshanna ermunterten die meisten Ärzte hierzulande schwangere Frauen, ab und an ein Glas Wein zu trinken, vor allem roten. Doch die puritanische Amerikanerin in mir hörte die Alarmglocken schrillen.

Meine Großmutter erhob ihr Glas. »Lass uns heute, am Tag, an dem wir die Toten ehren, auf das Leben trinken!«

Ich ergriff mein Glas und spürte das kühle Kondenswasser an den Fingern. Wir stießen an.

»*A la vie*!«

»*La vie*«, wiederholte ich. Um die besorgte Amerikanerin in mir zu beruhigen, trank ich etwas weniger als die Hälfte. Aber Mamy hatte wie immer recht. Der prickelnde Champagner schmeckte nach Leben.

Nachdem ich an diesem Abend das Gespräch mit meiner Schwester beendet hatte, ließ ich mich in die Sofakissen sinken und starrte in die Flamme der orangefarbenen Kerze, die auf dem Couchtisch brannte. Ich hatte eine bequeme Jeans und einen cremefarbenen Pulli angezogen und hielt eine Tasse Kamillentee in den Händen, ohne jedoch davon zu trinken.

Laurent kam ins Zimmer, frisch geduscht, und gesellte sich zu mir auf die Couch.

»Wie geht es deiner Schwester?« Er legte mir den Arm um die Schultern.

»Gut. Wie immer.« Ich stellte meine Tasse ab, damit ich nach seiner Hand greifen konnte. »Hat mir schon wieder wegen der Flugtickets in den Ohren gelegen. Aber sie hat etwas wirklich Seltsames erzählt.«

»Was denn?«

»Du weißt doch, dass sie Maman jedes Jahr an Allerheiligen Blumen bringt?«

Er nickte.

»Dieses Jahr standen wohl schon frische Blumen auf ihrem Grab.«

»Wahrscheinlich von deiner Tante.«

Ich schüttelte den Kopf. »Nein. Tante Solange war zusammen mit Gali da.« Ich zuckte mit den Schultern. »Komisch.«

»So ganz realisiert habe ich es irgendwie immer noch nicht.« Sho stellte ihre Teetasse ab. Wir saßen in der Küche. Der Regen trommelte gegen die Fensterscheibe, und um neun Uhr morgens war es draußen immer noch dunkel.

»Ich auch nicht«, stimmte ich ihr zu und blies in meinen Tee. »Ich bin doch diejenige, die morgens nur wegen des Kaffees aufsteht. Es kommt mir vor wie das Ende einer Beziehung.«

»Wenigstens haben wir dieselben Abneigungen.«

»Wie praktisch. Wobei ich irgendwie den Geruch von Erdnüssen auch nicht ertrage. Wenn Laurent auch nur eine einzige gegessen hat und dann versucht, mich zu küssen ...« Ich erschauderte. »Ich zwinge ihn dazu, erst Zähne zu putzen.«

»Ist nicht dein Ernst«, kicherte sie.

»Doch. Und wie sieht es bei dir mit seltsamen Gelüsten aus?« Ich verdrehte die Augen, obwohl ich insgeheim so froh war, mich an dieser Unterhaltung beteiligen zu können.

Shoshanna stöhnte. »Sardinen auf Toast mit Butter.«

»Bei mir sind es Äpfel. Und Eier. Ob ein Apfel-Omelett wohl gut schmecken würde?« Das klang ziemlich verlockend.

Sho erhob ihre Tasse, um mit mir anzustoßen. »Das ist alles für einen guten Zweck, hab ich recht?«

»Für den besten. Ich wünschte nur, ich würde mich nicht so elend fühlen.« An diesem Morgen hatte ich nicht einmal den Mut besessen, mich richtig anzuziehen, und trug über meiner Yogahose ein T-Shirt und einen Wickelpulli. »Wenn ihr umzieht, werden wir das alles nicht mehr haben.« Meine Handbewegung schloss die Küche und alles darin ein. »Willst du das wirklich?« Mehrmals in der Woche tranken wir morgens zusammen unseren Kaffee oder – seit Kurzem – unseren Tee. »Wir sind doch wie eine Familie. Das ist sogar besser als eine richtige Familie, weil wir diesen ganzen Ballast nicht haben. Kannst du das so einfach aufgeben?« Meine Stimme hatte ich nicht mehr unter Kontrolle, sodass ich mich räuspern musste.

Tränen stiegen ihr in die Augen. »Tu das bitte nicht. Ich versuche, nicht dauernd an all das zu denken, was ich verlieren werde.«

»An mich denkst du gar nicht.« Ich holte einen Lappen und wischte den Tisch ab.

»Würde ich dich denn wirklich verlieren?«

»Natürlich nicht! Aber es wird nicht mehr dasselbe sein.« Als Nächstes wischte ich die Arbeitsflächen ab, ehe ich den Lappen auswusch, auswrang und wieder an seinen Haken über der Spüle hängte.

Shoshanna hievte sich vom Stuhl. »Wir reden nachher weiter, sonst komme ich zu spät. Danke, dass du auf die Kinder aufpasst.«

»Gerne.«

»Ich werde den Arzt fragen, was ich tun kann, um dieses

Strahlen, das man eigentlich im zweiten Schwangerschaftsdrittel hat, zu aktivieren. Dieses Mal fühlt es sich an, als wäre ich vom ersten direkt ins dritte übergegangen. Hoffentlich ist alles in Ordnung.« Sie hatte dunkle Ringe unter den Augen und einen müden Zug um den Mund. Sogar ihre Haare hingen schlaff herunter.

»Unsinn! Du bist ein Profi. Sagst du nicht dauernd, dass jede Schwangerschaft anders ist? Und wer hat mir denn mein Exemplar von *Schwangerschaft und Geburt: Alles, was Sie wissen müssen* einfach weggenommen, damit ich nicht immer alles nachlese?«

»Dieses Buch macht dich bloß verrückt. Ich hätte so gerne ausnahmsweise mal eine Hollywood-Schwangerschaft, mit perfektem Airbrush-Babybauch.«

»Ich glaube, heutzutage wird alles retuschiert. Mir ist egal, wie ich aussehe, solange ich ein perfektes Baby bekomme.«

»Lässt sich mit einem flachen Bauch leicht sagen. Wart's nur ab.« Sie strich über ihre Kugel. »Sogar das hier wird schon eng«, stellte sie fest und zupfte an ihrem elastischen, bunt gestreiften Kleid herum.

Die Kinder waren nebenan im Wohnzimmer und schauten die Sesamstraße. Shoshanna ging zu ihnen rüber, um ihnen einen Abschiedskuss zu geben. Dann zog sie ihren Regenmantel an, griff nach dem Schirm und war auch schon verschwunden.

Zurück im Wohnzimmer, sagte ich: »He, ihr zwei. Was haltet ihr davon, wenn wir die Sesamstraße jetzt ausmachen. Habt ihr Hunger?«

»Ja!« Sie sprangen sofort auf, und Myla schaltete brav den Fernseher aus.

»Dann kommt mit in die Küche. Ihr könnt mir dabei helfen, *chocolat chaud* zu machen.«

Sobald sie ihr in Kakao getauchtes Butterbaguette aufgegessen hatten, beschlossen sie, dass jetzt Musikunterricht an der Reihe war.

Am Klavier forderten sie ein Lied nach dem anderen ein. Um halb zwölf konnten sie schon den Flohwalzer und versuchten sich an »Twinkle Twinkle Little Star«.

»Wo ist Mommy?«, fragte Myla, während sie mit dem Finger die Tasten hoch und runter fuhr.

Gute Frage. »Sie kommt bald wieder.« Eine Routineuntersuchung hätte eigentlich nicht so lange dauern sollen.

Also legte ich den Kindern wieder eine DVD ein und rief Sho auf dem Handy an, doch es ging nur die Mailbox ran.

Als der Film aus war, machte ich den beiden Mittagessen. Dann setzte ich sie mit Zeichenpapier und Malstiften an den Küchentisch. Es war bereits nach eins.

Ich rief noch einmal an, ohne Sho zu erreichen.

Dann versuchte ich es bei Josh. Die Mailbox ging ran.

Als Nächstes schickte ich Laurent eine SMS, die ihn in einem Meeting erreichte, und er rief mich einige Minuten später zurück. Vergeblich versuchte er mich zu beruhigen. Zur Ablenkung saugte ich Staub.

Um zwei legte ich die Kinder zum Mittagsschlaf hin.

Wo war Shoshanna?

Um 14.25 Uhr klingelte das Telefon. Weil ich mich so beeilte, wäre ich beinahe gestolpert.

Es war Josh.

»Shoshanna ist im Krankenhaus. Das Baby ist da.«

9

Magali

Ein Drei-Tages-Trip nach New York, und ich bekam prompt eine Panikattacke. Ana hatte mir so lange in den Ohren gelegen, bis ich endlich Termine mit den beiden Agenten vereinbarte, denen sie mich empfohlen hatte. Beide hatten sich bereit erklärt, mich zu treffen. Ich wusste, ich hätte dankbar sein sollen.

Der aufgeklappte Koffer vor mir auf dem Bett schien mich anzugrinsen, die Reisetasche daneben verhöhnte mich. Es gibt auf der Welt zwei Arten von Menschen: die, die wissen, wie man packt, und die hoffnungslosen Fälle.

Ich öffnete meine Schranktüren und blickte in die modischen Abgründe des Mutterdaseins. Lauter Jeans – und alles andere als schicke Designer-Teile – Blusen, T-Shirts, Pullis ... Stiefel, Sandalen, Ballerinas und ein paar hübsche Pumps. Ich bezeichnete meinen Kleidungsstil gerne als »Throwaway Chic«, aber in Wirklichkeit hingen in meinem Kleiderschrank fast nur Teile zum Wegwerfen. Meine einzige unumstößliche Moderegel lautete: Keine Turnschuhe außerhalb eines Fitnessstudios. Deshalb besaß ich auch nur ein einziges, vor zwei Jahren gekauftes Paar Turnschuhe, das immer noch sehr gut in Schuss war. Was ich von mir selbst nicht gerade behaupten konnte.

Wenigstens hatte ich schöne Schuhe. Sie passten alle perfekt, bis hin zu den Flipflops. Ich würde meine Stiefel tragen und mein Outfit darauf aufbauen. Als Nächstes legte ich ein Paar schwarze Pumps und ein braunes Paar Schuhe mit flachem Absatz aufs Bett. Ich würde mich zuerst anziehen und dann auf Basis dessen packen, was ich anhatte. Wobei meine Kleidung, bis ich in New York ankam, sicher reif für den Wäschekorb wäre.

Ich hatte eine Verabredung zum Lunch am nächsten Tag, und ein Meeting am späten Nachmittag. Danach würde ich, auf Leos Drängen hin, wobei Art ihn sehr unterstützt hatte, noch eine weitere Nacht in New York bleiben.

Ich war es nicht gewöhnt, die Mädchen allein zu lassen. Aber in besseren Händen als jetzt gerade konnten sie gar nie sein.

Was würde Jacqueline an meiner Stelle anziehen? Sie wüsste, was man für einen Kurztrip nach New York einpackte. Nicht zu fassen, dass sie sich ganz egoistisch nach Europa abgesetzt hatte, um ihre Karriere voranzutreiben, und mich in Pack- und Anziehfragen hilflos zurückgelassen hatte.

Ich war fest entschlossen, mich gut zu verkaufen. Und es sollte nicht um meine Kochbücher oder eine neue Kochserie gehen, sondern um meinen Roman. Es würde sich alles fügen, aber dazu musste ich perfekt aussehen.

Hektisch wählte ich die Nummer meiner Schwester. Der Anrufbeantworter ging ran.

Die Sache war die: Im Grunde wusste ich schon, wie man

sich kleidete. Ich würde mit einem Agenten Mittagessen gehen, im Zug sitzen, shoppen gehen, also musste die Kleidung auch bequem sein. Solange ich methodisch vorging, würde es schon klappen.

»Ich weiß, was ich machen muss! Ich rufe Colette an«, erklärte ich der Katze, die es sich auf dem Bett gemütlich gemacht hatte.

Auch bei ihr ging nur der Anrufbeantworter ran.

Was hatte ich nur getan, dass mich meine beiden Schwestern gerade dann im Stich ließen, wenn ich sie am dringendsten brauchte? Syd war bei der Arbeit, und seit jenem Abend im *Two Lions* hatte unsere Freundschaft irgendwie einen Knacks bekommen.

Ich versuchte es wieder bei meinen Schwestern.

Ohne Erfolg. Nicht zum ersten Mal wünschte ich mir, ich besäße eines jener alten Telefone, bei denen man den Hörer ordentlich auf die Gabel knallen konnte. Nur auf eine Taste zu drücken funktioniert als Frustabbau lange nicht so gut.

Tief durchatmen.

Plötzlich hörte ich eine Stimme in meinem Kopf. Hatte ich mich in Johanna von Orleans verwandelt? Es war Colettes Stimme. Ich schloss die Augen und stellte mir ihre runden blauen Augen, die kurzen dunklen Locken vor, wie sie mit den Händen mit den abgekauten Fingernägeln herumfuchtelte. Oh, kleine Schwester, warum hast du mich verlassen?

Was würde sie sagen, wenn sie hier wäre?

Okay, Gali. Dein Körper ist eine Leinwand. Du bist die Künstlerin.

Ich öffnete die Augen, ging zum Schrank und wählte ein

weiches, schwarzes langärmeliges Shirt und eine schwarze Hose. New York im November. Da konnte ich mit Schwarz nichts falsch machen. Dazu einen kurzen rostroten Blazer und schwarze Stiefeletten. Das Hermès-Tuch meiner Mutter.

Wie ferngesteuert nahm ich die Kleidungsstücke aus dem Schrank und legte sie aufs Bett. Bald hatte ich einen ansehnlichen Stapel zusammen.

Für die Reise selbst würde ich meine besten Jeans und einen bequemen grauen Pulli tragen. Das passte perfekt zu meiner Jacke. Dazu noch Schmuck. Große Ohrringe und dezente Unterwäsche. Der Lippenstift von Chanel, den ich beim Kindergartenbazar gewonnen hatte, wanderte ebenfalls in meine große Umhängetasche. War das zu viel Schwarz? Auf keinen Fall.

Ich war fertig.

Das Telefon klingelte.

»Gali? Ich bin's. Ich hab gerade deine Nachricht abgehört. Was ist das denn für ein Notfall?«, wollte Colette wissen.

»Nichts, ist schon vorbei. Wie geht's dir, Kleine?« Ich klappte meinen Koffer zu.

Mit großer Regelmäßigkeit fand ich kleine Tütchen Erdnüsse in meiner Handtasche. Leo hatte die Angewohnheit, kostenlose Snacks mitzunehmen und in meine Tasche zu stopfen. Sollte ich je ein Wochenende lang eingeschneit werden, könnte ich allein von diesen Vorräten überleben.

So wie der Zug New York entgegenratterte, fühlte es sich ein bisschen an, wie in einer Waschmaschine zu reisen.

Heimlich warf ich einen Blick auf den Herrn, der mir gegenübersaß. Er starrte konzentriert auf den Bildschirm seines Laptops und hatte eines dieser Bluetooth-Teile im Ohr. Sein kaffeebrauner Pulli passte zu seinen Augen und der Jeans. Auf dem Sitz neben ihm lag eine Sportjacke. *Tolle Schuhe.*

»Vielen Dank«, sagte er lächelnd, mit britischem Akzent.

»Verzeihung?«

»Für das Kompliment. Vielen Dank.«

Ich spürte, wie mein Gesicht anfing zu glühen. »Mir war nicht klar, dass ich das laut gesagt habe.«

»Kein Problem. Fakt ist, Frauen achten nun mal auf Schuhe.«

Ich bin sicher, da draußen gibt es jede Menge Frauen, denen Schuhe völlig egal sind, dachte ich.

Er lachte.

Erschrocken hielt ich mir die Hand vor den Mund.

»Schon gut. Sie sind bestimmt Schriftstellerin«, sagte er.

Es war keine Frage. Ich nickte.

»Wusste ich es doch. Schriftsteller verbringen viel Zeit alleine und fangen irgendwann an, mit sich selbst zu reden. Um Dialoge auszuprobieren und so.« Er klappte sein Laptop zu.

»Klingt, als wüssten Sie eine Menge darüber.«

»Zu viel. Meine Ex ist Schriftstellerin.« Sein Grinsen war leicht ironisch.

»Tut mir leid.«

»Ich weiß Ihre Entschuldigung zu schätzen. Schließlich waren Sie der Grund für die Trennung.«

Er flirtete mit mir. Vergeblich versuchte ich ein Lächeln zu unterdrücken, und wandte den Blick ab. Die Farben des pennsylvanischen Herbstes zogen an meinem Fenster vorbei.

Als ich die Hand ausstreckte, fiel meine Handtasche vom Tisch. Ich wollte sie aufheben, doch mein Gegenüber war schneller. Dankend nahm ich sie ihm ab und streckte ihm die Hand hin. »Ich bin Nadia.« Keine Ahnung, wo der Name herkam, aber er klang mysteriös und nach dem einer Schriftstellerin.

»Simon.« Seine Hand war warm und trocken.

Was für ein toller Name – so solide.

»Dankeschön.«

»Warum mache ich das die ganze Zeit? Meine Gedanken laut aussprechen, ohne etwas dagegen tun zu können.«

»Vielleicht brauchen Sie jemanden zum Reden«, schlug er vor.

Ich öffnete meine Tasche. »Möchten Sie Erdnüsse?«

Er schüttelte den Kopf. Um etwas zu tun zu haben, riss ich ein Päckchen auf. »Wohin fahren Sie?«

»In die City.« Um seine Augenwinkel bildeten sich Lachfältchen. Er musste mich wirklich für eine Idiotin halten, und ich konnte dem kaum widersprechen. Daddys geringschätzige Meinung von mir war berechtigt.

»Und Sie?«, fragte er zurück, ohne meine Blödheit zu kommentieren. »Fahren Sie zur Arbeit oder zum Vergnügen nach New York?«

»Oh, beides. Ich wohne dort.« Keine Ahnung, wo diese Lüge nun wieder hergekommen war. »Und Sie?«

»Ich muss geschäftlich hin. Ich wohne in Philly.«

Er öffnete seinen Laptop und machte mit irgendetwas weiter, während ich in Gedanken meiner Lieblingsfantasie

nachhing: in einem Williams Sonoma Haushaltswarengeschäft alles kaufen zu können, was ich wollte. Bis mich
Simons Stimme wieder in die Gegenwart holte.

»… am Broadway.«

»Verzeihung?«

»Ich dachte mir schon, dass Sie kurz eingenickt sind. Ich
spiele Saxophon und habe einen Auftritt bei einer Reprise
des Musicals *Seussical*.« Er tippte auf den Instrumenten-
koffer neben ihm.

»Ich liebe *Seussical*! Ich wollte immer die Gertrude
McFuzz spielen«, rief ich.

»Dann machen Sie doch.«

Er war wirklich zu süß. »Na klar. Wäre schön, wenn ich
singen könnte. Meine Schwester hat alle musikalischen
Gene geerbt«, meinte ich schulterzuckend.

»Ihre Schwester?«

Ich nickte. »Jacqueline. Jacqueline Arnaud. Sie ist Opernsängerin. Bei einem kleinen Ensemble in Brüssel. Wussten
Sie, dass der Erfinder des Saxophons –«

»Belgier war. Adolphe Saxe.«

Unsere Blicke begegneten sich, und wir sahen uns an.
Wie oft begegnet man auf der Welt jemandem, der die eigenen Sätze beenden kann?

»Ich bin dort geboren.« Ich riss meinen Blick los und sah
stattdessen aus dem Fenster. Wir fuhren langsamer, denn
wir näherten uns einem kleinen Bahnhof. Meine Handflächen schwitzten. Zur Ablenkung aß ich eine Erdnuss und
bot ihm ebenfalls welche an.

Er schüttelte den Kopf. »Ich bin allergisch.«

»Das tut mir leid!« Schnell stopfte ich die offene Packung

in meine Tasche. Na toll. Jetzt war bestimmt alles voller Erdnussstückchen.

»So allergisch bin ich nun auch wieder nicht. Ich kann durchaus dabei zusehen, wenn Leute in meiner Gegenwart Erdnüsse essen.«

Ich wischte mir die Hände an meiner Jeans ab. Schweiß, Salz und Öl. Der Inbegriff gepflegter Eleganz. Jacqueline hätte bestimmt etwas zum Frischmachen dabei, oder sogar ein echtes Stofftaschentuch, während ich natürlich nicht daran gedacht hatte, wenigstens eine Packung Feuchttücher einzustecken. Ich würde Leo bitten, nächstes Mal lieber die naturbelassenen Erdnüsse einzustecken. Beim Gedanken an Leo zog sich mein Magen zusammen. Ich stellte mir vor, wie er zu Hause Pausenbrote schmierte, das Essen kochte, sich um die Mädchen kümmerte. Sie viel mehr zum Lachen brachte, als ich das je tat. Während ich, Mutter des Jahres, noch nicht einmal am Ziel angekommen, bereits mit dem erstbesten Mann flirtete, der mir untergekommen war. Einfach so. Wobei die Erdnüsse nicht ganz unschuldig waren.

»Ich kenne in New York niemanden außer ein paar Musikern. Hätten Sie vielleicht Lust, sich mit mir auf einen Drink oder einen Kaffee zu treffen? Ich würde mir zu gerne von einer echten New Yorkerin die Stadt zeigen lassen.« Er lächelte.

Genau aus diesem Grund hätte ich nicht lügen sollen. Das meiste, was ich über die Stadt wusste, stammte aus meiner Kindheit, denn nur hier bekam Maman ihre Lieblingsschokolade von Côte d'Or. Außerdem hatte ich ein paar Ausflüge mit Leo und den Mädchen gemacht, meist zu Weihnachten, um im Rockefeller Center unterm Weihnachtsbaum Schlittschuh zu laufen und die Schaufenster von Bergdorfs zu bestaunen. Abgesehen von meiner nicht ganz heimlichen Vorliebe für *Sex and the City*.

»Wissen Sie, ich bin ...«

»Verheiratet? Klar. Die Ringe an Ihrer linken Hand sind ein verräterischer Hinweis.«

Ich drehte meinen Ehering und den Verlobungsring hin und her. Beide liebte ich heiß und innig. Weißgold. Von Tiffany's.

»Und wo wir schon mal dabei sind. Ich bin nicht –«

»Nicht aus New York?« Er lachte. Es war wirklich ein höchst sympathisches Lachen.

»Das ist unglaublich. Sie könnten damit bestimmt eine Menge Geld verdienen«, sagte ich.

»Ich könnte es auf irgendeine ungewöhnliche Fähigkeit schieben, aber echte New Yorker wählen meist eine andere Lektüre.«

Wir blickten beide auf das Buch, das aus meiner Handtasche herausragte. Der Michelin Reiseführer für New York. Ich war eben echt traditionell veranlagt.

»Nadia.« Er beugte sich vor, sein Laptop vergessen. »Einfach nur ein unverbindlicher Drink oder ein Abendessen. Da ist doch nichts dabei, oder?«, fragte er mit seinem charmanten britischen Akzent. In den Winkeln seiner braunen Augen bildeten sich kleine Lachfältchen.

»Na gut«, antwortete Nadia.

Während ich den Bürgersteig in Manhattan entlangeilte, fühlte ich mich so übermütig, dass ich einen Freudentanz hätte aufführen können. Wobei ich gar nicht genau wusste, wie der eigentlich ging. Doch stehen zu bleiben, um zu googeln, ob so etwas wie eine Freudentanz-Schrittfolge überhaupt existierte, hätte die ganze Spontanität zunichtegemacht. Als ich an einer Obdachlosen vorbeikam, gab ich ihr fünf Dollar. Sie segnete mich, während ich an ihr vorbeischwebte. Dabei hätte ich es wirklich besser wissen müssen. Die Götter sehen ungezügelte Freude nicht gerne. Vermutlich bevorzugen sie eine gemäßigtere Form der Freude, die nicht ganz so viel Aufmerksamkeit erregt.

Ich beschloss, mir etwas richtig Umwerfendes zum Anziehen zu kaufen. Also segelte ich die Eighth Avenue hinunter, um in dem Hotel einzuchecken, das ich gebucht hatte. Im Tagebuch meiner Mutter füllte die Beschreibung ihrer ersten New-York-Reise mit Daddy mehrere Seiten. Sie hatten die Touristenattraktionen abgeklappert, doch bei ihr klang es wie ein großes Abenteuer. Die Freiheitsstatue, Central Park, das Empire State Building, auf das sie unbedingt wollte, um Daddy ganz oben zu küssen, so wie in dem Film *Die große Liebe meines Lebens*.

Ich wünschte, ich hätte meine Reise etwas später gemacht, wenn die Weihnachtsbeleuchtung bereits angebracht gewesen wäre. Aber ich würde einfach mit Leo und den Mädchen noch einmal herkommen. Als ich eine Starbucks Filiale entdeckte, ging ich spontan hinein und bestellte mir einen Doppio Latte Macchiato. Wenn Superman eine Erfindung unserer Zeit wäre, würde er sich garantiert bei Starbucks und nicht in Telefonzellen verstecken.

»Kommt sofort.« Die Dreadlocks der Barista bildeten einen krassen Kontrast zu ihrer trendigen Designerbrille. »Wie heißt du?«

»Nadia.« Aha, es ging also weiter mit der Schwindelei. Andererseits, was war schon groß dabei? Ich blickte über meine Schulter. Niemand nannte bei Starbucks seinen echten Namen.

Man kann neue Kleider oder Schuhe anprobieren und sich gegen sie entscheiden oder sich für eine neue Frisur entscheiden. Man kann alles verändern. Warum also nicht auch mal einen neuen Namen ausprobieren? Was ist falsch daran, in dem einen Jahr Miranda und im nächsten Vikki mit zwei »k« und später dann Natasha zu heißen?

Ich stellte mich in die Schlange und wartete.

»Doppio Latte Macchiato für Nadia.«

Vor mir stand ein riesiger, mit Schlagsahne und Karamellsirup garnierter Becher. Zu spät erkannte ich meinen Fehler. Ich griff nach dem Getränk und probierte vorsichtig einen Schluck. Es war so süß, dass meine Zähne davon schmerzten. Ich konnte mir richtig gut vorstellen, wie meine Zahnärztin sich vorfreudig die Hände rieb und schon mal ihren nächsten Inselurlaub auf Tahiti oder einem ähnlichen Reiseziel plante, Orte, bei denen ich mir nicht einmal sicher bin, ob sie tatsächlich existieren. Das ist doch bestimmt bloß eine Verschwörung, um uns Normalsterblichen, die noch nie an einem exotischen Ort gewesen sind, das Gefühl zu geben, nicht dazuzugehören.

Gali hätte sich mit dem Getränk irgendwo in einen Sessel sinken lassen, eine Weile lang so getan, als würde sie daran nippen, um dann die ganze klebrige Geschichte zu entsorgen und zu gehen.

Aber Nadia? Die würde nicht den Mund halten. Sie wäre von herzlichen, liebevollen Eltern großgezogen worden, die an sie glaubten. Mit einem Lächeln sagte ich: »Entschuldigung. Ich wollte eigentlich einen doppelten Espresso mit einem Löffel Milchschaum.«

»Kein Problem!« Der schlaksige blonde Typ hinter der Theke kippte das süße Gebräu in den Ausguss. »Amanda gibt Ihnen Ihr Geld zurück, und ich werde mich sofort drum kümmern.«

»Nein, sagen Sie ihr einfach, dass sie das Geld in die Trinkgeldkasse tun soll. Ich hätte mich klarer ausdrücken sollen.« Wieder lächelte ich und legte den Kopf schief. Jetzt flirtete ich schon mit – aus zusammengekniffenen Augen studierte ich das Namensschildchen – Jason.

War hier eine Flirtepidemie ausgebrochen? War plötzlich jedes männliche Wesen Freiwild? Würde das zwanghaft werden? Würde ich bei den Anonymen Flirtern an einem 12-Schritte-Programm teilnehmen müssen?

Ich schüttelte den Kopf, um den Gedanken zu vertreiben, und setzte mich mit meinem Kaffee an einen freien Tisch.

Wie gut, dass ich mich dazu entschieden hatte, dass es das richtige Outfit für New York war, von Kopf bis Fuß Schwarz zu tragen. Jedes Jahr gibt es so etwas wie das neue »Schwarz«. Mal ist es Braun, mal Grau, mal ist es sogar Pink, doch keine dieser Farben ist so elegant oder macht so schlank wie das Original. Mein Hintern jedenfalls sah in Pink alles andere als schmal aus. Für wie alt hielt mich die Modemafia eigentlich? Dachten die, ich sei sechs Jahre alt?

Was tat ich hier eigentlich? Kurz war ich versucht, Simon zu versetzen und mich stattdessen auf die Suche nach der perfekten Pizza zu machen, um dann ins Hotel zurückzukehren und einen Film anzuschauen. Da stand ich plötzlich schon vor dem Restaurant, und ich atmete tief durch. Die Vorstellung, einen meiner kostbaren New Yorker Abende in einem unpersönlichen Hotel vor der Glotze zu verbringen, war einfach zu deprimierend.

Beim Eintreten merkte ich, wie ein Teil der Anspannung von mir abfiel. Ich roch Kerzenwachs und köstliche Küchendüfte. Es war keines dieser minimalistischen Edelstahlrestaurants, wo man sich mehr Mühe mit dem Design gegeben hatte als mit den Gerichten. Überhaupt kein Problem, wenn man des Ambientes wegen essen geht. Was bei mir aber nicht der Fall ist.

Die Wände waren in einem warmen Goldton gestrichen, die Beleuchtung indirekt, aber hell genug, um sowohl das Essen als auch die Menschen in Szene zu setzen, die es genossen. Jeder Tisch hatte eine andere Form und Größe. Keine zwei Stühle passten zusammen. Mit einem tiefen Atemzug nahm ich alles in mir auf.

Dann entdeckte ich an der Bar Simon, ganz in Schwarz, der mich anlächelte. In diesem Moment hätte ich beinahe doch wieder kehrtgemacht und wäre gegangen. Niemand sollte so gut aussehen, selbst in diesem Licht nicht. Wieso war ein Mann wie er geschieden? Was stimmte mit ihm nicht? Ich ging auf ihn zu und setzte mich auf einen Barhocker.

»Wie kommt es, dass Sie geschieden sind?«, fragte ich.

»Unangenehme Dinge sollte man niemals vor dem Aperitif und der Vorspeise diskutieren.«

Beschämt senkte ich den Blick. »Ich bin ein hoffnungsloser Fall. Ein … Höflichkeitstrampel.«

»Nein, es ist sehr charmant.« Er gab dem Barmann ein Zeichen.

»Ich bin froh, dass Sie auch das Memo bezüglich der Farbwahl für den heutigen Abend bekommen haben.«

»Macht alles einfacher. Mit einer einzigen Waschmaschinenladung sind drei Viertel meiner Garderobe wieder einsatzbereit.«

Ein Mann, der seine Wäsche wusch. Wenn *das* mal nicht sexy war.

»Meinen Sie, dass Einheimische daran die Möchtegern-New Yorker erkennen? Echte New Yorker trauen sich doch sicher, etwas Farbe zu tragen?«, fragte ich.

Er lachte. »Sie sehen toll aus.«

»Sie auch.« Wie dezent. Ich ließ den Blick über die Gäste wandern.

»Ich habe mir erlaubt, einen Tisch zu reservieren. Oder würden Sie lieber an der Bar essen? Vielleicht haben Sie ja auch gar keinen Hunger?«

»Nein. Ausgezeichnet. Klingt wunderbar.« Klingt wunderbar? Fiel mir nichts Dümmeres ein? Bald würde ich Worte wie »prima« verwenden, und das wäre dann der Anfang vom Ende. Vielleicht sollte ich auf Französisch umschwenken. Nicht, dass ich dann witziger oder gewandter war, nur konnten mich weniger Leute verstehen, was es weniger peinlich machte.

Bevor ich jedoch eine weitere Plattitüde von mir geben konnte, kam die Bedienung, um uns an unseren Tisch zu führen. Meine Absätze klapperten auf dem glatten Betonfußboden. *Bitte, lass mich nicht vor all diesen Menschen ausrutschen, bitte, bitte.*

Wir bestellten uns etwas zu trinken – einen Grauburgunder für mich und einen Macallan Single Malt Whisky für ihn. Der Mann hatte Stil.

Dann griff ich nach der Speisekarte und fing an zu lesen.

»Warum interessieren Sie sich so sehr fürs Essen?«, erkundigte er sich.

Ich befand mich in einem Restaurant, für was sollte ich mich denn sonst interessieren? Den Dresscode der Kellner? Verärgert starrte ich ihn an. Sah ich dick aus? Mein neues schwarzes Kleid war tailliert geschnitten und brachte meine Beine zur Geltung, von denen alle behaupteten, dass sie klasse wären. Sogar mein Vater sagte einmal, ich hätte die Beine meiner Mutter geerbt. *Nur dass sie dünner war als du*, dachte er garantiert dabei.

»Sie haben sich in diese Speisekarte vertieft, als wäre es ein fesselnder Thriller.«

»Ich … koche gerne.« Ich wollte nicht mit dieser ganzen Nummer von wegen *Habe das Institut Culinaire besucht – habe als Köchin in einem Restaurant gearbeitet – habe Kinder bekommen – schreibe jetzt Kochbücher* anfangen. Außerdem war ich, wenigstens an diesem Abend, Schriftstellerin, und zwar eine, die literarische Texte schrieb. Hoffentlich würde er mich nicht fragen, ob er irgendetwas von mir gelesen hatte.

Simon grinste. »Vielleicht könnten Sie mir ein paar Tipps geben. Ich habe gerade erst damit angefangen, aber ich habe eine tolle Kochbuchreihe entdeckt: *Hopeless in the Kitchen*. Haben Sie davon gehört?«

»Kommt mir irgendwie bekannt vor.« Gott sei Dank hatte ich immer darauf bestanden, dass kein Autorenfoto aufs Cover kam. Es ging ja in erster Linie ums Essen. Mit den Büchern verdiente ich meine Brötchen, mehr aber auch nicht.

»Ich liebe Frauen, die gutes Essen mögen.«

Hatte er gerade von Liebe gesprochen? Ich drehte meinen Ehering am Finger hin und her und fragte mich, wo zum Henker der Wein blieb. Ich zog die Kerze näher zu mir heran und hielt den Kopf gesenkt.

Schließlich kam die Bedienung mit den Getränken und erkundigte sich, ob wir unsere Bestellung aufgeben wollten.

Eigentlich war mir nach Steak mit Pommes, aber ich wollte nicht unkultiviert wirken.

»Ich denke, ich nehme den Frisée-Salat mit Speck und das Enten-Confit.« Na bitte. Schlicht, aber elegant. Ich legte die Speisekarte weg und griff nach meinem Weinglas.

»Ich nehme das Steak mit Pommes. Und als Vorspeise den Salat des Hauses.«

War ja klar.

»Erzählen Sie mir doch ein bisschen mehr über Ihre Kochkünste«, forderte Simon mich auf.

»Da gibt es nicht viel zu erzählen. Außerdem sind Sie dran.«

Beim Lächeln zeigte er ebenmäßige weiße Zähne. Waren die Briten nicht angeblich für mangelnde Zahnhygiene bekannt? Oder vielleicht war das auch so ein Klischee wie das, dass Franzosen nie badeten.

Ich hakte nach. »Sie wohnen nicht wirklich in Philly, oder?«

»Nicht mehr.«

»Ah ha!« Ah ha? Wer war ich, Inspektor Clouseau? Ich

wünschte, das Essen würde kommen, damit ich aufhörte, Unsinn von mir zu geben.

»Ich habe früher dort gelebt. Meine Ex und ihr neuer Mann tun es noch immer … mit meinen Kindern.«

Ich zuckte zusammen. Meine Kinder nicht jeden Tag zu sehen war für mich unvorstellbar.

Simon zog seinen Geldbeutel hervor und reichte mir ein Foto von einem Jungen und einem Mädchen, ungefähr im selben Alter wie meine Töchter. Sie hatten sein Lächeln, aber sie hätten aus Schweden stammen können, so blond und blauäugig waren sie.

Simon schien meine Gedanken zu lesen. »Sie kommen nach ihrer Mutter. Tommy ist zehn und Shannon sechs.« Shannon trug ein Prinzessinnenkleid und schien ihrem Bruder gleich eins mit ihrem Zauberstab überziehen zu wollen. Der kleine Junge sah süß aus, aber seine Augen blickten furchtbar traurig drein.

»Sie sind bezaubernd.« Das höchste Lob, das sich Eltern machen können, aber in diesem Fall sahen die Kinder wirklich hinreißend aus.

»Danke.« Er schob das Foto zurück in seinen Geldbeutel.

»Dann leben Sie jetzt also in Wirklichkeit hier?«

»Sozusagen. Ich wohne bei einer der Trompeten zur Untermiete.«

»Da sind die Nachbarn bestimmt begeistert.« Und schon wieder hatte ich geredet, ohne vorher nachzudenken … Aber er lachte bloß.

»Ich komme ursprünglich aus Bristol und habe hier an der Berklee School of Music studiert. Eins führte zum anderen, und ich bin nie zurückgekehrt.« Er trank einen Schluck von seinem Whisky.

Aus den Lautsprechern tönte Nick Drake.

»Ich liebe Nick Drake«, sagte ich.

»Sie sind nicht nur charmant, sondern haben auch noch einen guten Musikgeschmack.«

Ich mochte diesen Mann wirklich. Einen Moment lang schwelgte ich in der Vorstellung – konnte man in einer Vorstellung schwelgen? –, mit ihm in einem schicken, aber künstlerisch angehauchten Apartment in einem Viertel, das bald angesagt wäre, zu wohnen. Am Rand von New York. Unser Zuhause wäre ein Salon. Ich würde geniales Essen kochen, fünf Kilo weniger wiegen und mich mitten in einer lebendigen Kunstszene bewegen.

Es gab da nur ein klitzekleines Problem. Leo und die Mädchen. Nichts davon meinte ich ernst. Schließlich taten Fantasievorstellungen niemandem weh.

Als der Hauptgang serviert wurde, hatten wir uns bereits erfolgreich durch die Salate, mein Weinglas und einen zweiten Whisky für Simon geredet. Doch als der Kellner das Essen vor uns auf den Tisch stellte, brach ich mitten im Satz ab, um mich auf das zu konzentrieren, was vor mir auf dem Teller lag. Neben der Ente, die knusprig und saftig aussah, lagen duftende Orangenscheiben, drei winzige Butterkartöffelchen und ein Päckchen aus fünf in Pergamentpapier gewickelten grünen Bohnen, die mit Petersilie bestreut waren. Schlicht, schön präsentiert, aber ohne es zu übertreiben. *Genau richtig.* Ich fühlte mich wie im Märchen.

»Hätten Sie gerne einen anderen Wein? Dürfte ich einen

St. Nicolas de Bourgueil empfehlen?«, erkundigte sich Raymond, unser Kellner.

Als ich Simon ansah, zuckte dieser mit den Schultern.

»Klar, warum nicht? Wir nehmen eine Flasche.« Schließlich konnte ich das hier als Geschäftsreise abschreiben. Oder als Recherche. Das war das Schöne an meiner Arbeit. In Momenten wie diesem liebte ich es, Kochbuchautorin zu sein.

Mein Blick fiel auf Simons Teller. Seine Pommes frites und das Steak sahen göttlich aus.

»Möchten Sie mal probieren?«

»Wie bitte?« Ich tauchte aus meiner Gedankenwelt auf.

»Sie studieren meine Pommes, als würden Sie fürs Abi büffeln. Möchten Sie kosten?«

Kopfschüttelnd spürte ich, wie mein Gesicht anfing zu glühen.

»Bitte, ich meine es ernst. Ich weiß die Meinung eines Experten zu schätzen. Wie oft hat man schon Gelegenheit, mit einer Belgierin Pommes zu essen.«

Also gab ich nach. Es war irgendwie intim, vom Teller des anderen zu probieren, und ich kam mir dabei vor, als würde ich Leo betrügen. Die meisten Frauen hätten allein schon der Pommes wegen ein schlechtes Gewissen – die vielen Kohlenhydrate, das Fett und Salz – aber das reichte mir wohl nicht.

Die Pommes frites waren hervorragend. Was, wenn Leo mich jetzt sehen könnte? Oder irgendein Bekannter? Ich sah mich um, trank einen Schluck Wasser. Kaum hatte ich mein Glas abgestellt, kam schon ein Kellner, um mir nachzuschenken.

»Wie lautet das Urteil?«, fragte Simon.

Beinahe hätte ich »schuldig« gesagt.

»Über die Pommes!«, hakte er nach.

»Oh. Nicht übel.« Ich wandte mich wieder meinem eigenen Teller zu und überließ mich ganz dem Augenblick. Zen wäre für mich eine einfache Übung, wenn es dabei ums Essen ginge. Dann wäre ich ganz sicher Meisterin. Vielleicht sollte ich eine neue Religion gründen? Die Kirche der göttlichen Krümel oder so. Das könnte falsch verstanden werden. Die heilige Schokoladengöttin vielleicht?

Inzwischen ging es mir wieder besser. Was waren schon ein paar unschuldige Fritten zwischen Freunden? Da griff Simon plötzlich nach meiner Hand. Ich erstarrte und hob den Blick. Sein Gesicht war aschfahl, Schweißperlen standen auf seiner Stirn.

»Was ist los? Wasser! Du brauchst Wasser.« Ich reichte ihm sein Glas.

Vielleicht hatte er sich verschluckt und war drauf und dran zu ersticken. Aber den Heimlich-Handgriff würde ich niemals hinbekommen. Auf einmal fiel mir Eddie Izzards Sketch über Dr. Heimlich und sein Manöver ein, und ich konnte ein prustendes Lachen nicht unterdrücken. Alle im Raum starrten uns an. Ich versuchte, einen klaren Gedanken zu fassen. Je mehr ich daran dachte, wie unpassend mein Gelächter war, umso weniger konnte ich damit aufhören. Schließlich brachte ich meinen Lachanfall unter Kontrolle.

Erst rot, dann blau, so sah jemand aus, dem etwas im Hals stecken geblieben war. Simon hatte die Gesichtsfarbe eines blassen Geistes.

»Simon?« Inzwischen hatten sich drei Kellner um unseren Tisch geschart. »Simon? Was ist los?«

»Mir ist ein bisschen schlecht.« Seine Stimme war nur noch ein raues Flüstern. Das britische Understatement kennt keine Grenzen. Er ließ meine Hand los und sackte in seinem Stuhl zusammen. Hilflos sah ich das Servicepersonal an.

»Ein Arzt! Wir brauchen einen Arzt!« In Filmen war fast immer ein Arzt in der Nähe. Am anderen Ende des Raumes erhob sich ein untersetzter, freundlich wirkender Mann. Dr. Welby. Wir waren gerettet.

Als ich aufstand, kippte mein Stuhl um, sehr zum Missfallen des Herrn, der hinter mir saß.

»Rufen Sie den Notarzt«, rief jemand.

»Schon passiert«, antwortete eine Stimme an der Bar.

Dr. Welby kam zu uns herüber. »Machen Sie Platz. Treten Sie ein Stück zurück.«

»Sie sind Arzt?« Ich hätte mich am liebsten hingekniet und ihm die Füße geküsst.

»Nicht ganz, nein. Ich bin Tierarzt.«

»Ein Tierarzt? Aber Sie können doch nicht –«

»Ich habe nicht vor, ihn mit einem Steakmesser zu operieren. Ich möchte einfach nur, dass alle etwas Abstand halten. Hat jemand eine Decke?«

Ich reichte ihm meinen guten schwarzen Mantel, und Hundedoktor Marcus Welby breitete ihn über Simon aus, der inzwischen auf dem Boden lag.

»Bleiben Sie ruhig, und atmen Sie gleichmäßig ein und aus«, sagte der Doc.

»Nadia? Wo bist du? Lass mich nicht allein«, krächzte Simon.

Alle guckten mich böse an, und eine umwerfend schöne

Frau in einem kurzen, aufreizenden Kleid, in das ich auch nicht in einer Million Jahre reinpassen würde, rief: »Genau, Nadia. Verlassen Sie ihn nicht!«

»Wenn sie ihn nicht will, nehm ich ihn«, meinte ihre Begleiterin.

»Was für eine Zicke.«

»Man sollte schlechte Nachrichten nie während des Essens überbringen«, belehrte mich Dr. Welby mit strengem Blick.

»Aber, ich habe nicht …«

Bevor ich etwas erklären konnte, kamen die vor Testosteron strotzenden Sanitäter hereingestürmt.

Da alle dachten, ich wäre eine miese Schlampe, die den Anfall ausgelöst hatte, fuhr ich natürlich mit in die Notaufnahme.

Als der Krankenwagen davonpreschte, dachte ich wehmütig an die Ente, die ich auf meinem Teller zurücklassen musste.

Es war bereits nach zwei Uhr morgens, als ich schließlich in mein Hotel zurückkam. Ich war völlig erschöpft und hatte Kopfschmerzen vom Wein. Simon ging es wieder einigermaßen gut. Es war kein Herzinfarkt gewesen, sondern, wie sich herausstellte, litt Simon an der sogenannten gastroösophagealen Refluxkrankheit, kurz GERD. Ein GERD-Anfall kann dieselben Symptome wie ein Herzinfarkt aufweisen, erklärte mir ein etwa zwölfjähriger Praktikant in weißem Kittel.

Krankenhäuser weckten bei mir immer Erinnerungen an die letzten Tage mit meiner Mutter. An Daddy, der die ganze

Zeit traurig und wütend ausgesehen hatte. Wir drängten uns im grellen Neonlicht des Aufenthaltsraumes zusammen und warteten, bis wir an der Reihe waren, sie zu besuchen. Als sie starb, umarmte er uns fest. Zum letzten Mal.

Nachts hatte ich Simons Geldbörse auf der Suche nach Informationen durchsucht. Zuerst hatte ich seine Frau – genauer gesagt, *Ex*frau – angerufen, die immer noch sein Notfallkontakt war. Die gab mir dann auch den Tipp mit GERD. Es war früher schon einmal passiert.

»Das ist nichts Ernstes. Kein Grund zur Sorge.« Aha.

»Kommen Sie her?«, fragte ich.

»Ich habe morgen volles Programm. Aber halten Sie mich auf dem Laufenden, ja? Wie heißen Sie?«

»Gali, aber ich bin nicht –«

»Gali, aha. Hübscher Name. Gute Nacht, Gali. Sie klingen netter als die Letzten.«

Warum behandelten mich alle wie Simons Freundin? War es denn unmöglich, mit einem Mann ganz unverbindlich essen zu gehen? Der ganze Abend war ein einziges verschwommenes Durcheinander von Erklärungsversuchen, dass ich *nicht* seine Freundin noch seine Frau, noch seine Geliebte oder Schwester war, sondern nur eine Fremde, die er vor ein paar Stunden im Zug kennengelernt hatte.

Als ich im Hotel mit dem Aufzug nach oben fuhr, fühlte ich mich plötzlich unendlich erschöpft. Gott sei Dank fand mein erstes Meeting am nächsten Tag mittags statt, und das zweite dann um vier. Ana hatte alles arrangiert. Ich würde ein bisschen shoppen und morgen Abend ins Theater gehen und tags darauf mittags wieder zu Hause sein.

Da fiel mir ein, dass mein Handy ausgeschaltet war. Drei

verpasste Anrufe. Alle von zu Hause. Wahrscheinlich die Mädchen, die mir vor dem Schlafengehen noch von einer letzten Heldentat oder einem Abenteuer hatten berichten wollen. Auf einmal vermisste ich sie sehr. Ich fand es furchtbar, ihnen keinen Gutenachtkuss geben zu können.

Ich zog die Key Card durch den Sensor und dachte nur noch an mein himmlisches, wunderbares, göttliches Bett. Vielleicht würde ich vorm Schlafengehen noch ein Stückchen Schokolade essen.

»Hallo.«

Vor Schreck fiel ich fast um.

Auf meinem Bett saß, in schickem und etwas verknittertem Hemd und Hose, Leo, der breit lächelte.

Ich stand da und starrte ihn an. Dann öffnete ich den Mund, aber es kam kein Ton heraus.

»Überraschung«, meinte er schwach und rieb sich die Augen. »Muss eingenickt sein.«

»Hallo. Aber was –«

»Ich wollte dich überraschen. Du weißt schon, eine Nacht in der City, nur wir beide.«

Mein Blick fiel auf die Pralinen auf dem Tisch und einen Eiskübel, aus dem eine ungeöffnete Champagnerflasche ragte. Auf dem Weg zum Bett streifte ich die Schuhe ab und ließ mich auf die andere Bettseite sinken. Meine Augen fühlten sich trocken an. Alles, was ich wollte, war eine Dusche und ein Bett.

Leo sah auf die Uhr. »Es ist zwei Uhr morgens. Was in aller Welt…? Wo warst du denn die ganze Zeit?«

»Lass mich kurz duschen, dann erzähle ich dir alles«, antwortete ich auf dem Weg ins Bad.

»Soll ich dich begleiten?«

Normalerweise liebte ich Sex unter der Dusche. Das war viel besser als normales Duschen. Doch heute Nacht musste ich Nadia abwaschen und mich wieder in Gali verwandeln.

Ich schüttelte den Kopf. »Dauert nur ein paar Minuten, versprochen.«

»Selber schuld.« Er ließ sich in den Kissenberg zurücksinken und schloss die Augen. »Falls du deine Meinung doch noch änderst, ich bin hier.«

Oh Gott, er war mir so vertraut, er war so wunderbar, aber gleichzeitig wirkte er hier seltsam deplatziert.

Ich drehte das Wasser voll auf, was kaum etwas brachte. Vermutlich lag es an einem dieser Wassersparer, die ich mal in einer *Seinfeld*-Folge gesehen hatte. Wenigstens war das Wasser heiß. Ich schrubbte meine Haut fast wund, trocknete mich ab und wickelte mich dann in den Bademantel, den ich von zu Hause mitgebracht hatte. Es handelte sich nicht um die Sorte Hotel, wo Bademäntel zur Ausstattung gehören. Als ich zurück ins Zimmer kam, schlug Leo die Augen auf.

»Ich habe mir Sorgen gemacht.«

Da ich nicht wusste, was ich sagen sollte, ließ ich mich neben ihn aufs Bett sinken und kuschelte mich an ihn. Er bewegte sich kaum, legte mir aber zumindest den Arm um die Schultern.

»Ich war abendessen.«

»Bis nachts um halb drei?« Sein Arm rutschte von meiner Schulter. »Gali, komm schon, das ist nicht dein Ernst.«

»Lass mich ausreden, und dann kannst du immer noch auf dein hohes Ross steigen.«

Er nickte, ließ mich jedoch nicht aus den Augen.

»Ich habe jemanden im Zug kennengelernt. Wir haben uns auf Anhieb gut verstanden und beschlossen, uns zum Abendessen zu treffen, um unsere Unterhaltung fortzusetzen.« So weit, so gut, keine Lügen.

»Ein ziemlich langes Abendessen. Was habt ihr gemacht, wart ihr noch in einem Klub?« Er legte den Kopf schief. Leo liebte Discos. Meistens ging ich ihm zuliebe mit. Es war einer der großen, unausgesprochenen Vorzüge des Mutterdaseins, dass es kaum noch Gelegenheiten für Discobesuche gab. Ich kam mir in diesen Klubs immer alt vor – ein Gefühl, auf das ich nicht besonders stehe.

»Oh Gott, nein. Du kennst mich doch.«

Grinsend zog er mich näher an sich heran. Ich spürte, wie seine Muskeln sich entspannten.

»Und diese Frau –«

»Ja.« Er ging einfach automatisch davon aus, dass ich eine Frau kennengelernt hatte. »Sie«, fing ich an.

»Wie heißt sie denn?«

»Si–*mona*. Sie ist Musikerin. Jedenfalls hatte sie im Restaurant so eine Art Anfall, und ich bin mit ihr in die Notaufnahme gefahren, weil sie sonst niemanden in New York kennt. Ich dachte, sie hat einen Herzinfarkt … echt gruselig. Aber wie sich herausstellte, war es so ein Gastro-Dingsbums und nichts Ernstes. Ich habe ihren Ex angerufen, und der hat mir erzählt, dass das schon x-mal passiert ist.« Ich musste aufhören zu plappern. »Aber es ist mir trotzdem schwergefallen, sie einfach dort zu lassen. Ganz allein, ist das nicht traurig?« Ich holte tief Luft.

»Mein armer Schatz. Hier, trink einen Schluck.« Er stand

auf, nahm die tropfende Champagnerflasche aus dem Kühler, ließ den Korken knallen und füllte zwei Gläser. »Ist ja klar, dass du dort geblieben bist. Was hättest du auch sonst tun sollen?« Er stieß mit mir an. »So viel zum Thema Überraschungen.«

Nachdem wir den Großteil des Champagners getrunken hatten und ich drei Trüffelpralinen verspeist hatte, liebten wir uns. Beim Wegdämmern spürte ich einen komischen Knoten in meinem Bauch, den ich nicht so recht einordnen konnte.

Ich war schon fast eingeschlafen, als ich das Gefühl schließlich benennen konnte.

Ich war verärgert.

Am nächsten Morgen wirkte oberflächlich alles perfekt, wie ein ungleichmäßig aufgegangener Kuchen, der durch eine gekonnt aufgetragene Sahnecremeschicht kaschiert wird.

Wir ließen uns das Frühstück aufs Zimmer bringen, was ich immer sehr genoss. Das war an diesem Tag nicht anders. Es war vielleicht nur ein mittelmäßiges Hotel, aber das Frühstück war ausgesprochen gut. Der Kaffee war stark, aber so cremig, dass selbst Leo keinen Zucker hineintat. Die zwei frischen Croissants waren knusprig und noch warm. Es gibt nichts Schlimmeres als ein schlechtes Croissant. Eines, das so trocken ist, dass es beim ersten Bissen zerbröselt, oder eines, das so viel Butter enthält, dass einem das Fett zwischen den Zähnen heraustrieft und die Hände davon ganz speckig werden. Auch wenn das gut für die Haut ist. Dazu gab es frischen Orangensaft und Obst, das saftig und reif war: süße Birnen, knackige Äpfel und smaragdgrüne Kiwischeiben. Der Koch verstand offensichtlich etwas von guten Lebensmitteln. Ich konnte mir bildlich vorstellen, wie er morgens um drei auf dem Großmarkt stand und saisonales Obst auswählte. Keine blutleeren Erdbeeren oder fade Cantaloupe-Melonen.

Während der ganzen Zeit lächelte ich, aß, trank Kaffee und ärgerte mich vor mich hin.

Sobald Leo gegangen war, versuchte ich herauszufinden, warum ich eigentlich so wütend war. Eigentlich hätte ich eher ein schlechtes Gewissen haben sollen, weil ich ihn in Sachen Simon-Simona angelogen hatte. Ich hatte überhaupt nichts gegen einen romantischen Städtetrip mit ihm, und er durfte mich damit sogar überraschen, aber das hier war mein Abenteuer. Ich wollte ausnahmsweise mal ganz für mich sein. Nadia zu sein war wie die Rolle in einem Theaterstück zu spielen oder in die Haut der Figur eines Romans zu schlüpfen, den ich womöglich irgendwann schreiben würde. Sie war das Gegenteil von mir. Nadia war mutig und selbstbewusst und hatte liebevolle Eltern, die sie unterstützten. Sie würde jede Herausforderung annehmen. Es machte Spaß.

Viel zu aufgewühlt, um länger im Bett zu bleiben, stand ich auf und zog mich an. Auch heute entschied ich mich wieder für Schwarz, wählte aber auch ein rotes Seidentop aus, das frech aus dem V-Ausschnitt meines Pullis herausschaute. Ich knotete den Gürtel meines Mantels zu und verließ das Hotel.

Draußen auf der Straße fühlte ich mich sofort besser. Ich mochte die morgendliche Geschäftigkeit in einer Stadt an

Wochentagen. So schön der Morgen an Wochenenden auch sein kann, für mich besitzt er einfach nicht denselben Reiz. Tief atmete ich die Energie ein, die in der Luft zu knistern schien. Schließlich landete ich in einer großen Buchhandelskette am Washington Square.

Wenn ich hier wohnen würde, wäre ich schlank und fit.

Ich tauchte in den Superstore ein und kaufte ein leeres Notizbuch, auf dem das Foto einer Kaffeetasse aus der Underwood Ära der Dreißigerjahre abgebildet war. Ich holte mir eine Latte Macchiato in einem Café, ließ mich dann an einem kleinen Bistrotisch in der Nähe des Fensters nieder und holte einen Stift aus meiner Handtasche. Ich schlug das Buch auf. Hier und jetzt würde ich anfangen, mir Notizen für meinen großen literarischen Wurf zu machen. Der Roman würde als neuartige Stimme gepriesen werden, die Leser würden staunen. Er würde auf der *New York Times*-Bestsellerliste stehen, und Oprah würde mich zu ihrer Show einladen. Niemand würde damit gerechnet haben, dass eine kleine Kochbuchautorin ein solches Talent besaß. Dieser Roman würde den Leser auf eine tiefsinnige Reise von der Dunkelheit bis zur Erleuchtung mitnehmen, sodass er die Welt anschließend mit anderen Augen sehen würde.

Und Daddy würde aufhorchen und mit Stolz auf mich blicken. Ich würde mich darin suhlen. Ich würde mich darin aalen. Vielleicht würde ich bis Weihnachten sogar schon einen Vertrag unterschrieben haben.

Meine Latte Macchiato war kalt, das Notizbuch nach wie vor leer und meine Hand, die den Stift umklammert hielt, schwebte immer noch über der ersten Seite. Wenn ich nicht zu spät zu meinem Termin kommen wollte, musste ich ein Taxi ins Café St Claire nehmen, wo ich den Agenten traf, der garantiert mein Heilsbringer werden würde.

Während ich gerade meinen Lippenstift auffrischte, hielt das Taxi mit quietschenden Reifen vor dem Restaurant in der Upper East Side, sodass meine Hand ausrutschte und ich mir einen breiten Streifen Burnt Coffee quer über die Wange malte. Mit Hilfe eines schlaffen Taschentuchs, das ich aus den Tiefen meiner Tasche fischte, versuchte ich den Schaden zu beheben. Ich suchte das Geld für den Taxifahrer zusammen und stieg aus. Die blasse Sonne war inzwischen einem stahlgrauen Himmel gewichen.

Ich hatte geglaubt, die Upper West Side wäre das neue Trendviertel, aber vielleicht hatte ich etwas verpasst, und der Fokus lag nun wieder auf der anderen Seite des Parks.

»*Bonjour*«, begrüßte mich die Dame am Eingang.

»*Ah, vous parlez français*!« Erleichterung, dass ich ins Französische wechseln konnte, ergriff mich.

Sie schüttelte den Kopf mit den seidenglatten Haaren. »Nein, tut mir leid.«

»Oh! Ich dachte nur ... Sie haben einen guten Akzent.« Das hatte ich aus »*bonjour*« heraushören können? War ich jetzt Madame Irma mit einem Studienabschluss in Linguistik?

Ich verstummte, doch das leuchtende, elegante Wesen mit der wunderschönen Haut und dem perfekten Make-up rettete mich. »Dankeschön. Ich meine *merci*. Ich bin Schauspielerin und außerdem, wie es scheint, ein wandelndes Klischee.« Sie warf einem vorbeieilenden Kellner einen Blick zu. Dieser grinste zurück, als wolle er sagen: *Sind wir das nicht alle?* »Ich habe einen Workshop zum Thema Akzent belegt. Morgen spreche ich für *Die Zofen* vor.«

»Jean Genet! Auf dem College habe ich die Solange gespielt.« Es kam mir vor, als wäre es in einem anderen Leben gewesen, lange bevor mir das mit der Kochschule überhaupt in den Sinn gekommen war. »Viel Glück morgen. Sie klingen toll!« Konnte ich jetzt bitte mal den Mund halten.

»*Merci.*«

Wir standen einen Moment lang da und starrten uns an, sie mit einem erwartungsvollen Strahlen in den Augen. Sollte ich noch irgendetwas sagen?

Dann lächelte sie. »Sie haben reserviert?«

»Oh. Ach ja. Natürlich. Ich bin mit jemandem verabredet.« Plötzlich konnte ich mich partout nicht mehr an seinen Namen erinnern. Völlige Leere. Meine letzten verbliebenen Gehirnzellen hatte ich an Charlotte abgetreten. »Eine Sekunde.« Beim Durchwühlen meiner Handtasche auf der Suche nach meinem Terminkalender fielen ein Lippenstift und mehrere zerknüllte Kassenzettel zu Boden. Die Angestellte bückte sich danach, während ich durch den Kalender blätterte. Wenn dieser Mensch mein Leben verändern sollte, was bedeutete es dann, dass mir sein Name entfallen war?

»Hier ist es. Terry d'Agostino.«

»Sie sind echt süß, Sie erinnern mich an meine Lieblingstante.« Ich hoffte nur, dass es sich dabei um die deutlich jüngere Schwester ihrer Mutter handelte.

»Dann sind Sie also Schriftstellerin«, sagte sie über die Schulter hinweg, während wir uns einen Weg durchs Bistro bahnten. Auf den Tischen standen tönerne Essig- und Ölflaschen neben den üblichen Salz- und Pfefferstreuern, dazu jeweils eine kleine Vase mit einer einzelnen Gerbera. Das Lokal war voll, und es war warm. An den weiß getünchten Wänden hingen altmodische Poster aus Frankreich und Italien sowie einige antike Kochutensilien und Kupfertöpfe.

Ich entspannte mich ein wenig. Dieser Terry hatte eindeutig ein gutes Gespür dafür, um den richtigen Ort für ein Businesslunch auszuwählen.

»Da wären wir«, verkündete meine Empfangsdame mit einer ausladenden Armbewegung. Wir blieben vor einem rechteckigen Tisch stehen, der sich entlang der gesamten Wand des Restaurants erstreckte. Auf der Bankseite saß Terry. Er stand auf und streckte mir die Hand hin. Sie erinnerte mich an die von Elly, so glatt, wie sie war, und noch dazu mit Grübchen. Er hatte etwas Kindliches, obwohl er wie ein Erwachsener gekleidet war, mit schicker Hose, einem weißen Hemd ohne Krawatte und einem dunkelgrauen Jackett.

»Magali?« Lächelnd rückte er das Drahtgestell seiner Brille zurecht.

»Ja.« Energisch schüttelte ich seine Hand, bis mich die Überschwänglichkeit meiner Geste selbst erschreckte und ich abrupt losließ, als hätte ich mir die Finger verbrannt.

Wann genau hatten diese ganzen Kinder die Weltherrschaft übernommen? Sie waren Ärzte und Geschäftsleute, Künstler und Boutiquebesitzer. Was hatte ich in all dieser Zeit gemacht?

Ich nahm Platz und fühlte mich auf einmal furchtbar alt. Hatte ich meine Chance verpasst, während ich in meiner Küche herumgewerkelt und meine albernen Gedanken zum

Thema Kochen aufgeschrieben hatte? Mühsam rang ich mir ein Lächeln ab. »Freut mich, Sie kennenzulernen.«

»Ganz meinerseits. Der Tag, an dem meine Mutter Ihre Bücher entdeckt hat, war besser als Weihnachten.«

Ich verschluckte mich am Eiswasser, an dem ich genippt hatte. Seine Mutter? Oh Gott! Vorhin war es um eine Tante gegangen, jetzt um eine Mutter. Wann war ich bloß so alt geworden?

»Wirklich, es ist mir eine Ehre, Sie kennenzulernen. Sie haben die letzten Jahre meiner Kindheit gerettet und wahrscheinlich auch die Ehe meiner Eltern«, sagte er.

Ich fühlte mich wie irgend so ein uralter, ausländischer Würdenträger mit einer schillernden Vergangenheit, der ab und zu mal im Rollstuhl auf die Bühne geschoben wird, um geehrt zu werden.

»Sollen wir bestellen?« Terry klappte seine Speisekarte auf.

»Logo. Ich meine, ja, gern.« Ausländische Würdenträger sagen bestimmt nicht *logo*. Ich studierte die Speisekarte, während die Bedienung unsere Wassergläser auffüllte.

»Auf der Tageskarte haben wir heute eine Kürbiscremesuppe und eine Pilz-Spinat-Quiche. Brauchen Sie noch ein paar Minuten?«

Ich schüttelte den Kopf, da ich mich ohnehin nicht auf die Karte konzentrieren konnte. »Das klingt gut. Ich nehme die Quiche.«

»Dazu gibt es einen Beilagensalat«, erklärte sie.

»Himmlisch.« Himmlisch? Was, wenn es um zerkochten Spargel gegangen wäre? Wäre ich dann auch ins Schwärmen geraten?

»Dressing?« Sie betete eine beeindruckende Liste an Salatsaucen herunter, während mein Gegenüber immer noch die Karte studierte.

»Für mich die Champagner-Vinaigrette.«

»Eine gute Wahl«, erwiderte sie. Kommt es überhaupt vor, dass Kellnerinnen die Stirn runzeln und sagen: *Nein, wirklich, nehmen Sie das nicht. Erst gestern hat ein Gast von diesem Salat eine Lebensmittelvergiftung bekommen.*

»Ich nehme dasselbe. Wenn man schon mal mit einer Expertin essen geht …« Terry reichte ihr die Karte. »Wissen Sie, wer das ist?«

Die Kellnerin schüttelte den Kopf, wirkte aber neugierig.

»Magali Arnaud!«, flüsterte er recht laut.

Ihre Miene war verständnislos, aber erwartungsvoll.

»Das ist die Autorin der *Hopeless in the Kitchen*-Bücher.«

»Tut mir leid«, meinte sie. »Das sind bestimmt tolle Bücher. Aber ich koche nicht.«

»Genau darum geht es ja, nicht wahr? Sie sind für jemanden wie Sie gedacht.« Dann wandte er sich wieder mir zu und nahm die Brille ab. Seine kurzsichtigen blauen Augen ließen ihn noch jünger wirken.

»Das ist das Problem.« Er putzte seine Brille.

»Was denn?« Verschmierte Brillengläser?

»Man kennt Ihren Namen nicht. Ich denke, Sie machen genauso weiter wie bisher, aber wir organisieren Ihnen eine Medienkampagne mit Auftritten in Talkshows, im Frühstücksfernsehen und …« Er setzte die Brille wieder auf und lehnte sich verschwörerisch über den Tisch. Ich tat es ihm nach. Es kam mir so vor, als würde man mir gleich die Schatzkarte zum Heiligen Gral überreichen.

»Ich sage nur …«, fuhr er fort. »Food Network.«

Mir fiel die Kinnlade herunter. »Aber …«

»Und eine App muss es natürlich auch geben. Das wird fantastisch. Sie werden weiterhin Menschen glücklich machen und nebenbei ein Star werden. Wir werden alle granatenmäßig viel Geld verdienen.«

Hatte er gerade wirklich *granatenmäßig* gesagt? Ich konnte unmöglich meinen Traum, meinen Herzenswunsch diesem Bubi mit dem Milchgesicht anvertrauen, der das Wort *granatenmäßig* benutzte. Offenbar wirkte ich ziemlich niedergeschlagen, denn er meinte: »Schauen Sie nicht so ängstlich drein. Sie werden umwerfend sein. Versprechen Sie mir nur eines. Verändern Sie sich nicht. Bleiben Sie genauso, wie Sie sind, und Ihre *Anhänger* werden sich um den Rest kümmern.«

»Ich bin … ich will …« Er sah mich erwartungsvoll an, und es kam mir vor, als säße Charlotte vor mir, die gerade die geniale Idee hatte, die Katze pink anzumalen, damit sie besser zu ihrem violetten Kissen passte.

Ich drehte mein Wasserglas auf dem Tisch hin und her, bis ich schließlich den Blick hob und Terry ansah. »Ich werde darüber nachdenken.«

Das Essen kam, und ich merkte, dass ich zum ersten Mal in meinem Leben überhaupt keinen Hunger verspürte. Ich musste Syd anrufen und ihr alles erzählen. Das hier war völlig verrückt.

Terry faltete seine Serviette auseinander und griff nach Messer und Gabel. »Treffen Sie noch jemanden?«

Verblüfft deutete ich auf meinen Ehering.

»Ich meine, einen anderen Agenten …«, fügte er hinzu.

Ich nickte.

Sein Selbstbewusstsein war zurückgekehrt. »Ich weiß, Sie werden die richtige Entscheidung treffen. Wir werden so viel Spaß zusammen haben.«

»Granatenmäßig viel Spaß«, erwiderte ich.

Becky Sternfeld sah überhaupt nicht wie eine Becky aus – eher wie eine Rebecca. Sie war um die fünfzig und auf diese elegante Weise attraktiv, wie es auch meine Mutter gewesen war. Ich fragte mich, ob ihr Kostüm wohl tatsächlich von Chanel war oder nicht. Vermutlich ja.

Nachdem sie mich kurz angelächelt und mir bedeutet hatte, Platz zu nehmen, wandte sie sich wieder ihrem Telefonat zu.

»Ich weiß nicht, Chris. Die Auktion endet am Montag. Ich muss mit dem Autor sprechen, aber ...« Sie zuckte mit den Schultern. Ihr Büro fühlte sich überhaupt nicht weiblich an: überall schwarzes Leder und Chrom, glänzende Flächen, harte Kanten und kein einziges Dekokissen weit und breit.

»Gut, am Montag dann.« Sie verdrehte die Augen in meine Richtung und bedeutete mir mit einer kreisenden Handbewegung, dass sie versuchte, zum Ende zu kommen. »Klingt gut.« Dann beendete sie das Gespräch.

»Und jetzt zu uns.« Sie musterte mich eingehend, und ich konnte nicht umhin, mich aufrechter hinzusetzen. Anscheinend war sie zufrieden mit dem, was sie sah, denn sie lächelte. Ich unterdrückte das Bedürfnis, erleichtert aufzuseufzen.

»Wie schön, Sie endlich kennenzulernen. Ana und ich kennen uns schon ewig, und sie schwärmt immer von Ihnen.«

Tat sie das wirklich?

Als sie mir die Hand hinstreckte, zögerte ich zuerst, da ich am liebsten meine vernarbten Finger verbergen wollte, doch dann holte ich tief Luft und gab ihr die Hand. Sie war überraschend warm, ebenso wie der Blick ihrer haselnussbraunen Augen. Auf einmal fühlte ich mich wie der wichtigste Mensch auf der ganzen Welt.

»Möchten Sie einen Kaffee?«

»Gerne.«

Sie drückte einen Knopf, der sich vorne auf ihrem Schreibtisch befand. »Jenna? Könntest du uns bitte zwei Kaffee bringen? Danke, Darling.« Dann wandte sie ihre Aufmerksamkeit wieder mir zu. »Ich habe große Pläne für Sie.«

Bitte sagen Sie jetzt nicht das Wort »Kochshow«.

»Wir«, fuhr sie fort, »werden Sie zum Star machen. Wollen Sie wissen, wie?«

Beinahe wäre ich zusammengezuckt. *Keine Kochshow*, protestierte ich in Gedanken. Trotzdem lehnte ich mich vor, denn irgendwie hatte diese Frau eine besondere Anziehungskraft.

»Die ersten *Hopeless in the Kitchen*-Diätbücher. Glutenfrei, vegan, paleo … Sobald ein neuer Trend auftaucht, veröffentlichen wir das entsprechende Pendant. Ich bin sicher, ich könnte sogar die Weight Watchers mit ins Boot holen.« Sie lehnte sich in ihrem Stuhl zurück.

»Aber«, stotterte ich, »das ist nicht –«

»– das, was Sie sich bisher vorgestellt hatten, ich weiß. Aber Ana hat mir gesagt, Sie sind schnell und zuverlässig. Ein echter Profi.«

»Ja, das ist meine Philosophie.« Hatte sie je eines meiner Bücher gelesen?

»Und dann …«, fuhr sie fort, wurde aber von Jenna unterbrochen, die den Kaffee auf einem rotschwarz lackierten Tablett servierte.

Schnell ergriff ich die Gelegenheit. »Was ich eigentlich anstrebe, ist eine Veränderung.« Meine Stimme klang in meinen Ohren viel zu laut. Becky sah mich an. »Eine ziemlich große Veränderung. Vielleicht sogar eine radikale Veränderung?«

»Ich bin gespannt auf Ihre Idee.« Sie lächelte.

»Literatur …«, platzte ich heraus. Sie sah so verwirrt aus, dass ich beinahe den Rückzug antrat. »Sie wissen schon, ich würde gerne einen Roman schreiben …« Meine Stimme wurde zu einem Flüstern.

»Warum eigentlich nicht? Haben Sie schon etwas geschrieben?«

»Nein, aber –«

»Das ist ein wunderbares Projekt, aber warum bleiben wir nicht zuerst bei meiner Idee. Außerdem haben Sie ja noch nicht alles gehört.«

Ich griff nach meiner Kaffeetasse, die eine tröstliche Wärme verströmte.

»Wir könnten expandieren: Fertigmischungen, Tiefkühlvorspeisen, Desserts … vorverpackte Magali. Darauf werden alle abfahren«, meinte sie.

»Aber, das ist doch nicht das, worum es in meinen Büchern geht!« Auf einmal war mir so heiß, dass ich am liebsten mein Jackett ausgezogen hätte.

Sie fuhr fort, als hätte sie mich gar nicht gehört. »… und

nicht nur Töpfe und Pfannen, sondern auch Teller, Tisch-decken, Dekorationsartikel, eben alles, was man braucht, um die eigene Küche in eine Magali-Küche zu verwandeln. Man könnte Haushaltsgeräte sponsern. Sie werden sich in eine Marke verwandeln.«

Trotz allem fand ich Gefallen an der Vorstellung mit den Tellern. Ich könnte bei Williams Sonoma mein Magali-Arnaud-Regal haben. Vielleicht würde ich sogar Prozente bekommen.

Becky sah auf die Uhr. »Ich schicke Ihnen einen Vertrag. Geben Sie Jenna alle Infos, bevor Sie gehen. Und versuchen Sie, mir bis nächste Woche einen Entwurf für das erste Diätbuch mit ein paar Proberezepten zu schicken. Ich denke, wir sollten mit glutenfreien Gerichten anfangen und dann weitersehen, meinen Sie nicht auch? Denn ganz ehr-lich, das hat vielleicht ein kürzeres Verfallsdatum als die anderen Kochtrends.« Sie leerte ihre Tasse. Ich hatte mei-nen Kaffee noch nicht angerührt.

Ohne eine Antwort abzuwarten, führte sie mich aus ihrem Büro. »Ich bin ja schon so gespannt.«

Draußen auf der Straße war mir immer noch ganz heiß, so sehr schämte ich mich. In diesem Moment sehnte ich mich nur noch nach einem Bad, Wein und Schokolade. Und zwar nach sehr viel Wein und Schokolade.

Ich schaltete mein Handy ein. Wieder drei verpasste Anrufe: einer war von Colette, einer von zu Hause, und dann war ich von einer Nummer aus angerufen worden, die ich nicht kannte.

Rasch rief ich bei Colette und meiner Familie an – ohne ihnen jedoch davon zu erzählen, wie die Treffen gelaufen waren. Die dritte Nachricht war von Simon. Ich rief ihn zurück.

Während ich seine Entschuldigungen wegen des vergangenen Abends abwehrte – schließlich konnte er nichts für seine Krankheit –, wurde mir plötzlich klar, dass nur eines diesen Tag retten konnte.

Ich trat einen Schritt nach rechts, um einer Gruppe langbeiniger Amazonen auszuweichen, die mir entgegenkamen. Wahrscheinlich Models.

Ich wollte, nein, ich *musste* etwas kochen. Rohe Zutaten einkaufen und sie zu etwas Essbarem verarbeiten. An einer roten Ampel blieb ich stehen und zuckte dann erschrocken zurück, als ein Taxi um die Ecke geschossen kam.

Nachdem ich mich versichert hatte, dass es in Simons Apartment so etwas wie eine Küche gab, bat ich ihn, mir seine Adresse zu schicken. Ich würde um sieben da sein. Er durfte sich um den Wein kümmern.

Die Ampel schaltete auf Grün, doch ich war gedanklich so sehr mit der Menüzusammenstellung beschäftigt, dass ich mich nicht von der Stelle bewegte. Eine Frau mit Kinderwagen drängelte sich von hinten an mir vorbei.

Als Nächstes rief ich Terry d'Agostino an und fragte ihn, wo es ein gutes Lebensmittelgeschäft gab. Er erklärte mir den Weg zu Fairway. Dort kaufte ich Kalbfleisch, drei verschiedene Sorten Pilze, Zwiebeln, Chicorée, Knoblauch, Senf, Sahne, Kartoffeln, Muskat, Butter und Käse, und nach einem kurzen Zögern auch noch Salz, Pfeffer und Zucker. Wer konnte schon sagen, was sich in seinen Küchenschränken befinden würde. Für den Nachtisch kaufte ich Birnen und Schokolade, dazu noch ein Baguette, einen Saint-Marcellin und einen gereiften Comté.

Voll beladen winkte ich ein Taxi herbei und wies den Fahrer an, mich zum nächsten Williams Sonoma Laden zu bringen. Dort erwarb ich ein Küchenmesser von Wüsthoff und einen neuen Rührbesen. Den würde ich heimlich ins Haus schmuggeln und verstecken müssen, während Leo gerade nicht hinsah.

Das Beste an dem Kinderbackofen, den Syd den Mädchen geschenkt hatte, war ein puppenstubengroßer Schneebesen gewesen, mit dem man einen Esslöffel Eiweiß aufschlagen konnte. Ich hatte ihn gerade in meine Schneebesenschublade packen wollen, als Elly mich erwischte.

»Wir passen darauf auf«, hatte sie versprochen.

»Ja«, hatte Charlotte nickend zugestimmt. »Was soll schon damit passieren?«

Also hatte ich zähneknirschend den Schneebesen bei ihren Spielsachen gelassen.

In meiner leichtsinnigen Geldausgebelaune nahm ich mir ein weiteres Taxi und nannte dem Fahrer Simons Adresse.

»Wie geht's dir?«, fragte ich, als er die Tür öffnete. Nach den Erlebnissen des vergangenen Abends waren wir wohl endgültig zum Du übergegangen.

»Alles bestens, wirklich. Ich möchte mich noch mal entschuldigen. Was für eine furchtbare Art und Weise, deinen Abend in New York zu verbringen. Und ganz schön peinlich für mich.«

»Kein Problem, wirklich nicht. Ich bin froh, dass es dir wieder besser geht.«

»Dann hast du also mit ihr gesprochen.« Seine Stimme war ausdruckslos.

»Hab ich.«

»Sie hat mich heute Morgen in aller Frühe angerufen, um mir unmissverständlich mitzuteilen, dass sie nicht mehr mitten in der Nacht geweckt werden will und dass ich gefälligst ihren Namen aus meinen Notfallkontakten löschen soll.«

Es brach mir fast das Herz.

Da fiel Simons Blick auf meine Einkaufstüten. Er lachte schallend und stellte eine geöffnete Weinflasche ab – Weißwein, stellte ich zufrieden fest, der perfekte *apéritif* –, um mir zwei meiner Tüten abnehmen zu können.

»Soll ich schnell noch runtergehen, und ein paar Obdachlose zum Essen einladen?«

»Du meinst, es ist zu viel?«

»Vielleicht ein bisschen.« Heute Abend war er legerer gekleidet, er trug Jeans und Pulli. »Aber ich werde mich bestimmt nicht beklagen, wenn sich eine schöne Frau bei mir einlädt, um für mich zu kochen.«

Ich folgte ihm in die Küche. »Dann hast du eben die nächsten Tage auch noch was davon«, erklärte ich, während ich die anderen Einkäufe abstellte. Mir war eigentlich noch nie eine Küche untergekommen, die ich nicht mochte. Doch die hier stellte mich hart auf die Probe. Sie war eng und nicht gerade preisverdächtig in Sachen Sauberkeit, obwohl der Geruch nach Scheuermilch in der Luft lag. Offenbar hatte Simon noch schnell eine Runde geputzt.

»Hast du noch mehr Putzmittel? Und vielleicht ein paar Gummihandschuhe?« Ich zog mein Jackett aus, denn ich war nicht mehr im Hotel gewesen, um mich umzuziehen.

»Unter der Spüle. Handschuhe habe ich leider nicht. Ich hab eigentlich gerade erst geputzt.«

»Sorry, was Spülbecken angeht, bin ich zwanghaft.« Ich machte mich daran, das Becken blitzeblank zu schrubben, was, abgesehen vom Händewaschen, der wichtigste Vorbereitungsschritt vor dem Kochen war. »Ich muss dir was gestehen«, sagte ich.

»Schieß los.« Er goss Wein in zwei Gläser.

»Was Schlimmes.«

Simon reichte mir meinen Wein. »Wie schlimm kann es schon sein?«

Ich probierte einen Schluck. Nicht richtig gut, aber auch nicht schlecht. Ein bisschen zu fruchtig für meinen Geschmack. »Ich heiße ... ich heiße gar nicht Nadia.«

»Aha. Na ja, da ist ja nichts dabei.« Er probierte seinen Wein und verzog das Gesicht.

Ich schüttelte den Kopf. »In Wirklichkeit heiße ich Magali.«

»Die Kochbücher? Das bist du?«

»Ich bekenne mich schuldig. Tut mir leid.« Ich packte die Lebensmittel aus und wusch das neue Messer ab.

»Da gibt es doch nichts zu entschuldigen. Ich habe mich sowieso schon auf das Essen gefreut, aber jetzt fühle ich mich wie ein König. Eine berühmte Köchin in meiner Küche!« Er prostete mir zu.

Ich zuckte zusammen, erwiderte jedoch nichts.

Stattdessen machte ich mich daran, Zwiebeln und Sellerie kleinzuhacken und bei schwacher Hitze anzudünsten. Zum ersten Mal an diesem Tag entspannte ich mich. Alles in allem brauchte ich eineinhalb Stunden, um das Kalbfleisch, ein Kartoffelgratin und geschmorten Chicorée zuzubereiten. Eineinhalb Stunden, in denen wir die Weinflasche leerten und eine zweite öffneten. Diesmal eine bessere.

Während das Essen weiterkochte, gingen wir ins Wohnzimmer hinüber. Ich hatte auch etwas Tapenade besorgt und brach einige Stücke Baguette ab.

Wie selbstverständlich deckten wir gemeinsam den Tisch – Simon kramte sogar noch eine halb geschmolzene Kerze hervor.

»Es geht doch nichts über stimmungsvolles Licht«, erklärte er.

Da es keinen richtigen Esstisch gab, aßen wir am Couchtisch und setzten uns auf Kissen auf dem Boden.

Das Kalb und das Gratin waren zart und dufteten. Mit dem frischen Salat war das Essen ein Genuss.

Ich erhob mein Glas. »Simon, ich möchte dir danken. So gut habe ich mich den ganzen Tag nicht gefühlt. Wie geht es dir?«

»Bestens.« Er räusperte sich. »Meine *Anfälle* werden durch Stress ausgelöst, und im Moment bin ich eigentlich ganz entspannt.«

Er stieß mit seinem feinen Nuits St. Georges mit mir an.

Nach den gedünsteten Birnen, die ich in geschmolzene Schokolade getaucht und mit einem ordentlichen Klacks Crème fraîche garniert hatte, war es fast ein Uhr morgens und ich ziemlich angesäuselt. Ich konnte mich nicht mehr erinnern, wo ich meine Schuhe gelassen hatte. Simon und ich saßen Seite an Seite auf dem Boden, den Rücken ans Sofa gelehnt.

»Wie ist es nur so schnell so spät geworden?«

»Das liegt wohl an der Musik, dem Essen und dem Wein. Mir fällt nichts ein, womit man seine Zeit besser verbringen könnte.« Er lehnte sich an mich, und ich erlaubte mir, mich ebenfalls an seinen warmen Körper zu schmiegen.

Dann blinkte ein rotes Alarmlämpchen in mir auf. Was tat ich hier eigentlich?

Es wäre so einfach gewesen, mich weiter und immer weiter in diesen Mann hineinsinken zu lassen und zuzulassen, dass er sich komplett in mir verlor. Ich sprang schnell auf und warf ihn dabei beinahe um.

»Ich muss jetzt wirklich los. Aber vorher mache ich noch ein bisschen sauber.« Ich griff nach zwei Tellern, doch Simon nahm sie mir ab. Meine Schuhe lagen irgendwo in der Nähe der Küche.

»Lass gut sein. Ich kümmere mich morgen früh darum. Bleib doch noch ein bisschen.« Als er mir die Hand auf den Arm legte, kribbelte meine Haut.

Ich fragte mich, wie wohl sein Schwanz aussah. Ich war seit so vielen Jahren mit keinem anderen Mann mehr zusammen gewesen, dass ich mir gar nicht vorstellen konnte, wie sich ein fremder Penis in mir anfühlen würde.

Schnell drehte ich mich weg und griff nach meinem Schal, den ich mir um den Hals wickelte. Als ich meinen Mantel zuknöpfte, fasste mich Simon sanft an der Schulter.

»Dann lass mich dich wenigstens ins Hotel zurückbringen. Das tut man als Gentleman.«

Er stand hinter mir, und seine Hand wanderte ganz langsam und zärtlich von meiner Schulter bis zu meiner Hüfte hinunter.

Dann schob sie sich über meinen Bauch in meinen nicht ganz zugeknöpften Mantel hinein.

»Bitte«, flüsterte ich.

Seine Hand hielt inne. Das Blut pulsierte in meinem Innern. »Bitte was? Bitte, mach weiter?« Der Druck seiner Hand auf meiner Haut wurde ein bisschen stärker.

»Hör auf«, sagte ich. »Bitte, hör auf.«

Er ließ mich los und drehte mich stattdessen zu sich um.

»Ich weiß, du bist verheiratet. Aber niemand wird etwas erfahren. Es tut doch niemandem weh. Wir haben einfach nur Spaß. Zwei Menschen, die einen wunderschönen Augenblick teilen.«

Unweigerlich wanderte mein Blick seinen Oberkörper hinab bis zur Beule in seiner Jeans. Er grinste.

Ich drehte mich um und floh hinaus in die eiskalte Nacht. Das Glück war auf meiner Seite, denn ein freies Taxi kam gerade die Straße entlang. Auf der Fahrt zurück ins Hotel zitterte ich am ganzen Leib.

Selbst zwanzig Minuten später, als ich die Tür meines Hotelzimmers hinter mir zuknallte – oder es zumindest versuchte, denn es war eine jener Türen, an die ein Türschließer angebracht worden war –, fühlte ich mich immer noch wackelig.

Alles war gut. Es war nichts passiert. Ich hatte nichts getan.

Aber ich hatte es gewollt.

Als ich fast schon eingeschlafen war, fiel mir ein, dass ich meinen neuen Schneebesen bei Simon vergessen hatte.

Chicons braisées

~

Geschmorter Chicorée

Diese Beilage ist ebenso einfach wie spektakulär. Das Schmoren reduziert die Bitterstoffe im Chicorée, wodurch er beinahe süß wird.

7 oder 8 Chicorées
2 EL Butter
2 (oder mehr) Knoblauchzehen
Meersalz
frisch gemahlener Pfeffer
Wasser
Saft einer halben Zitrone
Nach Belieben
1–3 TL Zucker (weiß oder braun)

Den Chicorée abspülen, trockentupfen und den Stielansatz abschneiden (aber nicht zu viel, damit er nicht auseinanderfällt). Braune oder welke äußere Blätter entfernen.

Den Knoblauch schälen, die Zehen halbieren und den grünen Keimling entfernen. Fein hacken und beiseitestellen.

Die Butter in einem großen Edelstahl- oder Emaille-Topf mit passendem Deckel zergehen lassen. Den Knoblauch hinzufügen und etwa eine Minute lang andünsten. Die Chicoréestangen nebeneinander in den Topf legen. Etwas Wasser (mit ½ Tasse beginnen, bei Bedarf später mehr), den Zitronensaft, sowie Salz und Pfeffer hinzufügen.

Bei leicht geschlossenem Deckel auf mittlerer Hitze 25–40 Minuten garen.

Ab und zu den Deckel abnehmen und die Flüssigkeitsmenge überprüfen. Bei Bedarf mehr Wasser hinzugeben. Dann die Hitzezufuhr steigern, den Deckel abnehmen und weiterkochen bis der Chicorée braun wird. Falls gewünscht, an dieser Stelle den Zucker zugeben, damit der Chicorée noch mehr karamellisiert.

Diese Beilage kommt bei meinen Gästen immer besonders gut an. Aber verraten Sie niemandem, wie einfach es geht. Bon appétit!

10

Colette

Ich warf einen Blick auf Dante, der hinterm Steuer des Toyota saß. Wenn Art mich jetzt bloß sehen könnte. Selbst unser Abenteuerjunkie hatte so etwas vermutlich noch nie gemacht. Wobei man bei ihm nie ganz sicher sein konnte.

Ich fragte mich, ob mich wohl jemand im Gefängnis besuchen würde, falls es so weit kommen sollte. Gali natürlich, die Feilen in Schokoladen-Éclairs verstecken würde, um mir bei meiner Flucht zu helfen. Das würde Wayne recht geschehen. Wegen eines Mistkerls zu einer Kriminellen geworden, Das ist der Stoff, aus dem große Romane gemacht sind.

Ich versuchte, gar nicht erst an Daddys Missbilligung zu denken. Was hatte mir mein Leben als braves Mädchen denn gebracht? Daddy hielt so große Stücke auf Wayne. Na ja, vielleicht nicht auf Wayne selbst, aber definitiv auf seine Familie.

Ich trug dieselben Klamotten wie an Halloween: eine schwarze Jeans und ein schwarzer Pulli, allerdings ohne Federboa und Turban. Selbst in Südkalifornien wäre extravaganter Kopfschmuck bei Aktionen wie dieser wahrscheinlich aufgefallen. Meine Füße steckten in flachen, knöchelhohen schwarzen Wildlederstiefeln mit weicher Sohle. Interessanterweise kam ich mir in diesen Schuhen gar nicht klein vor, und ich konnte in ihnen richtig gut gehen. Vielleicht war es an der Zeit, meine Vorliebe für hohe Schuhe zu überdenken.

»Bist du bereit?«

Ich nickte, aber innerlich zitterte ich. Dante drückte meine Hand. »Du wirst sehen. Das ist kindchenleicht.«

»Kinderleicht«, flüsterte ich zurück.

Es war halb drei Uhr nachts, und die Straßen waren leer. Ich konnte meinen Atem in der kalten Novemberluft sehen. Bevor ich hierher gezogen war, hatte ich mir Südkalifornien immer angenehm warm vorgestellt, so wie Florida. Das Klima ist in Kalifornien ja auch mild, es ist nie zu heiß oder zu kalt. Doch regelmäßig bebt die Erde, dann erzittern die Häuser und Straßen und bekommen Risse. Es wird einem nichts geschenkt, und nichts kann immer nur einfach sein.

Wir schlichen durch einen Garten und versuchten dabei, nicht über die Terrassenmöbel zu stolpern. Dante reichte mir eine schwarze Balaclava. Ich dachte, er wollte mich auf den Arm nehmen. Doch als er seine überzog, tat ich es ihm nach, auch wenn ich mir albern vorkam. Dann machte er sich daran, mit seinen Zauberhänden das Türschloss zu bearbeiten. Er hatte wunderschöne Hände. Ich wiederum ballte instinktiv die Fäuste, um meine Nägel zu verstecken, obwohl ich selber nicht so ganz wusste, vor wem. Dante hatte sich versichert, dass es keine Alarmanlage gab, und er hatte die Besitzer am frühen Abend mit gepackten Taschen abreisen sehen. Der Gedanke, wie sie von einem amüsanten Wochenendausflug heimkamen und feststellen mussten, dass bei ihnen zu Hause eingebrochen worden war, versetzte mir einen Stich.

Das Schloss schnappte mit einem leisen Klicken auf, und wir traten ein. Es war gruselig, mitten in der Nacht in einem fremden Haus zu sein.

Dante nickte mir zu, woraufhin ich in Richtung Schlafzimmer einen Flur entlangging, während er Wohnzimmer, Arbeitszimmer und Küche absuchte. Ich kam an einem kleinen Zimmer, in dem ein Bett stand, vorbei und hielt kurz inne, ehe ich meinen Weg fortsetzte. Die Möbel wirkten irgendwie wie Bühnenrequisiten. Ein Gästezimmer, das bei Bedarf Freunde und Verwandte beherbergte. Ich spürte Panik in mir aufsteigen, während mir das Blut laut in den Ohren pochte. »Zu spät«, flüsterte eine Stimme in meinem Kopf. Diese Leute hier würden es schon überleben. Dantes Anweisungen waren klar: keine Computer oder Handys. Keine Digitalkameras, außer man konnte die Speicherkarte problemlos entfernen. Nichts, was Informationen enthielt, die nicht ersetzt werden konnten. Dafür Schmuck, Bargeld, teure Accessoires wie Designertaschen, edle Schals oder sogar Schuhe, wenn sie nicht zu sperrig waren. Einer seiner Freunde, ein totaler Technik-Freak, hackte sich ins System der Versicherungen, um an Informationen über die Policen zu gelangen. Dante brach nur bei Leuten ein, die hoch versichert waren. Ich holte tief Luft. Er überprüfte außerdem sehr genau die Verhältnisse und schloss alle aus, die nur ein geringes Einkommen hatten. So war er damals auch bei uns gelandet. Waynes Familie gehörte zum alteingesessenen Adel.

Das Paar, das hier wohnte, war durch Texanisches Öl reich geworden.

Im Schlafzimmer wurde ich fündig. Auf einem antiken Schminktisch stand eine offene Schmuckschatulle. Ich kippte den Inhalt in meine schwarze Umhängetasche – das Gegenstück zu der, die Dante trug. Über den Spiegel waren einige schöne Schals drapiert, die ich ebenfalls einpackte und um den Schmuck herum feststopfte, damit er nicht klirrte. Mein Herz klopfte so laut in meiner Brust, dass ich kaum Luft bekam. Auf einem Regalbrett im Schrank erspähte ich vier Designertaschen: eine Clutch von Chanel, eine Chloé, eine Hermès und – wenn auch keine Kelly oder Birkin – die übliche Vuitton. In einer Plastikhülle entdeckte ich eine hinreißende Bluse. Saint-Laurent. Schon war sie eingepackt. Meine Tasche war so gut wie voll. Auf dem Nachttisch lag ein iPod. Zuerst zögerte ich, dann steckte ich ihn ebenfalls ein. Das war alles versichert, wiederholte ich in Gedanken. Ersetzbar.

Als ich zurück zum Hintereingang kam, wartete Dante bereits auf mich. Seine Zähne blitzten in der Dunkelheit auf. Gemeinsam schlichen wir durch den Garten und nahmen den schmalen Weg hinunter bis zu seinem Auto, das ein paar Blocks entfernt geparkt war.

Ich stieg ein, und er startete den Motor. Auf einmal schoss mir eine Welle Adrenalin oder Endorphine oder irgendein anderer dieser Stoffe, die einen total glücklich machen, durch die Adern. Ich zog meine Balaclava ab und holte tief Luft. Bevor ich mich bremsen konnte, quietschte ich laut, wie eine Dreijährige im Barbieschloss.

»Das war … einfach unglaublich!«, jauchzte ich.

Dante grinste. »Siehst du, es ist ganz einfach. Und tut niemandem weh.« Lässig fuhr er durch die dunklen Straßen, wobei er sich sehr genau an die Geschwindigkeitsbegrenzung hielt. Als er mich schließlich bei mir zu Hause absetzte, hatte sich mein Puls fast wieder normalisiert.

»Geh rein«, sagte er. »Leg dich schlafen. In ein paar Stunden komme ich zurück.«

Doch ich war so aufgedreht, dass ich nicht schlafen konnte. Am allerliebsten hätte ich sofort jemandem davon erzählt. In Gedanken ging ich jeden einzelnen Moment des Einbruchs durch, immer wieder. Ich setzte mich an meine Nähmaschine, aber mein Kopf war zu voll, um mich auf irgendetwas anderes zu konzentrieren. Schließlich ging ich vors Haus, um eine zu rauchen.

Irgendwann nach sieben kam Dante schließlich zurück, immer noch im selben Outfit, mit zwei Tassen Takeaway-Kaffee in der Hand. Ich trug inzwischen einen kurzen Jeansrock, UGG Stiefel und dazu mein dunkelviolettes Dostojewski-Top. In schwarzem Seidenfaden und schwarz-weißen applizierten Buchstaben, die von Goldfäden durchwebt waren, stand darauf das Zitat: »Weshalb gehe ich jetzt dorthin? Bin ich etwa dazu fähig? Ist das etwa ernst gemeint? Ganz und gar nicht! Es handelt sich nur um Fantasien; ich spiele mir selber etwas vor; Spielerei! Ja, es ist wohl nur ein Spiel!«

Dante stellte den Kaffee ab, um ein aufgerolltes Bündel Geldscheine aus der Brusttasche seines Mantels zu ziehen. Dieses reichte er mir mit einem der Kaffeebecher. Ich trank einen kleinen Schluck, bevor ich das Geld zählte. Es waren fast fünftausend Dollar.

Als ich ihm die Hälfte zurückgeben wollte, stoppte er mich. »*La tua parte*«, erklärte er und zog ein zweites Bün del aus der anderen Tasche. »Ich sehe aus, als wenn ich hätte Brüste, ja?«

»Nicht wirklich.« Doch ich starrte immer noch auf meinen Anteil.

»Meine ›connection‹, er ist sehr zufrieden. Bald wir sind reich.«

»Wenn wir nicht vorher alle in der Hölle schmoren. Was ist die Strafe für Diebstahl in Dantes *Göttlicher Komödie*?« Ich riss meinen Blick vom Geld los und sah ihn an.

»Ah, ja. Sehr schlimm.« Er schüttelte seinen schönen Kopf. »Im achten Kreis müssen die Diebe in die Graben mit die Schlangen.«

»Eine Schlangengrube?« Ich erschauderte. »Wie erbaulich.« Ich hob die Hand an den Mund und wollte gerade an meinen Nägeln herumkauen, als er mich daran hinderte.

»Aber das ist ein anderer Dante.«

»Gott sei Dank. Was wirst du denn mit dem Geld machen? Nach Hause fahren?«

»Nein. Es wird sein Buße, Buße durch Sünde, aber trotzdem Buße. Ein Freund aus Italien, seine Familie macht Wein. Sie kaufen eine kleine Weinberg in der Nähe von Sonoma. Der Sohn, mein Freund Domenico, kommt nach Amerika, um sich darum zu kümmern. Er mir hat angeboten, dass ich sein kann Partner. Besser für Geschäft und mehr *convivale* für Leben, nein?« Er hielt zwei Finger hoch und drückte sie gegeneinander.

»Ja.« Mein Kaffee schmeckte cremig, fast schon nussig.

»*Mio padre* sagt ihm, ich habe Geld. Also brauche ich

dieselbe Summe.« Er stand auf und ging ans Fenster. Die Ackerwinde, die sich draußen am Klettergerüst entlangrankte, hatte große violette Blüten. »*Bello*«, meinte er.

»Um wie viel geht es denn?«, fragte ich.

»Dreihunderttausend Dollar.«

Beinahe hätte ich meinen Becher fallen lassen. »So viel hast du verloren? Man hat dich um so viel Geld betrogen?« Ich schluckte.

»*Sì*. Aber ich habe ein bisschen mehr als die Hälfte jetzt. Ich investiere in Weingut, werde echter Partner, nicht nur Arbeiter mit Gehalt. Wir werden machen wunderbaren Wein. Und ich werde heimgehen ein Held.« Er wandte sich wieder mir zu. Im Morgenlicht, das von hinten durchs Fenster fiel, wirkte er, wie von einer goldenen Aura umgeben.

»Dein Vater ...«

»Wird stolz sein, *sì*.« Dante kam zum Tisch, setzte sich hin und trank seinen Kaffee. »Wein zu machen ist edel.«

»Aber Dante, was, wenn du ... wenn wir ... erwischt werden?«

»Es wird nicht passieren. Wir sind zu vorsichtig, *sì*?«

»Ich hoffe es.«

»Und du, was machst du?«, fragte er.

Einen Augenblick lang stellte ich mir vor, wie es wäre, verheiratet und reich nach Hause zurückzukehren. Ich würde Daddy beweisen, was für ein erfolgreiches Leben ich führte. Aber was wäre dann? »Wenn ich nicht im Gefängnis oder in einer Schlangengrube lande, dann werde ich ... ich weiß auch nicht. Irgendwo ein kleines Haus kaufen, wo ich es mir leisten kann, und ein neues Leben anfangen.

Dann bin ich nicht mehr von Wayne abhängig, wenn er zurückkommt.«

»Du glaubst, er wird zurückkommen.«

»Auf jeden Fall. Das tut er immer. Wir sind Seelenverwandte. Es ist so vorherbestimmt. Aber ich nehme ihn nur zurück, wenn er mich heiratet.« Ich stand auf und ging im Zimmer auf und ab. »Und ich werde dafür sorgen, dass ich nie wieder in finanziellen Schwierigkeiten stecke.«

»Hast du keinen anderen Traum? Du siehst aus wie jemand, der träumt.«

»Na ja …« Ich hatte ihm bereits so viel über mich erzählt, warum also nicht den Rest auch noch preisgeben?

»Da gibt es noch etwas?«

Ich nickte. »Ja. Ich entwerfe und nähe gerne Kleider. Eines Tages hätte ich gerne meine eigene Kollektion. Meine eigene Firma.«

»Und das macht dich glücklich?«

»Ja, es macht mich sehr glücklich.«

»Sind die Kleider, die du trägst, von dir?«

»Viele, ja. Der Rock nicht. Aber das Top.«

»Die mit den Wörtern und den Designs und Schichten?«

Ich grinste. »Ja, die sind von mir.«

»*Ma, è squisito. Straordinario. Superiore. Tu sei bravissima.*« Er betonte jedes Wort mit den Händen.

Mein Italienisch reichte zumindest aus, um zu kapieren, was er sagte. »Nein, das stimmt nicht.«

»Ja, Nico, du wirst Freude und Schönheit in die Welt bringen.«

»Und du einen wunderbaren Wein.«

Wir stießen mit unseren Pappbechern an.

»Auf die Zukunft«, sagte ich.

»Möge sie uns wohlgesonnen sein.«

Ich musste dringend schlafen, still liegen. Stattdessen warf ich mich im Bett hin und her. Es war zu heiß. Ein paar Minuten später war es zu kalt. Schließlich stand ich auf und öffnete meinen Kleiderschrank. Ich nahm eine Plastiktüte mit brandneuen Männer-T-Shirts heraus, die ich vergangenen Sommer für einen Spottpreis erstanden hatte. Sie waren schlicht und weich. Ich entschied mich für ein schwarzes. Dann zog ich eine Schachtel mit Stoffresten und Bändern unter dem Bett hervor. Darin fand ich, wonach ich gesucht hatte: ein Stück glänzenden schwarzen Satin, wie man ihn üblicherweise als Besatz auf Smokingrevers sieht. Ich schnitt einen Halbmond samt Sternen aus und applizierte sie auf den elastischen Baumwollstoff. Als Nächstes griff ich in meiner Plastikkiste mit den bunten Fadenspulen nach dem silbernen Garn.

Eine Weile betrachtete ich Shirt und Faden.

Dann fuhr ich meinen Laptop hoch. Google brauchte nur ein paar Minuten, um mir genau das zu zeigen, wonach ich gesucht hatte.

In Form eines Dreiecks stickte ich auf die Vorderseite des T-Shirts in die linke untere Ecke in Kursivschrift die Worte *Remember tonight ... for it is the beginning of always.*

Morgen würde ich das Originalzitat auf Italienisch heraussuchen und es hinten draufsticken.

Schließlich ging es bei Dante Alighieri nicht nur um arme Seelen, die im Schlamm ertranken, denen man abgetrennte Köpfe falsch herum aufgesetzt hatte oder die in einer

Schlangengrube gefangen waren. Da gab es auch Beatrice, seine Angebetete, und Liebe, die allem trotzte.

Irgendwann schlief ich endlich ein.

Als ich wieder aufwachte, war es später Nachmittag, und ich fühlte mich orientierungslos. Vielleicht sollte ich mir eine Katze anschaffen, um nicht ständig um meine eigenen Gedanken kreisen zu müssen. Weil mir nichts Besseres einfiel, ging ich nach draußen zum Briefkasten, in der ein paar Wurfsendungen, die Wasserrechnung und ein Brief lagen. Mein Herz machte einen kurzen Satz. Die Handschrift war mir zwar vertraut, aber es war nicht die von Wayne. Er war ohnehin kein großer Briefeschreiber. Drinnen ließ ich die restliche Post auf den Tisch fallen und öffnete den Umschlag.

Darin befanden sich ein Brief und ein Foto. Es war ein Schnappschuss, der meine Eltern mit einem Baby zeigte. Meine Mutter blickte direkt in die Kamera, ein Lächeln auf den Lippen. Mein Vater hatte den Blick auf das kleine Bündel in den Armen meiner Mutter gerichtet und streichelte die Wange des Babys. Er hatte Lachfältchen um die Augen und ein glückliches Lächeln auf den Lippen. Das Baby hatte die großen blauen Augen weit aufgerissen und sah zu meiner Mutter hoch. Das Bild war auf der Hollywoodschaukel auf der vorderen Veranda meines Elternhauses aufgenommen worden.

Der Brief war kurz.

Liebe Colette,

neulich bin ich über dieses Foto gestolpert und habe mir gedacht, dass du es vielleicht gerne haben würdest.
Du warst damals drei Monate alt.
Ich freue mich darauf, dich an Weihnachten zu sehen.
Es ist schon viel zu lange her.
Ich hoffe, es geht dir gut.
Alles Liebe,
Dad

Alles Liebe, Dad?

Ich hatte dieses Bild vorher noch nie gesehen. Die Minuten vergingen, während ich es anstarrte. Dann ging ich ins Schlafzimmer. Aus dem Schrank zog ich ein dickes Fotoalbum. Dort hinein klebte ich alles, was mich an meine Mutter erinnerte. Es enthielt Fotos von meinen Schwestern und ein paar von Art, die uns als Kinder zeigten.

Mit einer Tube Klebstoff trug ich das Album zum Bett. Dort ließ ich mich im Schneidersitz nieder und klebte das Foto auf die erste leere Seite ein. Auf die gegenüberliegende Seite klebte ich Daddys Brief.

Ich starrte das Foto und den Brief an, bis es dunkel geworden war. Dann legte ich das Album zurück in den Schrank.

Seit jener einen Nacht fühlte sich mein Leben irgendwie unwirklich an. Alles war irgendwie anders als früher, obwohl ich meine Tage genau so verbrachte wie immer. Ich unterrichtete, scherzte mit meinen Studenten, traf Freunde, nähte Weihnachtsgeschenke, ging ins Kino, hörte mir anderer

Leute Probleme an und versuchte sie zu trösten. Doch es kam mir vor, als wäre ich in eine dicke Watteschicht gepackt. Falls die anderen etwas bemerkten, sagten sie zumindest nichts. Es fragte mich auch niemand mehr nach Wayne, seit ich erzählt hatte, er sei nach Hause gefahren, weil seine Mutter krank sei. Nur Sonya hakte nach. Sie betonte immer wieder, wie gut ich aussähe, und wollte mein Geheimnis wissen.

Meine Sinne schärften sich nur, wenn ich mit Dante auf Tour war. Der Adrenalinschub, die Freude darüber, Kostbarkeiten zu finden, die uns unseren Zielen näherbrachten, das alles war berauschend. Ich trank kaum noch Alkohol, aber überraschenderweise aß ich regelmäßig. Vermutlich brauchte ich Kraft und Stabilität. Sogar meine Nägel sahen besser aus.

Am Freitag vor Thanksgiving lud ich Dante zum Abendessen ein. Gali erklärte mir am Telefon wie man einen *pot au feu* kochte. Sie war total begeistert, denn der Wunsch zu kochen war für sie immer ein Zeichen seelischer Ausgeglichenheit. Ich behauptete, dass wir ein paar von Waynes Kollegen zum Abendessen eingeladen hatten.

Nachdem ich Rüben, Karotten und Kartoffeln gewaschen und geschält sowie die Zwiebeln geschnitten hatte, briet ich das Fleisch an. Dann bedeckte ich es mit kaltem Wasser, damit es saftig blieb. Ich hatte nicht den richtigen Topf für ein solches Gericht, also musste ich improvisieren. Ich brauchte Ewigkeiten, um alles vorzubereiten und noch länger für die eigentliche Zubereitung, doch in meinem kleinen Bungalow roch es irgendwann wie bei meiner Schwester zu Hause. Der Stich, den mir das versetzte, war wohl nichts anderes als Heimweh.

Als Dante kam, war er freudig überrascht. Ich hatte sogar mein Kapital angebrochen, wie ich mein wachsendes Bargeldvermögen nannte, um eine wirklich gute Flasche Gigondas zu kaufen, den meine Schwester mir empfohlen hatte.

Wir aßen und lachten und tranken. Es war alles total entspannt und gemütlich.

Nach den geeisten Birnen zog ich das Päckchen mit dem T-Shirt heraus. Dante wickelte es geschickt aus. Wortlos starrte er das Shirt an.

»Es gefällt dir nicht«, meinte ich dumpf. »Kein Problem.«

Da hob er den Blick und sah mir in die Augen. »Nein«, flüsterte er. »Ich mag nicht. Ich liebe.« Dann zog er sich direkt vor mir im Wohnzimmer aus. Ein Anblick, für den ich Eintritt hätte verlangen können. Sein Brustkorb und sein Rücken waren ebenso perfekt gemeißelt wie sein Gesicht. Weil mein Mund trocken wurde, trank ich schnell einen Schluck Wein, um etwas anderes zu tun zu haben, als ihn anzustarren. Dann zog er das T-Shirt an und breitete die Arme aus.

»Wie sehe ich aus?«

»Gut.« Ich nickte ein paarmal rasch hintereinander. Immer noch besser als sabbernd ins Schwärmen zu geraten.

»Es ist das wunderbarste Geschenk von der wunderbarsten Frau.«

Noch nie hatte mich jemand eine wunderbare Frau genannt. Dante trat einen Schritt auf mich zu, bis sich unsere Körper beinahe, aber nicht ganz berührten. Er blickte mir tief in die Augen. Dann beugte er sich vor und küsste mich. Zuerst war sein Kuss weich, vorsichtig. Doch bald nahm er mein Gesicht in die Hände und küsste mich fester, leidenschaftlicher. Ich öffnete die Lippen und schlang ihm die Arme um den Hals. Ohne unseren Kuss zu unterbrechen, führte er mich zur Couch. Meine Knie gaben nach, und gemeinsam sanken wir in die Polster. Er fing an, mit seinen magischen Fingern meinen Körper zu streicheln. Jede Pore, jede Zelle kribbelte, wenn er mich berührte. Schließlich schob er die Hand unter mein Shirt, und als er meine nackte Haut berührte, schnappte ich nach Luft. Ich drängte mich ihm entgegen, wollte seinen Mund überall spüren, wollte alles von ihm.

Doch ganz plötzlich hörte er auf und löste sich sanft von mir. Sein Blick war verschleiert, und er atmete keuchend.

»Hör nicht auf«, flüsterte ich.

»Es tut mir leid«, sagte er. »Ich hätte das nicht sollen tun.«

»Doch! Doch!« Panik ergriff von mir Besitz.

»Nein, du bist eine Frau, die einen anderen Mann liebt.« Er rückte noch ein Stück von mir auf dem Sofa ab.

»Der nicht da ist.«

»Aber du liebst ihn noch?«

Ich senkte den Blick. Das konnte ich nicht leugnen. Wayne war ein Teil von mir. War es so lange gewesen. Ich konnte mir nicht vorstellen, ihn nicht zu lieben. Selbst jetzt, so wütend, wie ich war.

»Ich will nicht sein das, wie sagt man, das Luckenbüßer.«

»Lückenbüßer. Aber das wärst du doch gar nicht. Ich meine, das bist du nicht.«

»Zu früh für dich, das zu sagen.« Er seufzte. Dann küsste er mich zärtlich auf die Stirn. »*Grazie mille* für dieses wunderschöne Geschenk.« Dann war er verschwunden.

Ich starrte die Tür an und kaute auf meinen Nägeln herum. Irgendwann spülte ich das Geschirr und machte die Küche sauber. Danach saß ich noch eine Weile herum.

Doch er kam nicht mehr zurück.

Am nächsten Morgen erwachte ich mit dem Gefühl, mich blamiert zu haben. Wir hatten an diesem Abend einen neuen Job, und zum ersten Mal graute mir davor. *Man nehme einen von Meisterhand erschaffenen Mann, der aus einem Land kommt, wo es die schönsten Frauen der Welt gibt. Dazu Colette, die sich besagtem Mann an den Hals wirft. Dante ist auf und davon. Lauf, Dante, lauf. Und Colette macht sich zum Affen. Dumme, dumme Colette.*

Kein Wunder, dass Wayne sich immer wieder von mir trennte. Gegen zwei Uhr nachmittags quälte ich mich schließlich aus dem Bett, zog eine alte Jeans und mein verwaschenes blau-rotes Kapuzensweatshirt von Shippensburg an. Nicht unbedingt mein Stil, aber Wayne hatte mich damals überredet, es zu kaufen. Ich ging an den Strand in der Hoffnung, dass die frische Luft mir den Kopf durchpusten würde. Ich sollte Dante nicht mehr wiedersehen. Doch das Geld war eine große Verlockung. Dante hatte ein langes Wochenende in Vegas im Dezember geplant, genau zu der Zeit, zu der ich – würde ich noch in Pennsylvania leben – Weihnachtslieder singen und heiße Schokolade oder Punsch schlürfen würde, bevor ich mit meinen Nichten zum Schlittschuhlaufen ging. Vielleicht sollte ich zurück nach Hause ziehen, den Wechsel der Jahreszeiten genießen, mit meiner Familie Zeit verbringen. Es könnte ja nur vorübergehend sein. Ich könnte so lange bleiben, bis ich entschieden hatte, wie es weitergehen sollte.

Heute Abend würde ich souverän sein. So tun, als wäre ich betrunken gewesen. Schließlich war ich nicht in ihn verliebt. Es war nur die Lust. Ich liebte Wayne, und daran würde sich nie etwas ändern. Dante hatte recht. Ich hätte ihn bloß benutzt. Schäbig war das.

Als ich später die Sachen anzog, die ich insgeheim mein Einbrecherkostüm nannte, wurde mir klar, dass es gerade die Verkleidung war, die es mir so leichtmachte, in diese Rolle zu schlüpfen, statt wie sonst um diese Uhrzeit schlafend im Bett zu liegen. Nichts davon fühlte sich wirklich an. Es war wie in einem Film.

Doch das Geld war durchaus eine Wirklichkeit.

Um ein Uhr kam Dante geräuschlos zur Tür herein. Ich hatte ihm gesagt, dass er nicht mehr anzuklopfen brauchte, doch jetzt fragte ich mich, ob das so eine tolle Idee gewesen war.

Er lächelte mich an, und ich sah weg.

»Hör zu«, sagte ich. Eigentlich wollte ich mich entschuldigen, doch als er vor mir stand, hatte ich auf einmal einen solchen Kloß im Hals, dass ich kaum atmen konnte. Ich fühlte mich wie eine lästige Stechmücke, die er hatte vertreiben müssen.

»Ich …« Ich wusste nicht, was ich sagen sollte.

Er trat auf mich zu. »Es tut mir so leid. Es war meine Schuld. Dein wunderbares Geschenk.«

»Du musst dich nicht entschuldigen«, erwiderte ich und war überrascht, wie kühl meine Stimme klang. »Es war ein Fehler, hätte jedem passieren können.«

»Aber ich muss dir etwas sagen ...«

Ich trat einen Schritt zurück. »Dante, bitte. Lass uns nicht mehr darüber reden. Es ist vorbei, okay?« Ich wusste, dass ich verzweifelt klang, aber ich konnte nicht glauben, wie leicht ich aus dem Schneider war.

Wir hatten heute zwei Häuser auf der Liste, schöne Villen in La Jolla. Laut Dante gab es in dieser Gegend nur wenige Anwesen ohne komplizierte Alarmanlagen.

Das erste, auf halber Höhe von Mount Soledad, lag an einer Straße im rechten Winkel zur Via Capri. Es lief alles problemlos, und wir machten beachtliche Beute.

Von dort aus fuhren wir Richtung Ocean Beach nach Süden, und ich blieb im Auto, während Dante die Einkaufstüten aus dem Kofferraum holte und in einem Bungalow verschwand. Volle Einkaufstüten wirken nie verdächtig.

Ich hatte keine Ahnung, was mit dem Diebesgut passierte. Ging es nach Mexiko? Wurde es über Ebay verkauft?

Während er im Haus war, dachte ich darüber nach, weshalb es so befriedigend und einfach war, sich bei den Reichen zu bedienen. Er war ein Robin Hood mit einer korrupten Lady Marian. Mit dem Unterschied dass Robin Hood Lady Marian natürlich liebte.

Bis Las Vegas lagen nur noch etwa ein halbes Dutzend Einbrüche vor uns.

Dante stieg wieder ein und startete den Motor.

»Dante?«

»*Sì.*« Er war immer noch etwas distanziert, aber wenigstens lächelte er wieder ein bisschen.

»Warum willst du jetzt aufhören? Warum nicht so lange weitermachen, bis du das ganze Geld beisammenhast, statt zu riskieren, in Vegas alles zu verlieren.«

»Weil, Nico«, erklärte er, »die Dame des Glücks, sie kann einfach verschwinden.« Er küsste seine Fingerspitzen. »Man muss gehen, bevor sie es tut. Das Gleiche in Las Vegas. Man muss wissen, wann Schluss ist.«

Das ergab auf verrückte Art durchaus einen Sinn. Doch was, wenn ich süchtig nach diesem Doppelleben wurde?

»Und was ist nach Vegas?« Einen Moment lang blendeten mich die Scheinwerfer eines entgegenkommenden Fahrzeugs.

»Dann gehe ich nach Sonoma. Im Januar fange ich an mein neues Leben. Und du?«

»Ich auch.« Gali hatte mir so lange ein schlechtes Gewissen gemacht, bis ich eingewilligt hatte, über die Feiertage nach Hause zu fliegen. Inzwischen freute ich mich beinahe darauf. Meine größte Sorge war, wie ich Waynes Abwesenheit erklären sollte. Was, wenn er Weihnachten bei seiner Mutter in Pennsylvania verbrachte? Das wäre durchaus möglich. Ich könnte ihn zur Rede stellen. Doch die Vorstellung erfüllte mich nicht gerade mit vorweihnachtlicher Vorfreude. Feiertage können unfassbar anstrengend sein, wenn man anderen etwas vorspielen muss.

Thanksgiving würde ich bei Sonya und ihrer Familie verbringen, aber meine Freundinnen fanden es langsam komisch, dass Wayne immer noch nicht zurück war. Ich wusste nicht, wie lange ich meine Geschichte noch aufrechterhalten konnte.

Und so gern ich Sonya, ihre Familie und die anderen

Expats mochte, die sie auch immer einlud, fiel es mir doch schwer, mich auf einer Party wohlzufühlen, wenn ich ohne Begleitung war. Val, die sonst mitgekommen wäre, flog für eine Woche heim nach Irland, weil ihr Bruder sich verlobt hatte. Also konnte ich nur mit Sonya, Annick, ihren Ehemännern und all den Kindern Thanksgiving verbringen. Gleichzeitig machte mich die Vorstellung, an diesem Abend alleine in meinem Häuschen zu sein, irgendwie furchtbar traurig.

»Dante, was machst du eigentlich an Thanksgiving?«

11

Jacqueline

Shoshanna schlief, als ich im Krankenhaus ankam. Man hatte sie mit Beruhigungsmitteln vollgepumpt.

»Gehören Sie zur Familie?« Die Krankenschwester mit den müden Augen blickte kaum auf.

»Ja, ich bin ihre Schwester.« Was der Wahrheit entsprach. Schwestern mussten nicht zwangsläufig blutsverwandt sein oder dieselben Eltern haben.

Sie winkte mich herein. »Ihr Bruder ist schon da.«

Ich drehte mich um und sah sie an. Sie lächelte. »Der mit dem kanadischen Akzent.«

David. Er tat gerne so, als wäre er Kanadier, um sich das Leben leichter zu machen. Niemand hasste Kanada.

Ich eilte den Flur entlang, wobei die Absätze meiner Stiefel auf den glänzenden Fliesen klapperten. Das Edith-Cavell war eine kleine, erstklassige Privatklinik. Aber privat oder nicht, alle Krankenhäuser auf der ganzen Welt riechen gleich, nach einer Mischung aus Desinfektionsmittel und etwas Süßlichem, fast Klebrigem – der Geruch von Krankheit und Leid. Ich hasse es. Krankenhäuser entziehen einem alle Kraft. Ich erinnerte mich noch gut an Daddys Worte, als Mama im Sterben lag. *Egal, was ich tue, was ich*

will, wie sehr ich mich anstrenge, ich kann es nicht ändern.
Wir waren alle in diesem Zimmer in uns zusammengefallen, vor allem Daddy.

Als ich die Tür öffnete, sah ich Josh und David neben dem Bett stehen wie Bodyguards, nur ohne Sonnenbrillen. Josh umarmte mich zur Begrüßung.

»Wo sind die Kinder?«, flüsterte er.

»Die sind bei Tante Charlotte. Laurent ist schon auf dem Weg und holt sie ab.« Ich hängte meinen Mantel auf und stellte meine Tasche auf einen Stuhl.

»Danke dir. Wenigstens werden sie dann gut gefüttert.« Ein schwaches Lächeln umspielte seine Mundwinkel, ehe es erstarb.

Meine Tante war eine kulinarische Naturgewalt. Sie war eines von Galis großen Vorbildern, und ihre Kochbücher enthielten viele Dinge, die sie von Tante Charlotte gelernt hatte. Ich verstand immer noch nicht, weshalb sich meine Schwester gegen eine Karriere als Köchin entschieden hatte. Sie wäre ein Star geworden.

David küsste mich auf die Wange, und erst dann erlaubte ich mir, einen Blick auf meine Freundin zu werfen.

Sie war blass, viel zu blass. Ich sah Josh an. »Wie geht es ihr?«

»Man hat sie vollgepumpt. Wahrscheinlich wird sie die ganze Nacht durchschlafen«, antwortete er. Josh war drahtig, voller Energie und wirkte immer, als würde er gleich die Flucht ergreifen. Ich hatte nie verstanden, wie er mit seinem Job in der Marketingabteilung einer großen Firma glücklich sein konnte.

»Und emotional?«, hakte ich nach.

»Sie ist stark. Das ist unglaublich.« Er lächelte.

Instinktiv legte ich die Hände auf den Bauch. »Und ...« Ich konnte den Satz nicht beenden.

»Sie ist hier.« Josh führte mich zu einem mit Glas abgetrennten Teil des Raumes. »Wir haben sie Rachel genannt.«

In einer Ecke des verglasten Raums stand ein Brutkasten mit dem winzigsten Baby, das ich je gesehen hatte. Es war gerade mal so groß wie meine Hand.

»Sie ist wunderschön. Was ist denn passiert? Sho ging es doch vor ein paar Stunden noch gut. Es war alles bestens.«

»Sie ist gestürzt. Nach vorn. Auf irgendwas ausgerutscht. Ihre Fruchtblase ist gerissen, und sie hat Fruchtwasser verloren. Zum Glück hat sie sofort Dr. Cellier angerufen, der gleich einen Krankenwagen geschickt hat.«

»Und ...«

»Sie mussten einen Notfallkaiserschnitt machen. Das Baby ... Rachel« – er räusperte sich –, »hätte eine normale Geburt nicht überstanden.«

»Aber es geht ihr doch gut, oder? Beiden geht es gut.« Meine Fingernägel bohrten sich in meine Handfläche, und ich versuchte, meine Hände locker zu lassen.

»Ja, jetzt schon, Gott sei Dank. Die Lungen des Babys sind noch nicht entwickelt, aber es ist ihnen gelungen, die Umstände wie in der Gebärmutter so gut wie möglich zu simulieren.«

Mein Herz schwoll an, während ich meine schlafende Freundin betrachtete. Ihr Haar wirkte zu dunkel im Kontrast zu ihrer blassen Haut. Ihre Lippen waren trocken. Sie hasste diese kratzigen Krankenhauskittel. Ich würde ihr ein paar weiche Nachthemden von zu Hause bringen.

Dann ging ich wieder zurück zum Brutkasten. Wie konnte ein so winziges Wesen so stark sein? Ich hoffte, dass menschliche Kraft antiproportional zur Größe war. Sicherheitshalber schickte ich einen Gedanken an Maman – *beschütze sie.*

»Singst du heute Abend nicht?« David hatte mir die Hand auf die Schulter gelegt und betrachtete ebenfalls Rachel.

»Sollte ich eigentlich.«

»Dann tu das. Hier ist alles gut«, versicherte mir Josh. Ich ging zum Spiegel hinüber, wo ich mir die verschmierte Wimperntusche unter den Augen wegwischte und etwas Lippenstift auftrug. Wenn ich von meiner Großmutter und aus meinem eigenen Leben etwas gelernt hatte, dann das: *Lass dir nichts anmerken.*

Den Großteil des Wochenendes verbrachte ich damit, meine Schränke auszumisten, die restlichen Weihnachtseinkäufe zu erledigen und noch mehr Babykleidung für meine heimliche Sammlung zu kaufen. Jeden Tag ging ich ins Krankenhaus. Shoshanna war inzwischen entlassen und Rachel auf die Neugeborenenintensivstation verlegt worden. Die Station glich einer kleinen Stadt, in der Miniaturwesen in Glaskästen lagen. Sie hingen an Schläuchen und Nadeln und Maschinen, die für sie atmeten. Manchmal kam es mir gar nicht vor wie ein Teil der Wirklichkeit, eher wie eine Art Museum, in dem man den kostbarsten aller Schätze behütete und für die Zukunft aufbewahrte. Die Krankenschwestern kannten mich inzwischen und ließen mich problemlos zu Rachel. Und jeden Tag sang ich ihr leise vor.

Am Donnerstag waren wir bei David zu Thanksgiving eingeladen. Nur wir fünf und Shoshannas Kinder. Am Sonntag fand das jährliche Bankett zu Ehren der gefallenen politischen Gefangenen des Zweiten Weltkrieges statt. Dieses Jahr ehrten sie meinen Großvater. Die ganze Familie würde anwesend sein, bis hin zu den Urenkeln. Ich wusste, dass meine Großmutter sauer auf Tante Solange war, dass sie sich nicht die Mühe machte herzukommen, wenn ihr eigener Vater geehrt wurde.

Wenigstens würde Tante Charlotte dieses Jahr ausnahmsweise mal keinen Truthahn kochen müssen. Ich fragte mich immer noch, was in Daddy gefahren war. Er nahm es sonst mit Traditionen ganz genau. Das ergab einfach keinen Sinn. Oder vielleicht ja doch. Vielleicht war er es leid, seiner belgischen Familie einen amerikanischen Feiertag aufzuzwingen.

Wohl kaum.

Es musste um etwas anderes gehen.

Ich seufzte, denn ich war mir nicht sicher, ob ich es überhaupt wissen wollte.

12

Colette – Thanksgiving

»Jetzt ist der Kürbis gar. Und die Äpfel sehen ziemlich gut aus.« Ich piekte mit einer Gabel hinein.

»Okay, dann wirf jetzt die Cranberrys rein, und lass alles etwa eine Minute lang ohne Deckel köcheln.«

Nachdem ich aufgelegt hatte, nahm ich die Apfel-Cranberry-Mischung zum Abkühlen vom Herd, bevor ich damit die vorbereiteten Tortenböden füllte. Gali, die sich nicht die Mühe machte, ihr Erstaunen über meinen plötzlichen Backwunsch zu verbergen, hatte mich Schritt für Schritt durch die gesamte Zubereitung begleitet. Eines ihrer *Hopeless in the Kitchen*-Bücher lag aufgeschlagen auf meinem Küchentisch, aber ich wollte es mir trotzdem von ihr persönlich erklären lassen. Jacquelines Stimme, die aus den iPod-Lautsprechern erklang, bildete den Soundtrack zu meinem kulinarischen Experiment. Da ich meine beiden Schwestern auf einmal heftig vermisste, stellte ich zu ihnen auf die mir einzig mögliche Art und Weise Nähe her.

Ich trug einen kurzen braunroten Rock mit Strumpfhosen und Stiefeln und darüber ein enges, langärmeliges schwarzes Top, auf das ich in Orange und Gelb einen Auszug aus *Das Geisterhaus* gestickt hatte. Das war eines von

Waynes Lieblingsoutfits. Als ich bei diesem Gedanken meinen Daumennagel zum Mund führen wollte, unterbrach ich die Bewegung gerade noch rechtzeitig. Meine Nägel waren ein bisschen gewachsen. Ich sah meine Hände an. In einer Woche würde ich sie vielleicht sogar feilen können. Oder zur Maniküre gehen, was ich mich zuvor nie getraut hatte.

Als Dante kam, in einer schicken Khakihose und dem Shirt, das ich ihm genäht hatte, kühlten die Torten gerade auf einem Gitter auf dem Tisch aus, und ich hatte eben eine E-Mail an Jacqueline fertig geschrieben. Ihre Stimme füllte den Raum mit wundervollen Klängen. Jetzt war ich froh, dass ich wieder an mein »Kapital« gegangen war und mir die iPod-Dockingstation gekauft hatte. Dante schnupperte, und als er den Kuchen entdeckte, leuchteten seine Augen. Wie machte er das bloß? Seine Haare waren feucht vom leichten Nieselregen.

»Du hast das gebacken? Und du hörst so wunderschöne Musik?«

Ich lächelte. Er schaffte es immer, dass ich mich gut fühlte. »Dante, hab ich dir eigentlich schon von meinen Schwestern erzählt?«

Auch während unserer Fahrt zu Sonya lieferte Jacqueline den Soundtrack.

Ein bisschen mulmig war mir schon, Sonya Dante vorzustellen. Wir hatten uns eine Geschichte ausgedacht, dass er ein Kumpel meines belgischen Cousins Max war und zu einem längeren Besuch in den USA weilte. Max hatte Dante gedrängt, sich bei mir zu melden, und da ich ihn an seinem ersten amerikanischen Thanksgivingfest nicht alleine lassen wollte, nahm ich ihn eben nun zu Sonyas Party mit, die sie jedes Jahr für alle verlorenen Schäfchen gab, die an diesem Abend weit weg von zu Hause waren.

Es klang plausibel, aber Sonya gehörte zu jenen Menschen, die eine Lüge aus zwanzig Kilometern Entfernung riechen können. Ich verließ mich darauf, dass sie zu sehr mit ihren Gästen beschäftigt sein würde, um meine Story zu hinterfragen. Außerdem würde sie wahrscheinlich von Dante so geblendet sein, dass sie sowieso an nichts anderes denken würde. Schließlich verfügte auch sie über zwei voll ausgebildete X-Chromosomen.

Als wir vor Sonyas Haus im Carmel Valley hielten, prasselte der Regen schon heftig herab. Wir schützten die Torten mit den Regenschirmen, die ich als echte Belgierin immer im Kofferraum hatte, und eilten zur Tür.

Sofort wurden wir lautstark und mit Umarmungen willkommen geheißen, während Erwachsene, Kinder und zwei Katzen zur Begrüßung um uns herumwuselten.

Ich ging mit dem einen Kuchen voraus in die Küche, dicht gefolgt von Dante, der den zweiten sowie eine Flasche Wein trug. Bei so vielen Leuten fragte ich mich, ob zwei Torten überhaupt ausreichen würden.

»Colette!« Sonya umarmte mich, sobald ich mein Mitbringsel heil abgestellt hatte. »Du siehst toll aus!«

»Du auch.« Sonya hatte ganz ebenmäßige Haut, glänzende glatte Haare und grüne Katzenaugen. Das alles wurde von ihrem üppigen Schmuck und einer wilden Siebdrucktunika über einer genialen schwarzen Hose aus Satin noch unterstrichen.

»Was für ein Jammer, dass Wayne ...« In diesem Augenblick entdeckte sie Dante, der den zweiten Kuchen neben dem Wein abstellte, und ihr fiel die Kinnlade herunter.

Sie erholte sich jedoch schneller, als ich erwartet hatte, schenkte ihm ein charmantes Lächeln und hob zur Begrüßung die Hand, wobei ihre dicken Armreifen klimperten. Wenn ich aussehen würde wie sie, würde ich mich auch so oft und schnell wie möglich fortpflanzen. Sie hielt Dante ihre Wange zum Kuss hin und, Gentleman, der er war, kam er der Aufforderung nach.

»Holt euch bitte etwas zu trinken. Wir trinken alle Champagner.«

Gehorsam nahm ich zwei Sektkelche, und Dante füllte sie aus der tropfenden Flasche Mumm Cordon Rouge, die er aus dem Eiskübel gezogen hatte.

Nachdem wir miteinander angestoßen hatten, machten wir die Runde.

Kurz darauf packte mich eine Hand am Ellenbogen und zog mich von der Gruppe weg in die Küche. »Das ist also der berühmte italienische Freund deines Cousins?« Nur widerwillig ließ Sonya meinen Arm wieder los.

Nickend leerte ich den Rest meines Glases.

»Er ist der Hammer! Davon hast du gar nichts gesagt!« Ein Hauch von Vorwurf lag in Sonyas Stimme.

»Du hast wieder alles so schön dekoriert hier«, entgegnete ich.

»Wenn Val hier wäre«, meinte Annick, die an meiner Seite aufgetaucht war, »würde sie sich auf der Stelle verlieben.«

»Schon wieder«, fügte Sonya hinzu.

Ich lachte, aber auf einmal war ich froh, dass Val nicht hier war.

»Brauchst du noch Hilfe in der Küche?«, versuchte ich, die Unterhaltung in unverfänglichere Bahnen zu lenken.

»Und du hast *tarte aux pommes* gemacht«, stellte Annick fest. »Das ist ja ganz was Ungewöhnliches, dass du bäckst. Deine Wangen sind rund. Und haben eine gesunde Farbe.« Was Äußerlichkeiten betraf, entging ihr nichts. Ihr ganzes Modeberatungsbusiness basierte auf ihrer Beobachtungsgabe.

»Vielen Dank. Ich hatte einfach Lust, einen Nachtisch zu machen. Und wollte mal ausnahmsweise etwas anderes als Alkohol beisteuern. Nicht der Rede wert.«

»Oh, nein. Überhaupt nicht der Rede wert.« Die beiden wechselten einen Blick.

»Ich stehe übrigens hier und kann euch sehen«, schimpfte ich, während ich nach einer Flasche gekühlten Champagner griff und sie in die Höhe hielt. »Wollt ihr noch was?« Beide streckten mir ihre Gläser hin.

Dann reichte Sonya mir ein Tablett voller Blinis mit Frischkäse und Kaviar und schickte mich damit ins Wohnzimmer. Annick folgte mir mit einem zweiten Tablett mit Crackern, die mit ihrem berühmten Lachs *rilettes* bestrichen waren. Das Feuer knisterte, die Leute unterhielten sich, und überall standen Kerzen. Durch den Regen draußen wirkte das Haus besonders gemütlich und warm. Annick und Sonyas Kinder sahen in ihren Sonntagskleidern sehr hübsch aus. Ich fand es toll, dass die beiden ihre Kinder zu solchen Anlässen besonders hübsch anzogen.

Svetlana, Sonyas Tochter, kam mit einem Skizzenblock zu mir herüber.

»Oh, hast du was Neues gemacht?«, erkundigte ich mich.

Sie nickte. »Magst du sie sehen?«

»Das will ich mir nicht entgehen lassen. Komm, wir setzen uns da hin.« Ich stellte mein Tablett auf dem Sofatisch ab und machte es mir zusammen mit dem achtjährigen Mädchen auf der Couch gemütlich. Dann schlug ich ihren Block auf, der voller Modezeichnungen war, und bestaunte ihre Stilsicherheit und ihr Gespür für Farbe. Vor Freude bekam sie ganz rote Backen.

»Siehst du, dass der eine Ärmel hier länger ist als der andere und dass er eine andere Farbe hat?«, fragte sie mich.

»Das ist sehr originell. Finde ich super.«

»Ich muss noch mehr davon machen. Ich brauche auch noch eine Winterkollektion«, sagte sie und sauste davon.

Annick ließ sich auf den frei gewordenen Platz sinken, während ich verstohlen Dante beobachtete, der sich inzwischen mit den Spaniern unterhielt und die Art von Lockerheit an den Tag legte, die einem nur in die Wiege gelegt werden kann. Wayne kam zwar aus einer guten Familie, aber er wirkte immer ein bisschen distanziert – was nicht einmal besonders auffiel, wenn man ihn nicht so gut kannte wie ich. Aber es war oft so, als hätte er das Gefühl, mit jemandem von geringerem sozialem Status zu sprechen. Dante wiederum mischte sich unter die Leute wie ein warmer, sprudelnder Bach, völlig entspannt und locker.

»So so«, meinte Annick. »Wie ich sehe, trägt er eine deiner Kreationen.«

Verflixt. »Ja. Ein Willkommensgeschenk.«

»Ist er nur auf Urlaub hier? Das hast du noch gar nicht erzählt. Was genau macht er?«, fragte sie.

Es gab eine Menge, was ich nicht erzählt hatte. »Ach, dies und das. Er hat in einem Restaurant gearbeitet. Jetzt geht er ... verschiedenen Optionen nach.«

»Ist er legal hier?«

In unserer Welt ging es nicht mehr, so wie es früher gewesen war, um die Altersgrenze für legalen Alkoholkonsum, sondern um den Besitz eines gültigen Visums.

»Puh, keine Ahnung. So nah stehen wir uns eigentlich nicht.« Ich zuckte mit den Schultern.

»Und trotzdem hast du ihm etwas genäht?«, drängte sie.

»Das war eine Geste der Höflichkeit. Weshalb interessiert dich das mit seinem Visum?«

Sie seufzte. »Es wäre echt eine Schande, so einen Mann wegen einer Formalität zu verlieren. Wie geht's eigentlich Wayne? Weiß er schon, wann er zurückkommt?« Sie nahm sich von den Blini.

Ich tat es ihr nach. »Wahrscheinlich bleibt er noch über Weihnachten dort.«

»Da ist einiges, was du nicht genau weißt. Ich hatte ja keine Ahnung, dass Wayne so ein aufopferungsvoller Sohn ist.« Sie biss in ihren Pfannkuchen.

Ihr ironisches Lächeln entging mir nicht. Sie glaubte mir kein Wort.

Und wenn Annick die Story nicht schluckte, dann hatte ich bei Sonya sowieso verloren.

Der restliche Tag verging wie im Flug. Ich aß eine Menge und gestikulierte beim Reden vielleicht etwas zu viel herum.

Dante war auf eine bezaubernde Art und Weise aufmerksam. Und während des gesamten Essens tauschten meine beiden Freundinnen mit hochgezogenen Augenbrauen wissende Blicke aus.

Als schließlich auch die *tartes* zum Kaffee vertilgt worden waren und nur einige wenige Hartgesottene den Wodka nicht abgelehnt hatten, war es fast neun Uhr. Ich konnte ein gewisses Gefühl der Befriedigung beim Anblick der leeren Kuchenplatten nicht unterdrücken. Wenn ich das Gali erzählte.

Beim Abschied flüsterte Sonya mir ins Ohr: »Und morgen erzählst du mir dann die Wahrheit, ja? Die ganze Wahrheit?«

»Na gut.« Ich tat so, als würde ich mich geschlagen geben und suchte nebenher schon fieberhaft nach einer neuen Geschichte. Einer, die sie nicht durchschauen würde.

Denn die ganze Wahrheit erzählen?

Das war völlig undenkbar.

Den Freitag verbrachte ich abwechselnd mit Dösen, Lesen und einigen neuen Entwürfen, die ich in mein Skizzenbuch kritzelte. Svetlana war, wie die meisten Kinder, sowohl Inspiration als auch Ansporn, meine eigene »Winterkollektion« voranzutreiben. Die Anrufe meiner Freundinnen nahm ich nicht an. Sämtliche Gedanken an die bevorstehende Weihnachtsreise nach Hause verdrängte ich.

Gegen elf Uhr am Samstagmorgen klopfte es an der Tür. Ich betete, dass es weder Annick noch Sonya war. Oder, noch schlimmer: Annick *und* Sonya. Mir war noch keine überzeugende Geschichte eingefallen. Außerdem würde meine neue Wohnungseinrichtung sicher eine ganze Menge an Fragen hervorrufen.

Doch als ich die Tür öffnete, stand draußen in der Sonne Dante mit einem breiten Grinsen im Gesicht und einer Blautanne im Arm.

Ich lachte. »Was ist das denn?«

»Ich weiß, dass in Amerika *Natale* kommt direkt nach dem Thanksgiving. Deshalb …« Er zeigte auf den Baum. »Weihnachten!«

»Woher weißt du das?« Zum Glück hatte ich mich heute Morgen gut genug gefühlt, um mir etwas Anständiges anzuziehen. In meiner blauschwarzen Retro-Sixties-Tunika mit schwarzen Leggins und weißen Stiefeln kam ich mir vor wie ein Go-go-Girl. Ich hatte sogar etwas Wimperntusche und Lipgloss aufgetragen.

»Weil, *bella*, du es mir erzählt hast.«

»Aber natürlich. Das muss mir entfallen sein. Dann steh nicht so rum, komm rein.«

»Du hast die Bälle und Girlanden?« Nun stand er mit dem Baum im Arm mitten im Zimmer.

»Und ob.«

Wir stellten die Tanne in der Ecke neben dem Fenster auf und holten meine vier Kartons mit Weihnachtsdeko aus der Garage. Gegen eins machten wir Pause.

»Wir arbeiten gut«, meinte Dante. »Lass mich dich in ein *ristorante* führen.«

»Du weißt doch, wie das mit mir und dem Auswärtsessen ist.« Ich stellte gerade rote Votivkerzen in kleine Gläser.

»Aber diese Lokal ist ganz anders. Ich verspreche es. Ganz sauber, alles frisch. Italiener direkt aus Italien.«

»Ich weiß nicht.«

»*Dai! Per piacere.*« Wenn er mit dem Gesichtsausdruck eines traurigen Welpen anfing, Italienisch zu sprechen, verließ mich auf der Stelle jeder Funken Widerstand.

»Na gut.« Ich war gerade so glücklich, dass ich ihn auch glücklich machen wollte. Wayne hasste Feiertagsdekorationen. Und es machte so viel Spaß, jemanden zu haben, mit dem ich das alles teilen konnte.

Dante nahm mich mit ins *Caffè Bella Luna*, ein Restaurant, an dem ich Hunderte Male vorbeigegangen war, aber das ich, wie es für mich typisch war, nie betreten, geschweige denn dort gegessen hatte.

Die schlichte Fassade täuschte. Innen war es modern und originell eingerichtet, mit halbdurchsichtigen Stoffbahnen, die elegant von der Decke hingen und die Fenster teilweise verdeckten. An den Wänden hingen zwei aufwändig bestickte Wandteppiche, sodass der Raum nicht so klinisch kühl wirkte, wie es oft in schicken Restaurants sein kann.

Dante bestellte für mich.

Unsere Kellnerin brachte fast sofort den Wein, und ich war froh um die Wärme und den Mut, den er mir verlieh.

Kurz darauf kehrte sie mit zwei dampfenden Suppenschüsseln zurück.

»*Minestrone della casa*!«, erklärte sie, als verkünde sie die Ankunft seiner Majestät. »Alles Bio.«

Ich tauchte den Löffel in die gemüsehaltige Brühe und pustete ein wenig. Sowohl die Bedienung als auch Dante beobachteten mich gespannt. Der Druck war schier unerträglich. Ich schluckte. »Wow«, meinte ich, »das ist … köstlich!« Ich aß einen weiteren Löffel voll. Die Brühe war zugleich intensiv und leicht, nicht fettig, und das Gemüse hatte sowohl seine Konsistenz als auch den Geschmack behalten. Die beiden anderen entspannten sich sichtlich, und die Bedienung verschwand mit einem Lächeln auf den Lippen.

»Siehst du, Nico. Du solltest mir immer vertrauen.« Dante brach ein Stück Brot ab.

Tat ich das denn nicht? Was brauchte er denn noch für einen Beweis? Ehe ich michs versah, hatte ich die Schüssel leergegessen.

»*Brava*!«, lobte unsere Bedienung. »Es dauert ein bisschen bis zu *le pizze, va be*'?«

»*Sì, sì, va bene. Non si preoccupi.*« Er wandte sich an mich. »Ich sage ihr, sie soll sich machen keine Sorgen, soll sich lassen Zeit.«

Unser langes, gemütliches Mittagessen war wie Urlaub. Die Bedienungen hatten zweimal Schichtwechsel gehabt, und wir saßen immer noch da.

»*Americani*«, meinte Dante, »essen zu schnell. Genießen nicht.«

»Ich werde noch dick, wenn ich so viel Zeit mit dir verbringe.« Aber ich wusste, dass diesbezüglich keine Gefahr bestand, denn unsere Beziehung war von vornherein zeitlich begrenzt.

»Nein. *Sei bella*! Du solltest nicht so dünn sein. Und der Körper und die Seele brauchen gutes Essen und Wein, um glücklich zu sein.« Er betonte seine Worte mit dem Dessertlöffel.

»Vermutlich.« Ich aß den letzten Bissen des Tartuffo Nero, das wir uns zum Nachtisch geteilt hatten, und trank einen Schluck rauchigen Espresso.

Dann kehrten wir zu mir nach Hause zurück. Dante hängte draußen die Lichterketten auf, während ich mich drinnen um die letzten Kleinigkeiten kümmerte und Stechpalmenzweige auf den Fensterbrettern, dem Kaminsims und über der Küchenanrichte dekorierte. Als wir fertig waren und die Lichter einschalteten, war es bereits dunkel geworden. Brav funkelten sie vor dem tintenblauen Himmel.

»*Magico*!«

»Ja, das ist es.«

»*Ma ...*?« Er tippte sich mit dem Zeigefinger ans Kinn.

»Was fehlt?« Ich sah mich um. Alles schien perfekt.

Doch Dante hatte die Stirn gerunzelt. »*Dov'è* ... wo ist die Krippe?«

Ich zuckte mit den Schultern. »Hab ich keine.«

Er wirkte entsetzt. »Aber es kann nicht Weihnachten sein ohne Krippe! Komm mit.«

»Wohin?«

»Eine Krippe kaufen.«

Als wir im Auto saßen, fragte er: »Also, wo verkaufen sie Krippen?«

»Ich weiß nicht. Aber im Zweifelsfall lautet die Antwort immer ...«

»*Sì*?«

»Target.«

Genau wie alles andere war Einkaufen mit Dante total entspannt und spaßig. Es kam mir vor, als würde ich ihn schon mein ganzes Leben kennen. Wir fanden eine akzeptable Krippe und die passenden Figuren dazu. Sicherheitshalber kaufte ich auch noch Kerzen, bevor wir uns wieder auf den Heimweg machten.

»Dante, haben wir heute Abend nicht einen Job?«, erkundigte ich mich, als wir die Krippe fertig aufgebaut hatten. Auf einmal sah ich meinen Vater vor mir, wie er mir die Figur des Jesuskinds reichte, um sie in die Krippe zu legen. Als kleines Mädchen war das ein magischer Moment gewesen.

Dante seufzte und ließ ein wenig die Schultern hängen. »*Sì*. Es ist fast der letzte. Bald können wir aufhören. Mach dir keine Sorgen.«

Nach einem Strandspaziergang fuhr er nach Hause, um sich hinzulegen und sich umzuziehen. Auch ich hätte mich eigentlich ausruhen sollen, doch stattdessen wanderte ich unruhig auf und ab.

Kurz nach zwei holte er mich ab. Es war jedes Mal ein anderes Auto mit einem anderen Nummernschild.

»Alles in Ordnung bei dir?«

Er wirkte nervös, so ganz anders als sonst. »*Sì*. Mach dir keine Sorgen.«

Wir fuhren nach Norden Richtung Del Mar.

13

Magali – Thanksgiving

»Dann hat er also angerufen?« Syd schälte und entkernte Äpfel für die Apfel-Cranberry-Tarte.

»Ja, oft. Das letzte Mal heute Morgen. Meistens entschuldigt er sich, und dann fragt er mich Sachen wie, welches Restaurant ich für ein einsames Thanksgiving-Dinner empfehlen würde.«

»Und hofft, dass ihr euch verabredet. Aber er ist doch Engländer, was macht er sich schon aus Thanksgiving?«

»Er war verheiratet und hat zwei amerikanische Kinder.« Ich wischte mir die Hände an meiner Schürze ab, bevor ich den Teig aus dem Kühlschrank holte.

»Dann sollte seine Ex ihn einladen.« Syd konzentrierte sich so auf die Äpfel, dass sie aussah, als müsse sie gleich vor dem Präsidenten der Vereinigten Staaten eine Rede halten.

»Ich glaube kaum, dass das möglich ist. Jedenfalls tut er mir leid. Feiertage ganz allein zu verbringen…« Ich erschauderte. »Wo wir gerade von morgen reden, bringst du den Herrn mit der perfekten Frisur mit?«

»Hör doch auf.«

»Sag mal, haben Nachrichtensprecher eigentlich einen bestimmten Stylisten? Es muss doch so etwas wie einen

233

geheimen Code geben, um so einen Haarschnitt zu bekommen.«

»Ich weiß nicht, ob Aidan kommt.«

»Willst du ihn denn dabeihaben?«

»Gute Frage. Aber falls er kommt und du anfängst von Haarschaum statt von Schokomousse zu sprechen, zieh ich dir eins mit dem Truthahn über.«

»Schon verstanden! Aber warum eigentlich? Haarstyling-produkte sind doch ein tolles Gesprächsthema.« Ich schichtete nebenher Süßkartoffeln und normale Kartoffeln für ein Gratin in eine Form. Zwischen jede Schicht streute ich eine Mischung aus frischen Kräutern. »Aber, Syd ...«

Sie hörte auf, Äpfel zu schneiden, und hob abwehrend die Hände, wobei sie in der rechten immer noch das Messer hielt. »Bitte. Halt mir keinen Vortrag. Ich weiß, ich habe einen Hang zu geschiedenen Männern. Als könnte ich sie kurieren oder so was. Am Ende kehren sie immer zu ihren Frauen zurück.« Syd rollte mit den Augen und wandte sich wieder den Äpfeln zu. »Ich wette, ich könnte eine Geschäfts-idee daraus entwickeln. Vergessen Sie die Paartherapie, gehen Sie einfach ein paar Monate mit mir aus, und schon ist jede kaputte Ehe wieder in Ordnung.« Nach diesen Worten leerte sie die Hälfte ihres heißen Pims, den wir uns gerade gönnten.

»Vielleicht solltest du's bei Simon versuchen. Ich bezweifle nämlich, dass er zu seiner Frau zurückkehrt, nachdem sie wieder verheiratet und schwanger ist und so.« Ich war mit dem Schichten der Kartoffeln fertig und widmete mich nun dem Knoblauch, den ich mit der Sahne erhitzen würde, bevor ich diese übers Gratin goss.

»Ich sehe da zwei Probleme: Erstens fange ich nichts mit Männern an, die in einer anderen Stadt leben, und zweitens« – sie senkte die Stimme –, »ist er verrückt nach dir.«

»Wer ist verrückt nach dir?« Leo kam in die Küche.

Syd biss sich auf die Lippe und reichte mir die Schüssel mit den Jonagolds.

»Äh … Terry, der Babyagent.« Ich gab die Apfelstücke in einen Topf mit heißer Butter und fügte die Gewürze hinzu.

»Ich will mir bloß ein Bier holen. Braucht ihr Hilfe?«, fragte Leo und schlang mir von hinten die Arme um die Taille. Ein paar Sekunden lang schmiegte ich mich an ihn.

»Nein, alles gut hier«, antwortete ich.

Nachdem er sich wieder vor den Fernseher verzogen hatte, um das Spiel weiterzuschauen, sah Syd mich mit großen Augen an. »Jedenfalls«, fuhr sie in einer Lautstärke fort, dass man sie noch zwei Zimmer weiter hören konnte, »kann ich es immer noch nicht fassen, dass ich dir dabei helfe, etwas zu kochen, was auch tatsächlich gegessen werden soll.«

»Anstatt …?«

»Ich weiß auch nicht, anstatt das Essen zum Beispiel in den Müll zu kippen, wie wir das früher mit den Gerichten meiner Mom getan haben.«

»Wie geht es denn deiner Mutter?«

»Immer noch auf Diät. Sie würde alles tun, um nichts zu sich nehmen zu müssen.« Syd machte sich daran, die Teller abzuspülen.

»Könntest du mir mal das Nudelholz aus der mittleren Schublade da geben? Heute wellst du den Deckel für den Kuchen aus.«

»Aber ...«

»Das ist kein Hexenwerk, Syd, schon vergessen?«

Als die Äpfel ein wenig eingekocht waren, gab ich die Cranberrys für etwa eine Minute mit in den Topf, bevor ich die Füllung zum Abkühlen beiseitestellte.

»Um wieder auf das Thema von gerade eben zurückzukommen.« Ich senkte meine Stimme und warf einen, wie ich hoffte, bedeutungsvollen Blick in Richtung Wohnzimmer. »Ich habe Angst, dass er einfach vorbeikommt. Er wird garantiert in der Stadt sein, weil er doch sicher seine Kinder sehen will.«

»Gali, er ist Engländer, schon vergessen? Wäre heute Weihnachten, wäre das natürlich eine ganz andere Geschichte. Außerdem, muss er nicht an Thanksgiving arbeiten? The Show must go on, oder?«

»Nein, nicht an Thanksgiving selbst. Aber das ganze restliche Wochenende.«

»Das finde ich aber unfair. Was ist mit den Menschen, die keine Familie haben, die Feiertage hassen oder auf Football allergisch sind? Bekommen die nichts Tolles geboten an Thanksgiving?«

»Irgendwie bezweifle ich, dass *Seussical* das Musical deren Wahl wäre. Außerdem gibt es zu diesem Zweck ja auch noch Restaurants, DVDs und Kinos. Ganz zu schweigen von den tollen Radiosendungen. Ich würde die ganze Veranstaltung zu gerne mal schwänzen und einfach nur gemütlich Filme schauen und entspannen.«

»Klar. Das ist dann der Tag, an dem es Affen in Taufkleidchen vom Himmel regnet. Mensch, Gali, du hast Thanksgiving sogar gefeiert, als du in Belgien gelebt hast.«

»Du machst das ganz toll mit dem Teig. Und ich bereue echt, dass ich diese Redewendung für dich übersetzt habe.«

»Zu spät«, meinte sie.

Art kam in Jeans und T-Shirt in die Küche geschlendert. Seit er bei uns wohnte, hatte er nichts von seinen Muskeln verloren, und unser Grundstück hatte nie besser ausgesehen. »Hey, Gal – oh, tut mir leid, ich wusste nicht, dass du Besuch hast.«

Der plötzliche Temperatursturz im Raum hätte problemlos ausgereicht, um den Teig einzufrieren, den Syd auf einmal so intensiv bearbeitete.

»Du Eumel. Das ist doch kein Besuch, das ist Syd. Meine beste Freundin? Die mal so gut wie hier gewohnt hat?« Ich klopfte mit den Fingerknöcheln gegen seinen Kopf.

»Hallo«, sagte mein kleiner Bruder, ohne sie anzusehen. Dann nahm er sich ein Bier aus dem Kühlschrank und verschwand so schnell, als hätte er plötzlich Superkräfte entwickelt.

Ich sah Syd mit hochgezogener Augenbraue an. An diesem Gesichtsausdruck hatte ich jahrelang gearbeitet. Offensichtlich umsonst, denn sie schien ihn nicht einmal zu bemerken. »Du kannst jetzt aufhören, diesen armen Teig zu quälen. Was hat der dir denn getan?«

Sie blickte auf. »Was ist mit deinem Auge los?«

Ich entspannte meine Gesichtsmuskeln wieder und dachte dabei, dass Joan Crawford von mir wohl nichts zu befürchten hatte. »Was, zum Teufel, geht da ab zwischen euch beiden?« Ich legte die Teigplatte in die Kuchenform und reichte Syd eine Gabel, damit sie ihn einstechen konnte.

»Wie meinst du das?«

»Jetzt komm schon. Unsere Ölvorräte reichen nicht aus, um das Haus für die Dauer des ganzen Abendessens zu heizen, wenn ihr beide im selben Raum seid!«

»Wir hatten … Streit.«

»Weshalb?«

Sie schüttelte den Kopf. »Es ist zu albern. Ich ruf ihn später an und kläre das.« Sie legte mir den Arm um die Schulter, wodurch ich mich klein und zerbrechlich fühlte, was ich eigentlich ganz gerne mochte. »Versprochen.«

»Ich nehm dich beim Wort. Du weißt ja, was passiert, wenn es an meinem Esstisch auch nur die kleinsten Spannungen gibt.«

»Du wirst betrunken?«

»Das ist noch das Geringste.« Ich rührte die Sahne. Der erste Kuchen konnte jetzt in den Ofen. »Hier, bepinsele ihn mal noch mit ein bisschen Eiweiß.«

»Ich kann echt nicht fassen, dass ich inzwischen weiß, wie man das macht und wozu das alles gut ist.«

»Das ist ja nun wirklich ein Kinderspiel. Du lenkst vom Thema ab.«

»Du hast doch damit angefangen. Wenn ich mich recht erinnere, haben wir gerade über Simon gesprochen.«

»Simon? Wer ist Simon?« Leo war schon wieder geräuschlos in Socken in die Küche gekommen. Ich sollte wirklich mal ein paar Regeln aufstellen, was das Tragen von Schuhen in diesem Haus betraf. Vielleicht wären Stepptanzschuhe gut.

»Das riecht aber köstlich hier drin. Vielleicht steige ich jetzt auch auf Pims um.« Er zeigte auf den Krug auf dem Tisch. »Darf ich euch nachschenken?«

»Was ist das für eine Frage?«, meinte Syd lächelnd.

»Also, wer ist Simon?«

»Ach, bloß dieser geschiedene Typ, den ich kennengelernt habe ...« Syd verteilte das restliche Eiweiß über dem gedeckten Kuchen.

»Ich dachte, du bist doch schon mit deinem aktuellen Geschiedenen verbandelt.«

»Ha, ha, sehr witzig«, meinte sie.

»Kinder, benehmt euch.« Die Sahne war heiß. Ich goss sie über die Kartoffeln. Morgen würde ich noch geriebenen Käse darüberstreuen und das Ganze in den Ofen schieben.

»Aber, Mommy, wir sind doch ganz brav.« Elly und Charlotte waren eben in die Küche gekommen. »Wir haben Hunger.«

»Und Durst.«

»Okay, Zeit fürs Abendessen.« Und wieder einmal rettete uns ein schönes Essen.

Als ich an diesem Abend an meinen Mann gekuschelt im Bett lag, nachdem wir uns geliebt hatten, war ich sehr, sehr dankbar.

Thanksgiving.

Beim Aufwachen war ich voller Vorfreude auf einen Tag, bei dem sich alles nur um gutes Essen und liebe Menschen drehte. Bis die Sonne richtig aufgegangen war, kühlten die Orangen-Cranberry-Kürbismuffins bereits auf einem Kuchengitter aus. Ich würde sie mit Joghurt und saftigen Birnen zum Frühstück servieren.

Während des Frühstücks ließ ich den Blick über meine Familie schweifen: mein Mann, meine Töchter und meinen kleinen Bruder, die alle kauend und scherzend um den Tisch versammelt waren.

»Das ist an Feiertagen immer meine liebste Tageszeit«, sagte ich.

»Warum?«, wollte Elly wissen.

»Weil jeder Morgen ein Versprechen in sich trägt, aber ein Festtagsmorgen ist ein ganz besonderes Versprechen.«

»Wenn das hier der Höhepunkt des Tages ist, warum dann die ganze Mühe mit dem Festessen?«, fragte Art und nahm sich noch einen Muffin.

Ich knuffte ihn in die Schulter.

Nach dem Frühstück ging Leo hinaus, um etwas Feuerholz zu hacken, die einzige Aufgabe, die er gerne erledigte. Er musste in einem früheren Leben mal Holzfäller gewesen sein. Ich scheuchte währenddessen die Mädchen ins Wohnzimmer, wo sie sich die traditionelle Philadelphia Mummers Parade im Fernsehen ansehen durften. Art hatte noch irgendetwas erledigen wollen und war verschwunden. Hoffentlich, um sich mit Syd zu versöhnen.

Dieses Jahr würden wir Thanksgiving im kleinen Kreis feiern, mit Tante Sola, Syd und einem jungen Pärchen aus Leos Firma, die frisch verheiratet und weit weg von zu Hause waren und hier niemanden kannten. Syd hatte morgens angerufen, um Bescheid zu sagen, dass Aidan nicht kommen würde. Ana meinte, sie würde auf einen Aperitif vorbeischauen, bevor sie ins Flugzeug stieg, um mit ihrem Sohn und seiner Familie in Texas zu Abend zu essen. Daddy war in Belgien, wie jedes Jahr, was – auch wenn ich es selbst insgeheim nur ungern zugab – ein weiterer Grund war, dankbar zu sein.

Meine ganze Küche duftete nach dem frischen Maisbrot. Der Truthahn war gefüllt und bereit für den Ofen. Thanksgiving war mein einziges komplettes Zugeständnis an die amerikanische Küche. An sämtlichen anderen Feiertagen kochte ich europäisch. Wahrscheinlich weil Maman und ihre Schwestern es auch so gehandhabt hatten.

Damals in Belgien hatte ich einmal sogar ganz alleine ein Thanksgiving-Dinner zubereitet, nicht ohne nervös zu sein, denn mir lag dieser Feiertag am Herzen. Es war alles sehr gut angekommen, bis der Pumpkin Pie serviert wurde. An dem hatten sich die Geister geschieden: die eine Hälfte der Gäste am Tisch fand ihn unglaublich eklig, die andere überraschend köstlich. Ich war mir sicher, dass es mit dem Zimt zu tun hatte, einem Gewürz, das in der amerikanischen Küche im Überfluss verwendet wird. Ich liebte es jedoch und konnte mir Kürbiskuchen ohne Zimt einfach nicht vorstellen. Bei Äpfeln funktionierten beide Varianten. In jenem Jahr hatte ich sicherheitshalber beides gebacken: einen traditionellen Apple Pie und eine *tarte*. Allein beim Gedanken an *tarte aux pommes à la normande* bekam ich Appetit darauf. Ach, warum nicht. Ich fing an, Äpfel zu schälen.

Leo, der hereinkam und nach Wald roch, trat sich die Füße auf der Matte ab. Nachdem er seine Arbeitsstiefel ausgezogen hatte, schlang er von hinten die Arme um mich, woraufhin ich instinktiv den Bauch einzog. Er sah mir über die Schulter.

»Was machst du denn da?«

»Eine *tarte aux pommes à la normande*.«

»Gute Idee. Ich hatte schon Sorge, dass uns mit zwei Pies

womöglich der Kuchen ausgeht.« Er erschauderte. »Schreckliche Vorstellung.«

»Weißt du denn nicht« – ich drehte mich zu ihm um, damit ich den Holzduft seines karierten Hemdes besser riechen konnte –, »dass es keine gute Idee ist, eine Frau aufzuziehen, wenn sie gerade ein Messer in der Hand hat?«

»Dieses Risiko gehe ich ein. Jetzt muss ich noch schnell duschen, bevor die anderen kommen.«

Es war alles unter Kontrolle. Ich machte mir einen *espresso lungo* und ging zu den Mädchen hinüber, um mit ihnen den Umzug anzusehen.

Die beiden trugen bereits ihre Partykleidchen und sahen aus, als kämen sie direkt aus einem Gemälde.

»Mommy, schau mit uns fern. Bitte!«

Das Leben war wunderbar. Es heißt ja immer, dass Liebe blind macht, aber mitunter muss man einfach genau hinsehen, um das Glück zu erkennen.

Das Feuer knisterte, der Ahornbaum draußen vor dem Fenster war leuchtend rot, die Gäste redeten, lachten, aßen und tranken Champagner. Wir waren alle schick angezogen. Ich trug das Kleid, das ich in New York gekauft hatte. Der Tag entwickelte sich genauso, wie ich es gehofft hatte. Mir war das perfekte Thanksgiving gelungen. In Gedanken prostete ich Maman zu, denn ich war mir sicher, dass ich das Koch-Gen von ihr hatte. Ihre Vorliebe für schnelle Autos hatte ich hingegen nicht geerbt.

Wir hatten gerade unsere Drinks ausgetrunken, als Art hereinspaziert kam. Allerdings nicht alleine. Beinahe hätte ich das Tablett mit den Häppchen fallen lassen, weil ich instinktiv nach meiner Sonnenbrille greifen wollte. Blendend war gar kein Ausdruck für seine Begleitung.

»Hallo, Leute, das ist Brandy«, erklärte er.

Natürlich.

Syd warf den beiden einen Blick zu, mit dem man Stahl hätte schneiden können. Eine Sekunde später war er verschwunden, ebenso wie ihr Champagner.

Als Leo ihr nachschenkte, strahlte sie ihn an.

»Ich hole schnell meine Kamera. Das alles hier« – ich machte eine Geste, die den ganzen Raum einschloss, und verschüttete dabei etwas Champagner auf mein Handgelenk –, »sollte für die Nachwelt festgehalten werden.«

Alles würde gut werden. Ich hatte keine Ahnung, was zwischen meiner besten Freundin und meinem Bruder los war, aber darum würde ich mich später kümmern. Nicht an Thanksgiving.

Die Mädchen folgten mir nach oben. Ich richtete den Fotoapparat auf sie. »Werft euch mal in Pose.« Die beiden legten sich voll ins Zeug: Sie drehten Pirouetten in ihren Kleidchen, wobei ihre dunklen Locken hüpften und ihre Augen so strahlten, dass selbst Shirley Temple vor Neid erblasst wäre.

»Seid ihr so weit?« Das waren sie immer. Wann hörte das auf, dieses Bedürfnis, im Scheinwerferlicht zu stehen, sich in jedem Spiegel anzusehen? Ich machte ein paar Aufnahmen, ehe Elly in ihrem Zimmer verschwand, um ihre eigene Kamera zu holen.

Erinnerungen an meinen ersten Fotoapparat tauchten auf. Ich war zehn gewesen. Wir waren alle zehn gewesen. Das war wie eine Art Initiationsritus gewesen. Wenigstens hatte ich ein paar Jahre lang Bilder machen können, bevor Maman uns verließ. Ich gab meinen Töchtern ein stummes Versprechen: *Ich werde euch nicht so jung im Stich lassen. Ich werde für euch und eure Kinder da sein. Ihr sollt das nie erleben müssen.*

Dann verscheuchte ich den Gedanken. Heute war kein Tag für Trübsal.

»Gali! Komm runter. Ana muss los«, rief Leo.

Als wir schließlich alle um den Tisch herum saßen, war es schon fast halb vier. Das Nachmittagslicht verblasste, weshalb die brennenden Kerzen zwar nicht wirklich notwendig waren, aber zumindest einladend wirkten.

Wir waren immer noch bei der ersten Portion. Ich hatte aber geplant, dass alle mindestens einen Nachschlag, wenn nicht sogar ein drittes Mal nehmen würden. Also alle bis auf Brandy, die viel Aufhebens darum machte, homöopathische Dosen ihres Essens auf ihrem Teller hin und her zu schieben. Ich schätzte sie auf ungefähr siebzehn. Ihre Jeans saßen auf Hüften, die etwa den Umfang meines Oberarmes hatten, und ihr Sweater war kürzer als ihre langen glatten schwarzen Haare.

»Arthur? Kannst du mir noch mal nachschenken?« Strahlend streckte sie ihm ihr leeres Wasserglas hin.

»Ja, Arthur, kümmere dich um deinen Gast«, sagte ich.

Er schnitt eine Grimasse in meine Richtung und füllte Brandys Glas auf. Sie belohnte ihn mit einem strahlenden Lächeln.

»Vielen Dank, dass Sie mich hier an Ihrem Tisch willkommen heißen«, meinte sie, an Leo gewandt.

»Oh, kein Problem ... äh ... jederzeit.« Er stotterte tatsächlich und starrte ihre Brüste an.

In diesem Moment klingelte das Telefon, und Leo sprang auf, um ranzugehen.

»Lass es doch klingeln«, sagte ich, »wir essen gerade.«

»Was ja jedem in diesem Land klar ist. Es könnte wichtig sein.«

Nicht so wichtig, wie die Röte zu verbergen, die sein Gesicht überzog. Syd und ich sahen uns an.

»Magali, das schmeckt köstlich. Der Truthahn ist dieses Jahr überhaupt nicht trocken«, verkündete meine Patentante.

»Danke, Tante Sola.«

»Und ich muss sagen, du siehst *très belle* aus. Durch die paar Kilo, die du zugenommen hast, siehst du jünger aus.« Lächelnd spießte sie Kartoffelgratin auf die Gabel.

Ich würde nicht zulassen, dass sie mir das Essen verdarb.

»Du weißt ja, was Coco Chanel gesagt hat. Ab einem gewissen Alter muss sich eine Frau zwischen ihrem Gesicht und ihrem *derrière* entscheiden.« Ich stieß mein Weinglas um. Zum Glück war es fast leer gewesen. Schnell streute ich etwas Salz auf den Fleck.

»Erst ab vierzig, *chérie*. Aber es kann nichts schaden, sich einen gewissen Vorsprung zu verschaffen.«

»Mama ist perfekt«, platzte meine altkluge Siebenjährige hitzig hervor.

»*Naturellement.*« Tante Sola erhob ihr Glas. »Einen Toast auf die beste Köchin in der Familie.«

Ich schenkte mir nach. Hatte ich zugenommen? Unbehaglich rutschte ich auf meinem Stuhl hin und her und zog den Bauch ein. Wenn ich dicker geworden war, würde ich bis Weihnachten hungern müssen, um unter Daddys prüfendem Blick zu bestehen. Ich wollte die Feiertage schließlich nicht in seiner Schusslinie verbringen.

Tante Sola war inzwischen über sechzig, und vermutlich ließen ihre Augen nach. Ich war mir sicher, dass ich nicht schwerer geworden war. Das Kleid aus New York passte wie angegossen. Ich griff nach Messer und Gabel. Das junge Paar aus Leos Firma unterhielt sich angeregt mit Brandy und *Arthur*. Syd wirkte unglücklich und aß mit besorgniserregender Geschwindigkeit. Die Mädchen hatten ihre Teller fast leer gegessen und wurden langsam unruhig.

»Charlotte. Elly. Ihr dürft aufstehen«, sagte ich.

»Aber was ist mit dem Nachtisch?«, wollte Elly wissen.

»Ich rufe euch, wenn es so weit ist.« Die beiden gingen ins Fernsehzimmer, und Art verließ den Tisch, um ihnen beim Einlegen einer DVD zu helfen, als Leo mit dem Telefon zurückkam.

»Deine Schwester ist dran«, sagte er.

»Welche?«

Er grinste. »Welche wohl?«

Die stets pflichtbewusste Jacqueline. »Ich ruf sie zurück.«

»Sie sagt, sie muss mit dir sprechen. Willst du, dass ich einfach auflege?« Es war keine Frage.

Etwas genervt stand ich auf und ging mit dem Telefon in die Küche.

Nachdem ich das Telefon an meinen widerwilligen Bruder weitergereicht hatte, machte ich mich auf die Suche nach meiner Patentante. Sie kam gerade aus dem Bad, als ich sie mir vorknöpfte. »Wo ist Daddy?«

Sie bedachte mich mit einem ihrer *Sei nicht töricht*-Blicken. »Wo er jedes Jahr um diese Zeit ist. In Belgien.«

Ich schüttelte den Kopf.

»*Non?*« Sie machte große Augen.

Dann eilte sie ins Esszimmer, wo Art sich gerade hastig verabschiedete, bevor er das Telefon an Tante Sola weiterreichte, die damit wieder in die Küche ging. Art stand immer noch da. Ich hasste es, wenn Leute während des Essens den Tisch verließen. Am liebsten hätte ich ihm befohlen, sich gefälligst hinzusetzen und weiterzuessen. »Setz dich«, bat ich meinen Bruder.

»Wir müssen los.« Er griff nach Brandys Hand, und sie stand auf.

»Wie bitte?«

»Ich habe Brandy versprochen, dass ich noch mit ihr um die Häuser ziehe.« Er legte ihr den Arm um die Schultern.

»Heute? Was ist mit dem Nachtisch?«

»Später. Hör zu, ich habe gerade wirklich keinen Hunger mehr«, sagte Art.

»Oh«, kicherte Brandy. »Ich esse nie Nachtisch. Wissen Sie, was dieses ganze Fett und der Zucker mit dem Körper anstellen?«

»Reines Gift, ja, ich weiß.« Ich klopfte mit der Gabel auf den Tisch.

Das junge Pärchen schien sich unwohl zu fühlen. »Vielleicht sollten wir ...«

»Bleiben.« Sie rührten sich nicht von der Stelle. Dann

wandte ich mich an Art und Brandy. »Hinsetzen. Alle beide.«

»Ja, Mom.« Doch Art tat wie geheißen und zog an Brandys Arm, bis sie neben ihm auf der Stuhlkante hockte.

In diesem Moment kam Tante Sola mit einem seltsamen Gesichtsausdruck zurück ins Zimmer.

»Wir werden jetzt hier sitzen bleiben und fertig essen. Keine Telefonate mehr«, erklärte ich.

Brav reichten alle die Schüsseln herum und aßen weiter.

»Und, war in letzter Zeit jemand im Kino?«, erkundigte sich Syd.

Ich warf ihr einen dankbaren Blick zu. »Ach, ich habe vor Kurzem –«, setzte ich an und suchte in Gedanken nach dem Titel des letzten Films, den ich gesehen hatte.

Da klingelte es an der Tür. Ich warf meine Serviette auf den Tisch und atmete so tief aus, als würde ich Yoga praktizieren. Morgen würde ich das Telefon und die Klingel abstellen lassen.

»Ich mach auf.«

»Zu spät, bin schon unterwegs«, rief Leo.

»Also, was war das für ein Film?«, hakte Syd nach.

»Dieser neue mit Meryl Streep. Wie hieß der noch gleich? Sie hat darin eine Engländerin gespielt?«

Leo kam mit Ana im Schlepptau zurück. Meine Laune stieg.

»Sie haben den Flughafen dicht gemacht. Wegen eines Eissturms.«

»Gott sei Dank«, freute ich mich.

»Wie bitte?« Ana sah mich ungläubig an.

»Du weißt schon, wie ich's meine. Sonst wärst du jetzt

weg und –« Ich hatte mich so auf Ana konzentriert, dass ich erst jetzt die Person bemerkte, die sie im Schlepptau hatte. Die Kinnlade fiel mir herunter.

»Alle mal herhören, das hier ist …«, fing Ana an.

»Simon«, sagte er. »Ich hoffe, es macht nichts, dass ich hier einfach so hereinplatze. Hallo, Gali.«

»Woher kennt ihr beiden euch?«, wollte ich von Ana wissen.

»Tun wir nicht. Wir haben uns gerade draußen vor der Tür getroffen.«

Leo wirkte verwirrt, streckte Simon aber die Hand hin. »Also, Simon, so wie es aussieht, kennst du auch meine Frau?« Sein Tonfall war kühl.

»Gewissermaßen, wobei wir erst vor Kurzem unsere Bekanntschaft gemacht haben.« Mit einem ungezwungenen Lächeln ergriff er Leos Hand, bevor er mich ansah.

Kalte Angst schoss durch meine Adern. Leo kannte ihn? Und er schien ihn nicht besonders zu mögen. »Essen.« Ich sprang auf. »Habt ihr schon gegessen? Ist auch egal. Ihr werdet einfach noch was essen.«

Leo warf mir einen verdutzten Blick zu und ging zwei weitere Stühle holen, während ich in die Küche eilte, um mich zu verstecken. Am liebsten wäre ich den Rest des Abends dort geblieben. Wie aus dem Nichts tauchte plötzlich Syd neben mir auf.

»Oh mein Gott«, flüsterte sie.

»Ich weiß. Leo *kennt* ihn?«

»Das ist ein Albtraum. Aber, Süße, du hast gar nicht erwähnt, dass er so sexy ist.«

»Doch, hab ich.« Mit zitternden Händen holte ich zwei

saubere Teller aus dem Schrank. »Was soll ich denn jetzt machen?« Woher kannte Leo ihn bloß?

»Ich weiß was. Setz ihn neben mich«, meinte Syd. »Dann kannst du sagen, du hast Simon getroffen und beschlossen, uns miteinander bekannt zu machen. Was, wenn du eine echte Freundin wärst, was auch der Fall wäre.«

»Ja, nur haben wir Leo bereits erzählt, du hättest einen Simon kennengelernt.« Ich biss mir auf die Lippe.

»Wir lassen uns was einfallen. Es wird funktionieren. Komm schon. Wir müssen wieder rüber, bevor Leo in die Küche kommt und Fragen stellt.« Sie zog an meinem Arm. Mit tiefen Atemzügen versuchte ich, das laute Pochen in meiner Brust zu beruhigen.

Der Rest des Essens verlief irgendwie surreal. Ich rechnete pausenlos damit, dass als Nächstes ein Zug durch die Hauswand gebrettert kam. Syd flirtete hemmungslos mit Simon, der die Aufmerksamkeit sichtlich genoss, wobei sein Blick immer wieder zu mir wanderte. Leo ignorierte mich und widmete sich stattdessen Art und Brandy und ihren Brüsten. Ana unterhielt sich auf ihre üblich charmante Art mit Paola und Brandon. Ich musste mich also mit Tante Solange und den vielen Gläsern Wein beschäftigen, die sie getrunken hatte. Inzwischen war sie ziemlich angesäuselt und sprach mit feuchten Augen von ihrem Sohn, den sie seit ich weiß nicht wie vielen Jahren nicht mehr gesehen hatte. Zeit war für meine Tante immer etwas sehr Relatives.

Währenddessen machte ich mir Sorgen um meinen Vater.

Ich wünschte, Syd würde aufhören, so laut zu lachen. Was war bloß los mit ihr?

Wenn doch nur dieser Zug endlich durch die Wand gebrettert käme. Das wäre eine willkommene Ablenkung gewesen. Wo blieb der Maler Magritte, wenn man ihn mal wirklich brauchte? Auf den Surrealismus war auch kein Verlass.

Als schließlich das Dessert verspeist, die Mädchen auf der Couch eingeschlafen und alle Gäste, einschließlich Syd, gegangen waren, war es nach neun.

Wir trugen die Mädchen ins Bett, bevor wir uns an die Küche machten.

»Also, wo hast du Simon kennengelernt?«, fragte Leo, die Hände voller Teller, aus dem Esszimmer.

»In New York. Ich dachte, er wäre perfekt für Syd.«

»Offenbar war sie der gleichen Meinung. Ist er zufällig mit Simona verwandt?« Er legte seine Hand auf meinen Arm. »Was für ein Zufall, findest du nicht?«

Ertappt. »Okay. Es gibt keine Simona.«

»Wow, was für eine Überraschung.« Sein Tonfall war dumpf, und er drehte mir den Rücken zu. »Ich kann nicht glauben, dass du mich angelogen hast.«

»Das ist doch unwichtig. Es schien mir so nur irgendwie … einfacher zu sein.« Mit klopfendem Herzen kratzte ich Essensreste in den Mülleimer.

»Warum? Warum hast du mich angelogen?«

»Hör zu, da war nichts. Ich wollte nicht, dass du auf falsche Gedanken kommst.« Als ich den Teller abstellte, zerbrach er glatt in zwei Teile. In der Küche war es so heiß, dass ich keine Luft bekam.

Leo drehte sich zu mir um. »Und du dachtest, mit einer Lüge verhinderst du das?«

Ich blieb stumm.

Seine Augen waren so dunkel, dass sie fast grau wirkten.

»Du bist meine Frau. Ich vertraue dir. Oder besser, ich habe dir vertraut.«

Die Vergangenheitsform war wie ein Peitschenhieb.

»Hör zu. Es kam mir einfach ... zu kompliziert vor zu erklären, dass ich die halbe Nacht mit einem Mann unterwegs war. Es war spät, ich war müde, und ich wollte das nicht diskutieren.«

»Warum, wenn du doch gar kein schlechtes Gewissen hattest?«

»Hatte ich nicht. Ich dachte bloß, du könntest es vielleicht missverstehen, okay?« Als ich einen Schritt auf ihn zu machte, wich er zurück.

»So, wie er dich angesehen hat, war das ziemlich unmissverständlich. Ziemlich vielsagend sogar.« Leo griff nach einem Spüllappen und wischte damit die Arbeitsfläche ab.

»Er hat sich die ganze Zeit mit Syd unterhalten.«

»Die eine tolle Show abgezogen hat.«

»Woher kennst du ihn?«, krächzte ich.

»Ich hab seine Scheidung abgewickelt. Seine Ex war meine Mandantin.« Er faltete den Lappen, bevor er ihn aufs Abtropfbrett legte.

»Oh.« *Scheiße.*

»Er hat einen ziemlichen Ruf. Steht auf verheiratete Frauen.«

»Leo.« Ich fasste nach seinem Arm, doch er wich mir wieder aus.

»Ich kümmere mich ums Wohnzimmer.«

Und so räumten wir schweigend alles auf.

»Ich gehe dann mal nach oben. Gute Nacht.« Kein Blick, kein Kuss.

»Ich komme in ein paar Minuten nach.« Ich wagte es nicht, ihn anzusehen. Um ehrlich zu sein, konnte ich überhaupt nicht klar denken. Außerdem hatte ich viel zu viel gegessen. Wie viele Kalorien hatte ich wohl zu mir genommen? Mit all dem Wein und Cognac, wahrscheinlich an die fünftausend. Vielleicht waren es auch zehntausend. Ich seufzte. Ab morgen würde es nur Obst und Gemüse geben. Und mageres Eiweiß. Es war noch viel weißes Fleisch vom Truthahn übrig.

Als ich gerade mit dem Spülen fertig war, klingelte das Telefon. Mit klopfendem Herzen stürzte ich mich darauf. Zuerst warf ich jedoch einen Blick aufs Display in der Hoffnung, dass es nicht Simon war. Wobei ich momentan eigentlich mit niemandem reden wollte.

Mit niemandem außer mit meiner kleinen Schwester.

Ich bemühte mich um meinen üblichen lockeren, scherzenden Tonfall, aber so ganz überzeugend klang ich dabei wohl nicht. Colette merkte es meiner Stimme sofort an. Auf ihr Drängen hin rückte ich schließlich damit heraus. Die Worte sprudelten aus meinem Mund, während ich vornübergebeugt, den Kopf in die Hand gestützt, am Tisch saß.

»Meine Karriere geht den Bach runter. Ich konnte Ana nicht davon überzeugen, ihren Plan zu ändern. Unser Bruder macht mit einer Frau rum, die seine Tochter sein könnte, aber vielleicht hat er ja nur vor, seine aktuelle Flamme zu adoptieren …«

»Ist es also wieder so weit?«

»Ja, und ich bin mir ziemlich sicher, dass seine Neue nicht mal volljährig ist. Was ist bloß los mit ihm?«

»Das ist ja nichts Neues. Und wir können Artie wahrscheinlich nicht ändern.«

»Du meinst Arthur.«

»Oh nein! Du machst Witze?« Sie fing an zu kichern. »Gali, Süße, das mit deiner Karriere lässt sich hinkriegen. Dass Ana geht, ist nicht das Ende der Welt.«

Warum fühlte es sich dann manchmal so an, als hätte jemand die Sonne mit einem Leichentuch verhüllt? He, das war gut. Das sollte ich mir notieren, damit ich es in meinem Roman verwenden konnte, den ich vermutlich nie schreiben würde. Wen interessierte schon, was ich zu sagen hatte? Sei still und koch!

»Ich bin mit der Liste noch nicht fertig. Also« – ich zählte an meinen Fingern ab –, »Ana, Artie, meine Ehe ist wahrscheinlich im Eimer …«

»Wie bitte?«

»Colette, es ist ernst.« Tränen brannten in meinen Augen. Ich blinzelte.

»So schlimm kann es doch nicht sein. Wie viel hast du denn getrunken?«

»Zu viel.«

»Außerdem, wenn es wirklich so ernst wäre, hättest du mir das als Allererstes erzählt.«

»Vielleicht will ich einfach nur nicht darüber sprechen.« Was die Wahrheit war. »Übrigens, ist Daddy bei dir?«

»Was? Ist er auf dem Weg hierher?« Ihre Stimme überschlug sich fast.

»Nicht dass ich wüsste.«

»Gali.« Wieder ruhiger. »Du weißt doch, dass Daddy Kalifornien nicht als Teil der Vereinigten Staaten anerkennt.

Es gehörte ja nicht zu den ursprünglichen dreizehn Kolonien. Außerdem verbringt er Thanksgiving in Belgien.«

»Nein, das tut er nicht.«

»Hä?« Die Verwunderung war Colette deutlich anzuhören. »Bestimmt geht es ihm gut. Ich bin sicher, es geht ihm gut. Also, was ist los mit dir und meinem attraktiven Schwager?«

Ich stand auf, schenkte mir ein frisches Glas Wein ein und erzählte ihr einfach alles. Von der Zugfahrt, dem Dinner, dem Krankenhaus, Leos Besuch, meiner Lüge, dem Abend in Simons Apartment und seinem Auftritt heute.

»Gott sei Dank war Syd hier, um Schlimmeres zu verhindern«, endete ich.

»Hm, ich gebe zu, das ist schon seltsam. Aber es ist doch nichts passiert, oder? Du hast dich eben allein und verletzlich gefühlt.«

»Aber ich wollte ja auch alleine sein.«

»Behauptest du.«

»Wann genau hast du deinen Doktor in Psychologie gemacht? Außerdem habe ich gelogen. Ich habe Leo gegenüber behauptet, Simon wäre eine Frau: Simon-a.«

Colette fing an zu lachen.

»Das ist wirklich nicht lustig.«

»Tut mir leid. Er hat also eins und eins zusammengezählt.«

»Schlimmer noch. Er kennt den Kerl. Seine Kanzlei hat die Scheidung abgewickelt, also Simons Ex vertreten.«

»Oh, *merde*!«

»Genau. Also, Daddy, Ana, Art, Simon, Leo... was hab ich vergessen? Syd. Sie benimmt sich wie eine Irre.«

»Auch das ist nichts Neues.«

Ich ging nicht darauf ein. »Und ... ach, ja, noch was, ich bin dick geworden. Aber es steht mir.« Ich trank einen Schluck Wein, ohne etwas zu schmecken.

»Lass mich raten. Tante Sola?«

»Bingo.«

»Und die Mädchen?«

»Die sind fantastisch und glücklich und kriegen nichts von alledem mit.«

»Sie fehlen mir.«

»Sie vermissen dich auch. Aber es ist Licht am Ende des Tunnels, wir sehen uns ja an Weihnachten.«

»Äh, was das angeht ...«

»Wenn du versuchst dich zu drücken, dann komm ich höchstpersönlich vorbei, und schleif dich bis hierher.«

»Unmöglich, das schaffst du doch gar nicht.« Sie hielt inne. »Natürlich werde ich da sein«, versprach sie betont – auffällig? – munter.

»Das will ich dir auch geraten haben.«

»Okay, jetzt hör mir zu. Schütte den Wein in den Ausguss, spül dein Glas aus. Geh sofort ins Bett. Sofort, verstanden?«

Schuldbewusst kippte ich den Inhalt meines Glases weg. Kalifornien hatte wohl Colettes Wahrnehmungsfähigkeit geschärft. »Schon erledigt.«

»Ruf mich morgen an.«

Sie legte auf, und erst da wurde mir bewusst, dass ich keine Ahnung hatte, wie es ihr eigentlich ging. Wie lange war es her, seit ich das letzte Mal etwas von ihr gehört hatte? Ich ging die Treppe hinauf, gefolgt von der Katze.

Da war noch etwas, worüber ich mir Sorgen machte. Mir war nach einer Zigarette zumute. Vielleicht sollte ich wieder mit dem Rauchen anfangen? Lungenkrebs ist schließlich eine tolle Lösung. Ich machte bei den Mädchen halt, um Charlottes Bettdecke wieder hochzuziehen und Elly die Haare aus dem Gesicht zu streichen. Dann küsste ich die beiden auf ihre zarte Stirn.

»Keine Sorge, ich werde nicht zulassen, dass euch jemals etwas Schlimmes passiert, das verspreche ich.« Doch ich wusste genau, dass das gelogen war.

Schwarzer Freitag.

Wie es bei uns Tradition war, machten die Mädchen und ich am nächsten Morgen noch im Schlafanzug Pfannkuchen. Ich konnte nicht begreifen, wieso ich nach der Völlerei des vergangenen Tages solchen Hunger hatte. Mir fiel die Diät wieder ein, mit der ich heute anfangen wollte.

Niemand startete freitags eine Diät. Vermutlich war das gesetzlich verboten. Ich würde am Montag damit anfangen. Außerdem glaubte ich sowieso nicht an Diäten.

Charlotte schlug die Eier auf und verrührte sie mit der Milch. Elly wog Mehl und Salz ab. Ich fügte noch etwas Salz hinzu, weil zwischen ihren Fingerchen gerade mal vier Salzkörner Platz hatten.

Die beiden hatten sogar den Frühstückstisch selbst gedeckt.

Als Leo herunterkam, sah alles aus wie im Bilderbuch. »Hallo, Daddy, schau mal, was wir gemacht haben!«

Er nahm seine Töchter links und rechts auf den Arm und wirbelte sie herum.

»Ihr zwei seid die allerbesten Köchinnen. Ich kann gar nicht fassen, was für ein Glück ich habe.«

Kichernd genossen sie seine Liebe und Zuwendung. Mein Magen zog sich zusammen. Ich musste dafür sorgen, dass ihnen nichts auf der Welt diese beiden Dinge nehmen konnte. Nun stellte ich eine Tasse frischen, heißen Kaffee vor ihn auf den Tisch.

»Morgen. Danke.«

Ich versuchte, seine Laune einzuschätzen. Aus Mamans Tagebuch wusste ich, dass meine Eltern heftig und oft gestritten hatten. Beiden waren starke Persönlichkeiten, doch beruhigten sie sich in der Regel auch immer wieder ziemlich schnell.

Er trank einen Schluck Kaffee. »Bekomm ich keinen Kuss?«

War wirklich alles schon wieder gut? So schnell? Ich beugte mich vor, um ihn zu küssen, aber seine Lippen blieben geschlossen. Oder bildete ich mir das nur ein? Schuldgefühle gaukelten einem schließlich alles Mögliche vor.

»Sollen wir denn die Weihnachtsbeleuchtung aufhängen, sobald wir den ganzen Thanksgiving-Kram weggeräumt haben?« Ich bemühte mich um einen unbekümmerten Tonfall.

»Gerne. Vielleicht kann Simon ja vorbeikommen und uns dabei helfen.«

»Er ist nett. Und er redet wie Harry Potter«, sagte Elly.

Den Blick auf meinen Teller gerichtet, fing ich an zu essen.

»Schmecken sie gut, Momma?«, wollte Charlotte wissen.

»Sie sind einfach köstlich.« Ich schluckte und trank einen Schluck Kaffee. Ich hatte keinen Appetit mehr. Was vermutlich nicht das Schlechteste war. »Leo, könntest du mir nachher auf dem Dachboden helfen? Sobald du fertig bist mit Frühstücken?«

»Komme gleich.«

Ich ging schon mal nach oben und zog die leeren Thanksgiving-Schachteln aus dem Regal. Die letzte war mir gerade auf den Kopf gefallen, als Leo hereinkam.

Ich drehte mich um. »Hör zu. Wenn du mir was zu sagen hast, dann sag es. Aber tu nicht so unschuldig, während du den ganzen Tag über vor den Mädchen Giftpfeile auf mich abfeuerst.«

»Ich versuche es ja, okay? Es ist nicht dieser Typ – jedenfalls nicht nur. Sondern dass du das Gefühl hattest, mich anlügen zu müssen.«

Ich betrachtete die Staubflusen zu meinen Füßen. »Es tut mir leid. Ich dachte irgendwie, es wäre einfacher so. Eine Notlüge. Passiert dir das nie?«

»Nicht dir gegenüber.«

»Ach, komm schon. Du sagst mir ja auch, dass ich toll aussehe, obwohl ich dick geworden bin.«

»Das ist nicht gelogen. Du siehst toll aus. Das meine ich jedes Mal ernst. Also gut«, sagte er, »wie hättest du reagiert, wenn ich dich angelogen hätte?«

Ich öffnete den Mund, doch bevor ich etwas aussprechen konnte, hob Leo die Hand wie ein Polizist, der den Verkehr aufhält.

»Ja, ich weiß – dann hätten wir hier Massen an Kuchen rumstehen.« Er lächelte mich an, und ich merkte, wie meine

Mundwinkel anfingen zu zucken. »Aber wie würdest du dich fühlen?«

»Ich wäre mir wahrscheinlich nicht sicher, ob ich dir noch vertrauen kann«, sagte ich leise.

»Genau. Und genau das mache ich gerade durch, weil ich den Grund immer noch nicht ganz verstehe.« Er legte mir die Hände auf die Schultern. »Es geht hier um uns.«

Ich merkte, wie mir Tränen in die Augen stiegen. »Ich weiß. Deshalb sollte es ja eigentlich auch keine Rolle spielen. Es geht um uns.«

»Ganz zu schweigen davon, dass der Typ ein Arschloch ist.«

»Hä?« Wenn es darauf ankam, war ich immer sehr wortgewandt.

»Die Dinge sind nicht immer so, wie sie scheinen. Es liegt an diesem Akzent. Dadurch klingt er wie dieser Schauspieler, den du so magst.«

»Hugh Grant? Colin Firth?«

»Genau, der.«

»Wenn er so furchtbar ist, sollten wir dann nicht Syd vor ihm warnen? Sie wirkte ziemlich … hin und weg.«

Leo klopfte mit den Fingerknöcheln an meine Schläfe. »Für eine so clevere Frau bist du manchmal erstaunlich blind.«

»Wie bitte?«

»Ich erfriere hier oben gleich. Komm, wir nehmen ein paar von diesen Kartons und gehen wieder runter ins Warme.«

»In welcher Hinsicht bin ich blind?« Ich folgte ihm mit einem der Kartons.

»Na, denk mal drüber nach. Ich sollte nicht derjenige sein, der dir das sagt. Bevor ich nach der Leiter suche, muss ich mir erst was anziehen.«

Auf einmal hatte ich das Gefühl zu ersticken, ich brauchte dringend frische Luft. Ich ging in die Küche. »Los, ihr zwei. Wir räumen jetzt hier auf, dann ziehen wir uns an und gehen shoppen.«

»Für uns?«, wollte Charlotte wissen.

»Na klar, für uns alle, und fürs Haus.«

Sobald wir unterwegs waren, ließ das klaustrophobische Gefühl etwas nach. Ich fuhr zur Plymouth Meeting Mall und verlor beinahe die Kontrolle übers Steuer, als ich die Schlange an Autos und orange gekleideten Parkassistenten erblickte. Natürlich. Heute war der Schwarze Freitag.

»Mommy, wo fahren wir hin?«, fragte Elly.

Ich versuchte die Fahrspur zu verlassen, indem ich blinkte und über die Schulter sah.

»Gehen wir nicht einkaufen?«, bohrte sie nach.

»Ich will aber in die Mall«, jammerte ihre Schwester.

»Kleine Planänderung, meine Süßen. Wir fahren stattdessen zum Drogeriemarkt. Da bekommen wir auch Lichterketten und so.«

Wir waren fast am Ziel. Ich drehte am Radioknopf herum, auf der Suche nach etwas Weihnachtsmusik.

»Du hörst gar nicht zu«, beschwerte sich Elly.

»Aber natürlich tue ich das. Was ist denn?« Ich fand einen Sender, der Winter Wonderland spielte.

»Machen sie es denn dann?« Ellys Stimme übertönte die Musik.

»Machen sie was? Wer?«

Elly stieß einen genervten Seufzer aus, der einer siebenjährigen Drama Queen alle Ehre machte. »Ich hab ja gesagt, du hörst nicht zu. Werden Onkel Art und Tante Syd *heiraten*? Bekommen wir dann neue Kleider?«

»Ich will Blumenmädchen sein«, verkündete Charlotte.

»Wie kommst du auf die Idee, dass die beiden heiraten? Dummes Gänschen.« Ich bog auf den Parkplatz ein und fuhr auf der Suche nach einer freien Parklücke auf und ab.

»Weil die rumgeknuuuuutscht haben –«, antwortete Elly.

»– hinten im Garten«, fügte Charlotte hinzu.

»Genau. Und dann hat ihm Tante Syd eine Ohrfeige gegeben.« Sie kicherte.

»Das ist nicht gut, oder, Momma?«

Wenn ich mich nicht in einem fahrenden Wagen befunden hätte, hätte ich in diesem Moment meinen Kopf gegen das Lenkrad geschlagen. Mit Absicht. Mehrfach.

Dummkopf! Volltrottel! Idiotin!

Ich konnte mich nicht entscheiden, was am besten auf mich passte. Auf meinem Grabstein würden alle drei Worte stehen, egal, was es kostete.

14

Jacqueline – Thanksgiving

»Ich weiß auch nicht, irgendwie bin ich ein bisschen nervös«, sagte ich. Wir waren dabei, uns für die Thanksgiving-Party bei David anzuziehen. Laurent hatte sich den Tag freigenommen.

»Das verstehe ich nicht. Es sind doch deine Freunde.« Er versuchte, sich zwischen einem schwarzem Hemd mit hellgrauen Streifen und einem dunkelblauen zu entscheiden. Fragend sah er mich an. Ich deutete mit dem Kopf auf das blaue.

»Ja, ich weiß. Wahrscheinlich die Hormone.« Ich warf die schwarze Gaultier-Jeans beiseite, die auf einmal ein bisschen eng am Bauch saß, während Laurent mich verwirrt betrachtete. »Meine Jeans passen nicht mehr«, erklärte ich ihm lächelnd.

»Ah, du wirst langsam dick und faul wie eine Katze in der Sonne.«

»Denk nicht mal dran«, meinte ich erschaudernd. »Ich habe vor, eine jener Frauen zu sein, denen man von hinten überhaupt nicht ansieht, dass sie schwanger sind.« Sorgfältig hängte ich die Jeans wieder in den Schrank.

»Ich glaube nicht, dass du da besonders viel Einfluss

drauf hast. Das ist genetisch bedingt. Schau dir nur die winzige Shoshanna an.« Er knöpfte sein Hemd zu.

»Sie sagt, aufzugehen wie eine Dampfnudel sei das Schlimmste daran.« Unschlüssig stand ich vor meinem Kleiderschrank.

»*Ma Jackie*«, murmelte er und nahm mich in die Arme, »du bist die schönste Schwangere der Welt.«

»Dann bin ich also hässlich, wenn ich nicht schwanger bin?«

»Du bist unmöglich.«

»Du kannst sagen, was du willst, aber ich wette, du rührst mich nicht mehr an, wenn ich dick und rund werde. Du wirst mich nur noch voller Abscheu ansehen, als ob ich ein fettes Monster wäre.«

»Denkst du das wirklich von mir?«

Ich fand eine hellbraune Hose, die einen gewissen Stretch-Anteil hatte. »Nein. Es ist das, was ich von mir denke.« Ich zog sie an. Mein Vater hatte Frauen, die sich hatten gehen lassen, immer kritisiert. Für ihn war *fett* das F-Wort.

»Ich nicht. Ich liebe dich. Alles an dir. In guten wie in schlechten Zeiten, schon vergessen?« Er setzte sich aufs Bett, um seine Schuhe zu binden.

»Sie sollten dem Ehegelübde noch ›in dünnen wie in dicken Zeiten‹ hinzufügen. Ich kenne mehr als eine Ehe, die an Gewichtsproblemen gescheitert ist.«

»Das war dann aber von Anfang an keine gute Ehe«, meinte er, während er sich vor dem Spiegel etwas Eau de Vetiver ins Gesicht klatschte.

Zur braunen Hose passten meine Stiefel, ein schokoladenbrauner Pulli und Mamans Hermès-Tuch.

»Du siehst wunderschön aus. Wie fühlst du dich?«

»Gut. Mir ist auch nicht mehr übel. Glaubst du, das ist ein schlechtes Zeichen?«

»Hör auf, dir Sorgen zu machen. Morgen wissen wir mehr. Irgendwie ist es entspannter, Thanksgiving bei David zu feiern als dieses große Essen bei deiner Tante Charlotte.«

Wir lächelten uns an. Unausgesprochen blieb die Tatsache, dass es angenehm war, uns ausnahmsweise mal nicht um Daddy kümmern zu müssen. Nicht dass er nicht stets liebenswürdig gewesen wäre, aber wenn er da war, hatte ich trotzdem immer das Gefühl, als würde ich für eine Rolle vorsprechen. Das Geschenk eines Thanksgiving ohne Daddy hatte jedoch seinen Preis: Wir mussten Weihnachten opfern. »Ich sollte mich wirklich langsam um die Flugtickets kümmern.«

»Schon erledigt«, sagte Laurent.

»Wie meinst du das?«

»Ich hatte Angst, dass wir nicht mehr denselben Flieger bekommen wie Elise und sie dann allein reisen muss.«

Ganz kurz flackerte Ärger in mir auf, der sofort wieder erlosch. »Du bist ein wunderbarer Mann.« Ich küsste ihn.

Gemeinsam machten wir uns auf den Weg nach unten.

»Ach, bevor ich's vergesse. Der hier ist für dich gekommen.« Er nahm einen Brief vom Louis Philippe-Sekretär und reichte ihn mir. Es klebte eine amerikanische Briefmarke darauf.

»Von meinem Vater«, stellte ich fest und riss den Umschlag auf. »Was kann das nur sein? Oh! Ein Foto. Sieh dir das an.« Ich zeigte es Laurent. Es handelte sich um ein Babybild von mir. Lächelnd blickte ich den Fotografen an.

Neben mir standen meine Eltern und betrachteten mich, als wäre ich eine kleine Königin. Dann las ich Daddys Brief.

Liebe Jacqueline,
ich dachte mir, du würdest das vielleicht gerne haben.
Es wurde in dem Sommer aufgenommen, als du fünf
Monate alt warst. Du fehlst mir, und ich freue mich
darauf, dich an Weihnachten zu sehen.
Alles Liebe,
Dad

»Ich kann mich gut an dieses Bild erinnern. Es hing immer im Treppenhaus, neben den Fotos von meinen Schwestern und meinem Bruder. Nach Mamans Tod sind sie alle verschwunden.« Ich fuhr mit dem Finger die Haare meiner Mutter nach. »Warum schickt er mir das jetzt?« Ich drückte das Foto an die Brust.

»Vielleicht wird er mit zunehmendem Alter weicher, wie guter Cognac«, meinte Laurent grinsend.

»Und was für ein guter Cognac.« Ich starrte wieder das Foto an. »Die beiden waren so ein schönes Paar«, seufzte ich. Wenn ich doch nur jene Zeit wiederauferstehen lassen könnte, nur für einen Tag, und sie beobachten. Den Glanz in den Augen meines Vaters sehen.

Laurent nickte. »Und du warst ein bezauberndes Baby. Ganz offensichtlich hat man dich sehr geliebt.«

»Haben wir irgendwo einen Rahmen?« Ich sah ihn an, doch er schüttelte den Kopf. »Dann werde ich morgen einen besorgen.« In der Zwischenzeit stellte ich das Bild auf den Notenständer am Klavier.

Als wir bei David ankamen, roch es dort wie auf einer Farm im herbstlichen Virginia. Ich lebte in einer pulsierenden Stadt, die voller Kultur steckte und die mein Zuhause geworden war. Gleichzeitig war ich dem Ort, an dem ich meine Kindheit verbracht hatte, immer noch sehr verbunden. Ich hatte das Beste aus beiden Welten.

15

Colette

Die Straßen waren von Bäumen gesäumt und irgendwie beeindruckend. In diesem Teil von Del Mar, einem der schönsten Viertel der Gegend, herrschte der alte republikanische Geldadel.

»Da liegt etwas in der Luft. Irgendwie fühlt es sich heute komisch an.« Vielleicht hing es auch damit zusammen, zuerst eine Weihnachtskrippe gekauft und aufgebaut zu haben, um direkt danach eine Todsünde zu begehen.

Dante fuhr sich immer wieder mit den Fingern durch die Haare. »Es wird alles gut laufen. Es ist fast vorbei.«

»Kann ich dich mal was fragen?«

»*Naturalmente.*«

»Kannst du einfach so … aufhören? Was ist mit deinen Partnern?«

»Es ist nicht so, wie du denkst, *bella*. Das ist ganz, wie sagt man, ungezwungen?«

»Zwanglos.«

»*Sì.* Ich bin unabhängiger Händler.«

Ich entspannte mich ein wenig. Außerdem schien der Mond so wunderschön vom Nachthimmel, dass es ein gutes Zeichen sein musste.

Wir parkten den Wagen in einer Nebenstraße und schlichen uns durch die Gärten bis zu unserem Ziel. Die Terrassentür ließ sich problemlos aufschieben. Dante lächelte mich an. Ein Kinderspiel. Ich wollte nur, dass es vorbei war und ich wieder in meinem weihnachtlich dekorierten Haus sitzen konnte.

Ich bog in den Teil des Hauses ab, wo ich das Schlafzimmer vermutete, während Dante das Wohnzimmer durchkämmte. Den Flur säumten Bücherregale bis unter die Decke.

Ein breites Doppelbett mit Nachtschränkchen links und rechts. Ich öffnete gerade eine der Schubladen, als sich die Atmosphäre im Haus plötzlich veränderte.

»Oh mein Gott! Oh mein Gott!«, durchbrach eine schrille Frauenstimme die Stille. Auf einmal stand Dante neben mir, gefolgt von einem bellenden Hund. Er packte meine Hand und stieß die Verandatür des Schlafzimmers auf, die auf die hintere Terrasse führte.

»Ich rufe die Polizei. Angie, hör auf zu schreien. Sie werden nicht entkommen. Schnapp sie dir, Toby!« Aber Toby, ein goldbrauner Labrador, drängte sich nur an meine Beine. Als ich seinen Kopf streichelte, wurde ich mit einem Schwanzwedeln belohnt, und er schleckte mich mit seiner warmen Zunge ab.

Dante zog mich in Richtung des Zauns, der den Pool umgab, und hievte mich darüber, ehe er mir folgte. Wir rannten den Weg hinunter. Das Geräusch unserer Schritte kam mir plötzlich sehr laut vor. Ich stolperte und schlug mir das Knie auf, was mir die Tränen in die Augen trieb. Nachdem Dante mir aufgeholfen hatte, liefen wir weiter. Sobald wir die Straße erreichten, drosselten wir unser Tempo, doch als wir zum Auto kamen, schüttelte Dante den Kopf. Wir marschierten also weiter Richtung Meer, bis wir auf den Highway 101 stießen. In der Ferne heulten Sirenen. Wir überquerten die mehrspurige Straße, auf der kaum Verkehr war. Wenn man uns hier entdeckte, wären wir geliefert.

Sobald wir den Strand erreichten, duckten wir uns hinter einen Felsvorsprung, um Atem zu schöpfen. Eine Welle brandete an den Strand und durchnässte meine Stoffturnschuhe.

»Was jetzt?«, flüsterte ich. Meine Zähne klapperten. Selbst dieses Geräusch wirkte in der Nacht viel zu laut.

»Jetzt, wir gehen zu Fuß.«

Also taten wir das. Wir gingen an der Küste entlang vom Torrey Pines Beach bis zu La Jolla Shores hinunter. Ich bibberte die ganze Zeit vor mich hin. Wir mussten durch einige Wohngegenden, bevor wir wieder die Bucht erreichten. Wir versuchten, die Hauptstraßen so gut es ging zu vermeiden. Ein paarmal mussten wir über Felsen klettern. Ab und zu geriet ich ins Straucheln, weil der Schmerz in meinem Knie pochte, aber Dantes fester Griff verhinderte, dass ich erneut stürzte. Streckenweise gingen wir Hand in Hand über den glatten weichen Sand, wie ein Pärchen, das einen Strandspaziergang im Mondlicht macht. Im November.

Als wir schließlich bei mir zu Hause ankamen, zitterte ich am ganzen Körper. Dante ließ mir ein heißes Bad ein und kochte Tee mit Honig. Ich lag bereits unter viel Seifenschaum in der Wanne, als er mir die Tasse brachte und sich dabei die Augen zuhielt.

»Du kannst die Augen ruhig aufmachen, man sieht nichts.«

Vorsichtig stellte er die Tasse auf dem Badewannenrand ab und brachte mir außerdem eine warme, frisch gewaschene weiche Jogginghose.

Sobald ich aus dem Bad kam, verband er mir das Knie.

Dann saßen wir im dunklen Wohnzimmer, das nur vom Feuer im Kamin und den Kerzen erleuchtet wurde.

»Das Auto?«

»Morgen werde ich schicken Freunde.« Er legte mir eine seiner wunderschönen Hände auf die Schulter. »Zeit, aufzuhören. Unser Glück … *finito*.«

Dante blieb bei mir. Jedes Mal, wenn ich eindöste, schreckte ich kurz darauf wieder hoch, weil ich immer wieder Bilder blinkender Polizeilichter, silberne Handschellen und Metallgitter vor Augen hatte. Vor lauter Erschöpfung fiel ich schließlich in einen dumpfen Schlaf.

Ich erwachte davon, dass Dante wieder Tee kochte. In den cremefarbenen Pashminaschal gewickelt, den Jacqueline mir letztes Jahr geschickt hatte, ging ich in die Küche.

»Haben sie dein Gesicht gesehen? Könnten sie dich wiedererkennen?«, wollte ich wissen.

Er schüttelte den Kopf. »Ich trage die Skimaske und schlage den Kragen von Pulli hoch.« Er machte mir vor, wie er den Rollkragen über seine untere Gesichtshälfte zog. »Vielleicht sehen sie meine Nase. Eh.«

Ich konnte nicht anders. Ich kicherte.

»Ich habe die Tasche dagelassen. Sie werden weniger wütend sein, nichts gestohlen. Die Polizei wird nicht weiter verfolgen.«

Das klang vernünftig. Ich setzte mich an den Tisch.

»Wir sind nicht in Gefahr. Mach dir keine Sorgen, okay?«
Sanft nahm er mir die Hand vom Mund und führte sie zum Tisch.

»Okay. Aber wir hätten es sein können.« Seine Finger waren so kalt wie meine.

»Was sein könnte, ist nicht. Es ist Luft.« Er fasste ins Leere. »Jetzt ich gehe heim und ziehe mich um.«

»Oh mein Gott. Du musst ja kurz vor dem Erfrieren sein.«

»Nein, *tutto bene*. Das Feuer ist warm.«

Ich wusste, dass er log.

»Ich organisiere Las Vegas. Es ist so weit«, sagte er von der Tür aus.

Ich blies auf meinen Tee, bevor ich vorsichtig einen Schluck nahm. Er war gesüßt, aber nicht zu süß.

»Wir gehen am Donnerstag. Kommen zurück am Montag.«

Gerade wollte ich den Mund aufmachen und protestieren, dass ich freitags Unterricht hatte, doch dann überlegte ich es mir anders. Ich hatte nicht das Gefühl, einem Arbeitgeber, der mich entsorgen würde wie einen Strauß welker Blumen, irgendetwas schuldig zu sein. Außerdem fiel mir ein, dass am Freitag ja dieser große Festakt stattfand, an den ich vor einigen Wochen noch so viele Hoffnungen geknüpft hatte. Es kam mir unendlich weit weg vor. Als ich die Augen schloss, konnte ich mir Waynes Gesicht nicht mehr richtig vorstellen. An seine Gesamterscheinung konnte ich mich erinnern, ja, doch seine Gesichtszüge waren verschwommen.

Aber meine Studenten konnten doch eigentlich nichts

dafür. Andererseits, wie viel würde ich ihnen in fünfzig Minuten beibringen können? Die Karotten waren gekocht, wie man auf Französisch sagte.

»Nico? Wo bist du?« Dante stand immer noch im Türrahmen.

»Tut mir leid. Hier bin ich. Donnerstag klingt gut. Ich werde bereit sein, Captain.«

»Du wirst Gelegenheit haben, dein schönstes Kleid zu tragen.«

Daran hatte ich gar nicht gedacht. Es würde Spaß machen.

Obwohl Dante selbst in einem Kartoffelsack jedem anderen Mann die Schau stehlen würde, hatte ich auf einmal eine Idee. Besonders viel Übung im Entwerfen von Männerkleidung hatte ich nicht, denn mein Bruder war bislang mein einziges Versuchsobjekt gewesen, da Wayne meine Entwürfe nicht schlicht genug waren. Das würde nun aber alles anders werden, denn jetzt war ja Dante in meinem Leben.

Die nächsten drei Tage verbrachte ich vor allem damit, Dantes Anzug zu entwerfen und zu nähen. Ich ging völlig in dieser Aufgabe auf, denn ich wollte ihm und seiner Schönheit gerecht werden.

Nachdem ich Chantal mit einer Gelassenheit, die mich überraschte, etwas vorgeschwindelt hatte, sorgte sie dafür, dass eine Vertretung meinen Unterricht übernahm. Dann wünschte sie mir viel Glück bei meinem Vorstellungsgespräch in Dallas.

Ich war offenbar nur noch zu bösen Taten fähig.

16

Magali

»Daddy! Wo warst du denn?«

»Da, wo ich immer bin. Hier bei der Arbeit oder im Laden.«

»Am Donnerstag warst du aber nicht da.«

Es war der Samstag nach Thanksgiving, und ich stand mit Tupperschüsseln beladen bei meinem Vater vor der Tür. Mit meiner Garderobe hatte ich mir besondere Mühe gegeben: Ich trug eine graue Bundfaltenhose mit hohem Bund, dazu eine weiße Bluse und ein dunkelgraues Jackett. Ich sah ein bisschen wie Annie Hall aus, aber dieser Look hatte mir auch schon immer gefallen. Außerdem machte er schlank.

»Jacqueline war völlig außer sich.«

»Es fällt mir schwer, das zu glauben. Jacqueline neigt nicht zu emotionalen Ausbrüchen.« Ganz im Gegensatz zu mir. »Ich habe ihr Bescheid gesagt, dass ich dieses Jahr zu Thanksgiving nicht verreisen würde. Ich dachte, das hätte ich dir erzählt. Komm herein, stell das am besten in die Küche.«

»Sie ging davon aus, dass du Thanksgiving stattdessen bei uns verbringst. Ich habe mir Sorgen gemacht.« Mein

Vater hatte mir den Rücken zugewandt. Nach all den Jahren fiel es mir immer noch schwer, über die Schwelle zu treten. Das Haus verkörperte nach wie vor all das, was für mich Zuhause bedeutete. Es war ein geräumiges, marodes aber trotzdem stabiles Haus, lichtdurchflutet und umgeben von viel Grün. Trotzdem betrübte mich bei jedem Besuch mehr, wie heruntergekommen es inzwischen aussah.

Selbst als meine Eltern wenig Geld gehabt hatten, waren die Zimmer voller Blumen – ich erinnerte mich an Gläser, in denen Wildblumen standen, die im ganzen Haus verteilt waren. Maman pflanzte Samen für Blumen und Kletterpflanzen, und alles wuchs und gedieh wie durch Magie. Ich sehe sie immer noch vor mir, schwanger und strahlend, ein altes weißes Hemd von Daddy über weiten Hosen, die Haare mit einem Tuch aus dem Gesicht gebunden. Man kann nicht sagen, dass damals alle Schwangeren hinreißend aussahen. Wie schön hätte sie erst heutzutage ausgesehen, wo es in war, einen Babybauch zu haben.

Ich hatte in meinen Schwangerschaften viel zu viel zugenommen, wie mein Vater und meine Tante nicht müde wurden zu betonen. Ich schlurfte in weiten Jogginghosen und Leos alten Princeton-Sweatshirts und T-Shirts herum. Das Einzige, was ich mir gönnte, war ein Babydoll-Nachthemd, das ich in einem Secondhandladen fand und vor allem deshalb kaufte, weil es mich an meine Mutter erinnerte.

»Warum stehst du immer noch da herum? Komm rein«, drängte er. »Ich will dir etwas zeigen.«

»Entschuldige«, sagte ich, in Gedanken immer noch beim Nachthemd. Vielleicht hätte ich es Jacqueline vermachen sollen, als Glücksbringer. Dann plötzlich ein kleiner, fieser Gedanke, der mir blitzschnell durch den Kopf schoss: *Warum sollte sie immer alles haben?*

Ich ging durch den Flur ins Esszimmer zu meiner Linken. Mit einer Hand auf meinem Rücken schob mein Vater mich sanft in Richtung Küche. Die Schüssel mit der Suppe hatte er mir jedoch nicht abgenommen.

In der Küche angekommen, blieb ich wie angewurzelt stehen.

Er lächelte. »Na, was sagst du?«

»Du hast die Küche neu streichen lassen.«

»Nicht ganz.«

»*Du* hast die Küche selber gestrichen?« Noch nie in meinem Leben hatte ich meinen Vater im Haus handwerklich arbeiten sehen.

»Ich dachte, das Haus könnte ein bisschen frische Farbe vertragen.« Mit strahlenden Augen wippte er auf den Fußballen hin und her.

Die Wände erstrahlten in einem warmen Goldton, und die Holzschränke, die nun weiß gestrichen waren, bildeten dazu einen frischen Kontrast. Er lächelte. Er wirkte ... ich konnte es gar nicht richtig beschreiben.

»Gefällt es dir?«, wollte er wissen.

»Durchaus.« Aber ich war hin- und hergerissen. Wo waren die Spuren unserer klebrigen Kinderhände geblieben? Wo war die Delle in der Tür, die zur Speisekammer führte? Das war Jacquelines Werk gewesen, die mit dreizehn einen Milchkrug quer durch die Küche geschleudert hatte, weil ich mir ein Armband von ihr ausgeliehen hatte, ohne vorher zu fragen, und es prompt verloren hatte.

Ich fühlte mich irgendwie ausradiert. Meine Kindheit war verdeckt, übertüncht worden. Hübsch.

Fast war ich so weit, die Küchenschränke zu öffnen und etwas zu kochen.

»Möchtest du einen Tee?«, fragte mein Vater.

»Tee?« Er trank jetzt Tee? »Ich wusste gar nicht, dass du Tee magst?«

»Ich bin in letzter Zeit auf den Geschmack gekommen.«

Mit zusammengekniffenen Augen musterte ich diesen Mann, der aussah wie mein Vater, mir aber fremd war. »Tee wäre … fein.« Das war alles ganz im Stil von *Was vom Tage übrig blieb*.

Er machte sich daran, den Wasserkocher zu füllen. Als er die Tür zur Speisekammer öffnete, bemerkte ich die Striche und die Namen von uns Kindern, die daneben standen. Vier Reihen, die unser Heranwachsen dokumentierten. Er bemerkte meinen Blick.

»Maggie, komm mal her.«

Ich tat, wie geheißen.

»Stell dich da hin.«

Wie so viele Male in meiner Kindheit stand ich mit dem Rücken an die Tür gelehnt, während er einen dünnen Strich über meinem Scheitel zog.

»Sieh nur, wie groß du geworden bist. Du bist erwachsen.«

Als wir uns mit unseren Teetassen hingesetzt hatten, sah er mich über den Tisch hinweg an. »Ich habe etwas für dich«, sagte er.

»Und dann hat er sich bei mir für die Suppe *bedankt*. Wir haben unseren Tee getrunken – übrigens wirklich guter Tee – und er zauberte einen Teller mit Zitronencreme-Scones von All-Things-British hervor.«

Leo, Art und ich saßen um unseren Küchentisch. Meinen beiden Schwestern hatte ich bereits gemailt und wartete auf ihre Reaktion. Nach dem üppigen Resteessen vernichteten wir nun zu dritt den restlichen Wein. Bisher hatte ich meinem Bruder gegenüber immer noch nichts von dem erwähnt, was meine Töchter mir über ihn und Syd erzählt hatten. Ich war mir auch nicht sicher, ob ich überhaupt etwas dazu sagen sollte. Arts Privatsphäre zu respektieren war höchstes Gebot, wenn ich es mir mit ihm nicht verderben wollte. Es war ein bisschen so, als hätte man einen Geheimagenten in der Familie.

Mit Syd wiederum sah die Sache anders aus. Es kam mir vor, als wäre die Welt aus den Fugen geraten und als wäre mir meine beste Freundin plötzlich fremd geworden. Ich hatte sie ein paarmal angerufen und war sogar bei ihr vorbeigefahren, aber das hatte alles nichts gebracht. So im Dunkeln zu tappen machte mich ganz verrückt.

»Er muss durch Außerirdische entführt worden sein. Mehr fällt mir dazu auch nicht ein«, meinte Art und holte mich damit in die Gegenwart zurück.

»Oder es hat wieder so etwas wie eine britische Invasion gegeben? Vielleicht haben sie unserem Trinkwasser eine Substanz hinzugefügt, die das Gehirn für alles Britische besonders empfänglich macht? Ganz schön clever, die widerspenstigen Kolonien ohne Blutvergießen zurückzuerobern«, meinte Leo.

»Diese Blutflecken zeugen von Mord. Und wir wissen, dass sie eine Flagge haben«, fügte er grinsend hinzu.

Dann riefen Leo und Art im Chor: »*No flag, no country!*«

»Müsst ihr denn alles in ein Eddie-Izzard-Zitat verwandeln?«, schimpfte ich, aber selbst ich musste lachen.

»Entschuldigt mich einen Moment.« John Lennons »*And So This Is Christmas*« erklang aus den Lautsprechern.

»Wo willst du denn hin?« Leo versuchte immer noch den Tonfall seines englischen Lieblingscomedians nachzuahmen.

»Ach, ich dachte, ich hole mal eben meine Go-go-Boots von oben, wo wir gerade schon in der richtigen Stimmung sind – wenn wir einen auf Britisch machen, warum dann nicht das volle Programm«, sagte ich.

Wenn Colette wüsste, dass ich immer noch diese alten Stiefel besaß, würde sie grün vor Neid werden. Ich beschloss, sie ihr zu Weihnachten zu schenken.

»Gali kann sich von nichts trennen«, erklärte Leo.

»Ein Glück für dich, was?« Ups, vielleicht nicht der richtige Zeitpunkt für diese Art von Kommentar. »Wir haben ein großes Haus, also warum den ganzen Platz nicht ausnutzen.« Mein Motto lautete fast immer: Leerer Raum, verschenkter Raum. »Aber um aufs Thema Daddy zurückzukommen. Das Komischste habe ich euch noch gar nicht erzählt. Er hat mir ein Babybild von mir mit ihm und Maman geschenkt. Das war total seltsam.« Ich wandte mich an meinen Bruder. »Erinnerst du dich an diese Fotos? Es gab eine ganze Serie davon. Auch eines von dir. Sie hingen an der Wand neben der Treppe.«

»Nee«, meinte Art. »Da klingelt bei mir nix.«

Es überraschte mich nicht. Er und Colette waren noch so klein gewesen, als unsere Mutter starb. »Ich wette, der einzige Grund, weshalb er dir deines noch nicht gegeben hat, ist, dass er gar nicht weiß, dass du hier bist.« Ich griff nach der Hand meines Bruders. »Und er hat keine Ahnung, wie er dich kontaktieren soll.«

»Wenn du meinst«, erwiderte Art.

Der Backofen piepste.

»Ah, die erste Ladung Weihnachtskekse!«, seufzte Art. »Das ist auch höchste Zeit. Thanksgiving ist schließlich schon etliche *Stunden* her.« Er stand auf. »Hebt mir welche auf. Ich bin gleich wieder da.« Er ging zur Hintertür hinaus, und ich beobachtete durchs Fenster, wie er eine Zigarette aus einer zerknautschten Packung zog und sich ansteckte, erhellt von der Weihnachtsbeleuchtung. Er hatte sich nicht mal die Mühe gemacht, eine Jacke anzuziehen. Irgendetwas an seiner Haltung hielt mich jedoch davon ab, ihm eine zu bringen.

Ich hatte schon Anfang des Monats mit dem Backen angefangen. Ich wollte den Teig einfrieren, damit ich ab Montag sowohl für meine spartanische Diät als auch für meinen Roman genug Zeit haben würde. Mein jüngstes Kochbuch hatte ich vergangenen Dienstag abgeschlossen, daher hatte ich, abgesehen von eventuellen Korrekturarbeiten, frei. Mein neues Leben als schlanke Romanschriftstellerin wartete auf mich. Noch hatte ich niemandem davon erzählt, vor allem nicht von der Diät, da ich im Grunde sowieso nicht an Diäten glaubte. Aber vielleicht lag ich ja falsch? Auf jeden Fall war das kein Thema, über das ich jemals schreiben wollte.

Also, es würde keine Texte mehr zum Thema Essen von mir geben.

Leo und ich blieben allein am Tisch zurück.

»Das mit der Beleuchtung hast du wirklich gut gemacht«, sagte ich und schwenkte den Ölzweig so heftig ich nur konnte.

»Danke. Noch ein paar letzte Handgriffe, dann sollte alles passen«, meinte er. »Bis auf den Baum natürlich.«

»Ich rufe Syd an und frage sie, ob sie nächsten Freitag Zeit hat, uns beim Schmücken zu helfen.« *Falls sie je wieder an ihr Handy geht.* Ich studierte wieder das Foto. »Ich sehe aus wie Charlotte.«

Leo stand hinter mir und betrachtete das Bild über meine Schulter hinweg. »Andersherum. Sie sieht aus wie du.«

»Leo?« Ich fasste nach seiner Hand. »Sind wir wieder gut?«

»Ja, sind wir. Ich weiß, dass nichts passiert ist. Ich kann nicht länger böse auf dich sein. Du bist einfach eine zu gute Köchin.«

Hoffentlich verlernte ich nie das Kochen, denn dann würde womöglich niemand mehr bei mir bleiben.

»Aber lüg mich nie wieder an.«

Ich stand auf und drehte mich zu ihm um. »Versprochen.«

Er sah mir tief in die Augen. »Ich glaube dir.« Als wir uns küssten, spürte ich, wie ein Teil der Anspannung aus meinem Körper wich.

»Meinst du, er will es verkaufen?«, fragte ich, das Gesicht in Leos Sweatshirt vergraben. »Das Haus, meine ich. Dass er deshalb alles neu streicht.«

»Keine Ahnung.«

»Ich wette, das ist der Grund. Und das wird er uns an Weihnachten verkünden.« Tränen stiegen mir in die Augen.

»Wir wissen nicht, ob das überhaupt stimmt, also steigere dich nicht rein«, versuchte er mich zu trösten, und ließ mich los.

Die Kekse waren inzwischen so weit abgekühlt, dass ich sie auf einen Teller stapeln konnte. Art kam wieder herein und roch nach Zigarettenrauch.

»Magst du einen Keks?«, fragte ich ihn.

»Ah, Schwesterchen. Du hast ein großes Herz. Das größte in der Familie.«

»Was ist mit dir?«, fragte er mit vollem Mund.

»Sprich nicht mit vollem Mund.« Ich schüttelte den Kopf. »Ich habe keinen Hunger.«

»Seit wann muss man hungrig sein, um einen Keks essen zu können.«

Ich zuckte mit den Schultern. »Na gut, aber nur einen, zum Probieren. Um zu sehen, ob sie auch schmecken.«

»Sie sind köstlich«, meinte er und nahm sich noch einen.

Sie waren gut geworden, außen leicht knusprig und innen weich und warm.

Einfach perfekt.

17

Jacqueline

Am Tag meines ersten Ultraschalls regnete es in Brüssel. In den USA nannte man diesen Freitag den wichtigsten Einkaufstag des Jahres, den *Black Friday*. Trotz des trüben Wetters sang ich beim Anziehen leise vor mich hin. Laurent hatte sich freigenommen, um mich begleiten zu können.

Als wir im Wartezimmer saßen, war ich zu aufgeregt, um eine der Zeitschriften zu lesen, die ich normalerweise verschlang. Laurent blätterte die *Première* durch, ein Filmmagazin. Die Praxis der Ärztin befand sich in einem wunderschönen *maison de maître* in Ixelles und war in warmen Brauntönen mit karamellfarbenen Akzenten und orangeroten Vorhängen dekoriert. Wie oft waren wir schon hier gesessen? Aber so weit waren wir noch nie gekommen. Unser erster Ultraschall.

Dr. Cellier, in einem weißen Kittel und mit neuer Kurzhaarfrisur, öffnete die Tür zu ihrem Behandlungszimmer und winkte uns herein. Als ich noch nicht lange in Belgien lebte, war ich überrascht von der Schlichtheit der Arztpraxen gewesen. Keine Krankenschwestern oder Manager, keine Rezeptionsdamen oder Sekretärinnen. Einige Ärzte und Zahnärzte benutzten zwar eine externe Firma für die

Abrechnungen, aber die meisten kümmerten sich sogar um diese Dinge. Wenn man hierzulande bei seinem Arzt anrief, sprach man auch mit seinem Arzt.

Es war alles sehr entspannt, sehr menschlich.

In der mit einem Vorhang abgetrennten Ecke des Raumes zog ich meinen Rock, den Slip und die Stiefel aus. Als ich auf den Behandlungsstuhl stieg, fröstelte ich. Diese alten Villen waren zwar wunderbar, doch trotz Zentralheizung zog es immer ein wenig.

»Also, wie geht es Ihnen inzwischen?«, erkundigte sie sich.

»Besser. Die Übelkeit ist weg, was eine echte Erleichterung ist«, sagte ich. »Mir gefällt Ihre Frisur.«

Lächelnd strich sie sich über den kurzen Bob. »Ich habe die Rezension in der *Télémoustique* gelesen. Herzlichen Glückwunsch.«

»*Merci.*«

Dann rückte sie ihre Brille zurecht. »Die Übelkeit kommt und geht, das ist ganz normal und bei jeder Frau anders.«

Ich lehnte mich auf der Liege zurück, damit sie Gel auf meinem Bauch verteilen konnte. Unwillkürlich zuckte ich zusammen.

»Tut mir leid. Ich weiß, es ist kalt.«

»Nein, schon in Ordnung.« Wir würden jetzt zum ersten Mal unser Baby sehen. Laurent griff nach meiner Hand, und gemeinsam starrten wir gebannt auf den magischen Bildschirm.

»Wir suchen jetzt also nach dem Herzschlag. Den können wir sehen und hören. Er wird sehr schnell sein, was ganz normal ist«, erklärte sie.

Normal war gut.

Lächelnd rollte sie mit ihrer Sonde über meinen Bauch. Ein brausendes Ozeangeräusch erfüllte die Luft. Jede Zelle meines Körpers sehnte sich nach dem Bild, das dort gleich erscheinen würde. Bisher sah es eher aus wie schlechter Empfang auf einem Schwarz-Weiß-Fernseher aus den Sechzigerjahren, körnig und unscharf.

»Schwer zu glauben, dass wir darauf ein Bild sehen werden«, scherzte Laurent. Er wirkte zwar ganz locker, aber ich wusste, dass er genauso angespannt war wie ich.

»Hier ist Ihre Gebärmutter. Sieht gut aus.« Sie rollte die Sonde hin und her. Es schien ziemlich lange zu dauern. Schließlich riss ich den Blick vom Bildschirm los, um Laurent anzulächeln. Dann sah ich die Ärztin an. Eine schmale Falte war zwischen ihren Brauen aufgetaucht.

Dann hielt sie inne. Ich konnte nichts hören außer dem Rauschen. »Ich kann nicht wirklich etwas erkennen«, sagte ich. Ich sah einen kleinen Kreis, heller als der Hintergrund, aber das war alles. Der Herzschlag war nicht zu sehen.

Sie schüttelte den Kopf. »*Un œuf clair.*«

»Und was heißt das?«, fragte ich. Das konnte nichts Gutes sein.

»Das bedeutet, es ist eine leere Fruchthülle«, erklärte sie. »Der Fruchtsack ist zwar da, aber es gibt keinen Embryo.« Sanft schüttelte sie den Kopf.

»Sehen Sie doch noch mal nach. Es muss ein Baby geben. Alle Tests waren positiv. Sogar Sie haben uns nach der letzten Untersuchung gesagt, dass alles in Ordnung ist.« Laurent war blass geworden.

Mir war ganz schwindelig. »Ich hatte doch alle Symptome, sogar die Übelkeit. Habe ich etwas falsch gemacht?

Bin ich schuld? Sehen Sie doch noch mal nach, bitte?« Der Champagner. Ich hätte den Champagner nicht trinken dürfen. Ich hätte aufhören müssen zu arbeiten. Ich hätte mich ausruhen müssen.

»Es tut mir so leid.« Die Ärztin schaltete das Ultraschallgerät aus, bevor sie mit einem weichen weißen Tuch sachte das Gel von meinem Bauch wischte. Ich konnte mich nicht bewegen. Sie warf das Handtuch in einen Korb. »Ich schlage vor, Sie ziehen sich jetzt in aller Ruhe an, und dann sprechen wir in meinem Büro weiter.« Ihr Tonfall war sanft. »Lassen Sie sich Zeit.«

»Vielen Dank«, erwiderte Laurent. Ich hatte keine Stimme mehr.

Dann nahm er mich in die Arme und hielt mich fest. Wortlos half er mir von der Liege herunter und brachte mich zur Umkleidekabine. Dort zog er mich an, wie eine Puppe. Slip, Strumpfhose, mein Rock. Der Reißverschluss klemmte, bevor er sich vollends schließen ließ. Als Letztes waren meine Stiefel dran.

Laurent zupfte eine Handvoll Taschentücher aus der Schachtel auf dem kleinen Beistelltisch in der Ecke, um damit mein Gesicht abzuwischen. Schließlich nahm ich sie ihm weg und putzte mir die Nase.

»Bist du so weit?«

Ich nickte. Dann ließ ich zu, dass er mich trockenen Auges und innerlich leer durch die große Doppeltür führte. Wir nahmen auf den beiden Stühlen gegenüber von Dr. Celliers Schreibtisch Platz. Vor ihr lag aufgeschlagen meine Akte, in der sie etwas in ihrer sauberen Handschrift notierte, bevor sie uns ansah.

»Was passiert ist, ist Folgendes.« Sie legte den Stift beiseite. »Die Eizelle wurde befruchtet, aber irgendein Umstand hat verhindert, dass sie sich danach weiterentwickelt hat. Dafür kann es viele Gründe geben. Sogar einen Virus.«

»Aber das ist so grausam.« Ich zitterte. »Ich war wirklich schwanger, oder? Das habe ich mir nicht eingebildet.«

»Nein, haben Sie nicht«, antwortete sie. »Es ist grausam, aber meistens ist das die Art, wie Mutter Natur Embryos mit Defekten an der weiteren Entwicklung hindert. Aber Sie haben unter keinen Umständen irgendetwas falsch gemacht. Haben Sie mich verstanden? Sie hätten nichts tun können, um das zu verhindern.«

Ich nickte, obwohl ich ihr nicht wirklich glaubte. Ihre Worte konnten mich kein bisschen trösten.

»Wir müssen so bald wie möglich eine Ausschabung vornehmen. Gleich am Montag?«

Ich starrte auf meine Fingernägel. »Wann kann ich wieder schwanger werden?«

»Sie müssen mindestens zwei Monate warten. Am besten wäre es, wenn Sie während der nächsten zwei Zyklen die Pille nehmen.« Sie tippte mit ihrem Stift auf den Rezeptblock auf ihrem Tisch.

»*Quoi*? Die Pille? Aber ...« Ich war entsetzt.

»Das ist das Beste. Es wird Ihrem Körper dabei helfen, sich zu erholen.« Dann schob sie mir eine Visitenkarte zu. »Das ist der Name einer guten Therapeutin. Sie sollten einen Termin bei ihr vereinbaren, um über das zu sprechen, was passiert ist.«

Darüber, eine totale Versagerin zu sein? Darüber, dass mein Körper mich hinterging? Dass in mir einfach kein

Leben heranwachsen wollte? Reden würde da nichts helfen. Ich würde damit auf die Weise fertigwerden, wie mit allem anderen auch. Ganz allein. Eine Therapie war etwas für schwache Menschen.

Dr. Cellier beugte sich über ihren Tisch. »Es gehört dazu, diese *deuil*, diese Trauer.«

»Was ich wirklich will, ist, es so bald wie möglich wieder zu versuchen«, sagte ich und sah dabei Laurent an. Er starrte ins Leere.

»Ich weiß. Aber Sie müssen jetzt einen Schritt nach dem anderen machen. Das ist sehr wichtig.« Ihr Blick war sanft. »Es ist besser, sich mit seinen Gefühlen auseinanderzusetzen.« Dabei machte sie mit den Fingern flatternde Bewegungen vor ihrem Oberkörper, so als ob Gefühle Schmetterlinge wären.

»*Docteur.*« Nun lehnte ich mich nach vorn. »Ich will wirklich einfach nur wieder schwanger werden. Und zwar so bald wie möglich. Das ist das Einzige, was mir hilft. Außer … außer, es stimmt wirklich etwas nicht mit mir?«

»Wir haben viele Tests gemacht. Bisher hat nichts darauf hingedeutet, dass Sie das Baby, das Sie sich wünschen, nicht auch bekommen können. Aber …«, fuhr sie fort.

»Ja?« Laurent hatte offenbar seine Stimme wiedergefunden.

»Vielleicht liegt es am Stress.« Sie sah uns mit hochgezogenen Augenbrauen an.

»Jeder hat Stress«, wandte ich ein.

»Ja, und er wirkt sich auf unterschiedliche Menschen unterschiedlich aus«, erwiderte sie.

»Ich brauche also vor allem Ruhe?«, fragte ich.

»Ganz so einfach ist es nicht. Sie beide sollten das alles mal für eine Weile vergessen.« Sie sah aus dem Fenster, draußen regnete es immer noch in Strömen, wie es zu dieser Jahreszeit in Belgien üblich war. »Machen Sie Urlaub. Fahren Sie irgendwohin, wo es warm und sonnig ist. Wo es Palmen gibt und man Wellness machen kann. Die Weihnachtsferien stehen vor der Tür.«

»Ich fliege über Weihnachten nach Pennsylvania.« Doch als ich es aussprach, wurde mir auf einmal klar, dass ich diese Reise unmöglich antreten konnte.

Ihr Gesicht schien aufzuleuchten. »Wunderbar. Bei seiner Familie zu sein kann etwas sehr Heilsames haben. Vor allem an Weihnachten.«

Klar. Sie stammte wahrscheinlich aus einer dieser perfekten Familien, wo es keine Missstimmungen gab.

»Wir sehen uns dann am Montag.« Dr. Cellier machte eine Notiz in meine Akte. Dann standen wir alle auf, und sie begleitete uns zur Tür. »Und, bitte, tun Sie mir einen Gefallen«, sagte sie, »rufen Sie Anne de Meyer an. Sie ist eine Freundin von mir und eine sehr gute Therapeutin.«

Wir verließen den warmen Kokon des Hauses und standen uns im strömenden Regen gegenüber. Laurent kämpfte mit dem Schirm, zog mich an sich und führte mich zur U-Bahn-Station.

Black Friday. Wer hatte sich diesen Namen wohl ausgedacht?

18

Colette

Ein Upgrade in die Erste Klasse. Es war zwar nur ein kurzer Flug, aber es machte trotzdem Spaß, in einem luxuriösen Ambiente gekühlten Champagner zu trinken. Wir hatten uns beide schick gemacht. Dante trug eine schwarze Hose, ein weißes Hemd und eine weiche Lederjacke, ich hatte ein bunt gemustertes, einseitig schulterfreies Kleid von Save the Queen an, das ich zu einem Spottpreis in einem Secondhandladen erstanden hatte. Es war das ideale Kleid zum Verreisen, denn es saß nicht nur perfekt, sondern war dazu noch bequem, und der Stoff knitterte nicht.

Wir landeten, als gerade die letzten Strahlen der untergehenden Sonne die Pyramide von Luxor aufleuchten ließ. Rasch verließen wir den Flughafen mit unserem Handgepäck und nahmen ein Taxi zum Bellagio. Bevor wir eincheckten, beobachteten wir noch eine Weile die tanzenden Wasserfontänen vor dem Eiffelturm. Daddy würde es wahrscheinlich geschmacklos finden, aber mich zog diese großartige Show in ihren Bann. »Es überrascht mich ein bisschen, dass du das Bellagio und nicht das Venetian gebucht hast«, sagte ich, als die Fontänen aufhörten zu sprudeln und wir uns auf den Weg zur Lobby machten.

»Ah, ja, das Venetian ist sehr schön, aber ist italienisch für Touristen.«

»Und das Bellagio?« Ich trat durch die Tür, die er mir aufhielt.

»Ist für die wahren Liebhaber der Schönheit.« Das bunte Glas überall in der Lobby unterstrich seine Worte. Ich holte tief Luft und ließ die Farben und das weiche Licht auf mich wirken. Der Weihnachtsschmuck unterstrich das Décor eher noch, als davon abzulenken.

Beim Einchecken behandelte man uns wie Könige. Entweder war das Personal ausgezeichnet geschult, oder es handelte sich wieder mal um den Dante-Effekt. Wahrscheinlich beides. Wir hatten zwei miteinander verbundene Zimmer gebucht. Dante reichte dem Hotelangestellten seine Kreditkarte, hielt mich jedoch davon ab, meine ebenfalls herauszuholen.

»Später«, sagte er. »Wir werden uns arrangieren.«

Dann gingen wir durch eine futuristisch anmutende Gartenanlage mit Hängepflanzen, Vogelattrappen, die von der Decke hingen, und einer Dekoration aus bunten Wimpeln.

»Hier werden wir unseren ersten Drink in Las Vegas nehmen.« Dante zeigte auf einen verglasten Raum, in dem sich eine Bar befand, die aus einer Wand schimmernden Wassers bestand.

»Wow. Ich meine, klar.«

Dann standen wir vor den Aufzügen. Die Türen mit dem verschnörkelten B darauf glitten auf. »Wie viel hast du mitgebracht? Zum Spielen?«

»*Tutto*. Alles.«

Ich schnappte nach Luft.

»Aber ich werde nur eine Hälfte riskieren. Die andere Hälfte ich gebe dir. Legen wir in den Hotelsafe, *sì*?«

»Ja, wir wollen hier schließlich nicht ausgeraubt werden oder so.« Es war trotzdem noch eine Menge.

»Und du?«, fragte er.

»Zehntausend«, flüsterte ich. Er stieß einen leisen Pfiff aus. Die anderen zwanzig hatte ich auf die Bank gebracht, aber ich hatte beschlossen, mit meinem unrechtmäßig erworbenen Kapital zu spielen, auf Gedeih oder Verderb. Es wäre im Grunde nur gerecht, alles zu verlieren. Es kam mir viel vor, obwohl es immer noch nicht die zweiunddreißigtausend Dollar abdeckte, die Wayne mir genommen hatte. Den Großteil davon hatte ich von meiner Mutter geerbt.

»Wir werden Glück haben. Du wirst sehen.«

Ich konnte nicht anders, als ihm zu glauben.

Unsere Zimmer waren großartig. Ich sprang auf dem Bett herum, fasste alles an, sogar die Minifläschchen mit Shampoo und Conditioner im Bad. Dann packte ich meinen Koffer aus und ging duschen. Nachdem ich eine Spur mehr Lidschatten aufgelegt hatte als sonst, schlüpfte ich in eines meiner engen, schwarzen asymmetrischen Kleider, auf dessen Ärmel und Schulter bis zum Brustansatz ein Auszug aus dem *Großen Gatsby* gestickt war. Ich trug roten Lippenstift auf, suchte die passenden Ohrringe raus und schlüpfte in gefährlich hohe Schuhe.

Als ich vorsichtig an die Verbindungstür zwischen unseren Zimmern klopfte, war ich fast ein wenig eingeschüchtert.

Dante öffnete mir im Bademantel, die Haare noch feucht. Automatisch stellte ich mir seinen nackten Körper darunter vor.

In der rechten Hand hielt ich den Bügel mit dem Anzug, den ich die Woche über für ihn genäht hatte. Es war harte Arbeit gewesen, ich war jede Nacht bis in die Morgenstunden wach geblieben. Der Anzug war schwarz, um die Manschetten und unter dem Revers waren Zitate verborgen, alles Ton in Ton. Um das Outfit komplett zu machen, hatte ich außerdem ein Hemd in der Farbe blauer Wiesenlupinen ausgesucht, auf das ich vorne mit weißem Seidenfaden winzige Dollarzeichen eingestickt hatte.

»Das ist *meraviglioso*! Fast so schön wie du.«

An seine überschwänglichen Reaktionen würde ich mich nie gewöhnen. Er strahlte vor Freude. Das war mehr, als ich gewöhnt war.

Als er mich auf die Wange küsste, spürte ich, wie ich nervös wurde. *Ganz ruhig!*, sagte ich zu mir. Diese eine beschämende Nacht wollte ich auf gar keinen Fall wiederholen. »Aber was sind diese Worte?« Er strich mit den Fingern über den Text. »*Francese?*«

»Ja, das ist Französisch. Serge Gainsbourgs Liedtext zu seiner Version der Legende von Bonnie und Clyde.«

»*Naturalmente.*« Er grinste spitzbübisch. »Er singt es mit Jane Birkin.«

»Und auch mit Brigitte Bardot. Das tragische Ende habe ich aber weggelassen«, fügte ich lächelnd hinzu.

»Gut, denn wir werden ein glückliches haben.« Mit diesen Worten verschwand er im Badezimmer, um sich umzuziehen. Ich ging zum Fenster, wo die Aussicht genau dieselbe war wie in meinem Zimmer, und hatte dabei das Gefühl zu schweben. Der Blick auf den Strip verzauberte mich, und eine freudige Anspannung nahm von mir Besitz.

Dante kam aus dem Bad, breitete die Arme aus und drehte sich, geschmeidig wie eine Katze, um die eigene Achse. »*Allora?*«

»Perfekt. Fast.« Ich holte meine Nähsachen von nebenan und kniete ihm zu Füßen, um die Hosenbeine abzustecken. Danach passte ich die Länge der Ärmel an. Jedes Mal, wenn meine Finger seine Haut berührten, kribbelte mein Körper wie unter tausend heißen Nadelstichen. Ich trat einen Schritt zurück.

»Er passt, als hättest du mich abgemessen. Wie?«

»Ich habe ein gutes Gespür für … Proportionen, schätze ich. Für Raum. Manche Leute nennen es ein gutes Auge.«

»Mehr als ein Auge. Um das zu machen, du hast eine Seele. Du bist ein Genie, so viel Talent. Das hier ist dein Leben, deine Berufung.« Dabei gestikulierte er theatralisch mit den Händen.

»Das ist nicht mein Beruf, sondern ein Hobby. Es ist keine richtige Arbeit.«

Ich muss damals etwa vierzehn gewesen sein, als ich an meiner Nähmaschine saß und mein Vater mir über die Schulter blickte. »Du hast einen klugen Kopf. Verschwende ihn nicht als Näherin. Als *midinette*.« Ich wusste, er wollte nur das Beste für uns. Und man wandte sich nicht gegen seine Familie. Niemals. Selbst wenn räumliche Distanz dazwischenlag, diese Bande waren für die Ewigkeit. In guten wie in schlechten Tagen, er würde immer mein Vater sein.

»Nico, Unterrichten ist ein Beruf *molto nobile, sì*? Aber du, du erschaffst solche Schönheit, gibst so viel Glück. Das ist ein Geschenk Gottes.« Dante strich über den Stoff des Ärmels.

So hatte das nie zuvor jemand formuliert.

»Das ist ein Lebenswerk. Du bist dazu geboren, das zu tun. Siehst du das?« Er legte mir die Hände auf die Schultern und sah mir tief in die Augen.

»Ich sehe, dass du hinreißend aussiehst.« Aber das Rohmaterial war ja auch von höchster Qualität.

»*Grazie a te.*« Dante ging zum großen Spiegel und bewunderte sich von vorne und von der Seite.

Sein Anblick in der Kleidung, die ich mir ausgedacht und erschaffen hatte, zu sehen, wie glücklich es ihn machte, war wie eine Ohrfeige. »Und jetzt zieh den Anzug aus. Ich brauche nur eine Minute für den Saum und zum Bügeln.«

»Dann wir gehen und nehmen einen Drink?«

Ich lächelte. Beim Einfädeln des Fadens betrachtete ich stolz meine Fingernägel. Kurz, aber nicht eingerissen, und hellrosa lackiert.

Eine halbe Stunde später flanierten wir zu unserem ersten Abend in Vegas. So schick angezogen und mit Dante am Arm, fühlte ich mich besser als bei meinem Abschlussball, ja, sogar besser als am Tag meiner Hochzeit. Natürlich ehe ich begriffen hatte, dass ich gar nicht heiraten würde. Wir wuchsen alle mit dem Wunsch auf, eine Prinzessin zu sein, wenigstens für ein paar Stunden. Um dieses besondere Glücksgefühl ging es in Märchen.

Als ersten Drink wählten wir ein Glas Wein, was sonst. Cocktails verdarben laut Dante die Geschmacksnerven und vernebelten das Gehirn. Nachdem wir den Schokoladenbrunnen bewundert und einen Lederbeutel mit der Hälfte von Dantes Geld im Safe deponiert hatten, machten wir uns auf den Weg ins Casino.

Mit einer Portion Jetons ausgestattet, führte Dante mich an einen Black-Jack-Tisch. Wir sahen eine Weile zu, dann brachte er mich zu einem anderen.

»Kennst du dieses Spiel?«, wollte er wissen.

»Ein bisschen. Ich verstehe das Prinzip. Du?«

»Ich bin in Italien damit aufgewachsen, es mit meiner Familie zu spielen. Auch mit Freunden.« Er zuckte mit den Schultern.

»Und du hast immer gewonnen?«

»Immer. Bis ich anfange zu verlieren«, sagte er.

Wir wählten einen Tisch und nahmen unsere Plätze ein. Ich entschied mich für den Mindesteinsatz, aber Dante riskierte mehr. Und wir gewannen. Über mehrere Runden hinweg. Es war nichts Spektakuläres, aber trotzdem steigerten wir uns. Mein Champagnerglas hatte ich völlig vergessen, ich spielte mit einer kindlichen Freude. Das hier war besser als Weihnachten. Ich wollte gerade wieder etwas setzen, als Dante einen Jeton von seinem Stapel nahm und dem Croupier mit einem Lächeln überreichte.

»*Grazie*«, sagte er. »Sie bringen viel Glück.« Und das Gesicht dieses knallharten Kartengebers lief puterrot an, während wir den Tisch verließen. Dann suchten wir uns einen anderen. Diesmal hatten wir nicht ganz so viel Glück, aber wir verloren nichts. Dann wechselten wir wieder zu einem anderen Tisch. Ich fühlte mich so lebendig, ich wollte einfach immer weiterspielen, die ganze Nacht, diesen Rausch auskosten. Dante berührte meinen Ellbogen.

»Wir müssen gehen.« Ein weiterer Chip, ein Lächeln. »Wir haben Reservierung für Dinner.«

»Ich will aber nicht essen. Ich will spielen.«

»Spielen oder gewinnen?«

»Beides.« Ich blickte über die Schulter auf den Casinobereich, den wir verließen.

»Dann du musst mir vertrauen.«

Ich hatte mir nicht sonderlich viele Gedanken übers Essen gemacht und darüber, dass ich in fremden Restaurants sein würde. Ich könnte so tun, als ob. Aber mein Magen knurrte.

Dante führte mich zu einem Restaurant. »Das Essen hier ist sehr frisch, alles Bio. Und, siehst du, die Küche ist makellos.« Er präsentierte mir seine Wahl mit einer ausladenden Armbewegung. »Komm mit. Die Küche ist hier.« Sie war zum Speiseraum hin geöffnet, und ich konnte alles sehen. Es war blitzblank.

Einer der Köche grinste mich an. Ich holte tief Luft. »Okay. Dann mal los.«

Dante wählte das Steak. Da ich mich nicht überwinden konnte, Fleisch zu bestellen, entschied ich mich für den Wildlachs, der noch an diesem Morgen in den eisigen Küstengewässern Alaskas geschwommen war, wie mir der Kellner versicherte.

Das Essen war hervorragend. Es war alles so gut, dass ich sogar einen Bissen von Dantes Steak probierte. Auch das war köstlich. Nachdem wir uns eine Crème Brûlée geteilt und den obligatorischen, aber ausgezeichneten Espresso getrunken hatten, verließen wir die verhaltene Eleganz des Restaurants. Ich fühlte mich wie ein ganz normaler Mensch.

»Ich danke dir.«

»Nein. Du hast mir so viel gegeben. *Grazie.*« Unsere Bli

cke trafen sich. Ganz langsam zog er mich an sich und küsste mich. Der Sinn meines ganzen Daseins lag in diesem einen Kuss.

Das ist nichts als Lust, flüsterte die Stimme in meinem Kopf. Ich schob ihn weg.

»Dante, wir wollen nicht … ich will nicht …«

Doch er ließ mich nicht los. »Ich bin verrückt vor Liebe nach dir, siehst du das nicht?«

»Aber was ist mit neulich abends?« Es gelang mir schließlich, mich zu lösen. Bei der Erinnerung schämte ich mich immer noch. Dante nahm mein Kinn in seine Hand und hob meinen Kopf an, sodass ich ihn wieder ansehen musste. Seinen Mund. Seine Augen.

»Du warst noch nicht bereit. Immer noch gebrochen. Jetzt du bist verändert.« Dann küsste er mich wieder, und mein ganzer Körper vibrierte vor Glück. Ich hätte ihn genauso wenig von mir stoßen können, wie ich meinem Herz hätte befehlen können stehen zu bleiben.

»Komm, wir spielen noch ein bisschen.« Er nahm meine Hand.

»Ich habe eine bessere Idee.«

»Wir spielen. Wir warten. Vertrau mir.« Und das tat ich. Langsam wurde es zur Gewohnheit. Konnte ich etwas dafür, dass er der vertrauenswürdigste Kriminelle war, dem ich je begegnet war?

Nachdem wir an jenem Abend ziemlich oft und ziemlich viel gewonnen hatten, brachte Dante mich zum ersten Mal ins Bett. Als sich unsere Körper vereinten, hatte ich das Gefühl, endlich vollständig zu sein. Genauso muss es sein. Wenn ein Mensch einem anderen so viel Aufmerksamkeit schenkt, sowohl körperlich als auch mit dem Herzen, entsteht daraus pure Ekstase. Ich wollte für immer eins mit ihm sein. Lange lagen wir ineinander verschränkt da. Dann spürte ich, wie er wieder hart wurde und langsam, ganz langsam, begann er, sich erneut in mir zu bewegen. Ich wollte, dass es immer so weiterging und nie aufhörte.

Doch als er sich schließlich von mir löste, fühlte ich mich, anders als ich es befürchtet hatte, nicht verloren. Ich fühlte mich vollständig. Mit Dante zu schlafen glich einem ganz langsamen, ziemlich komplizierten Freudentanz.

Irgendwann schlief ich in seinen Armen ein. Als ich aufwachte, schlief er noch. Doch als hätte mein Blick ihn geweckt, öffnete er kurz darauf die Augen und lächelte mich an.

»*Ciao, Nico.*« Und da wusste ich es. Das war ein Mann, mit dem ich in den Sonnenuntergang reiten konnte. Auch auf einer Vespa.

»Ich rufe uns Zimmerservice fürs Frühstück. Was würde dir Freude machen?« Er hatte sich auf den Ellbogen gestützt.

Ich vergrub mich tiefer in den schneeweißen Laken und zog ihn an mich. »Warte, ich zeig's dir.«

Irgendwann frühstückten wir schließlich doch noch und gingen danach wieder raus in die Welt.

Das ganze Wochenende bestand nur aus Essen, Shoppen, dem Casino, Sex, noch mehr Casino und noch mehr Sex. Wir gingen schwimmen. Ausnahmsweise trank ich so gut wie keinen Alkohol. Ich wollte, dass meine Sinne geschärft blieben. Und obwohl rings herum alle rauchten, sogar in den Casinos, hatte ich noch nie so wenig Lust auf eine Zigarette verspürt.

Am Sonntagnachmittag spielten wir Black Jack in der Mandalay Bay, als Dantes ganzer Körper sich auf einmal versteifte. Er legte mir eine warme Hand auf den Arm. »Es ist Zeit.«

»Was meinst du?« Ich war völlig auf das Spiel und den Haufen Geld konzentriert, den ich gerade gewonnen hatte. »Nur noch ein paarmal. Ich habe eine Glückssträhne.« Und es stimmte. Anfängerglück, nannten sie es. Ich hatte meinen ursprünglichen Einsatz mehr als verdoppelt, wodurch ich das ganze Geld, das mir Wayne genommen hatte, locker wieder drinhatte.

Doch Dante schüttelte den Kopf. »Nein. Nico, sieh mich an.« Ich gehorchte. »Es ist Zeit, jetzt wir gehen.«

Beide gaben wir dem Croupier Trinkgeld. Ich spürte so etwas wie Enttäuschung, doch sobald wir den Spielbereich verlassen hatten, fühlte ich mich wieder einigermaßen gut. Besser als gut, fantastisch sogar.

»Und was jetzt?«

»Jetzt gehen wir einkaufen, schwimmen, essen. Heute Abend habe ich eine Überraschung.« Als wir aus dem Casino traten, überraschte mich wieder der eisige Wüstenwind. Es war viel kälter in Vegas, als ich erwartet hatte.

»Was würdest du jetzt gerne machen?«

»Dreimal darfst du raten.«

Irgendwann schafften wir es, das Bett wieder zu verlassen. Wir spazierten durchs Bellagio, bis wir schließlich einen Theatersaal erreichten.

»Der *Cirque du Soleil* mit seinem Programm *O!*«, sagte ich. »Das wollte ich schon immer mal sehen. Wusstest du, dass der Gründer des *Cirque* Belgier ist?«

»*Cara*, sein Name ist Franco Dragone. Er ist echter Italiener.«

»Er wurde in Belgien geboren und ist dort aufgewachsen. In La Louvière. Er lebt immer noch dort.« Jacqueline kannte ihn.

»Aber trotzdem Italiener. Und erfolgreich in Amerika. Von allen Welten jeweils das Beste. *Come noi.*«

Wir hatten Plätze in der fünften Reihe des Parketts. Atemlos und völlig gebannt verfolgte ich die Vorstellung, fieberte bei jeder Szene mit, jedem Sprung, ging mit jedem Ton und jeder Bewegung der wirbelnden Stoffe mit. Mein Herz machte einen Satz nach dem anderen und wollte sich gar nicht mehr beruhigen.

Diese Stimme.

Sie ähnelte der von Jacqueline.

Tränen liefen mir über die Wangen. Um diese Vollkommenheit zu erreichen, hatte sie uns allen vor vielen Jahren den Rücken zugekehrt. Sie war in Belgien geblieben, als wir damals in die Staaten zurückkehrten. Die Kunst ist gleichermaßen egoistisch und selbstlos.

In der Pause hätte ich ihr beinahe eine SMS geschickt, um ihr zu sagen, wie lieb ich sie hatte. Doch da ich nicht mit ihrem Erstaunen konfrontiert sein wollte, zögerte ich im letzten Moment. Ich würde es ihr an Weihnachten sagen. Zum ersten Mal war die Vorstellung, Weihnachten mit der Familie zu verbringen, mit einem Hauch von Vorfreude verbunden.

Dann kehrten Dante und ich in den Saal zurück.

Die Kostüme waren eine wahre Augenweide. Als die Show dem Ende zuging, war ich fast, aber noch nicht ganz übersättigt. Und auf einmal wusste ich, was ich tun musste. Ich musste meinen Platz in der Welt der Leidenschaft und der Freude finden.

Beim Verlassen des Theaters zitterte ich am ganzen Leib. »Sie hätten es ›D‹ nennen sollen statt ›O‹.«

»Warum?«, fragte Dante.

»Weil der Mensch dem Göttlichen hier auf Erden nicht näher kommen kann.«

Dann spazierten wir schweigend zwischen den blinkenden Lichtern hindurch, die auf einmal grell und fast obszön wirkten. Das Casino hatte sämtliche Anziehungskraft verloren.

Unterwegs kauften wir eine Tafel gute Bitterschokolade und gingen in die Bar mit der Wasserwand, in der wir auch an unserem ersten Abend gewesen waren. Dort bestellten wir Champagner und stießen miteinander an.

»Auf Vegas«, sagte ich.

»Nein. Aufs Leben.«

»Ja.«

Später lagen wir nackt im Bett, und Dante fütterte mich mit der besten Schokolade, die ich außerhalb Belgiens jemals gekostet hatte. Ich genoss jeden Bissen.

»Jetzt verstehe ich das endlich«, seufzte ich.

»Was?« Er reichte mir ein Glas Champagner.

»Warum für manche Menschen, ja, viele Menschen sogar, wie zum Beispiel meine Schwester Gali, Schokolade so gut wie Liebe oder perfekter Sex ist.« Es kam mir vor, als hätte ich das noch nie zuvor wirklich geschmeckt. »Das ist …« Ich suchte nach einem passenden Ausdruck. »Unbeschreiblich.« Um diese Erfahrung und den Mann an meiner Seite zu beschreiben, gab es keine Worte.

Genüsslich trank ich einen Schluck Champagner. »Ich bekomme langsam einen ziemlich erlesenen Geschmack«, neckte ich ihn. »Du hättest mich niemals hierherbringen dürfen. Ich wünschte, wir könnten einfach immer so weitermachen.«

»Nein. Dann würde es seinen Zauber verlieren. Man muss immer wissen, wann man gehen und wann man bleiben sollte. Das ist das Geheimnis des Lebens.«

Ich wollte nicht gehen. Ich wollte diesen Moment festhalten, solange ich lebte. San Diego, die Universität, mein Umzug, das alles schien so weit entfernt.

Dante drehte sich auf die Seite, damit er mich anschauen konnte, den Kopf in die Hand gestützt. »Du wirst mit mir nach Sonoma kommen?«

Ich sah ihn an, alles, was er war. Nicht, was er gewesen war oder was er werden würde, sondern nur das, was er jetzt war.

»Ja.«

Auf dem Rückflug saßen wir in der Holzklasse, aber es war mir komplett egal, denn wir waren dabei, Pläne zu schmieden. Ich hatte bereits bei Laura angefragt, ob ich meine Sachen in ihrer Garage bis zum neuen Jahr zwischenlagern konnte. Damals war ich mir nicht sicher gewesen, wohin ich sie dann bringen würde. Etwas Besseres, als nach Pennsylvania zurückzugehen, war mir nicht eingefallen. Und jetzt saß ich hier und hatte einen Plan. Ich würde mich noch heute bei Annick melden, mit meinen Freunden reden. Sonoma war perfekt, weil es in der Nähe einer großen Stadt lag. Noch dazu war es eine Stadt, die ich liebte. Sollte ich später einen Showroom brauchen, könnte ich dort irgendwann einmal einen eröffnen. Aber ich würde klein anfangen und zuerst meine Kreationen im Internet anbieten.

In etwa zwanzig Minuten würden wir landen. Ich drückte Dantes Hand.

»*Sì, cara?*«

»Was machst du eigentlich an Weihnachten?«

Er zuckte mit den Schultern. »Mein Freund, er kommt erst im Januar nach Kalifornien. Ich habe keine Pläne.«

»Magst du mitkommen und meine Familie kennenlernen?«

»Ich dachte schon, du fragst mich nie.« Lächelnd zwinkerte er mir zu.

Als der Taxifahrer uns vor meinem kleinen Haus absetzte, konnte ich es kaum erwarten, unser neues Leben zu beginnen. Ich steckte den Schlüssel ins Schloss, Dante folgte mir mit unserem Gepäck. Ich öffnete die Tür.

Und sah Wayne am Tisch sitzen und ein Sandwich essen.

»Hallo, Babe«, begrüßte er mich grinsend.

Ich war sprachlos. Reglos. Wie betäubt.

»Komm her zu mir«, sagte er. »Sonst komme ich womöglich noch auf die Idee, dass du dich gar nicht freust, mich zu sehen.« Er legte sein Sandwich weg und stand auf. Nach zwei mechanischen Schritten in seine Richtung blieb ich stehen. Als er zu mir kam und mich an sich zog, erhärtete ich wie Mörtel.

»He, Colette, warum so steif? Oh.« Offenbar hatte er Dante im Türrahmen entdeckt. »Wer ist denn dein Kumpel da? Wo sind bloß meine Manieren geblieben? Kommen Sie doch rein.« Er ließ die Arme sinken, woraufhin ich schnell einen Schritt zurücktrat.

Schließlich fand ich meine Stimme wieder. »Dante, das ist« – ich würgte die Worte förmlich hervor –, »Wayne.«

»Freut mich, Sie kennenzulernen, Dante.« Wayne streckte ihm die Hand hin. Dante ließ die Taschen zu Boden fallen und betrachtete Waynes Hand, als wäre sie mit dem Herpesvirus infiziert, bevor er einschlug. Mir entging nicht, wie Wayne Dante insgeheim musterte, daraufhin ein wenig das Kinn in die Höhe reckte. Ein kleines Lächeln umspielte seine Mundwinkel.

»Wayne, was machst du hier?« Meine Stimme klang heiser.

»Später, Babe. Siehst du nicht, dass wir Besuch haben?«

Seine Haare waren im Nacken etwas kürzer, und er hatte die Bräune Südkaliforniens verloren, aber ansonsten sah er aus wie immer. Seine braunen Haare fielen ihm über seine dunklen Hundeblick-Augen in die Stirn, und er hatte immer noch dasselbe jungenhaft attraktive Gesicht. Er trug Jeans und ein altes marineblaues College-Sweatshirt. Er war so vertraut, so sehr ein Teil von mir, dass meine Knie weich wurden.

Vorsichtig schielte ich zu Dante hinüber. Seine Augen waren schmal geworden, und er presste die Lippen fest aufeinander. Auch er trug Jeans und einen schlichten weinroten Pulli. Sie trugen ähnliche Kleidung, doch die beiden wirkten, als kämen sie von unterschiedlichen Planeten.

»Kennt ihr euch von der Uni?«, erkundigte sich Wayne.

»Nein, ich …«

»– So etwas in der Art«, übertönte ich ihn. »Dante, kann ich mal kurz mit dir sprechen. Draußen?«

Er nickte. »Natürlich.« Dann nahm er seine Tasche und wandte sich zum Gehen.

»Tschüss, Kumpel. War nett, Sie kennenzulernen. Freunde von Colette sind mir immer willkommen.«

Dante zögerte einen Moment, doch dann ging er weiter. Ich folgte ihm bis vor zur Straße, außer Hörweite.

»Hör zu. Ich muss das auf meine Weise klären. Ich kann ihn nicht einfach rausschmeißen«, erklärte ich. Als ich anfing, auf meinem Daumennagel herumzukauen, nahm Dante sanft meine Hand und hielt sie fest.

»Ich habe kein Problem mit dem Rausschmeißen. Lass mich nur machen.« Dantes Augen waren noch nie so dunkel gewesen. Sein ganzer Körper war angespannt.

»Nein.« Als ich merkte, wie schroff ich klang, fügte ich noch hinzu: »Bitte.«

»Aber er ist ein Monster.« Er schüttelte den Kopf.

»Findest du nicht, dass du ein bisschen übertreibst?« Fröstelnd blickte ich nach oben in den wolkenverhangenen Himmel. Es drohte, jeden Moment zu regnen.

»Er hat dir so viel Schmerz bereitet.« Dante fasste mit der freien Hand nach meiner Schulter.

»Ich weiß. Das habe ich auch nicht vergessen. Aber ich muss das auf meine Art klären. Einen klaren Schnitt machen. Er ist ein Teil meines Lebens.«

Dantes Augen blitzten auf.

»War, meine ich. Er *war* ein Teil meines Lebens. Ein großer Teil. Das bin ich ihm schuldig.«

»Du bist ihm überhaupt nichts schuldig.« Dante wirkte, als würde er gleich mit irgendetwas um sich werfen. Einem Auto, zum Beispiel.

»Vielleicht nicht.« Ich holte tief Luft. »Aber mir selbst bin ich es schuldig. Ich brauche einen sauberen Schlussstrich.«

»Ich will dich nicht mit ihm hier alleine lassen.«

»Das ist schon in Ordnung, versprochen. Vertrau mir.«

»Dann bin jetzt ich an der Reihe, dir zu vertrauen?«, meinte er.

»Ja. Tust du das?«

»*Bene.*«

»Morgen treffen wir uns im …«

»*Caffè Bella Luna*«, sagte er.

»Genau das wollte ich gerade vorschlagen.« Es war unser Restaurant. Ich lächelte.

Zärtlich streichelte er meine Wange. »Siehst du, Nico. Wir sind ein Kopf, ein Herz.«

»Um eins?«, fragte ich.

Er grinste. »*Sì.*«

Dann sah ich ihm nach, wie er die Straße hinunterging und verschwand, bevor ich ins Haus zurückkehrte.

»Hast du mich vermisst? Kaut immer noch an ihren Nägeln, die gute alte Colette«, sagte Wayne. Ich ließ die Hand sinken. Als er versuchte, mich wieder an sich zu ziehen, wich ich aus. Es wäre so einfach, mich in seine Arme fallen zu lassen. Dort hatte ich so lange gelebt. Die einzige

Konstante in einer Welt der Variablen. Colette liebt Wayne, das war in mein Herz eingraviert.

Doch die Dinge hatten sich geändert. Ich hatte mich geändert.

»Was sind das alles für Sachen?« Er zeigte auf die Möbel, und auf einmal brach meine Wut aus mir heraus.

»Was hast du erwartet? Wäre es dir lieber gewesen, wenn ich die letzten zwei Monate auf dem Fußboden gesessen hätte? Und mit welchem Geld hätte ich mir andere Möbel kaufen sollen? Wie *konntest* du nur?« Der ganze alte Groll, die alten Verletzungen brachen hervor. Ich schlug richtig fest mit der Hand auf den Tisch.

»Ja, was das angeht«, meinte er und ging im Zimmer auf und ab. »Das hab ich für uns getan.«

»Für uns?« Ich lachte.

»Für dich und für mich.« Er fuhr herum, um mich anzusehen.

»Kannst du mir das mal erklären? Du nimmst alle Möbel mit, verschwindest mit meinem Geld und lässt einen Zettel da, auf dem steht, dass es dir leidtut. Und jetzt sagst du, das alles hast du für uns getan?« Ich ließ mich auf einen Stuhl fallen und funkelte ihn an. »Erklär's mir.« Wenn es ihm gelang, sich da herauszureden, konnte er mit seinem Kunststück in Vegas auftreten und als König der Entfesselungskünstler ein Vermögen verdienen.

»Ahh, Babe, jetzt sei doch nicht so. Ich hatte gehofft, wir könnten das alles vergessen und einfach da weitermachen, wo wir aufgehört haben.«

»Vergiss es.« Mein Körper fühlte sich an wie kalter Stahl. »Und hör auf, mich Babe zu nennen.«

»Okay, okay. Wenn du das so willst. Aber hör mir wenigstens zu, lass mich ausreden. Unterbrich mich nicht. Ich erzähl dir meinen Teil.« Er ging wieder auf und ab.

»Klar. Denn, ganz ehrlich, von meiner Seite aus stinkt dein Teil ganz gewaltig.« Mit großer Mühe beherrschte ich mich, nicht wieder an meinen Nägeln herumzukauen.

»Siehst du, jetzt fängst du schon damit an.«

»Womit?«

»So hart und zynisch zu sein.«

»Ich werde mir Mühe geben.«

»Gut. Du siehst übrigens toll aus«, erklärte er mir strahlend.

Ich betrachtete mein Glitzershirt aus Las Vegas und die schwarzen Leggins. Das Shirt war irgendwie kitschig, aber ich liebte es trotzdem. »Wechsel nicht das Thema. Du wolltest mir gerade erklären, inwiefern es zu meinem Besten war, dass du die Möbel und mein Geld genommen und mich verlassen hast.« Ich zählte seine Taten an den Fingern ab.

»Dazu komm ich ja gleich.« Er fuhr sich durch die Haare und setzte sich mir gegenüber. Vom Geruch seines halb gegessenen Sandwichs wurde mir übel. »Damals im September, da kam ich mir vor wie ein Versager, weißt du?«

Ich nickte knapp, denn ich wollte auf keinen Fall auf seine Mitleidsnummer hereinfallen.

»Kein Job, nichts in Aussicht, den ganzen Tag nur daheim rumhängen.«

»Daran kann ich mich gut erinnern.«

»Mensch, Colette. Jetzt mach mal halblang, ja?«

»Na gut.«

»Also habe ich beschlossen, zurück an die Ostküste zu gehen, um zu sehen, ob ich da ein paar, äh, Familien-connections aufwärmen kann, verstehst du? Und es hat funktioniert. Hat zwar eine Weile gedauert, aber ich habe gerade einen tollen Job bei Multitech in Boston bekommen ...«

»Aber ...«

Er hob die Hände. »Du hast versprochen, mich ausreden zu lassen.«

»Na gut.«

»Am Anfang war es wirklich hart, ich kam nicht weiter. Aber schließlich hat Multitech mich angeworben. Ich habe das Geld als Anzahlung für ein tolles Apartment herge-nommen. In einem dieser Sandstein-Stadthäuser mit Bäu-men an der Straße, von denen du immer schwärmst. Und die Möbel, na ja, die hab ich als Einrichtung dafür ge-braucht. Ich hab auf der Couch geschlafen, weil ich dachte, wir können uns dann gemeinsam ein Bett aussuchen.«

»Aber warum hast du mir das alles nicht erzählt?« Schon wieder kaute ich an meinen Nägeln herum.

»Was, wenn ich gescheitert wäre? Ich konnte dir erst wieder gegenübertreten, wenn ich Erfolg hatte. Und, Colette, da drüben gibt es so viele Colleges, da findest du in null Komma nichts eine neue Stelle als Dozentin. Du musst bloß hier kündigen ...«

»Das sollte kein Problem sein.« Meine Stimme klang leer.

»Super! Fantastisch! Siehst du? Es fügt sich alles.«

»Aber, Wayne, eine einzige E-Mail, wäre das denn so schwer gewesen? Ich hätte es doch verstanden.«

»Du kapierst es einfach nicht.« Er legte seine Hand auf meine und spielte mit meinen Fingern herum. »Ich liebe dich. Ich hatte das Gefühl, deiner nicht würdig zu sein. Du hast in all den Monaten, als ich am Boden war, zu mir gestanden. Du stehst immer zu mir. Du weißt doch, dass ich dich liebe, oder?«

Ich traute meiner Stimme nicht.

»Und du liebst mich.« Es war keine Frage.

Ich sah ihn an. Seine braunen Augen blickten flehend drein. Wie konnte man aufhören, jemanden zu lieben, der so lange Teil des eigenen Lebens war?

Es ging nicht.

»Ja, das tue ich.« Und es stimmte.

»Colette, Baby.« Auf einmal kniete er zu meinen Füßen auf dem Boden, meine Hände in seinen. Da erst merkte ich, wie kalt meine Finger waren. »Willst du mich heiraten?« Er ließ mich los, um in die Hosentasche seiner Jeans zu greifen und eine kleine hellblaue Schatulle herauszuziehen. Als er sie aufklappte, steckte darin ein runder Solitär in der klassischen Tiffany-Fassung. Ein einsamer Sonnenstrahl durchs Fenster brachte ihn zum Funkeln.

Jetzt war es plötzlich da. Alles, was ich mir immer gewünscht hatte. Genau hier, zu meinen Füßen.

Ich holte tief Luft. Und hielt den Atem an.

»Sag was. Falls es dir nicht aufgefallen ist, ich habe dir eben einen Heiratsantrag gemacht.« Mit großen Augen sah Wayne mich an.

Schließlich atmete ich aus.

»Ja.« Es war stärker als ich. Das war Schicksal. Grinsend steckte er mir den Ring an den Finger. Er war zu groß.

»Super! Genial!« Wayne stand auf und küsste mich kurz auf den Mund, ehe er sich wieder hinsetzte. »Hast du Hunger?«, fragte er.

»Nein.« Ich betrachtete den Ring, der schief an meinem Finger hing. Ich konnte ihn kleiner machen lassen. Eigentlich hätte mir vor lauter Freude und Aufregung schwindelig werden sollen, aber davon spürte ich nichts. Vielleicht brauchte es ein paar Minuten, damit sich das Gefühl einstellte.

»Immer noch dieselbe alte Colette.« Er verschlang den Rest seines Sandwichs. »Was hast du gemacht, bist du religiös geworden?« Er zeigte auf die Krippe.

Ich schüttelte den Kopf.

»Außerdem«, meinte er, nachdem er den letzten Bissen verschlungen hatte, »brauchst du mich. Du hast einen schrecklichen Einrichtungsgeschmack.«

Ich steckte den Ring in die Schachtel zurück. Aus Angst, ihn zu verlieren.

Kurz vor eins betrat ich das *Bella Luna*. Dante war schon da und unterhielt sich entspannt mit der Bedienung. Er trug das T-Shirt, das ich nach unserem ersten gemeinsamen Auftrag für ihn gemacht hatte. Waynes Ring steckte in der Innentasche meiner Handtasche. Zuvor war ich bei Tiffany's im Fashion Valley gewesen, wo man mir erklärt hatte, dass die Ringgröße nicht mehr rechtzeitig vor meiner Heimreise angepasst werden konnte.

Dante lächelte, als er mich sah, und es fühlte sich an, als wäre die Sonne aufgegangen. Er winkte mich zu sich. Als ich an den Tisch kam, stand er auf, um mir den Stuhl herauszuziehen. Dann beugte er sich vor, um mich zu küssen, doch ich drehte den Kopf, sodass sein Kuss auf meinem Mundwinkel landete.

Als er wieder mir gegenüber Platz nahm, war sein Grinsen verschwunden. »Also, er ist hinausgeworfen? *Sì?*«

»Dante ...«

»Du erzählst mir hinterher. Zuerst wir bestellen.«

Da erst merkte ich, was für einen Hunger ich hatte. Seit dem Frühstück in Vegas tags zuvor hatte ich nichts mehr gegessen. Ich stellte meine Tasche neben meinen Stuhl auf den Boden. Mein Herz schlug zu schnell. *Ganz ruhig.*

»Soll ich ...?« Dante zeigte auf die Speisekarte.

»Mach ruhig.«

Er bestellte zwei *risotto ai funghi* und eine Flasche Pinot Grigio.

»*Come stai?*«, erkundigte sich unsere Bedienung.

»*Bene. Grazie*«, erwiderte ich, und mir wurde klar, dass ich nun doch nicht mehr viel Gelegenheit haben würde, Italienisch zu lernen.

»Also, jetzt.« Dante blickte der jungen Frau hinterher, ehe er sich wieder mir zuwandte. »Du hast ihn weggeworfen?«

»Raus.« Der Autokorrektur-Modus funktionierte immer noch. »Nein.«

»Ich verstehe, es ist schwierig. *Quando, allora?* Ich kann dir helfen.«

»Dante, bitte verzeih mir«, sagte ich zum Salzstreuer.

»Wofür? Du schaust mich nicht an. *Perché?*«

Ich spürte seinen Blick. Ich sah auf. »Was wir haben, ist toll, aber ...«

»Es ist besser als toll. Ein Essen ist toll. Aber das, was wir zusammen haben, das ist das wahre Leben.«

Immer wieder drehte ich meine Gabel auf dem Tischtuch hin und her. »Nein. Es *war*« – ich machte eine Pause, um die Vergangenheitsform wirken zu lassen –, »unglaublich, aber es war nicht real. Es war wie ein Märchen.«

»Du bist *molto intelligente*, Nico. Aber jetzt gerade, du sagst dumme Dinge.«

Da endlich sah ich ihm in die Augen. Er wirkte nicht wütend. Auch nicht verwirrt. Unsere Bedienung kam, um die Wassergläser aufzufüllen. Ich lächelte sie an, dankbar für die Unterbrechung.

Dann trank ich einen Schluck Wasser. »Lass es mich dir erklären.«

»Nein. Ich werde erklären. Ihn wiederzusehen war ein Schock, no?«

Ich nickte.

»Und ihr seid zusammen gewesen für *tanti anni*?«

»Seit ich fünfzehn bin«, gab ich zu.

»Zu lange. Es ist normal, dass das schwierig ist. Aber so ein Mann. Er ist kein Mann. Er ist ein kleiner Junge, der Geld stiehlt von einer Frau, der sie sitzen lässt, nicht einmal, nein, zweimal. Wie kannst du glauben, dass er nicht wieder damit anfangen wird?« Er klang wie ein Verteidiger, der soeben das Schlussplädoyer in einem klaren Fall gehalten hat.

»Er hat sich geändert. Er ist … erwachsener geworden.« Es war mir wichtig, dass Dante es verstand.

Unsere Bedienung kehrte zurück, diesmal mit unserem Wein. Dante kostete davon und nickte, woraufhin sie uns einschenkte und die Flasche dann in einen schwitzenden Weinkühler stellte. Wieder ein Gavi, stellte ich fest. Auf einmal war ich unheimlich durstig.

»*Grazie*.« Ich konnte genauso gut möglichst viel Italienisch üben, solange ich noch die Gelegenheit dazu hatte. In einem Zug leerte ich mein halbes Glas. Es war sicher ein guter Wein, aber ich schmeckte kaum etwas davon.

»Nico, ich kenne diesen Typ Mensch. Er ist ein Nehmer – einer, der klaut.«

Ich warf Dante einen Blick zu.

Er verzog das Gesicht. »Nicht Dinge. Dinge können ersetzt werden. Aber aus dem Herzen. Er wird dich wieder brechen.«

»Das kannst du nicht wissen. Du kennst ihn doch gar nicht.« Nun leerte ich den Rest meines Glases, während Dantes Wein immer noch unberührt dastand.

»Doch, das tue ich. Er ist einer von denen, die dich nur lieben, wenn du gebrochen bist. Um sich stark zu fühlen.« Als er nach meiner Hand griff, zog ich die Finger ein, um meine bis aufs Fleisch abgekauten Nägel zu verbergen.

Immer wieder schüttelte ich den Kopf und sah dabei wahrscheinlich wie so ein blöder Wackeldackel aus. »So ist es nicht.«

Unser Essen wurde serviert, doch wir rührten es nicht an.

»Also bedeutet das, was wir haben, für dich … *niente*? Nichts?« Eine Falte war zwischen seinen Augenbrauen aufgetaucht.

»Natürlich nicht! Es bedeutet mir etwas. Es bedeutet mir viel. Aber, Dante, das ist nicht das echte Leben. Es war ein wunderbarer Traum. Wayne ist real.«

»Das Leben muss nicht hart sein, um real zu sein.« Er griff nach Messer und Gabel, doch dann legte er beides wieder weg. »Kannst du sagen, dass du mich nicht liebst?«

Ich biss mir auf die Lippe. »Nein, das kann ich nicht.« Ich liebte sie beide. Auf einmal sah ich mich als die Jeanne Moreau-Figur in *Jules et Jim*, die zwei Männer liebt, die bedingungslose *ménage à trois*. Doch die Vorstellung, Dante und Wayne könnten Freunde werden, war so absurd, dass ich unwillkürlich lächeln musste. Das Leben ist kein französischer Film.

Dante bemerkte mein Lächeln und hielt sich daran fest. »*Allora*, dann akzeptiere ich nicht.« Er legte seine Serviette auf den Tisch. »Ich gebe dir eine Woche. Eine Woche ab heute, um dir zu überlegen, was für ein Leben du willst.«

»Aber …«

»Hör mir zu. In einer Woche, das ist der Tag, bevor du zu Weihnachten nach Hause fliegst. Wenn du unser Leben willst, du kommst zu mir. Hierher. Ich werde auf dich warten. Dienstag. Acht Uhr. Wenn ich dich nicht sehe, ich gehe.«

»Nein, Dante, das hier muss unser Abschied sein«, flüsterte ich.

»Wovor hast du Angst?« Er warf ein paar Geldscheine auf den Tisch, dann standen wir beide auf und ließen unser unberührtes Risotto kalt werden.

19

Magali

Als mittlere Schwester – die weder ein Star noch der Sohn, noch das süße Baby der Familie war – hatte ich die Rolle als Hüterin der Traditionen gewählt. Ich kümmerte mich um die Feiertage. Ich schuf sowohl bei mir zu Hause als auch in meinem Leben Raum dafür. Von der Einfahrt aus ließ ich den Blick über unser Haus schweifen. Alles war perfekt – nun ja, so perfekt wie unser zweistöckiges, im Kolonialstil erbautes Gebäude eben sein konnte. Die Weihnachtsbeleuchtung war angebracht. Ich hatte genug Plätzchen für die jährliche Schlittschuhwohlfahrtsveranstaltung in der Schule sowie für alle Kuchenbasare, Weihnachtskonzerte und unerwartete Gäste eingefroren. Im Wohnzimmer lagen zwar immer noch ein halb fertiges Projekt für den Kunstunterricht herum sowie Ellys und Charlottes Bücher, aber den Rest hatte ich mehr oder weniger unter Kontrolle.

Trotzdem war heute der Tag gekommen, meine Vorsätze in die Tat umzusetzen. Damit bis Neujahr zu warten entsprach nur dem Klischee.

Zum Frühstück hatte ich eine halbe Grapefruit gegessen und fühlte mich sehr brav. Ich hatte ganz vergessen, wie satt Grapefruit und schwarzer Kaffee machen konnten.

Heute trug ich Schwarz, hatte die Haare nach hinten gebunden und mir einen langen Seidenschal um den Kopf gewickelt, dessen Enden mir über die Schultern hingen. Meine Brille hatte ich auf die Stirn geschoben. Mit etwas mehr Make-up würde ich so perfekt fürs Umschlagfoto meines Romans aussehen.

Ich klappte mein Macbook auf, doch dann hielt ich inne. Ich saß am kleinen Tisch in der Küche, wo ich alle sieben meiner bisherigen Bücher verfasst hatte. Jetzt musste ich mir einen anderen Ort suchen. Große Romane schreibt man nicht in der Küche.

Mit zunehmender Bestürzung wurde mir klar, dass ich außer der Küche keinen eigenen Arbeitsbereich hatte. Leo hatte eines der vier Schlafzimmer in sein Arbeitszimmer verwandelt. Dort saß er oft, wenn er noch etwas vorbereiten musste. Das zweite freie Zimmer wäre ideal gewesen, doch Art wohnte immer noch bei uns.

Der Esstisch?

Zu förmlich und öffentlich.

Vielleicht hätte ich mir ein Kaminfeuer anzünden und mich im Wohnzimmer in den weichen Ledersessel kuscheln sollen? Das könnte gemütlich und inspirierend sein. Ich könnte ja die Große Amerikanische Sesselschriftstellerin werden.

Also machte ich mich daran, Holzscheite im Kamin aufzuschichten und trockene Zweige und zerknülltes Zeitungspapier hinzuzufügen. Beim Anzünden der Titelseite der Freitagsausgabe der *New York Times* hatte ich ein schlechtes Gewissen, dass ich Wörter verbrannte – *Fahrenheit 451* hatte mich auf der Highschool ziemlich beeindruckt.

Sofort entwickelte sich Rauch und löste den Rauchmelder aus. Nach Luft schnappend, riss ich die Klappe zum Abzugsschacht auf, bevor ich mit einem Kissen vor dem Gerät an der Decke herumwedelte, bis es endlich aufhörte zu kreischen.

Sobald alles einigermaßen unter Kontrolle schien, griff ich nach dem Akkordeon-Dingsbums – wie hieß das noch gleich? Eine Schriftstellerin sollte eigentlich Dinge benennen können. Merke: Vor Romanbeginn Akkordeon-Dingsbums googeln. Ruß flog durchs Zimmer und bedeckte sowohl mich als auch den Läufer vor dem Kamin. *Merde*!

Wenigstens schien das Feuer jetzt anständig zu brennen. Und immerhin trug ich Schwarz, wenn auch meine Kleidung jetzt nach Rauch roch.

Dann ging der Rauchmelder wieder los.

»Halt die Schnauze!«

Ich versuchte ein Fenster zu öffnen, bis mir einfiel, dass wir vor drei Wochen die Sturmfenster installiert hatten – also öffnete ich stattdessen die Haustür, wobei ich dabei den Ruß über den ganzen Fußboden und meinen für Thanksgiving frisch geschrubbten Teppich verteilte.

Die Tür nur angelehnt, wedelte ich wieder vor dem Feuermelder herum, bis er verstummte.

Das Feuer selbst loderte nun prächtig vor sich hin, aber mein perfektes Arbeitszimmer und meine seriöse Autorinnen-Kleidung waren nun von einer feinen Ascheschicht überzogen. Ich zerrte den Staubsauger aus dem Flurschrank und saugte den Boden, ehe ich nach oben ging, um zu duschen und mir etwas Frisches anzuziehen.

Als ich in Jeans und einem weiten Sweatshirt – Merke:

mehr schwarze Sachen kaufen – zurück ins Wohnzimmer kam, war es dort eiskalt. Ich hatte vergessen, die Haustür zu schließen, und das Feuer war inzwischen erloschen.

Das Wohnzimmer mit dem prasselnden Kaminfeuer war vielleicht doch keine so heiße Idee gewesen. Die Metapher ließ mich zusammenzucken. Wenn ich einen großen Roman schreiben wollte, sollte ich da etwas mehr draufhaben.

Ärger schäumte in mir auf, so als wäre ich eine geschüttelte Sprudelflasche. Ich knallte die Haustür zu. Hier gab es einfach kein Zimmer für mich. Wie sollte ich mich der großen Literatur widmen, ohne, um Virginia Woolf zu bemühen, ein Zimmer für mich allein zu haben?

In der Küche brühte ich eine frische Kanne Kaffee auf. Ich hätte ins Haushaltswarengeschäft fahren und mir eine dieser Einzeltassenespressomaschinen kaufen sollen. Koffein half mir nämlich beim Denken.

Mein Magen knurrte, aber ich ignorierte ihn.

Als der Kaffee fertig war, schenkte ich mir eine Tasse davon ein und setzte mich hin. Mein Magen knurrte wieder. Ich gab nach und schnitt mir eine dicke Scheibe Kürbis-Cranberry-Walnuss-Brot ab. Schließlich war Kürbis ja Gemüse und Cranberrys bekanntermaßen gesund. Außerdem hatte ich durchs Staubsaugen jede Menge Kalorien verbrannt.

In Gedanken ging ich jedes Zimmer im Haus ab: das Elternschlafzimmer, das Kinderzimmer der Mädchen, die zwei Gästezimmer, die beide belegt waren. Das Ess- und Wohnzimmer waren für alle da, wodurch ich …

Im Regen stand.

Oder in der Küche.

Nein.

Aber da ich nun schon mal hier war, konnte ich genauso gut kurz meine Mails checken und das Akkordeon-Dingsbums googeln.

Die Nachricht von Terry d'Agostino, dem Wunderknaben-agenten, öffnete ich nicht, obwohl ich wusste, dass das keine gute Idee war. Ana drängte mich, eine Entscheidung zu treffen. Außerdem hatte ich eine Mail von Jacqueline bekommen, die meinte, ich solle mir keine Sorgen um Daddy machen, es sei vermutlich eine Midlife-Crisis.

Von Sportwägen und heißen Blondinen weiß man ja, aber Tee und Törtchen, um sich wieder jung zu fühlen?, schrieb ich zurück.

Ein *Blasebalg*. Natürlich. Wie konnte ich dieses Wort nur vergessen haben. Ich nippte an meinem Kaffee und fühlte mich dabei wie eine Romanautorin.

Dann traf mich die Erkenntnis wie ein Blitz. Ich klappte meinen Laptop zu. Ein Geniestreich. Der Dachboden! Ich würde oben auf dem Dachboden eine Ecke freiräumen, alle Kisten auf eine Seite stapeln und die andere als Schreibstube nutzen.

Sofort ging ich nach oben, sah mich um und nieste.

Es war staubig.

Und kalt.

Und chaotischer, als ich es in Erinnerung hatte.

Ich würde es trotzdem versuchen. Wenn mir das hier gelang, würde ich alles schaffen.

Also trug ich sämtliche Kartons nach rechts hinüber und stapelte sie an der Wand auf. Dann schob ich eine Truhe, die einst Leos Großvater gehört hatte, davor. In der Truhe bewahrte ich Stoffe und alte Kleider für Faschingskostüme auf. Ich holte eine lange rechteckige Tischdecke mit Paisley-muster heraus und drapierte sie über die Kartons.

Als Nächstes zog ich Tante Solas alten Tisch und einen Stuhl quer über den Dachboden zum Mansardenfenster hinüber.

Nachdem ich gekehrt und gesaugt, die Fenster geputzt und Tisch und Stuhl abgewischt hatte, stieg ich auf den Stuhl und versah die nackte Glühbirne, die von der Decke baumelte, mit einem Tiffany-Lampenschirm.

Aus der Küche holte ich eine kobaltblaue Vase, in die ich eine einzelne Gerbera aus dem Thanksgiving-Strauß stellte, den Ana mir gebracht hatte, und platzierte sie auf meinem Tisch. In der Garage fand ich einen alten kleinen Heizlüfter, den wir benutzt hatten, als vor sechs Jahren unsere Öl-heizung ausgefallen war.

Als ich mit allem fertig war, betrachtete ich das Ergebnis meiner Arbeit. Mein Laptop lag auf dem Tisch neben eini-gen frisch gespitzten Bleistiften, einem funkelnagelneuen Notizbuch und meinem Mont-Blanc-Füller – den Leo mir für meine allererste Kochbuch-Signierstunde geschenkt hatte. Irgendetwas fehlte. Ich rannte wieder nach unten und holte drei Bilderrahmen aus der Küche: ein Foto vom letzten Sommer, das Leo und die Mädchen auf einem Segel-boot zeigte, eines von mir und meinen Schwestern, und zu guter Letzt eines von Maman, ein Schnappschuss, als sie mit Kopftuch, übergroßer Sonnenbrille und einer Clutch à la Jackie irgendwo in der Stadt unterwegs war. Dann holte ich auch noch das Tagebuch meiner Mutter und das Foto, das Daddy mir geschickt hatte.

Nun hatte ich mir tatsächlich meine eigene kleine Schreibdachstube geschaffen. Als ich mich hinsetzte und tief Luft holte, kam ich mir ein bisschen vor wie Colette. Wie die Autorin Colette, nicht wie meine kleine Schwester.

Ich klappte wieder meinen Laptop auf, legte ein neues Word-Dokument an, tippte »Kapitel eins« und zentrierte den Text.

Dann fing ich an:

Ihr ganzes Leben schon hatte sie gewusst, dass sie zu Großem bestimmt war.

Oder klang »für große Dinge« besser? Nein, »zu Großem«, es musste auf jeden Fall »zu Großem« heißen. Und weiter?

Sie würde die Welt verändern.

Ein guter Anfang. Ein ausgezeichneter Anfang, um genau zu sein. Das hier würde ein wichtiges Buch werden. Daddy würde beeindruckt sein und es wahrnehmen, Jacqueline wäre ausnahmsweise mal auf mich eifersüchtig.

Ich stellte mir vor, wie ich auf der Verlagsparty anlässlich der Veröffentlichung meines Romans in einem Designerkleid Champagner trank. Oder, noch besser, in einer der einzigartigen Kreationen meiner Schwester. Ich würde mit der Schriftstellerin Barbara Kingsolver fachsimpeln, die eine enge Freundin werden würde. Ich würde etwas Geistreiches sagen, und die Literaturkritikerin Mishiko Kakutani – von mir dann *Mitchi* genannt – würde amüsiert lachen.

Ana würde sich fragen, ob es wirklich eine so gute Idee gewesen war, in Rente zu gehen. Daddy würde allen erzählen, dass ich seine Tochter war.

Colin Firth würde in der Verfilmung die Hauptrolle spielen.

Das Leben wäre perfekt.

Ich sah auf die Uhr und stellte verärgert fest, dass es Zeit war, die Mädchen von Schule und Kindergarten abzuholen.

Ich speicherte mein Dokument unter dem Namen »Roman eins«.

Als ich durch die Küche ging, merkte ich, dass ich am Verhungern war, also schnitt ich mir noch mal eine Scheibe Kürbisbrot ab, und ausnahmsweise setzte ich mich nicht mit einem Teller an den Tisch.

Ich aß im Auto.

Echte Schriftsteller haben keine Zeit für ordentliche Mahlzeiten. Außerdem hatte ich heute noch nicht viele Kalorien zu mir genommen.

Als ich nach Hause kam, fand ich die Nachricht auf dem Küchentisch.

Tschüss, Schwesterchen,
Musste weg. Danke für alles.
Frohe Weihnachten. Hab Dich lieb,
Art

Meinem Bruder den Hals umzudrehen stand nun ganz oben auf meiner To-do-Liste.

Das Essen für unser jährliches Weihnachtskonzert musste vorbereitet werden. Ich konnte das Gefühl nicht unterdrücken, dass es meine Schuld war, dass mein Bruder nicht geblieben war. Wenigstens wusste Daddy nicht, dass er überhaupt hier gewesen war.

Und Colette, die am Telefon seltsam bedrückt klang, hatte verkündet, sie hätte aufregende Neuigkeiten. Außerdem würde sie Wayne mitbringen. Bei dem Gedanken verbesserte sich meine Laune nicht gerade. Es war nicht so, dass ich etwas gegen ihn hatte, im Grunde konnte ich den Typen einfach nur nicht ausstehen. Vor allem nicht als den Mann an der Seite meiner kleinen Schwester. Natürlich hatte ich ihr gesagt, das sei in Ordnung. Dann griff ich nach meinem Spachtel und tauchte ihn in die Schokoladencreme.

Colette und ich hatten beschlossen, den dreiundzwanzigsten Dezember nur für uns beide zu reservieren. Das würde bei Jacqueline nicht gut ankommen, die so das schwesterliche Wiedersehen verpasste. Ich bestäubte die Bûche mit Puderzucker und dekorierte sie mit Pilzen aus Zuckerguss.

Andererseits landete ihr Flieger ja erst am Vierundzwanzigsten, und sie würde bei Tante Sola wohnen, sodass sie es wahrscheinlich nicht einmal mitbekam.

Dann richtete ich meine Aufmerksamkeit wieder auf die Vorspeisenhäppchen. Mit einem Pfannenheber bugsierte ich die kleinen Käsegebäckteilchen auf ein grünes Tablett.

Fertig. Jetzt musste ich bloß noch die Küche sauber machen und mich umziehen. Mein Blick fiel auf die nagelneuen Stiefel, die am Fuß der Treppe auf mich warteten. Ich hatte sie während eines spontanen Weihnachtseinkaufsbummels mit Tante Sola bei Saks gekauft und konnte es kaum erwarten, sie Colette zu zeigen. Sie waren aus der Collection Privée, schwarz, mit einem kleinen Absatz und so weich, als hätten Elfen sie für mich maßgeschneidert. Natürlich hatte ich viel zu viel Geld dafür ausgegeben, aber Leo meinte, ich hätte sie mir verdient.

Diese Stiefel waren wie dafür gemacht, um darin mein neues Leben zu beginnen. Echte Schriftstellerstiefel. Stiefel, in denen man wahrgenommen und respektiert wurde. Stiefel, die zu sagen schienen: »Alle mal herhören. Ich erwarte, dass ihr mich ernst nehmt.«

Tante Sola hatte angeboten, die Hälfte zuzuschießen, aber ich hatte abgelehnt. Sie war immer großzügig. Aber ob sie je zufrieden sein würde? Meine Patentante gehörte zu den Menschen, die einen am 23. Juni anrufen, um darüber zu lamentieren, dass die Tage nun kürzer werden und der Winter naht.

Während ich die Arbeitsflächen abwischte, kehrten meine Gedanken zu meinem Bruder zurück. Ich war mir ganz sicher, dass Syd etwas wusste. Vielleicht würde ich sie heute Abend, nachdem alle anderen gegangen waren, zur Rede stellen.

Ich würde meine neuen Stiefel zu meiner neuen Jeans tragen, die ebenfalls von Saks war. Bisher hatte ich ja nie daran geglaubt, dass eine gut geschnittene Designerjeans einen Po vorteilhaft erscheinen lassen kann, aber meinen Hintern in dieser Hose zu sehen war jeden Cent wert gewesen. Ich legte gerade noch etwas Parfüm auf, als ich hörte, wie Leo nach Hause kam. Genau rechtzeitig.

Er musste das Feuer im Kamin anzünden. Nach dem Fiasko vom Montag hatte ich beschlossen, diese Arbeit für den Rest meines Lebens an ihn zu delegieren.

Er kam zu mir ins Schlafzimmer. »Das sieht alles toll aus. Und du siehst umwerfend aus.« Er packte mich und legte die Hände auf meinen Po. »Haben wir noch Zeit? Wo sind die Mädchen?«, murmelte er in mein Haar.

»Mit Tante Sola bei Saks. Sie ist mit ihnen Kleider für Weihnachten kaufen gegangen.«

»Perfekt.« Er küsste meinen Hals.

»Aber in ungefähr zehn Minuten sind sie wieder da.«

»Das reicht locker. Wir sollten dir diese Jeans ausziehen.«

»Aber ich habe mich doch gerade erst angezogen.«

»Dann weißt du ja, wie's geht.«

Das Telefon klingelte.

»Lass es klingeln.«

»Kann ich nicht. Wir geben eine Party, schon vergessen? Es könnte wichtig sein.« Doch auf einmal gehorchte mein Körper meinem Kopf nicht mehr. Schließlich waren Anrufbeantworter nicht ohne Grund erfunden worden.

Hinterher sah ich für meine Verhältnisse richtig gut aus. Meine Haare waren ein kleines bisschen verstrubbelt und meine Wangen rosig. Keine Creme oder Kosmetikbehandlung der Welt konnten diesen Effekt erzielen.

Ich hörte die Nachrichten ab.

»Ich bin's, Syd. Gali, tut mir leid, aber ich muss für heute Abend leider absagen. Ich bin krank.« Sie hustete. »Will nicht alle auf der Party anstecken. Tut mir leid. Mach's gut.«

Merde! Ich würde sie wohl ein anderes Mal zur Rede stellen müssen. Für Dienstagabend hatten wir uns zum Ausgehen verabredet. Wenn sie mir dafür auch absagte, würde ich mit einer Schüssel Hühnersuppe oder vielleicht auch mit einer schönen Rinderbrühe bei ihr aufkreuzen und die Sache klären.

Am Dienstag würde ich Syd mit Alkohol gefügig machen und sie in die Mangel nehmen.

Außerdem hatte ich einen Anruf meines Vaters verpasst. Den würde ich morgen zurückrufen.

Unten sah ich, dass Leo bereits für ein loderndes Feuer gesorgt hatte. Da flog auch schon die Haustür auf, und die Mädchen kamen hereingestürmt, gefolgt von Tante Sola.

»Momma, wir haben die allertollsten Kleider!«

»Echt? Zeigt mal her.«

Sie zogen Kleider aus rotem Samt und Spitze aus den Tüten, hielten die Sachen vor sich hin und vollführten eine Pirouette. Kleider wie aus einem Märchen, mit dazu passenden Schuhen, Haarbändern und Strumpfhosen.

Leo pfiff anerkennend.

»Das ist aber viel zu viel«, rügte ich meine Tante und küsste sie auf ihre kühle Wange

Sie wischte meinen Protest beiseite. »Sie sind Engel. Richtige Engelchen.« Man konnte meiner Patentante einiges nachsagen, aber ich wusste es sehr zu schätzen, dass meine Töchter in ihren Augen nichts falsch machen konnten.

»Du solltest noch mehr Kinder bekommen, Magali. Das machst du so wunderbar. Die Welt braucht mehr tolle Kinder.«

Ich war völlig von den Socken. Ein Kompliment! Ich wartete auf eine Stichelei, einen gemeinen Kommentar, doch es kam nichts. Mit glänzenden Augen betrachtete sie meine Mädchen, die vor einem begeisterten Publikum ihre Show abzogen.

»Komm mit. Wir suchen jetzt die schönsten Sachen für heute Abend heraus.« Charlotte griff nach der Hand ihrer Großtante. Elly gab mir einen Kuss, dann lief sie hinter den beiden die Treppe hinauf.

Ich wandte mich Leo zu. »Das am Telefon war Syd. Sie hat für heute Abend abgesagt.«

»Interessant.«

»Was ist daran interessant?« Ich ärgerte mich über seinen Kommentar.

»Art ist weg, und jetzt ist Syd krank? Eins plus eins …«

»Ergibt nicht immer zwei«, erwiderte ich hitzig und schob die Ärmel hoch.

»He, bleib locker.«

Hinter meiner nagenden Sorge bezüglich meines Bruders und Syd verbarg sich die tiefer liegende Angst, dass Simon wieder auftauchen könnte – obwohl er an einem Freitagabend im Dezember doch sicher im Theater arbeiten musste. Ich konnte immer noch nicht akzeptieren, dass er eine zwielichtige Figur sein sollte. Auch ein Thema, das ich mit Syd durchkauen musste.

Doch es würde bis Dienstag warten müssen. Krank hin oder her.

Meine Tante und die Mädchen kamen wieder herunter. Die Kleinen sahen hinreißend aus. Ihre Haare waren frisch gebürstet und mit neuen Spangen festgeklipst. Beide trugen

Jeans und Weihnachtspullis. Der von Elly war rot und hatte vorne einen Weihnachtsbaum, der von Charlotte war grün mit einem Rentierkopf darauf.

Tante Sola kam zu mir und flüsterte mir zu: »Es ist Nikolaus, also gehe ich davon aus, dass du vorbereitet bist? Wo sind die Karotten für das Maultier des Nikolaus?« Ich stellte das Tablett mit den Gläsern und Tassen ab. Es würde heißen Punsch geben, mit und ohne Alkohol, Glühwein und einen schönen Crémant de Bourgogne für die, die keine süßen Getränke mochten. Und für die Kinder Apfelschorle und heiße Schokolade.

»Seinen Esel, meinst du.«

»Das ist doch dasselbe.«

»Von wegen. Wir feiern hier keinen Nikolaus«, flüsterte ich zurück. In Belgien stellen die Kinder über Nacht ihre Schuhe vor die Tür, die Eltern ein Glas Cognac oder Schnaps und dazu einige Karotten für den Esel dazu, der die Geschenke der Kinder transportiert. Das ist nicht ganz so politisch korrekt wie Santa Claus, dem man Milch und Kekse hinstellt, aber wenn ich in einer kalten Dezembernacht die Wahl hätte, würde ich mich wahrscheinlich auch für einen schönen, wärmenden Brandy entscheiden. Brave Kinder finden morgens Spielsachen und Süßigkeiten in ihren Schuhen, und wer nicht so artig gewesen ist, dem hatte der *Père Fouettard* Kohlen hinterlassen. Diese Gestalt benutzen Eltern, um ihren Kindern Angst zu machen, damit sie brav sind. Der Heilige Nikolaus ist außerdem der Schutzheilige der Lehrer und Schüler, deshalb ist das in Belgien eine große Sache.

»Warum nicht?«

Die Kinder waren inzwischen in der Küche verschwunden. »Das ist ein bisschen kompliziert. Ich habe den Mädchen erklärt, dass, nachdem der Weihnachtsmann es immer so gut mit ihnen meint, wir den Nikolaus gebeten haben, ihre Geschenke an arme Kinder zu verteilen, die nicht so viel Glück haben wie sie.«

»Nette Geschichte. Aber die Tradition?« Sie sah mich mit hochgezogener Augenbraue an.

Die Party war ein voller Erfolg. Sobald die salzigen Häppchen alle aufgegessen waren und alle etwas getrunken hatten, zogen wir durch die Nachbarschaft und sangen Weihnachtslieder. Bei Syd im Haus blieb alles dunkel, während wir *We Wish You a Merry Christmas* in einer Lautstärke schmetterten, dass es vermutlich auf der Richterskala ausschlagen würde.

Wieder zu Hause, holte ich die Desserts raus: *tarte au Maton*, ein schmelzend köstliches Gebäck aus der Grammont Region, dessen Rezept zu unserem Nationalerbe gehört und durch die EU geschützt wird. Außerdem traditionelle *galettes* nach dem Rezept meiner Großmutter, und ein paar selbstgebackene *speculoos*, würzige Kekse, die in Belgien während der Feiertage gegessen werden. Und natürlich die *bûche de Noël*, die traditionelle Weihnachtstorte. Die süßen Leckereien verschwanden erfreulich schnell. Ich liebte Freunde mit gesundem Appetit.

Nachdem alle nach Hause gegangen waren und ich aufgeräumt hatte, setzte ich mich mit einem Becher Glühwein aufs Sofa. Leo war in seinem Arbeitszimmer verschwunden. Nach einer Party war ich immer ein bisschen aufgedreht, und es war auch erst halb elf, weil bei dem Fest Kinder mit dabei gewesen waren, die irgendwann ins Bett mussten. Der warme Wein würde mir beim Einschlafen helfen.

Da kam Leo mit einem fünf Zentimeter dicken Papierstapel ins Wohnzimmer.

»Was ist das denn?«

»Etwas, woran ich gearbeitet habe.«

»Etwas Großes.«

Er setzte sich neben mich. »Ich arbeite schon ziemlich lange daran.«

Ich betrachtete den Stapel in seinen Händen. Er legte ihn auf dem Couchtisch ab, nachdem er zuvor die ohnehin saubere Fläche mit dem Ärmel seines Pullis abgewischt hatte.

»Etwas, von dem ich gerne hätte, dass du es liest«, sagte er.

»Weil ich ja so viel von Gesetzestexten verstehe. Gut, dass du da an mich gedacht hast. Sehr löblich.«

Er stand auf und ging vor dem Kamin in die Hocke, um in den glühenden Holzscheiten zu stochern. »Es ist ein Roman«, erklärte er in Richtung des Feuers, das gerade dabei war zu erlöschen.

»Ein ... was?«

Mit einem verlegenen Grinsen drehte er sich zu mir um. »Ein Thriller.«

»Du hast ein Buch geschrieben? *Du* hast einen Roman geschrieben?« Ich verspürte einen Stich, ein Gefühl, das ich nicht so recht benennen konnte.

»Ich weiß, das ist ein totales Klischee. Der Anwalt, der Romane schreibt.« Er lachte.

»Warum hast du nichts gesagt?« Hintergangen. So fühlte ich mich. *Ich* war die Schriftstellerin, die aufstrebende Autorin. Das war *mein* Traum.

»Ach, Gali.« Auf einmal saß er neben mir auf der Couch und zog mich an sich. Meine Glieder waren wie betäubt. »Ich wusste nicht, ob ich es schaffen würde. Ob ich es zu Ende bringen würde, verstehst du?«

Ja, das verstand ich. Ich starrte den Papierstapel an, als würde er mich jeden Moment anspringen.

Ich entzog mich Leos Armen. »Wie lange geht das schon?« Ich konnte nicht anders, es kam mir vor, als wäre er fremdgegangen.

»Ein Jahr, ungefähr. Hör zu, es ist wahrscheinlich schlecht. Du musst mir sagen, ob es überhaupt irgendwas taugt.« Er sah zuerst das Manuskript und dann mich an.

Ich schluckte. »Klar.« Dann rang ich mir ein Lächeln ab.

»Wann? Jetzt?«

Wider Willen musste ich lachen. »Ich bin total kaputt. Jetzt muss ich erst mal ins Bett.«

»Natürlich. Vielleicht am Wochenende?«

»Klar«, wiederholte ich.

Ich dachte an die Woche, die hinter mir lag. Obwohl ich mehrmals in mein Dachstübchen hinaufgestiegen war, hatte ich kein Wort geschrieben. Wie konnte ich nach gerade mal zwei Sätzen eine Schreibblockade haben? In meinem Leben passierten so viele Dinge, dass mir der Kopf brummte. Vielleicht sollte ich mit Yoga anfangen? Aber wie sollte ich all meine inneren Dämonen, die mich von meiner Berufung weglockten, zum Schweigen bringen? Wenn ich das alles endlich auf die Reihe kriegen würde, hätte ich genug men-

talen Freiraum, um meinen Roman zu schreiben. Die Kochbücher zu schreiben war so einfach gewesen … und es hatte
Spaß gemacht. Ich seufzte. Dann griff ich nach meinem
Laptop und schlich auf Zehenspitzen hinauf auf den Dachboden. Im Licht der Deckenlampe sah ich, dass sich auf
meinem Tisch bereits wieder eine dünne Staubschicht gebildet hatte. Ich ignorierte sie, klappte meinen Computer auf
und starrte auf den Bildschirm.

»Schreib! Schreib's einfach! Schreib etwas Tiefgründi-
ges!«, befahl ich mir. Doch es kam nichts.

Irgendwann ging ich hinunter in die Küche. Ich öffnete
einen Schrank und betrachtete die Bleche und Kuchenformen. Aber ausnahmsweise war mir nicht nach Backen
zumute.

20

Jacqueline

Der Montagmorgen zeigte sich freundlich, aber kalt. Typisch: Da schien in Belgien ausnahmsweise mal die Sonne, und alles, was ich wahrnahm, war, wie sie jedes Staubkörnchen, jeden Makel noch sichtbarer machte. Der Eingriff dauerte nicht lange. Den Großteil davon bekam ich gar nicht richtig mit, auch dabei half die Narkose.

Wieder zu Hause, wankte ich zurück ins Bett. Dieses Mal wollten mich meine Beine kaum noch tragen. Jemand hatte die Bettwäsche gewechselt, aber nicht richtig glattgezogen, wie ich es mochte. In meinem Zustand der Erschöpfung war mir das egal. Die Laken waren weich und rochen nach Sommer.

Als ich aufwachte, war es draußen bereits dunkel. Ich wickelte mich in einen cremefarbenen Pashmina-Schal und ging nach unten.

Laurent saß an seinem Keyboard und wirkte in Jeans und ungebügeltem Hemd etwas zerknittert. Da er mit Kopfhörern spielte, hörte er mich nicht hereinkommen. Als ich zu ihm ging und ihm die Haare aus der Stirn strich, blickte er auf, zog mich neben sich auf die Bank und nahm die Kopfhörer ab. Dabei ließ er meine Hand nicht los.

»Wie schön, dass du auf bist. Wie fühlst du dich?«, erkundigte er sich.

»Okay. Ich fühl mich ganz okay.« Zwar hatte ich leichte Blutungen, aber sonst spürte ich tatsächlich nichts.

»Hast du Hunger?«

Hatte ich nicht. »Vielleicht ein bisschen«, antwortete ich. Um dieses Gespräch mit ihm führen zu können, durfte er sich keine Sorgen machen, sondern musste das Gefühl haben, dass alles beim Alten war. »Arbeitest du an etwas?«

»Ja. Ich wollte nachher noch zu Alain rüber. Dann können wir noch ein bisschen experimentieren. Und für unseren Gig im Soleil Bleu proben.«

»Stimmt. Das hatte ich ganz vergessen.«

»Wir hatten beide den Kopf voll mit anderen Dingen.«

»Bei mir geht's schon wieder. Komm, lass uns ein Glas Wein trinken und ein bisschen Käse essen.« Ich stand auf und zog Laurent hoch.

»Aber ich habe gar kein Brot gekauft.«

»Wir finden schon was.« In der Küche öffnete ich die Kühlschranktür. Es kam mir vor, als wäre ich eine Ewigkeit nicht mehr hier gewesen. »Oh, ich weiß. Wie wäre es hiermit?«

»Davids Thanksgiving-Carepaket. Das hatte ich ganz vergessen«, meinte er.

Tränen brannten in meinen Augen. An Thanksgiving war ich immer noch schwanger und glückselig gewesen. Ich schluckte. »Lass uns das warm machen. Es wäre eine Schande, es schlecht werden zu lassen.«

»Ich hol den Wein«, meinte Laurent.

Sobald wir am Tisch saßen, Davids Festschmaus zwischen uns, stellte ich fest, dass ich doch Appetit hatte.

Laurent schenkte uns ein. »Hast du noch mal darüber nachgedacht, bei dieser Therapeutin anzurufen?«

»Nein. So was brauche ich nicht. Das, was ich brauche, kann mir keine Therapeutin geben.« Ich trank einen Schluck. »Der schmeckt gut. Was ist es für einer?« Ich drehte die Flasche, um das Etikett zu lesen. Ein Chateauneuf-du-Pape.

Laurent schnitt ein Stück Ente ab. »Jacqueline, es ist noch zu früh.«

»Ich bin mir nicht sicher, ob ich das glauben soll. Das ist doch bloß das übliche Vorgehen. Dr. Cellier macht sich Sorgen um meine psychische Verfassung. Aber noch einmal« – Ich aß einen Bissen vom Gratin Dauphinois –, »mir geht es gut. Oder zumindest wird es mir wieder gut gehen, wenn ich wieder schwanger bin.«

Seufzend legte Laurent Messer und Gabel beiseite. Er nahm einen großen Schluck Wein. Dann meinte er: »Ich weiß nicht, ob ich das noch mal aushalte.«

»Wie bitte?« Ich hörte auf zu essen.

»Es ist einfach zu heftig, Jacqueline. Für dich, für mich, für uns.«

»Aber das bedeutet doch nicht, dass wir aufgeben sollen. Ist es das, was du willst? Aufgeben?« Ich merkte, wie schrill meine Stimme klang, deshalb holte ich tief Luft und leerte mein Weinglas.

»Siehst du? Siehst du, was es mit dir macht?« Sein Tonfall war sanft.

»Aber wir *wollen* doch ein Kind.« Ich verstand ihn nicht.

»Natürlich. Aber ich will auch leben. Und zwar jetzt. Ich will nicht mein ganzes Herzblut in etwas stecken, von dem ich gar nicht wissen kann, ob es jemals eintreten wird.«

»Dann willst du also kein Kind mehr?« Mein Messer schlug gegen den Tellerrand. »Entschuldigung.«

»Ich will nicht noch mal dieses Theater mit Hormonen und Arztterminen. Willst du das, Jackie? Noch mehr Hormone?« Er schüttelte den Kopf.

»Wenn es sein muss. So schlimm ist das nicht«, log ich.

»Ach ja? Ich hatte die letzten Tage viel Zeit, um zum Thema künstliche Befruchtung zu recherchieren. Das ist kein Allheilmittel.«

»Nur weil du das gegoogelt hast, bist du plötzlich Experte, oder was?« Ich trommelte mit den Fingern auf den Tisch.

»Das ist doch verrückt. Wusstest du, dass manche Leute pleitegehen, weil sie es mehrmals mit IVF versuchen? Manchmal funktioniert es einfach nicht. Ich habe viel über diese Sache nachgedacht. Ich will dich zurückhaben. Ich will unser altes Leben zurück.« Er versuchte, nach meiner Hand zu greifen, aber ich zog sie weg. Dann überlegte ich es mir doch anders und schob sie in seine.

Ich holte tief Luft. »Wir können alles haben. Wir können glücklich sein und ein Baby haben. Du gibst nicht wirklich unser Baby auf, oder?«

»Warte kurz.« Er stand auf und verließ das Zimmer. Als er zurückkam, hatte er eine braune Mappe in der Hand. »Das hier«, sagte er und reichte mir die Mappe, »könnte die Lösung sein.«

Ich betrachtete den Ordner auf dem Tisch. In seiner sauberen europäischen Handschrift hatte er vorne *Adoption* draufgeschrieben.

Beim Aufstehen stieß ich beinahe meinen Stuhl um. Ich konnte ihn gerade noch auffangen.

»*Pas question*! Kommt nicht in Frage.« Ich konnte mir das nicht einmal ansehen.

»Aber warum denn?« Laurent schob mir die Mappe hin.

»Weil! Weil … ich mein eigenes Baby will.« Blinzelnd versuchte ich, die Tränen zurückzuhalten. »Ich meine *unser* eigenes.«

»Ich glaube, die erste Variante war schon richtig.«

»Nimm … nimm einfach dieses Ding da weg.« Ich zog den Pashmina enger um die Schultern und ging nach oben. Es gab Dinge, über die ich nicht sprechen konnte. Nicht einmal mit Laurent.

Vom Schlafzimmer aus hörte ich das Klappern von Tellern und Besteck, fließendes Wasser. Dann wurde es still. Ich wartete auf dem Bett sitzend auf ihn.

Doch dann hörte ich, wie die Haustür geöffnet und wieder geschlossen wurde.

Ich stand auf und machte das Bett so, wie ich es mochte. Danach legte ich mich hinein, rollte mich zusammen und zog mir die Decke über den Kopf.

Am nächsten Morgen wechselten wir kein einziges Wort miteinander.

Der Vorteil daran, dass ich meine Schwangerschaft nicht publik gemacht hatte, war, dass ich niemandem in der Kompanie erzählen musste, was passiert war. Laurent hatte damit recht gehabt.

Es fühlte sich gut an, wieder im Theater zu sein. Die Menschen um mich herum waren wie eine bunt zusammengewürfelte Zweitfamilie. Ich umarmte Thierry, dem ich längst verziehen hatte. François war ganz aus dem Häuschen vor Begeisterung.

»*Allez*. Lasst uns anfangen«, sagte er.

Schon seltsam. Das Weihnachtskonzert war eine feste Tradition. Jeder wusste genau, wie es ablief, obwohl sich das Programm jedes Jahr änderte. Trotzdem war es für alle im Ensemble eine Zeit, in der man sich entspannen und die Arbeit genießen konnte. Ich fühlte mich beschwingt und glücklich. Hier war ich keine Versagerin. Ich war gut genug. Sogar mehr als das. Der Probenplan war locker, es gab keinen Stress wegen des Textlernens, Kleider und Make-up waren toll, aber keine aufwändigen Kostüme und Accessoires. Ich war voller Vorfreude. Einfach nur wir und die Musiker. Ich würde einfach als Jacqueline auf der Bühne stehen, nicht um eine Rolle zu spielen.

Ich öffnete den Mund und hob zum Singen an, doch es kam kein Ton heraus.

Ich wollte nicht reden. Nicht heimgehen. Niemanden sehen, den ich kannte. Stattdessen setzte ich mich in ein Café und bestellte mir einen Kaffee, den ich jedoch nicht trank. Der *garçon* kam, um sich zu erkundigen, ob irgendetwas mit dem Kaffee nicht stimmte. War er Amerikaner oder was? Ich schüttelte den Kopf. Legte einige Münzen auf den Tisch und floh.

Schließlich landete ich in der Edith-Cavell-Klinik und saß eine Weile bei Rachel. Eine der Schwestern kam vorbei und legte mir die Hand auf die Schulter. »Singst du heute nicht?«, fragte sie.

»Nein«, flüsterte ich. »Meine Stimme ist angestrengt.«

»Das kann vorkommen. Trinken Sie heißen Tee mit Zitrone und Honig.«

Nachdem sie gegangen war, flüsterte ich Rachel zu: »Du wunderhübsches kleines Baby ... Es liegt noch alles vor dir. Sei glücklich. Und stark.«

Draußen irrte ich herum. Es war dunkel, obwohl es nicht später als halb sechs sein konnte. Ohne zu merken, welche Richtung ich eingeschlagen hatte, landete ich am einzigen Ort, an dem ich mich jetzt aufhalten wollte. Ich benutzte meinen Schlüssel, um aufzusperren.

Bei meinem Anblick leuchtete das Gesicht meiner Großmutter auf.

Ich brach in Tränen aus.

Und erzählte ihr alles. Fast alles. Wie unerträglich es war, noch ein Baby zu verlieren, dass ich wusste, ich sollte eine Therapie machen, aber Angst davor hatte. Ich erzählte ihr von Laurent und seinen Unterlagen über die Adoption, von Rachel und von Shoshannas Umzug. Und davon, dass ich meine Stimme verloren hatte. Dieses Mal vielleicht für immer.

»Unfug«, sagte sie. »Was du brauchst, ist etwas zu essen. Oder bist du krank?«

»Nein.« *Nur mein Herz.*

»Dann brauchst du zu essen. *Ça va s'arranger.*«

Ich seufzte. »Ich habe keinen Hunger.«

»*L'appétit vient en mangeant.*« Der Appetit kommt beim Essen.

Sie schenkte mir einen *Martini blanc* ein – ein süßer heller Wermut, den sie in einem kleinen Glas mit einem Eiswürfel servierte. Vorsichtig nippte ich daran. Es schmeckte gleichzeitig süß und bitter, doch der kühle, sirupartige Drink ölte meinen Hals.

»Was kochst du denn?«, erkundigte ich mich.

»Nur *biftek-frites-salade*.« Steak, Pommes frites und Salat war eines der belgischen Nationalgerichte. Das andere waren Muscheln mit Pommes. Mamy verwendete eine Menge Knoblauch beim Braten ihrer Steaks. Ganz köstlich.

»Lass mich dir helfen«, bot ich an.

»Du sollst dich doch ausruhen.« Sie nahm eine gelbe Schüssel und ging in den Keller hinunter. Als sie zurückkam, war die Schüssel gefüllt mit Kartoffeln.

»Ich habe mich ausgeruht. Jetzt will ich etwas tun«, erklärte ich.

Sie betrachtete mich und kam offensichtlich zu dem Schluss, dass man mir ein Messer anvertrauen konnte.

»*Alors*, schäl die Kartoffeln.« Sie reichte mir die Schüssel. »Ich werde Laurent anrufen und ihm sagen, dass du mit mir zu Abend isst.«

»In Ordnung.« Ich machte mich an die Arbeit. Zuerst breitete ich einen Teil der gestrigen Zeitung auf dem Tisch aus, dann fing ich mit dem Schälen an. Mit halbem Ohr verfolgte ich ihr Gespräch mit meinem Mann.

Es fühlte sich gut an, etwas zu tun, etwas, das mir auch tatsächlich gelang. Die geschälten Kartoffeln wurden in Wasser eingeweicht, damit ein Teil der Stärke austrat. In der Zwischenzeit schälte und zerdrückte ich Knoblauchzehen, während meine Großmutter grünen Salat wusch und trockenschleuderte. Sobald die Kartoffeln abgetrocknet und in dicke Stifte geschnitten waren, fing sie mit dem eigentlichen Kochen an. Ich zuckte etwas zusammen angesichts der Menge an Butter, die sie für das Steak verwendete, aber der Duft von Butter und Knoblauch war betörend. Dann machte ich mich daran, den Tisch im Esszimmer nebenan zu decken. Traditionell sind Küchen in Belgien ausschließlich zum Kochen da. Eine Küche mit Essecke wird *cuisine américaine,* amerikanische Küche, genannt.

Da klingelte es an der Haustür.

»Mach doch bitte mal auf, *ma belle.*«

Hoffentlich war das nicht Laurent. Ich wollte einfach nur mit meiner Großmutter alleine sein. Zu Abend essen. Nach dem Abwasch ein bisschen mit ihr fernsehen. Als ich die Tür öffnete, stand draußen David mit einem Kuchenblech in der Hand.

»David?«

»Richtig geraten.«

»Was willst du denn hier?«

»Wenn das mal keine galante Begrüßung ist«, scherzte er. »Und?«, meinte er dann. »Darf ich reinkommen, oder soll ich mir hier draußen den Allerwertesten abfrieren und einen absolut köstlichen Apfelkuchen an die Hasen verfüttern. Hast du heute eigentlich keine Probe? Du siehst zumindest so aus.«

Ich trug immer noch meine schwarzen Probenklamotten. »Natürlich, tut mir leid. Komm rein.«

Mamy Elise kam zu uns in den Flur, während sie sich die Hände an einem Geschirrtuch abtrocknete. »David, wie schön! Und gerade rechtzeitig. *Ah! La belle tarte. Merci.*«

Er küsste sie auf die Wange. Dann nahm sie ihm den Kuchen ab und verschwand damit in der Küche.

»*Fais comme d'habitude*«, rief sie ihm über die Schulter zu.

»*Merci.*«

Comme d'habitude? Wie immer? Als er meine Verwirrung bemerkte, errötete er.

»Bist du öfters hier?« Gemeinsam gingen wir ins Esszimmer.

»Nun ja, dass ich deine Großmutter wunderbar finde, ist ja kein Geheimnis.« Er nahm Platz.

»Da bist du nicht der Einzige.« Ich holte ihm ein Glas aus dem Schrank und hielt fragend die Wermutflasche hoch.

Er nickte. »Genau. Deshalb komme ich ein- oder zweimal die Woche vorbei und esse mit ihr zu Abend. Sie kocht immer zu viel für eine Person. Danach mache ich sauber, und wir spielen Karten.«

Der Wermut, den ich gerade einschenkte, schwappte über den Rand des Glases.

Sofort stand David auf und holte einen Spüllappen, um die Flüssigkeit aufzuwischen. »Rommé, wenn du es genau wissen willst. Sie ist echt ein Ass.«

Ich musste daran denken, wie wir damals, als ich noch hier wohnte und zur Schule ging, immer Karten gespielt hatten. Meine Großmutter war wirklich unschlagbar. Die Erinnerung stimmte mich ein bisschen sanfter. »Das ist unglaublich lieb von dir. Aber warum hast du mir nichts davon erzählt?«

»Ich hab schließlich einen Ruf zu verlieren. Ich bin doch

der schwule Single mit dem aufregenden Leben.« Er nippte an seinem Drink. »Da muss Eis rein. Ich hole es.« Und schon war er in der Küche verschwunden.

»Stattdessen«, sagte ich, als er wiederkam, »verbringst du deine Abende mit meiner Großmutter. Und spielst mit ihr Rommé?«

»Nein, nicht jeden Abend. Bist du sauer, weil ich es dir nicht erzählt habe?«

»Nein. Bloß … überrascht.«

»Ich kümmere mich um den Wein.« Er ging in den Keller.

Als er mit einer Flasche zurückkehrte, meinte ich: »Trotzdem. Du hättest es mir doch sagen können.«

»Ich wollte nicht, dass du denkst, ich würde dir etwas wegnehmen wollen.« Er holte den Korkenzieher aus der Schublade und machte den Wein auf.

»Das denkst du also von mir?«

»Ich weiß doch, wie du tickst. Du, liebe Jacqueline, bist wie eine Katze. Immer auf dein Revier bedacht.«

Da ich schon mit wesentlich Schlimmerem verglichen worden war, ließ ich es so stehen. Außerdem hatte er recht.

»Ich komme gerne hierher. Sie erzählt die besten Geschichten.« Er grinste.

»Und gibt die besten Ratschläge.«

»Und macht die besten *frites* in einem Land, das für seine Pommes berühmt ist.«

»*A table*!« Meine Großmutter kam mit dem Fleisch und dem Salat herein. »Setzt euch, und nehmt euch schon mal, ich hole noch die Kartoffeln.«

Der Wein war, da er direkt aus dem Keller kam, noch etwas zu kalt, aber hier oben im gemütlichen Esszimmer würde er schnell die richtige Temperatur haben. Es war, als säßen wir in einem Museum, das meiner Familie gewidmet war. Überall hingen Fotografien, teilweise alte Bilder vom Anfang des vergangenen Jahrhunderts bis hin zu den neuesten Schulfotos von Mamy Elises Urenkel.

Sie lebte alleine. Aber sollten Fotografien tatsächlich so etwas wie die Seele der darauf abgebildeten Personen enthalten, lebte sie in einem vollen Haus, das erfüllt war von der Liebe vieler Generationen.

Wie üblich behielt meine Großmutter recht. Sobald ich anfing zu essen, meldete sich mein Appetit zurück. Es war ein wunderbares Essen: Das Steak war perfekt angebraten, die *frites* außen knusprig und goldgelb, innen ganz luftig und leicht und kein bisschen fettig. Der Essig im Salat brachte eine frische Note in das Ganze und reinigte den Gaumen.

Nach dem Essen trugen wir das Geschirr ab und machten uns über Davids Kuchen her. Es war ein Kuchen, wohlgemerkt, keine *tarte*. Ein echter amerikanischer Apple Pie, bei dem sich der süße und der säuerliche Geschmack genau die Balance hielten, mit viel zu viel Zimt und einer Teigdecke, die so leicht und luftig war wie Engelflügel.

»Was ist dein Geheimnis?«, wollte ich wissen. »Damit der Teig so wird.«

»Das verrate ich nicht.«

»Und wenn ich dir sonst den restlichen Kuchen ins Gesicht klatsche?« Ich sah zuerst den Kuchen, dann ihn an.

»Eiswasser. Und gefrorene Butter«, antwortete er.

»Das muss ich mal ausprobieren.« Ich nahm mir ein zweites Stück.

Anschließend spielten wir Karten. Ich konnte mich nicht

daran erinnern, wann ich mich das letzte Mal so entspannt gefühlt hatte.

Gegen zehn stand David auf und streckte sich. »Ich sollte wohl besser den Heimweg antreten und versuchen, wieder etwas Selbstachtung zurückzugewinnen. Wie gut, dass wir nie um Geld spielen, sonst hättet ihr zwei mich jetzt nach Strich und Faden abgezockt. Dann müsste ich mich nach einer neuen Bleibe umsehen.«

»Wie die Großmutter, so die Enkelin«, erwiderte ich grinsend.

»Ich bereue es schon, dir das Geheimnis für meinen Mürbteig verraten zu haben.«

Mamy Elise tätschelte Davids Hand. »Aber du wirst immer besser. Vielleicht gewinnst du ja eines Tages sogar mal.«

»Solange ich nicht gegen deine Urenkel spiele, würde ich mir nicht allzu viele Hoffnungen machen. Und Geld würde ich nie darauf verwetten.«

»Du bist wirklich ein kluger Mann, David.« Er küsste sie zum Abschied auf die Wange, dann begleitete ich ihn zur Tür.

»Du machst ihr so viel Freude«, flüsterte ich.

»Das beruht auf Gegenseitigkeit. Ich kenne niemanden, der so ist wie sie. Vor allem nicht in meiner Familie. Bei dir alles in Ordnung? Bist du sicher, dass ich dich nicht heimbringen soll?« Er warf einen Blick auf meinen Bauch. »Ich hab absichtlich nicht danach gefragt ...« Schließlich sah er mir wieder in die Augen.

»Ja. Ich komm schon klar. Es ist ... hart. Danke, dass du es heute Abend nicht erwähnt hast.«

»Hab ich mir schon gedacht.« Als er die Tür öffnete, fegte ein eisiger Windstoß ins Haus.

»Jacqueline! Mach die Tür zu. Sonst kommt die Kälte rein.«

David hob die Hand und wischte mir mit der Fingerkuppe zart unter dem einen Auge, dann unter dem anderen Auge entlang. »Verschmierte Wimperntusche. Sieht dir gar nicht ähnlich.« Dann verschwand er mit seiner leeren Kuchenform unterm Arm.

Bei meiner Rückkehr ins Wohnzimmer fiel mir auf, dass Mamy im weichen Lichtschein der Stehlampen locker fünfundzwanzig Jahre jünger wirkte. Sie kannte die Vorzüge vorteilhafter Beleuchtung.

»Ich sollte auch langsam los.« Doch stattdessen setzte ich mich neben sie aufs Sofa.

»Jacqueline?« Sie legte gerade eine Patience.

»*Oui*?« Vielleicht sollte ich einfach heute hier übernachten.

»Du musst versuchen zu verstehen, weshalb du dir so sehr ein eigenes Baby, eine eigene Familie, wünschst«, sagte meine Großmutter. »Was genau es ist, für das du deine Ehe, deinen Beruf aufs Spiel setzen willst ...«

»Aber ...«

»Lass mich ausreden. Bei einem Baby geht es nicht um Blutsverwandtschaft.« Sie deckte eine Pik Neun auf und legte sie auf die Herz Zehn.

»Aber sonst ist es nicht wirklich ein Teil der Familie. Es würde niemandem von uns ähnlich sehen. Keine unserer Charaktereigenschaften erben.« Ich zeigte auf all die Fotos im Raum.

»Und damit hätte es keine Liebe verdient?« Meine Groß-mutter legte ihre Karten beiseite und sah mich an.

»Darum geht es doch nicht. Aber ich habe gelesen, dass diese besondere Verbindung entsteht, wenn man ein Kind austrägt. Ich habe das selbst gespürt.« Ich wollte das Bild meines Kindes auf dem Kaminsims stehen haben. Oder auf dem Sideboard. Oder an der Wand hängen. Oder an allen drei Orten. Der Junge oder das Mädchen würde aussehen wie eine Mischung aus meiner Mutter und Laurent. Mit dem Baby von jemand anderem wäre das alles ganz anders.

Sie seufzte. Trank einen Schluck Wasser. »Möchtest du auch? Nimm dir ruhig.« Sie zeigte auf eine Flasche Spa Reine.

Ich schenkte mir ein. »Du hattest eigene Kinder. Du kannst nicht wissen, wie das ist.«

»Stimmt.« Sie stand auf und rückte einen Bilderrahmen an der Wand zurecht, der gar nicht schief gehangen hatte. »Ich werde dir jetzt ein Geheimnis verraten.«

Mein Herz klopfte laut.

»Deine Tante Charlotte, die konnte keine eigenen Kinder bekommen.« Sie drehte sich zu mir um.

Ich begriff nicht, was sie meinte. »Aber Pierre und Maxime …«

»Sind adoptiert.«

Da war ich kurz sprachlos. »Wissen die beiden das?«

»*Oui*. Aber niemand sonst. Ich verstehe nicht ganz, wes-halb Charlotte es geheim halten will. Es kommt mir albern vor, nach all den Jahren. Aber es ist ihre Entscheidung. Hör mir zu.« Meine Großmutter nahm wieder Platz und griff nach meiner Hand.

Innerlich immer noch ganz aufgewühlt, versuchte ich mich auf ihre Worte zu konzentrieren.

»Ein Baby auf die Welt zu bringen ist nur ein kleiner Teil des Mutterseins«, fuhr sie fort. »Sie zu lieben und sich um sie zu kümmern, das ist es, was eine Familie ausmacht.«

»Aber wenn ich nicht die echte Tochter meiner Mutter gewesen wäre, hättest du mich dann auch bei dir aufgenommen?«

»Glaubst du wirklich, das hätte einen Unterschied gemacht?«

»Ich weiß es nicht«, erwiderte ich leise.

»Du bist meine Enkelin, so oder so. Genau wie Pierre und Maxime meine Enkel sind.« Mit diesen Worten ließ sie meine Hände los und sammelte die Karten ein, die immer noch auf dem Tisch verstreut lagen.

»Ich will aber nicht aufhören, es zu versuchen.«

»Warum? Hast du dir mal überlegt, ob es vielleicht einen Grund gibt, weshalb du nicht schwanger wirst? Dass es da draußen ein Baby gibt, das dich als seine Mutter braucht?«, fragte sie.

Ich schüttelte den Kopf.

»Denk mal darüber nach. Wenn Rachel eine Waise wäre, was würdest du tun?«

»Aber ich liebe Rachel! Als wäre sie…« Als wäre sie mein eigen Fleisch und Blut.

»*Exactement*«, erwiderte sie. »Ich sage dir nicht, was du tun sollst. Ich bitte dich nur, Laurents Vorschlag nicht abzulehnen, ohne vorher ernsthaft darüber nachzudenken.« Sie mischte die Karten und begann die nächste Runde.

Als ich nach Hause kam, war ich überhaupt nicht müde. Ich stellte das Stück Kuchen, das ich Laurent mitgebracht hatte, in die Küche. Er war noch nicht von seiner Probe zurück.

Im Schlafzimmer öffnete ich die unterste Schublade meiner Kommode und nahm unter einem Stapel T-Shirts ein in Seidenpapier eingewickeltes Bündel heraus. Ich faltete es auf und betrachtete die winzigen Stiefelchen, die kleinen Pullis, die *Petit Bateau*-Strampler, Hüte, jeden einzelnen Miniaturstrumpf, den ich im Lauf der vergangenen zwei Monate gekauft hatte. Eine gefühlte Ewigkeit betrachtete ich meine heimlichen Anschaffungen.

Ich war mit einem unabänderlichen Makel behaftet. Nie würde ich den Erwartungen meines Vaters gerecht werden. Alle meine Versuche, perfekt zu sein, schadeten nicht nur mir selbst, sondern auch denen, die ich liebte.

Als Laurent heimkam, mit von der Kälte glänzenden Augen und geröteten Wangen, fand er mich im Schneidersitz auf dem Bett, umgeben von Babykleidung.

»Was ist denn das alles?« Leichte Panik schwang in seiner Stimme mit.

»Kleidung. Babykleidung. Wonach sieht es denn sonst aus? Nach den Zutaten für ein *coq au vin*?« Ich erhob mich vom Bett und warf mich in seine Arme.

Und ich weinte.

Schon wieder.

»Heißt das, du hast es dir anders überlegt?« Er trug immer noch seine alte Lederjacke, seine Musikerjacke, wie ich sie nannte. Sie fühlte sich weich an.

»Ich weiß es nicht. Ich weiß nicht, was es bedeuten

würde.« Mein Blick fiel auf das Babybild, das mein Vater geschickt hatte. Es stand nun gerahmt auf meinem Nachttisch.

Ich merkte, wie Laurent erstarrte.

»Kannst du mir ein bisschen Zeit geben? Können wir vielleicht jetzt einfach nicht darüber reden?«

Er nickte und küsste mich aufs Haar. Als ich den Kopf hob, fand ich seine Lippen. Wir zogen uns gegenseitig aus und liebten uns zwischen den winzigen Kleidungsstücken auf dem Bett. Ausnahmsweise hielt ich nicht inne, um die Bettdecke zurückzuschlagen. Hinterher klammerte ich mich an ihn, mit aller Kraft. Ich musste mich an ihm festhalten, denn wenn er die Wahrheit wüsste, würde er mich nicht mehr lieben.

21

Colette

Meine Zelte in San Diego abzubrechen war einfacher als erwartet. Es war ein Zeichen. Ich verbrachte die Woche damit, die letzten noch ausstehenden Dinge zu erledigen. Unser Haus war ab dem fünfzehnten Januar wieder vermietet, deshalb konnten wir die Möbel noch über Silvester stehen lassen. Die Zensuren waren vergeben, und wie im Schlaf verabschiedete ich mich von allen.

Am Dienstagabend, an dem Dantes Ultimatum endete, wickelte ich die Geschenke, die ich genäht hatte, in Seidenpapier ein. Trotz der Weihnachtsbeleuchtung und der Weihnachtslieder wollte keine rechte Stimmung aufkommen. Für meinen Vater hatte ich einen edlen grauen Morgenmantel gekauft. Da ich uninspiriert war, stickte ich schließlich ein schlichtes *Frohe Weihnachten, alles Liebe, Colette* in Dunkelgrau auf den Morgenmantel. Allein für die Geschenke brauchte ich einen ganzen Koffer. Ich kam mir vor wie der Weihnachtsmann persönlich.

Wayne hatte sich ein Surfboard geliehen und genoss noch die letzten Tage am Strand, bevor er San Diego verlassen würde. Boston und unser neues Leben bestimmten unsere Gespräche. Ich ging davon aus, dass dieses seltsame Gefühl, neben mir zu stehen, als ob ich mein Leben beobachten würde, anstatt es tatsächlich zu erleben, daher kam, dass alles so plötzlich passiert war. Und weil ich nach Waynes Verschwinden dermaßen durchgedreht war. Was hatte ich mir nur dabei gedacht? Einbrechen, nach Las Vegas fliegen, im Casino zocken. Wie gut, dass Wayne mich zur Vernunft gebracht hatte.

Ich vermied es, mir vorzustellen, wie Dante im *Bella Luna* auf mich wartete. Vermutlich war er inzwischen gegangen. Es war spät. Wie spät genau, wusste ich nicht, weil ich mich nicht traute, auf die Uhr zu sehen. Mich von ihm zu verabschieden wäre zu kompliziert gewesen.

Vor ein paar Tagen hatte ich während eines langen Telefonats Gali alles gestanden. Dabei ließ ich kein noch so kleines Detail aus. Zuerst war sie stinksauer wegen Waynes plötzlichem Verschwinden, schockiert von meinen kriminellen Taten, dann ein bisschen neidisch auf mein zauberhaftes Wochenende in Las Vegas, und schließlich sehr erleichtert, dass alles vorbei und ich außer Gefahr war. Sie hatte mir sogar versprochen, sich Wayne gegenüber vorbildlich zu verhalten.

Da ich während der Pubertät nie eine wilde Phase durchlebt hatte, hatte ich das alles wohl jetzt nachholen müssen.

»Babe, kannst du mir mal kurz helfen?«

Ich ging nach nebenan. Wayne hatte das eine Ende der Couch angehoben. »Ich hab mir gedacht, wir können schon mal mit dem Entrümpeln anfangen, indem wir etwas von dem Schrott hier loswerden. Wenn wir es einfach raus auf die Straße stellen, nimmt es bestimmt irgendwer mit.«

»Lass gut sein. Da kümmern wir uns später drum. Außerdem hat es angefangen zu regnen.«

»Der Regen kann da eigentlich nicht mehr viel Schaden anrichten«, erklärte Wayne abfällig.

Ich zuckte innerlich zusammen. »Hör zu. Ich kümmere mich darum, sobald wir aus Pennsylvania zurück sind. Da haben wir noch genug Zeit. Ich will jetzt noch nicht alles auflösen.« Meine Hand lag noch immer auf der Sofalehne.

»Wenn wir von wo zurück sind?«

»Pennsylvania, schon vergessen? Weihnachten? Besinnliche Feiertage, jede Menge gutes Essen? Gekocht von meiner Schwester?« Ich klopfte ihm mit den Fingerknöcheln leicht gegen den Kopf.

»Ich habe nie gesagt, dass ich da mitkomme.«

»Aber …«

»Ich hab über Weihnachten ein Apartment in Aspen gemietet. Ich will noch ein bisschen skifahren, bevor es wieder zum Schuften an die Ostküste geht.« Er grinste.

»Aber ich habe es versprochen. Ich bin davon ausgegangen, dass du Weihnachten mit mir verbringen willst.« Irgendwie war es auf einmal zu heiß im Raum. Ich zupfte am Kragen meines Pullis herum.

»Tu ich doch. In Aspen. Ahhh, Colette, zwing mich nicht dazu, Weihnachten an deine Familie zu verschwenden. Das kannst du nicht von mir verlangen.«

»Kann ich nicht?«

»Du kennst doch meine Meinung.«

»Nein. Klär mich mal auf.«

»Du willst, dass ich zwischen Skifahren in Aspen und Weihnachten mit deinen Schwestern und deinem Vater wähle, ach, und dieser Tante. Komm schon, dazu braucht man nicht viel Grips. Das musst du doch verstehen.« Er hob die Hände.

Und auf einmal fiel bei mir tatsächlich der Groschen. Die ohne Grips, das war ich. Ich sah auf die Uhr. Halb zwölf. Vielleicht blieb noch genug Zeit. Ich nahm meine Handtasche vom Tisch, zog eine Jacke an und ging zur Tür.

»Wo willst du denn hin?«

Ich antwortete nicht.

Als er mich festhalten wollte, versuchte ich, mich wegzudrehen.

»Wayne, lass mich los. Es wird nicht funktionieren.«

»Was denn?«

»Das mit uns.«

»Wovon, zum Teufel, redest du da? Wir gehören zusammen. Du brauchst mich.«

Ich befreite meinen Arm aus seinem Griff. Das würde einen blauen Fleck geben. Dann sah ich ihm fest in die Augen. »Wayne, Baby –

Ich kann das nicht. Es liegt an mir, nicht an dir. Tut mir leid, wenn ich dir wehgetan habe, Babe.

Ciao.

C.«

Ich kramte die kleine hellblaue Schachtel aus der Tasche und legte sie auf den Tisch. Dann rannte ich in die Nacht hinaus. Ich hielt nicht einmal an, um nach meinen Autoschlüsseln zu suchen, denn das Restaurant war nur sieben oder acht Straßen entfernt. Ich joggte durch den Nieselregen, an all den blinkenden Lichterketten, Zuckerstangen und Weihnachtsmännern vorbei. *Bitte, lass ihn noch da sein.* Sicherheitshalber beschleunigte ich mein Tempo. Noch war nicht Mitternacht.

Schwer atmend, bog ich um die Ecke und überquerte die Straße zum *Bella Luna*.

Dann wurde mir auf einmal ganz elend.

Nein! Der Dienstag war doch noch nicht vorbei!

Aber das Café lag im Dunkeln. Handflächen und Nase gegen die Scheibe gedrückt, spähte ich hinein, doch dort standen bloß die leeren Tische, die bereits für die Gäste von morgen gedeckt waren. Ich sah zu »unserem« Tisch am Fenster hinüber. Dort schienen nur die Geister dessen zu sitzen, was hätte sein können.

Schließlich drehte ich mich um und rutschte mit dem Rücken an der Glastür zu Boden, wo ich die Knie an die Brust zog, den Kopf dazwischen vergrub und losheulte.

»Hey, kid. Alles klar?«

Als ich aufblickte, sah ich einen Polizisten vor mir stehen. Er war nicht besonders groß und untersetzt.

»Oh, Entschuldigung«, meinte er. »Sie sind ja gar kein Kind, oder? Sie wirken nur so klein, wie Sie da sitzen. Kommen Sie, ich helfe Ihnen hoch.«

Ich nahm die Hand, die er mir bot, und ließ mich von ihm auf die Füße ziehen.

»So schlimm kann es doch nicht sein.« Mit diesen Worten reichte er mir ein Taschentuch. Nachdem ich mir die Augen abgewischt und die Nase geputzt hatte, fügte er hinzu: »Sie sehen aus, als hätten Sie gerade Ihren besten Freund verloren oder so ähnlich.«

»Ja, so was in der Art.«

»Das lässt sich morgen bestimmt klären.«

»Nein.« Meine Stimme war ein zittriges Flüstern. »Ich hab's vermasselt.«

»Wie können Sie sich da so sicher sein? Die Dinge renken sich meistens wieder ein. Außer Sie haben etwas Unrechtes getan.« Er lachte leise. »Dazu sind Sie nicht der Typ. Gehen Sie nach Hause, schlafen Sie sich aus. Morgen sieht bestimmt alles schon wieder viel besser aus.« Er warf einen Blick auf die Uhr. »Es ist Mitternacht.«

»Mitternacht«, wiederholte ich. Nun würde sich der Fluch nicht mehr brechen lassen.

»Und der Regen wird auch heftiger. Kommen Sie, ich fahre Sie nach Hause.« Er zeigte auf seinen Streifenwagen.

Doch ich schüttelte den Kopf. »Nein, danke. Ich wohne ganz in der Nähe.«

»Wenn Sie meinen. Wissen Sie, es gibt wirklich nicht viele Fehler, die man nicht wieder ausbügeln kann.«

Einen Fehler würde ich zumindest nicht machen. Mit Wayne nach Boston zu gehen.

Als wir um die Straßenecke bogen, erwartete ich fast, Dante dort stehen zu sehen, die Haare vom Regen an den Kopf geklatscht.

Doch das hier war kein Film. Im echten Leben ist nur wenigen von uns ein Audrey-Hepburn-Moment vergönnt.

22

Magali

Syd verspätete sich offenbar. Ich saß an unserem Tisch im *Two Lions* und versuchte, nicht darüber nachzudenken, dass sie mich womöglich versetzen könnte. In letzter Zeit war sie mir eindeutig aus dem Weg gegangen. Ich war müde und hungrig, nachdem ich den Großteil des Tages durch den Valley Forge Park gewandert war und versucht hatte, mir klar darüber zu werden, was in meinem Leben gerade los war. In den vergangenen Tagen war ich ziemlich viel spazieren gegangen. Die Bewegung beruhigte mich, und abends war ich erschöpft genug, um schlafen zu können.

Mir gegenüber saßen Micheline und Piet mit erwartungsvollen Mienen. Michelines Bauch hatte sich ein wenig gerundet, aber sonst sah sie nicht schwanger aus.

»Oh, Magali, *s'il-te-plaît*, sag wenigstens, dass du es dir überlegst?« Ihre Augen strahlten, typisch fürs zweite Schwangerschaftsdrittel.

»Sie muss es sich durch den Kopf gehen lassen, ja?«, meinte Piet.

»Du wärst perfekt.«

Wäre ich das? Micheline und Piet hatten mir soeben den Job als Chefköchin für den Mittagstisch angeboten. Jetzt, wo das Baby unterwegs war, wollten sie etwas kürzer treten, aber trotzdem die Authentizität ihrer Küche wahren.

»Aber natürlich! Du bist *belge*, erstklassig ausgebildet, und eine wunderbare Köchin. Du wärst die Chefin. Du könntest sogar die Speisekarte ändern.«

»*Carte blanche*«, fügte Piet hinzu.

Gemessen an dem Blick, den Micheline ihm zuwarf, war diese *carte blanche*-Idee wohl nicht auf ihrem Mist gewachsen. Ich nippte an meinem Bier, einem St. Feuillien Cuvée de Noël.

»Aber ich habe seit Jahren nicht mehr im Restaurant gearbeitet«, gab ich kopfschüttelnd zu bedenken.

»Das ist wie mit dem Fahrradfahren«, behauptete Micheline.

Gerne hätte ich widersprochen. Das hier war nicht mein Traum. Er war es allerdings mal gewesen, meldete sich eine hartnäckige Stimme in meinem Kopf zu Wort. Und dein aktueller Traum ist zwei Sätze lang und setzt auf dem Dachboden Staub an. Vielleicht wollte das Universum mir auf diese Weise mitteilen, dass ich den Plan »Große Schriftstellerin« vergessen sollte, und schob mich stattdessen in Richtung Küche. Wieder mal.

Syd kam herein.

»Ich gebe euch Bescheid.«

»Bis Silvester? Denn sonst müssten wir Vorstellungsgespräche mit Köchen führen.«

»Hi«, krächzte Syd.

Fairnesshalber musste man sagen, dass sie wirklich aussah, als wäre sie krank gewesen. Sie war blass, ihre Nase rot und um die Nasenlöcher herum schuppig.

»Ich glaube zwar nicht, dass ich noch ansteckend bin, aber ich nehme euch lieber trotzdem nicht in den Arm, nur zur Sicherheit.« Sie setzte sich.

Micheline und Piet standen auf. Als er sie am Ellbogen stützen wollte, schüttelte sie seine Hand ab.

»Du nimmst die Suppe«, erklärte sie Syd.

Dann sah sie mich an.

»Für mich dasselbe.«

Als die beiden gegangen waren, sagte ich: »Ich war mir gar nicht sicher, ob du überhaupt kommst.«

»Was war daran missverständlich, als ich ›Bis heute Abend‹ gesagt habe? Puh, so langsam fühle ich mich endlich wieder wie ein Mensch.«

»Ich habe versucht, dich anzurufen. Habe sogar mal bei dir geklingelt.« Ich bemühte mich um einen lockeren Tonfall, doch vergeblich. Es klang wie ein Vorwurf.

Sie saß immer noch im Mantel da. »Ich bin so lange zu einem Freund gezogen, der mich gesund gepflegt hat.«

»Ich dachte, *ich* bin deine Freundin.« Diese Bemerkung konnte ich mir nicht verkneifen.

»Und ich deine. Weshalb ich meine Bazillen nicht bei dir und deinen Mädchen verteilen wollte.«

»Was für ein Freund?«, wollte ich wissen.

Syd holte tief Luft und hustete. Sofort war ich milde gestimmt. »Ach, du Ärmste. Zieh doch den Mantel aus. Hier drin ist es warm, und sonst frierst du nachher bloß.«

»Wird auch Zeit, dass du ein bisschen Mitleid mit mir hast.« Sie zog ein zerfleddertes Taschentuch hervor.

»Mensch, das gibt's doch nicht. Bitteschön.« Aus meiner Handtasche holte ich ein frisches Päckchen Taschentücher und reichte es ihr. »Kannst du behalten. Ich hab so viele, dass ich einen Laden damit aufmachen kann.« Die Spuren des Mutterseins.

»Und, gibt's was Neues?«, fragte sie.

Einen Moment lang überlegte ich, ob ich ihr von Leos Buch erzählen sollte, aber darüber wollte ich zu diesem Zeitpunkt eigentlich noch mit niemandem reden. Ich hatte es im Lauf des Wochenendes gelesen, während Leo wie eine Glucke, die sich um ihr Lieblingsküken sorgt, um mich herumschwirrte. Schließlich schickte ich ihn mit den Mädchen in den Park, damit ich in Ruhe lesen konnte.

Das Buch war gut. Ein Schmöker mit fesselndem Plot, besonderem Humor und einem guten Blick für die menschliche Psyche. Es brauchte noch etwas Feinschliff, aber auch so bohrte sich der Neid mit jeder gelungenen Formulierung tiefer in mein Herz. Ich weiß auch nicht, weshalb ich überrascht war. Genau die Qualitäten, für die ich ihn geheiratet hatte, machten seinen Roman so wunderbar. Ein Teil Scharfsinn, ein Teil Menschlichkeit und zwei Teile schrulliger Sinn für Humor.

In meiner Eifersucht fühlte ich mich ganz klein.

»Nicht viel«, antwortete ich schließlich. »Aber wir haben dich bei der Party vermisst. Und Art auch.« Ich sah sie prüfend an. »Wusstest du, dass er wieder verschwunden ist?«, erkundigte ich mich mit betont unschuldigem Blick.

Sie machte ein zerknautschtes Gesicht. »Du weißt also Bescheid?«

»Ich weiß nicht, was ich weiß. Ich weiß, dass Elly und Charlotte gesehen haben, wie ihr euch geküsst habt und du ihn dann geohrfeigt hast.«

Sie nickte, sagte aber nichts. Mein Taschentuchpäckchen wurde ordentlich durchgeknetet.

Dann kam Duncan mit unserer Suppe. »*Soup du jour.* Spargelcreme mit Kerbel.«

»Kerbel? Wie ist Micheline an Kerbel gekommen?« Kerbel – *cerfeuil* – war Belgiens Nationalkraut. Suppe mit Kerbel schmeckte wie ein zarter Frühlingsgarten.

»Betriebsgeheimnis. Aber nachdem du vielleicht bald zur Familie gehörst…« Er beugte sich vor und blickte sich im Raum um, als ob er höchst brisante Informationen preisgeben würde. Was für ein Clown. Syd warf ihm einen fragenden Blick zu, den er jedoch nicht bemerkte. »Micheline hat einen Garten – mit einem Gewächshaus.«

»So macht sie das also.« Eine clevere Frau voller Energie. Ich hatte mehrfach mit dem Gedanken gespielt, mir selbst eines zuzulegen, doch das Projekt schien mir dann immer zu aufwändig. Abgesehen davon, dass ich definitiv keinen grünen Daumen hatte. Würde man mich auf den Amazonasdschungel loslassen, würde er wahrscheinlich innerhalb weniger Wochen vertrocknen.

»Was war das denn?«, wollte Syd wissen.

Doch so leicht würde ich sie nicht vom Haken lassen. »Du zuerst.«

»Vielleicht sollten wir unsere Suppe essen, bevor sie kalt wird.«

»Vielleicht sollten wir aufhören, Verzögerungstaktiken anzuwenden. Aber von mir aus, lass uns essen.«

»Wir wollen schließlich nicht Michelines Zorn auf uns ziehen.«

»Auch wieder wahr.« Also löffelten wir einige Minuten

lang schweigend die Suppe. Ein Meisterwerk, sie war nicht zu dickflüssig und cremig, sondern leicht und aromatisch, genau das Richtige für diesen Abend. Suppe war urtypische Hausmannskost, die der Seele guttat.

»Außerdem«, fügte Syd hinzu, »musst du dringend was essen. Du siehst dünn aus.«

Ich legte meinen Löffel weg. »Dünn.«

»Gali, du hast bestimmt fünf Kilo abgenommen, seit du aus New York zurückgekommen bist.«

»Aber das kann nicht sein. Ich mache keine Diät.«

»Offensichtlich, denn sonst hättest du schlechte Laune und wärst einige Kilo schwerer als vorher. Das muss dir doch aufgefallen sein.«

Ich schüttelte den Kopf, doch dann fiel der Groschen. »Das ist diese Jeans. Die wirkt Wunder.«

»Nein. Das ist nicht nur die Jeans, obwohl die sehr schön ist.«

Bei genauerer Überlegung fühlte sich der Hosenbund tatsächlich ziemlich locker an. Da ich die meiste Zeit in Yoga- und Jogginghosen verbrachte, hatte ich keine echten Vergleichswerte. Und meine Waage hatte Leo schon vor Jahren weggeworfen, nachdem er miterlebt hatte, wie ich obsessiv dieselben eineinhalb Kilo zu- und wieder abnahm.

Vielleicht waren es die Spaziergänge. Sobald ich vor meinem Bildschirm saß und herumzappelte, fing mein Herz laut an zu klopfen, und ich hatte das Gefühl zu ersticken. Spazierengehen schien das Einzige zu sein, was dagegen half.

»Danke.« Würde Daddy mich auch schlank finden? Oder zumindest schlanker als vorher? Ich schüttelte den

Kopf. »Auch wenn ich es sehr lieb von dir finde, dass du mir das sagst, bist du trotzdem nicht aus dem Schneider.«

»Okay. Ich werde nicht weinen. Ich werde nicht weinen.« Sie klopfte mit dem Löffel gegen den Rand ihrer Suppenschüssel. »Art und ich haben ... ich weiß nicht, wie ich das sagen soll.«

»Du bist in meinen Bruder verknallt?«

»Sind wir in der siebten Klasse, oder was?« Sie grinste. »Aber wenn du es genau wissen willst« – nun holte sie tief Luft –, »fing es in der Highschool an.«

»Aber er ist ...«

»Vier Jahre jünger als ich, genau. Und der Bruder meiner besten Freundin.«

»Und er ...?«

»Ihm geht's genauso, ja. Aber es ist nie etwas passiert. Gali, ich schwör's. Ich verspreche es.«

Die Vorstellung von Syd und Art als Paar war schon irgendwie seltsam, das musste ich zugeben.

»Und das wird es auch nie.« Sie legte ihren Löffel beiseite und zupfte kleine Stücke von einer Scheibe Baguette ab. »Ich würde auf gar keinen Fall jemals unsere Freundschaft aufs Spiel setzen. Männer kommen und gehen, aber Freundinnen sind für die Ewigkeit.«

»Habe ich das richtig verstanden? Und hör auf, dieses arme Brot zu malträtieren, es hat dir nichts getan. Ihr habt euch meinetwegen voneinander ferngehalten?«

»Ja, natürlich! Was, wenn es nicht funktioniert hätte? Was wäre dann aus uns geworden? Du bist meine Familie.« Sie sah aus wie ein Häufchen Elend.

Auf einmal begriff ich, weshalb beide, so attraktiv sie

waren, keine längere Beziehung führen konnten. Jahrelang war die Erklärung dafür direkt vor meiner Nase gewesen, doch ich hatte einfach nichts mitbekommen. Wie aufmerksam von mir.

»Dann bist du also der Grund, weshalb er immer wieder verschwindet?«

»Siehst du? Es fängt schon an. Nein, er ist einfach so. Aber ...« Sie aß noch einen Löffel Suppe. »Er wollte, dass ich ihm einen Grund gebe zu bleiben.«

»Und?«

Sie schüttelte den Kopf. »Zu riskant.«

»Bist du wahnsinnig?« Ich schlug mit der flachen Hand auf die Tischplatte. »Weißt du, wo er jetzt ist?«

Sie nickte mit glänzenden Augen.

»Geh zu ihm.«

»Aber wie kann ...«

»Das ist nicht dein Ernst. Weißt du nicht, wie kurz das Leben ist?« Ich gab Duncan ein Zeichen und tat dabei so, als würde ich auf meiner Handfläche unterschreiben. »Also, wo soll ich dich hinfahren?«

Sie schüttelte den Kopf. »Was ist, wenn wir uns wieder trennen? Dann würdest du für eine Seite Partei ergreifen müssen, und das würde einen Keil zwischen uns treiben ... Ich will dich nicht verlieren.«

»Eure Beziehung hat noch nicht richtig angefangen, und was nach einer Trennung wäre? Seit wann bist du so optimistisch?«

»Ich bin halt ein Naturtalent.«

Ich klapperte mit dem Schlüsselbund. »Wohin soll ich dich bringen?«

»Die Poconos.«

Unwillkürlich riss ich die Augen auf. »Unsere Hütte?«

Sie nickte.

Duncan kam mit der Rechnung und einer Schokomousse mit zwei Löffeln. »Mit besten Grüßen von *la patronne.*«

»Wir sollten los.«

»Ja.« Unsere Blicke hingen an der Mousse fest.

»Es wäre eine Schande«, gab ich schließlich nach.

»Fast schon ein Verbrechen.«

»Und Micheline könnte sauer werden.«

»Das wollen wir nicht riskieren. Nicht in ihrem Zustand. Was, wenn deswegen etwas passieren würde? Das wäre dann unsere Schuld.« Syd griff nach einem der Löffel.

Ich nach dem anderen. »Außerdem brauchen wir Energie für die Fahrt.«

Also löffelten wir drauflos.

»Köstlich.« Nichts macht einen so glücklich wie eine wirklich gute *mousse au chocolat.*

»Sie ist fast so gut wie deine.« Syd kratzte die Schüssel aus.

»Besser.«

»Nein.«

»Doch.« Und das war in Ordnung. Es konnte im Universum viele verschiedene und doch göttliche Varianten von Schokomousse geben, von denen jede auf ihre eigene Art besonders war. Und notwendig.

»Ich kann nicht fassen, dass er die ganze Zeit über ganz in der Nähe war.« Im grellen Scheinwerferlicht der entgegenkommenden Autos kniff ich die Augen zusammen.

»Er weiß, dass niemand sonst sie benutzt.«

Zu viele schöne Erinnerungen. »Ich würde ihn am liebsten erwürgen.«

»Siehst du?« Syd putzte sich die Nase.

»War nur Spaß.«

»Oh.«

Wir erreichten die Schnellstraße, nachdem wir getankt und uns bei Starbucks einen Kaffee geholt hatten.

»Gali, ich sag das jetzt nur einmal, dann können wir das Thema wechseln, wenn du willst. Du hast keine Ahnung, wie sehr ich dich in den Jahren, als du in Belgien warst, vermisst habe. Als du zurück nach Hause gekommen bist, habe ich mir geschworen, dich nie wieder gehen zu lassen. Ich will dich einfach nicht verlieren.«

»Und du denkst, da hättest du eine Chance? Du bist meine Schwester. Wir haben einander ausgesucht. Und jetzt lass uns von was anderem reden, sonst fange ich an zu heulen, und dann kann ich nichts mehr sehen, und wir landen womöglich im Graben.«

»Okay.« Sie reichte mir ein Taschentuch.

»Aber lustig ist es schon. Ich dachte wirklich, Simon würde dir gefallen. Und dass Brandy keine ernsthafte Kandidatin war, wurde mir in dem Moment klar, als du sie gefragt hast, was für einen Eyeliner sie benutzt.«

»Und dann hat sie gesagt: ›Für die Augen?‹ Ich dachte, ich platze gleich vor Lachen.«

»Und wie Art dann geguckt hat!«

»Ich hab ihm gesagt, wenn er schon jemand mitbringt, um mich eifersüchtig zu machen, dann soll er sich wenigstens ein glaubwürdigeres Mädchen organisieren.«

»Mit Betonung auf Mädchen«, meinte ich.

Dann fuhren wir eine lange Zeit schweigend und hörten Roxy Music. Als wir die Schnellstraße verlassen hatten und kurz vor der Hütte waren, sagte Syd, den Blick geradeaus gerichtet: »Da das heute der Abend der schwierigen Gespräche ist, muss ich dir noch was erzählen. Über Simon.«

»Ich finde ja immer noch, dass ihr zwei ein schönes Paar abgegeben hättet.« Ich fühlte mich stark und gut dabei, Syd mit meinem Segen zu Art zu bringen. Sollte es nicht funktionieren mit den beiden, dann war es eben so, aber dann hätten sie es wenigstens versucht.

»Er hat mir erzählt, du hättest es darauf angelegt, ihn zu verführen.«

»Was?« Der Schotter spritzte auf, als ich abrupt am Straßenrand anhielt, was vermutlich Spuren im Lack des Volvos hinterließ. Verdammt.

»Er meinte, du hättest darauf bestanden, ihn zu Hause zu besuchen. Du hättest für ihn gekocht und ihn betrunken gemacht. Dann wärst du gegangen. Hättest im letzten Moment gekniffen, das war seine Formulierung. Aber er ist überzeugt, dass du etwas für ihn empfindest.« Sie drehte sich zu mir und sah mich an.

»Dieser Mistkerl. Ich hab dir doch erzählt, was passiert ist. Das war überhaupt nicht so!«

»Ich wollte nur, dass du weißt, wie er das sieht. Denn ich bezweifle, dass er dich in Ruhe lassen wird.«

»Aber ich habe ihm nichts vorgemacht.« Oder etwa doch? Wirkte ich wie eine unglücklich verheiratete Frau auf Beutefang? Log er, um bei Syd zu landen? Oder hatte er die ganze Geschichte geplant, um sich an Leo zu rächen?

So oder so, ich würde ihn zur Rede stellen müssen. Ich seufzte. Außer, Syd täuschte sich, und es ging von alleine wieder vorbei.

Ich lenkte den Wagen zurück auf die Straße. Das letzte Stück zur Hütte fuhr ich besonders vorsichtig und weigerte mich, der aufsteigenden Wut in meinem Innern nachzugeben.

»Alles okay?«, erkundigte sich Syd.

»Ja. Du weißt aber, dass es nicht so war. Ich hatte einen ätzenden Tag hinter mir. Ich musste unbedingt etwas kochen, und er tat mir leid, so ganz allein. Er war unterhaltsam, und bei ihm zu Hause gab es eben eine Küche.«

»Ich weiß.«

Das konnte ich so nicht stehen lassen. Versuchte er, mich auf diese Weise dazu zu zwingen, Kontakt mit ihm aufzunehmen? Schließlich bog ich in die Auffahrt ein. »Da wären wir.«

»Kommst du nicht mit rein?«

»Nein, ich fahre heim. Art kann dich dann zurückbringen.« Ich küsste meine Freundin auf die Wange und sah zu, wie sie in der Hütte verschwand. Dann machte ich mich auf den Rückweg.

In meiner Küche türmten sich inzwischen so viele verschiedene Kuchen, Torten und Gebäck, dass selbst die üppigste *pâtisserie* vor Neid erblassen würde. Mir blieb kaum noch freie Arbeitsfläche, um das Abendessen zuzubereiten.

Ich wusste, ich musste diese Geschichte mit Simon klären.

War das alles meine Schuld gewesen? Ich hatte im Zug mit ihm geflirtet, sogar ein bisschen geschwindelt, aber das war ein harmloses Spiel gewesen. So etwas taten Leute doch dauernd, ohne dass es sie dann einholte.

Ich griff nach dem Telefon und reservierte Karten für *Wie der Grinch Weihnachten gestohlen hat*. Die Mädchen wollten zwar noch mal *Seussical* sehen, aber ich hielt es für klüger, meine Familie von Simon fernzuhalten.

Dann fiel mein Blick auf den Stapel an Weihnachtskarten, der darauf wartete, unterschrieben, adressiert und verschickt zu werden. Wenn ich das nicht bald erledigte, würde die Post vor Weihnachten nicht mehr ankommen.

Da ich mich selbst ein bisschen wie der Grinch fühlte, beschloss ich, entsprechende Maßnahmen zu ergreifen. Es fehlte Musik. Kurz darauf erfüllten Weihnachtslieder den Raum. Schon besser. Ich kochte Kaffee, nahm mir einen Keks und setzte mich. Auf meiner Tasse prangten grinsende, rotwangige Schneemänner. Sehr fröhlich. Warum hatte ich dann trotzdem das Bedürfnis, mich hinzulegen und zu schlafen? Ich kam mir vor, als flösse Schlamm durch meine Adern.

Als ich mein Handy aus der Handtasche holte, warf ich aus Versehen den Schlüsselbund auf den Boden. Simons Nummer war immer noch eingespeichert. Anrufen war zwar feige, aber ich konnte mich nicht überwinden, extra einen Tag nach New York zu fahren, um ihn persönlich zur Rede zu stellen. Und hier bei uns zu Hause wollte ich ihn ganz sicher nicht sehen. Da war das Telefon dann doch eine sehr gute Erfindung. Vor allem, wenn man es mit gefährlichen Menschen zu tun hatte. Jene, die mit dem kleinen Finger mein wunderschönes Kartenhaus zum Einsturz bringen konnten.

Ich schaltete die Musik aus.

»Hallo?«

Dieser Akzent. Der hatte es mir jedes Mal aufs Neue angetan. Aber es war bloß ein Akzent. Eine besondere Art, die Wörter auszusprechen. Ich stählte mich innerlich. »Ich bin's, Magali.«

»Oh. Hallo. Ich hab mich schon gefragt, wann ich wohl von dir höre.«

Ich schloss die Augen. Wozu lange um den heißen Brei herumreden. »Du hast Syd erzählt, ich hätte versucht, dich zu verführen.«

»Wenn ich mich recht erinnere, wäre dir das auch gelungen, wenn du nicht im letzten Moment gekniffen hättest.«

Ich konnte nicht fassen, was ich da hörte. »Aber du weißt doch genau, was für einen Tag ich hinter mir hatte. Ich wollte unbedingt etwas kochen, du warst allein, ich war allein, in deiner Wohnung war eine Küche, Punkt.«

»Da hast du aber sehr unterschiedliche Signale ausgesendet.« Er lachte leise.

»Ich hatte zu viel getrunken.« Warum hatte ich jetzt auf einmal Schuldgefühle? »Das hast du dir alles bloß eingebildet. Meine Signale waren klar und deutlich.« Da kam mir auf einmal ein neuer Gedanke. »Wusstest du schon im Zug, wer ich bin?«

Schweigen.

»Du wusstest es!«

»Ich habe dich von einem Foto auf dem Schreibtisch deines Mannes wiedererkannt.«

»Dann hast du das alles geplant? Das war Absicht?«

»Ich habe nicht geplant, dass wir beide im selben Zug sitzen, wenn es das ist, was du meinst.«

»Aber als dir klar war, wer ich bin, da hast du beschlossen, Leo eins auszuwischen?«

Er seufzte. »Der Gedanke ist mir schon gekommen. Man hat nicht oft Gelegenheit, jemandem wehzutun, der einen fertiggemacht hat. Er kannte kein Erbarmen.«

»Also hast du mich benutzt?« Ich bekam fast keine Luft mehr. Natürlich. Warum sonst sollte er mich, eine alte, verheiratete Frau, wollen?

»Es hat mich schon amüsiert, dass du so getan hast, als wärst du jemand anderes. Das sieht nämlich nicht gerade nach einer glücklichen Ehe aus. Ich habe eine Chance gewittert und sie genutzt.«

»Leo hat recht. Du bist wirklich ein Scheißkerl«, fuhr ich ihn wütend an.

»Halt. So hat es angefangen. Aber als es weiterging …« Er brach ab, und ich hörte, wie er tief Luft holte. »Da hat es mich erwischt. Du bist eine tolle Frau.«

»Und du erwartest, dass ich dir das abnehme? Lass mich einfach in Ruhe. Ich habe ein Zuhause. Eine Familie.« Nach diesem Gespräch würde ich mich irgendwohin zurückziehen und vor Scham im Boden versinken. »Ich lege jetzt auf.«

»Nein, warte.«

Aus irgendeinem Grund tat ich das.

»Hörst du mir zu? Genau das ist es ja, was ich will. Das, was du hast. Was du machst. Es war sehr schön. Du bist hinreißend.«

Ich schluckte. »Aber du hattest das alles ja auch und hast es einfach weggeworfen.«

»Wie kommst du darauf, dass es meine Schuld war?«

»Mein Mann war der Anwalt deiner Frau.«

»Es ist nicht so, wie es aussah.«

»Das ist es nie.« Ich ging in die Küche und stellte mich ans Fenster. Draußen im Garten huschte ein Eichhörnchen den Ahornbaum hinauf.

»Weißt du, wie es ist, mit jemandem zusammenzuleben, der von einem erwartet, perfekt zu sein?«

Der Atem stockte mir in der Kehle.

»Ich habe ihren Ansprüchen nie genügt. Sie hatte immer etwas an mir auszusetzen. Irgendwann hatte ich dann eine Affäre.«

»Und das war dann auch nichts?«, fragte ich, den Blick immer noch auf das Eichhörnchen gerichtet. Es saß auf einem ziemlich dünnen Ast, schien aber völlig entspannt zu sein.

Simon seufzte. »Sie war auch verheiratet.«

»Das wird wohl langsam zur Gewohnheit.«

»Nein. Sie hat sich letzten Endes mit ihrem Mann ausgesöhnt. Aber Elizabeth...«

»Hat es herausgefunden.«

»Ja. Es ist irgendwie verrückt, aber ich dachte, es bringt sie vielleicht dazu, mich in einem neuen Licht zu sehen. Wenn eine andere mich will, bin ich vielleicht doch nicht so falsch.«

»Hat dann so aber nicht funktioniert.«

»Sie konnte mich nicht schnell genug loswerden.« Er lachte, aber es war ein grimmiges Lachen.

Ich versuchte, kein Mitleid mit ihm zu haben. Schließlich hatte er mit mir gespielt. Stattdessen ging ich zum Tisch und brach mir ein Stück Brownie ab. »Also hast du beschlossen, an Thanksgiving hier aufzutauchen…«

»Das hatte ich mir vorher gar nicht richtig überlegt. Aber, ja, ich wollte mein Glück versuchen.«

Da übermannte mich wieder die Wut. »Dein Glück? Darin, meine Ehe kaputt zu machen?«

»Klingt schrecklich, ich weiß. Aber woher sollte ich denn wissen, ob deine Ehe was taugt? Du hast an dem Abend mit mir nicht die ganze Zeit von den Freuden ehelichen Glücks geschwärmt.«

»Das wäre auch irgendwie unsensibel gewesen, nachdem ich miterlebt hatte, wie deine Ex auf deinen Unfall reagiert hat.«

»Ich dachte einfach, ich versuche mein Glück. Es tut mir leid. Aber es fehlt mir, eine Familie zu haben, Kinder, die um einen herumspringen, eben das ganze Programm.«

»Das hättest du dir wohl früher überlegen sollen.« Ich zerdrückte den Brownie, um die Krümel dann in den Mülleimer zu fegen.

»Sie hätte trotzdem irgendwie eine Möglichkeit gefunden, mich loszuwerden.«

»Aber das, was du bei mir versucht hast, ist einfach unverzeihlich. Tschüss, Simon.«

»Warte.«

»Ruf mich nicht an. Und komm nicht hierher.« Als ich auflegte, war mir ziemlich elend zumute. Luft. Ich brauchte dringend frische Luft. Also schnürte ich meine Schuhe und verließ das Haus. Keine Ahnung, wie lange ich unterwegs war, der Kopf ganz taub. Ich konnte dieses latente Schuldgefühl nicht abschütteln. Immer wieder hörte ich ihn fra-

gen: »Weißt du, wie es ist, mit jemandem zusammenzuleben, der von einem erwartet, perfekt zu sein?«

Als ich nach Hause kam, stand auf der Veranda ein Karton mit meinem Namen. Ich trug ihn ins Haus, denn ich
erkannte Anas krakelige Handschrift. Waren das bereits
Vorabexemplare meines neuen Buches? Unmöglich. Ich
stellte die Kiste neben die Tür und ging nach oben, um mich
eine Weile hinzulegen. Kurz bevor ich einschlief, begriff ich
plötzlich, was los war: Ich hatte Simon eine Absage erteilt.
Deshalb fühlte ich mich so schuldig. Schließlich war ich
diejenige, die immer zu allem Ja sagte.

An diesem Abend nach dem Essen erkundigte sich Leo:
»Was ist denn in dem Karton draußen?«

»Ach, nur irgendwelcher Kram, den Ana geschickt hat.
Ich schau's mir morgen früh an.« Inzwischen saß ich nämlich an den Weihnachtskarten. Beschäftigung hilft am besten dabei, die Gedanken zu betäuben.

Am nächsten Morgen machte ich die Kiste auf. Darin lag
ein in Geschenkpapier eingewickeltes Päckchen und eine
Nachricht mit der Aufschrift »Vor Weihnachten aufmachen«. Wahrscheinlich war sie in Eile gewesen und hatte
das »nicht« vergessen. Ich schob beides ganz oben in meinen Schrank, wo die Geschenke darauf warteten, an Heiligabend unter den Baum gelegt zu werden.

Spargelcreme-Kerbel-Suppe

In Belgien lieben wir weißen Spargel. Jedes Mal, wenn ich von dieser Suppe koste, habe ich das Gefühl, den Frühling zu schmecken. Also, was auch immer Sie zum Essen geplant haben, wenn Sie frischen weißen Spargel und Kerbel bekommen, ändern Sie das Menü, und kochen Sie stattdessen diese Suppe. Gern geschehen.

Für 4–6 Personen:
700 g weißer Spargel
6 EL Butter
1400 ml (6 Tassen) Hühnerbrühe
(am besten selbst gemacht oder fertige Brühe in Bioqualität)
3 EL Mehl
Meersalz
Frisch gemahlener Pfeffer
(120 ml Sahne) optional
(1 großes Eigelb) optional
eine gute Handvoll frisch gehackter Kerbel plus einige Blätter als Dekoration

Den Spargel schälen. Die Spitzen abschneiden und beiseitestellen. In der Zwischenzeit 4 EL der Butter bei schwacher bis mittlerer Hitze in einem Suppentopf zergehen lassen. Die Spargelstangen in kleine Stücke schneiden.

Sobald die Butter heiß, aber nicht braun ist, die Spargelstücke hineingeben und etwa 5 Min. darin andünsten. Regelmäßig umrühren.
2 Tassen Brühe zugeben, zudecken und etwa 20 Min. köcheln lassen, bis der Spargel gar ist.

Gönnen Sie sich ein Glas guten, gekühlten Weißwein. Den haben Sie sich nach dem ganzen Schälen und Schneiden und Rühren verdient.

Eine ordentliche Portion Kerbel hacken und beiseitestellen.

Wenn die Spargelstücke gar sind, vom Herd nehmen und abkühlen lassen.

In der Zwischenzeit die Spargelspitzen in kochendem Salzwasser blanchieren, aber nicht länger als 2–3 Minuten. In ein Sieb abgießen und unter fließendem kalten Wasser abspülen.
Sobald die Spargelstangen etwas abgekühlt sind, portionsweise pürieren – entweder mit dem Pürierstab oder in einem Mixer. Für später beiseitestellen.

Die restlichen 2 EL Butter zergehen lassen. Das Mehl hinzufügen und mit einem Holzlöffel verrühren. Sobald das Mehl anfängt, Blasen zu schlagen, mit dem Rührlöffel gleichmäßig rühren und dabei nach und nach die verbliebene Brühe zugeben. Kurz aufkochen lassen, dann vom Herd nehmen.

Das wäre ein guter Zeitpunkt für einen Schluck Wein.

Das Spargelpüree zur Brühe geben und gut verrühren. Mit Salz und Pfeffer abschmecken. (Die Suppe kann bis zu diesem Punkt im Voraus zubereitet und dann eingefroren werden.)

Nun müssen Sie eine Entscheidung treffen:

1) Entweder geben Sie den Kerbel und die Spargelspitzen hinein und servieren die Suppe mit einem Sträußchen Kerbelblätter als Dekoration. Die Sonne kommt hinter einer Wolke hervor, und die Vöglein zwitschern.

2) Wenn Sie eine reichhaltigere, cremigere, einfach überragende Suppe vorziehen: Das Eigelb mit der Sahne verquirlen. Zusammen mit dem Kerbel unter die Suppe rühren. Dann die Spargelspitzen hinzufügen. Garnieren und servieren.

Wurde die Suppe gekühlt, sollte sie langsam erhitzt werden, aber sie darf nicht kochen, weil sie sonst gerinnt.

Et voilà! Eine Schüssel voll Frühling.

23

Heiligabend

»Kannst du mir noch mal sagen, weshalb ich das alles eigentlich mache?« Ich öffnete den Kühlschrank und holte den vorbereiteten Biskuitboden heraus. Leo putzte drüben an der Spüle Pilze. Er hatte sich noch nicht rasiert und wirkte in seinem weichen karierten Flanellhemd und den Jeans jungenhaft zerzaust.

»Du hattest keine andere Wahl? So, das war der letzte.« Er stellte die Schüssel mit den Shitake-Pilzen auf den Tisch. »Soll ich sie gleich in Scheiben schneiden?«

»Das wäre prima.«

»Außerdem gehst du in Wirklichkeit doch total darin auf«, meinte er.

»Du kennst mich einfach zu gut. Die Scheiben müssen aber ganz dünn sein.«

Elly kam in die Küche, in der Hand *Wie der Grinch Weihnachten gestohlen hat.* »Kann mir bitte jemand vorlesen?«

»Süße, du kannst doch selber lesen. Aber wärst du so lieb, der Mommy eine frische Schürze aus der mittleren Schublade in der Kammer zu holen? Und die hier in den Wäschekorb zu werfen?« Ich schlug nebenher die Kuchensahne steif.

»Es macht aber mehr Spaß, wenn du oder Daddy die Stimmen nachmachen.«

Ich zog meine fleckige Küchenschürze aus und tauschte sie gegen die frische, die Elly mir brachte. Dann sah ich Leo an.

»In genau vier Minuten komme ich zum Vorlesen, okay? Du musst aber laut zählen«, sagte er. Sie verschwand und zählte dabei die Sekunden in einer Lautstärke, dass man es bestimmt zwei Straßen weiter noch hören konnte.

»Was hältst du davon, wenn wir nächstes Jahr Weihnachten zu viert feiern? Nur du, ich und die Kinder. Einverstanden?«

»Absolut. Wir können Tante Sola ja Fotos oder ein Video schicken. Sie soll dann sehen, wo sie bleibt. Das wird sie sicher verstehen. Und dein Vater und deine dahergelaufenen Schwestern oder dein Bruder, tja, wozu sonst gibt es in *Denny's Schnellrestaurant* ein Truthahn-Menü? Ich habe gehört, das soll ganz vorzüglich sein. Richtig besinnlich.«

»Ich weiß nicht, ob wir das mit *Denny's* wagen sollten. Vielleicht könnten wir ihnen ein Essen im *Applebee's* spendieren.«

»Genau. Gute Idee. *Applebee's*. Und Syd schicken wir gleich hinterher. Na bitte... Ist doch alles geregelt.« Er schob die geschnittenen Pilze zurück in die Schüssel.

»Möglicherweise müssen wir Syd gar nirgends *hinschicken*.«

»Syd wohin schicken?« Meine beste Freundin war gerade durch die Tür zur hinteren Veranda hereingekommen. »Wo soll ich das abstellen? Ich liebe es, wenn deine Küche so aussieht.« Sie zog ihren Parka mit Pelzbesatz aus und hängte ihn auf.

»Ja, es hat was, nicht wahr? Es sieht aus wie bei Dorothy Gale, nach einem Tornado.«

»Also, wo willst du mich hinschicken, und was muss ich einpacken? Was brauche ich denn genau?« Sie schob eine Schüssel mit geschälten Kartoffeln zur Seite, um ihre mit Folie abgedeckte Backform daneben abstellen zu können.

»Nächstes Jahr«, erklärte Leo, »hat Gali beschlossen, lässt sie Weihnachten ausfallen.«

Syd schnaubte. »Oh Gott, habe ich gerade geschnaubt? Siehst du, was du mir antust?«

»Ein süßeres Geräusch wart nie gehört aus der Nase eines Mannes ... oder einer Frau«, witzelte Leo.

»Ich liebe es, wenn du schnaubst.« Art kam mit einer Kiste Wein in die Küche. »Es macht dich menschlich.« Auf der Suche nach einem Ort, wo er den Wein abstellen konnte, entschied er sich schließlich für meinen Schreibtisch.

»Sei still, oder ich zieh dir mit den Birnen mit Cranberry-Füllung eins über.«

Ich war beeindruckt. »Süße, ich bin ja so stolz auf dich. Du hast was Neues ausprobiert.«

»Wir werden ja sehen, ob es was geworden ist. Aber ich weiß nicht, wo ich mit der Schüssel hinsoll.«

»Ich kümmere mich darum.« Leo befreite sie von ihrer Last. »Am besten stell ich sie gleich in den zweiten Kühlschrank.«

»Gute Idee. Ich bin ja so froh, dass ich dich geheiratet habe. Du bist ein wunderbarer, intelligenter Mann.«

»Endlich. Meine Qualitäten werden doch noch anerkannt.« Er schwenkte die Faust durch die Luft. »Hätte ich das gewusst, hätte ich diesen Kühlschrank schon vor Jahren erwähnt.«

»Raus mit dir, du Trottel!«, schalt ich lachend und schlug im Spaß mit dem Küchenhandtuch nach ihm. »Und wenn du damit fertig bist, könntet ihr zwei Jungs bei Stefano's den Fisch abholen?«

»Dafür ist doch noch jede Menge Zeit. Außerdem hab ich Elly versprochen, ihr vorzulesen.«

»Na gut. Aber direkt danach? Erinnerst du dich noch an Weihnachten vor drei Jahren, als sie die Bestellung vermasselt haben?« Ich erschauderte.

»Woran ich mich erinnere, ist, dass ich dich beinahe in die Notaufnahme hätte bringen müssen, damit die dich an einen Valium-Tropf hängen«, meinte Leo.

»Klingt himmlisch. Da fahren wir hin, sobald ihr mit dem Fisch zurück seid«, antwortete ich.

»Abgemacht.«

»Außerdem«, fügte ich hinzu, »will ich die Fischcremesuppe fertig haben, bevor meine Schwestern hier aufschlagen.«

»Während ihr euch um das Meeresgetier kümmert, fang ich schon mal mit dem Cranberry-Relish an«, erklärte Syd.

»Du bist die Cranberry-Königin«, sagte mein Bruder und küsste sie, bevor er Leo aus der Küche folgte.

Syd legte einige Orangen auf das Schneidbrett und zog auf der Suche nach der Reibe eine Schublade auf.

»Hier.« Ich reichte ihr das Teil. »So hab ich Art noch nie erlebt. So ...«

»Sentimental, ich weiß. Es ist komisch.«

»Ich wollte eigentlich romantisch sagen.« Es würde noch eine Weile dauern, bis ich mich an diese neue Situation gewöhnt hatte.

»Also, wer ist schon da und wer nicht?« Syd fing an, die Schale der ersten Orange abzureiben.

»Laurent und Mamy Elise sind gestern angekommen und haben bei Tante Sola übernachtet. Meine kleinen Schwestern sind noch nicht hier. Die sollten so gegen zwei hier sein. Schon seltsam, dass sie ungefähr zur selben Zeit landen. Colette hätte ja eigentlich gestern schon kommen sollen, aber sie hat ihren Flug umgebucht. Sie meinte, sie würde es mir dann erklären, wenn sie da ist.«

»Und Jacqueline?«

»Ihr Konzert wurde während der letzten Vorstellung gestern Abend mitgeschnitten und wird heute Abend ausgestrahlt.« Ich holte tief Luft und atmete den säuerlichen Duft frischer Orangen ein.

»Hoffentlich kriegen wir das dann auch zu sehen. Ich liebe das Ave Maria an Weihnachten.«

»So wie ich Jacqueline kenne, wird sie dafür schon sorgen. Wahrscheinlich hat sie sich eine Kopie unter den Nagel gerissen.« Dann kam ich mir ein bisschen unfair meiner Schwester gegenüber vor. »Ich bin sicher, sie ist umwerfend.«

»Laurent ist so ein Schatz, dass er extra einen Tag früher mit deiner Großmutter hergeflogen ist. Wie kommt es, dass die Frauen in deiner Familie sich alle guten Männer schnappen?«

Ich sah meine Freundin von der Seite an.

»Ich bin ja schon still«, meinte sie.

Elly kam in die Küche gestürmt, gefolgt von ihrer Schwester. »Mama, da ist ein Päckchen für dich, auf dem steht ›Vor Weihnachten öffnen‹. Also da steht *vor*, und es ist für dich. Mach es auf!«

»Ich will auch ein Geschenk zum Vor-Weihnachten-Aufmachen«, seufzte Charlotte.

»Wie konnte mir das nur entgehen?«

»Es lag unterm Baum mit den anderen Menschengeschenken. Die, die nicht der Weihnachtsmann bringt. Mach es lieber gleich auf. Denn da steht *vor*. Und es ist fast schon Weihnachten.«

»Na gut, na gut.« Ich trocknete mir die Hände an meiner Schürze ab. »Möchtest du hier weitermachen?«, fragte ich Syd, die inzwischen genug Orangen abgerieben hatte, dass es uns bis Ostern reichen würde. Ich bot ihr mein Messer an.

Sie stützte sich auf die Arbeitsfläche, legte den Handrücken an die Stirn und tat, als würde sie gleich ohnmächtig werden. »Du vertraust mir tatsächlich den *Sellerie* an?«, keuchte sie.

»Ach, sei doch still. So schlimm bin ich auch wieder nicht.«

»Nein, meine Liebe, natürlich nicht. Warum schenkst du dir nicht ein Glas Wein ein?«

»Es ist zu früh. Ich will lieber einen klaren Kopf bewahren, bis alle hier sind.« Dafür griff ich nach der Thermoskanne. »Kaffee?«

Sie nickte. Also füllte ich zwei Schneemann-Tassen und stellte eine neben sie.

»*Ma-man! Viens!*«

»*J'arrive.*« Mit meinem Kaffee in der Hand folgte ich meinen Töchtern. Wie schaffte ich es eigentlich bei all den Unterbrechungen irgendetwas zu Ende zu bringen? Doch gleichzeitig beobachtete ich gebannt, wie sie durch die Aufregung noch mehr aufblühten. Ihre Wangen waren rosig, die Augen strahlten, und die Haare standen in alle Richtungen ab. Selbst wenn ich in meinem Leben nichts mehr sonst zustande brachte, hatte ich doch wenigstens diese beiden erstaunlichen kleinen Menschen erschaffen. Ja, ich hatte zwar Hilfe dabeigehabt, aber trotzdem. Hatte Maman wohl auch so empfunden, als sie im Sterben lag?

Ich sah, dass es sich bei dem Geschenk, von dem sie redeten, um die Schachtel von Ana handelte. Ob sie nun das »nicht« vergessen oder absichtlich weggelassen hatte, jetzt, wo die Mädchen das Päckchen gesehen hatten, gab es kein Zurück mehr.

Ich kniete mich also vor den Weihnachtsbaum, wobei ich mich wieder fast wieder wie ein Kind fühlte. Das Haus roch frisch und nach Tannenduft. Der Weihnachtsschmuck, alt und neu, vermittelte das Gefühl, als könnten wir auch irgendwo im guten alten England sitzen. Zumindest, wenn man im Haus war. Von außen war es nichts Besonderes. Ein typisches zweistöckiges Vorstadthaus eben.

Aber es gehörte uns.

Wir hatten uns so viel Mühe gegeben, alles zu schmücken, dass mir die Vorstellung widerstrebte, morgen früh stapelweise mit Folie abgedeckte Schüsseln zu Daddy rüberzutragen. Nach den Geschenken und vor dem Frühstück. Zuerst wollte er, dass wir auch den Heiligabend bei ihm verbringen, aber da hatte ich mich ausnahmsweise quergestellt.

»Daddy, die Mädchen erwarten, dass der Weihnachtsmann zu uns kommt. Das ist Tradition. Du bist also ganz herzlich eingeladen, dich uns anzuschließen. Das Abendessen wird einfach sein: etwas Fisch, Austern, eine Hummersuppe und für die Mädchen ein paar Scampi. Jacqueline schmuggelt für die Vorspeise noch ein bisschen Foie gras ins Land. Wir heben dir aber auch was davon für den ersten Feiertag auf. Das große Festessen und die Bûche gibt es dann bei dir.«

»Na gut«, hatte er eingewilligt, doch irgendwie komisch dabei geklungen ... was genau war es gewesen? Enttäuschung? Nein, das konnte nicht sein. Daddy zeigte nie irgendwelche Gefühle. Trotzdem hatte ich ein schlechtes Gewissen. Es wurde noch stärker, als er dankend ablehnte, Heiligabend mit uns zu verbringen, unter dem Vorwand, für den folgenden Tag noch viele Dinge vorbereiten zu müssen. Dass sich zu dem schlechten Gewissen auch Erleichterung gesellte, war mein persönliches unschönes Geheimnis.

Ich konnte mir nicht vorstellen, was diese »vielen Dinge« sein sollten, da ich die ganze Kocherei übernahm.

»Schneller«, beschwerte sich Charlotte.

»Nur durch Anschauen kannst du es nicht aufmachen«, meinte Elly.

Lachend wandte ich meine Aufmerksamkeit wieder dem in buntes Papier eingepackten Geschenk auf dem Boden zu, dankbar für diesen Moment der Ruhe mit meinen beiden Töchtern links und rechts von mir, die beide immer noch im

Schlafanzug waren. Das Haus strahlte mit all den Lichtern und Kerzen. Am Fuß der Tanne hatten wir ein kleines, von Eisenbahnschienen eingefasstes Weihnachtsdorf aufgebaut. Der Zug war jedoch entgleist und lag neben dem Postgebäude auf der Seite. Drüben im Erkerfenster wartete die Weihnachtskrippe darauf, dass die winzige Figur des Jesuskinds um Mitternacht vom jüngsten Familienmitglied, das noch wach war, in die Krippe gelegt wurde. Theoretisch war das Charlotte, doch die schlief normalerweise schon lange vor Mitternacht.

In der Mitte des Kaminsimses thronte ein wunderschöner silberner Chanukkaleuchter, der einst Leos Großmutter gehört hatte. Es lag eher daran, dass Charlotte immer noch in den jüdischen Kindergarten ging, und an den Erwartungen der Mädchen als an Leos innigem Wunsch, dass wir die Tradition befolgten, in jeder der acht Hanukkah-Nächte eine Kerze mehr anzuzünden. Am letzten Abend erstrahlte die Chanukkia in ihrer Feier des Lichts. Wie ich diese Zeit des Jahres liebte.

Ich wünschte nur, ich würde mich auch auf den morgigen Tag freuen.

Charlotte hatte bereits einen Tesafilmstreifen von einer Ecke des Päckchens gelöst.

»Irgendwie bin ich heute zerstreut. Ihr beiden müsst mir helfen.«

Mehr brauchte es nicht. Voller Begeisterung zerfetzten sie das Geschenkpapier wie zwei kleine Schakale.

Dann legte Elly ihrer Schwester die Hand auf den Arm, um sie zu bremsen. »Lass Mommy die Schachtel aufmachen.«

Charlotte funkelte sie daraufhin unter ihren Ponyfransen hervor böse an. »Du bist nicht meine Mami!«

»Mommy, sie hat gesagt –«

Ich hielt die Hände hoch und setzte eine bestürzte Miene auf. »Was würde wohl der Weihnachtsmann sagen, wenn er euch an Heiligabend streiten hört?« Sie verstummten sofort.

Was würde ich tun, wenn ich den guten Santa Claus nicht länger als Druckmittel benutzen konnte? Wobei es meiner Meinung nach überhaupt keinen Grund gab, irgendwann nicht mehr an ihn zu glauben – zumindest war das bei mir so.

Ich öffnete die Schachtel. Darin lag ein Stapel Bücher und eine Karte.

»Um dir auf deinem Weg weiterzuhelfen. Wenn es der richtige für dich ist.

Ana.«

Ich sah die Bücher durch. Es waren alles Schreibratgeber.

»Das sind ja bloß Bücher«, beschwerte sich Charlotte.

»Mama liebt Bücher, stimmt's?«, meinte Elly.

Beim Anblick des Stapels fühlte ich mich plötzlich müde.

»Stimmt.« Dann machte ich die Schachtel wieder zu und stellte sie in den Schrank.

Am Flughafen war der Teufel los. Meine Schwestern kamen im Abstand von vierzig Minuten an, was einerseits sehr praktisch war – und völlig überwältigend andererseits. Um ehrlich zu sein, war es nie ein Problem, sich wieder an

Colette zu gewöhnen. Das war, als würde man einen Lieblingspulli überstreifen, der aus Versehen im Schrank nach hinten gerutscht war und den man erfreut wiederentdeckt hatte. Dann erst wurde einem klar, wie sehr man ihn vermisst hatte.

Mit Jacqueline war das anders.

Ich zog meinen Parka aus. Es war Weihnachten, vielleicht würde dieser ganze Frieden auf Erden auch auf meine Schwestern abfärben. Und auf meinen Bruder. Wenigstens waren sie nicht alle bei uns untergebracht. Jacqueline wohnte mit Laurent und unserer Großmutter bei Tante Sola, während Colette bei uns wohnte. Art hatte großzügigerweise das Gästezimmer geräumt. Wahrscheinlich war er hocherfreut über die Ausrede, bei Syd unterschlüpfen zu können, ohne es offen zugeben zu müssen.

Laurent wartete bereits am Ankunftsgate. Er trug Hose und Pulli, einen gestreiften Schal um den Hals und eine Lederjacke, und trotzdem gelang es ihm, eleganter auszusehen als alle anderen Männer um ihn herum. Lag es daran, wie europäische Kleidung geschnitten war, oder an der Art, wie Europäer sie trugen? Ich würde Colette fragen, die wusste das bestimmt. Ich ging zu meinem Schwager hinüber, der mich um Längen überragte.

»Magali. Wie schön, dich zu sehen. Du siehst bezaubernd aus.« Verglichen womit?, fragte ich mich insgeheim. Einer seit drei Wochen toten Eidechse? Die Zeit hatte nur noch zum Duschen gereicht, aber meine Haare waren ungewaschen. Außerdem fühlte ich mich extrem unelegant. Weshalb hatte ich bloß diese alte Jeans angezogen? Er beugte sich herab, um mich auf beide Wangen zu küssen, ehe er Leo die Hand schüttelte. Europäer haben immer das Gefühl, den anderen erst dann richtig begrüßt zu haben, wenn sie ihn berührt haben.

»Ich freu mich auch, dich zu sehen, Laurent.« Und das stimmte. »Wo ist Mamy Elise?«

»Macht einen Mittagsschlaf gegen den Jetlag.«

»Schlaue alte Dame.«

»Die Schlaueste von allen.«

»Und du? Wie kommst du mit der Zeitverschiebung klar?« Er wirkte ziemlich erschöpft. Aber Jacqueline würde bald hier sein. Das würde ihn sicher aufmuntern.

»Gut. So rum ist es einfacher. Auf dem Heimweg verlieren wir eine Nacht.«

»Ich weiß. Das ist Folter.«

»Ah, da kommen sie ja.« Laurent ließ den Blick über die Menschenmenge schweifen, die aus dem Ankunftsgate strömte.

»Dann sind wir ja gerade richtig«, meinte Leo und legte den Arm um mich.

»Ich vergesse immer wieder, wie lange man an Feiertagen zum Flughafen braucht. Man sollte doch meinen, dass die meisten Leute schon zu Hause sind. Und in der Küche stehen.«

»*La voilà*«, sagte Laurent.

Ich holte tief Luft und wünschte mir sehnlichst, ich hätte ein Kleid und meine schönen Stiefel angezogen. Oder wenigstens meine gute Jeans. Denn hier kam meine Schwester, und sie sah immer noch aus wie Catherine Deneuve, nur in jünger.

Dann waren wir auch schon wieder weg.

»*Mamy! Que fais-tu?*«

»*Je donne un coup de main.*« Meine Großmutter wuselte in der Küche herum, mit Syd dicht auf den Fersen. Sie hatte bereits eine Riesenportion Kartoffeln geschält und die Küche geputzt und gewischt, bis sie blitzte. Syd war inzwischen mit dem Gemüse fertig, und auch das Fleisch für die Füllung war angebraten und ruhte in einer Schüssel, um ausreichend abzukühlen, bevor es in den Kühlschrank wanderte, bis morgen der Vogel damit gestopft wurde.

»*Mais …*«

»*Chut.*« Meine Großmutter hielt sich den Finger an die Lippen.

Ich wandte mich an Syd. »Sie sollte doch eigentlich einen Mittagsschlaf machen.«

Doch Syd zuckte bloß mit den Schultern. »Deine Tante hat sie vorbeigebracht. Hast du von mir erwartet, dass ich sie ans Bett fessele? Sie wollte helfen.« Dann sah sie mich an. »Alles klar bei dir?« Als ich nickte, schenkte sie mir aus der Flasche Pinot Noir, die zum Atmen geöffnet auf der Anrichte stand, ein Glas ein.

»Ich geh mal kurz hoch und zieh mich um.« Jetzt, wo Jacqueline da war, wollte ich wenigstens das Gefühl haben, einigermaßen gut auszusehen. Meine schönen Jeans und ein cremefarbener Kaschmirpulli würden dabei bestimmt helfen.

Doch bevor ich mich verdrücken konnte, kam Colette in die Küche gestürmt. Sie trug immer noch Yogahose und UGG-Stiefel von der Reise. Als Erstes stürzte sie sich auf unsere Großmutter. Die beiden küssten sich zur Begrüßung auf beide Wangen und fingen sofort an, sich in einem Affentempo auf Französisch zu unterhalten, als wären sie mitten im Gespräch unterbrochen waren.

Irgendwann räusperte sich Syd.

Colette quietschte vor Freude. »Syd!«, rief sie und warf sich ihr in die Arme.

»Hey, Kleine. Du hast uns gefehlt. Deine neue Frisur gefällt mir. Sehr französisch.«

Colette strich sich über ihre kurz geschnittenen Haare. »Warum kommst du mich eigentlich nie besuchen? Ach, ganz vergessen. Ich weiß, du bist allergisch auf Kalifornien. So schlimm ist es aber echt nicht.«

»Dass du dort lebst, macht's schon deutlich besser. Und immerhin hast du noch echte Titten. Ich bin ja so stolz auf dich. Also, was für spannende Neuigkeiten hast du zu berichten?«, wollte Syd wissen.

Colettes Strahlen ließ merklich nach.

Ehe sie antworten konnte, kam Jacqueline herein. »Ich weiß nicht, wie's euch geht, aber mir ist nach ein bisschen Weihnachtsstimmung.« Laurent folgte ihr, die Hand auf ihrer Schulter. Nach einer weiteren Runde Begrüßungen wurde der Wein ausgeschenkt.

Colette wirkte erleichtert über die Unterbrechung.

Jacqueline nippte am Pinot. »Wunderbar!«, meinte sie. »Ich kann immer noch nicht fassen, dass ich für dieses Gesöff, das die Fluggesellschaften als Wein ausgeben, auch noch bezahlen sollte.«

»Bloody Marys«, lautete Colettes Kommentar.

»Gin and Tonic«, fügte ich hinzu.

»Weise Ratschläge, von denen ich auf dem Heimflug ausgiebig Gebrauch machen werde«, erklärte Jacqueline lächelnd. »Das Haus ist wunderschön geschmückt.« Dann kam sie zu mir und flüsterte mir zu: »Was ist denn mit Colette los?«

Kopfschüttelnd zuckte ich mit den Schultern.

»Also, Colette«, meldete sich Syd wieder zu Wort. »Dann erzähl mal.«

»Vielleicht später?«, versuchte ich, meiner kleinen Schwester beizustehen.

»Warum denn nicht? Jetzt ist doch ein guter Zeitpunkt.« Syds Glück hüllte sie ein wie dichter Nebel und machte sie blind für Signale, die sie normalerweise sofort bemerkt hätte.

»Na gut. Also, erstens: Das mit Wayne ist vorbei.« Vermutlich war ich nicht die Einzige, die das spontane Bedürfnis unterdrücken musste, laut zu jubeln und Beifall zu klatschen. »Süße, das tut mir so leid«, sagte ich, um es zu überspielen.

»Ich weiß, er war hier nicht gerade beliebt. Und, zweitens« – sie trank einen kleinen Schluck Wein –, »sieht es so aus, als hätte ich meinen Job verloren. Ich kehre als echte Heldin in die Heimat zurück, was?«

Diesen Teil kannte ich bereits. Syd legte Colette den Arm um die Schultern.

»Aber was ist mit …«, hob ich an, doch Colettes warnender Blick ließ mich verstummen. Ich hatte nach Dante fragen wollen. Als wir das letzte Mal telefoniert hatten, war der Verlust ihrer Stelle von ihm weit in den Hintergrund verdrängt worden.

»Zeit für Santas Kekse. Kekse für den Weihnachtsmann!« Die Mädchen kamen ins Zimmer gestürmt.

Colette grinste. Jacqueline, die seit ihrer Ankunft kaum ein Wort gesagt hatte, beugte sich herunter und nahm die beiden links und rechts auf den Arm.

»Ihr zwei würdet selber ganz köstliche Kekse abgeben. Das kann ich nämlich riechen. Ich wette, ihr wusstet nicht, dass ich die Lebkuchenknusperhexe bin, oder?«, gackerte sie.

»Nein! Bitte nicht!« Kichernd wanden sich die beiden in ihren Armen.

»Also, wer will zuerst an der Reihe sein? Und was für ein Keks möchtest du gerne werden?«

Ich holte Schüsseln aus dem Schrank und Backpapier aus der breiten Schublade ganz unten. Es hatte keinen Sinn, mich jetzt noch umziehen zu wollen. Stattdessen streifte ich eine Schürze über, verknotete sie im Rücken und band meine Haare zum üblichen Pferdeschwanz. »Dann holt schon mal die Eier und die Butter, ja?«

»Und, wer kommt heute Abend alles zum Essen?«, erkundigte sich Jacqueline, nachdem sie die Mädchen wieder auf den Boden gesetzt hatte.

»Alle. Also, außer Daddy.«

»Oh?«

Täuschte ich mich, oder war da gerade ein Hauch von Erleichterung auf ihrem Gesicht zu sehen gewesen. Das hatte ich mir bestimmt nur eingebildet. Jacqueline war schließlich die Lieblingstochter meines Vaters. Warum fühlte es sich dann so an, als könne man die Erleichterung im Raum mit einem Messer schneiden und als Hauptgericht servieren?

»Wird er denn alleine klarkommen?«, fragte Colette vorsichtig. »So ganz allein an Heiligabend.« Sie erschauderte.

»Er will es so«, antwortete ich. »Angeblich möchte er alles für uns vorbereiten. Und wer sagt, dass er allein ist?«

»Was genau will er denn da vorbereiten, nachdem du dich hier um das ganze Essen kümmerst?«, meinte Jacqueline.

Mamy Elise stand drüben am Herd und kochte heiße Schokolade für die Mädchen. Dabei erklärte sie ihnen, dass man für wirklich guten Kakao zuerst belgische Schokolade schmelzen, dann ein bisschen Milch und *un ingrédient secret* hinzufügen muss. Die Mädchen waren von der Vorstellung einer geheimen Zutat natürlich total begeistert.

»Das hat er zumindest so gesagt. Vielleicht sollten wir hinfahren und ihn holen«, schlug Jacqueline vor. Die Gute Schwester. Die, die in jeder Situation wusste, was das Richtige war, und dafür sorgte, dass alle anderen es auch erfuhren. »Andererseits« – sie zuckte mit den Schultern und lächelte mich an –, »bin ich ja auch gerade erst angekommen, nicht wahr? Du hast bestimmt alles versucht. Wenn Daddy sich mal was in den Kopf setzt, dann braucht es schon einen Weltkrieg, um daran etwas zu ändern.«

Meine Schwester war nachsichtig mit mir? Das war ja etwas ganz Neues. Zuerst Daddy, und jetzt sie. Hatten Außerirdische nach und nach die ganze Familie entführt? War ich als Nächste an der Reihe?

Art kam durch die Verandatür in die Küche. »Wenn er alleine sein will, dann lasst ihn doch. «

»Hallo, Vogelscheuche! Ich glaub, dich hab ich am meisten vermisst.« Colette stürzte sich auf ihn.

»Dorothy! Dann bist du also am anderen Ende des gelben Ziegelsteinwegs immer noch glücklich? Wie fühlt sich's an, zurück in Kansas zu sein?«

Art und Colette waren früher ganz besessen vom *Zauberer von Oz*. Stundenlang lasen sie die Bücher und sahen sich den Film immer und immer wieder an, bis sie jeden Satz und jede Melodie auswendig konnten. Als Dorothy und die Vogelscheuche zogen sie in den Wald hinter unserem Haus hinaus, um gegen die Mächte des Bösen zu kämpfen.

»Fühlt sich ... eigentlich ganz gut an.« Sie boxte ihn gegen den Arm.

»Hallo, Art«, begrüßte ihn Jacqueline.

»Hallo«, sagte mein Bruder. »Lange nicht gesehen.«

Sie nickte. »Du siehst gut aus.«

»Du auch. Wie immer.«

Auch dieses Mal verhielten sich die beiden wie entfernte Bekannte, die sich unerwartet über den Weg gelaufen waren. Irgendetwas war vor langer Zeit zwischen ihnen vorgefallen. Damals, als Maman noch lebte. Zuerst war alles gut gewesen. Und plötzlich sprachen sie kaum noch miteinander. Es vergiftete jedes Essen, jede Familienzusammenkunft. Bis zum heutigen Tag.

Dann tat Jacqueline etwas Seltsames. Sie ging auf Art zu und umarmte ihn. Die beiden gaben ein hübsches Bild ab, die zwei großen blonden Geschwister. Nach einem kurzen Zögern erwiderte er ihre Umarmung. Als sie sich von ihm löste, hatte sie feuchte Augen.

»Es tut mir leid«, flüsterte sie.

Ich spitzte unwillkürlich die Ohren. Es tat ihr leid? Was tat ihr leid? Blicke wurden ausgetauscht.

Schließlich klatschte ich in die Hände, um den Bann zu brechen. »Also! Wer will Kekse für Santa backen?«

»Ich dachte schon, du fragst gar nicht mehr«, beschwerte sich Elly.

»Seit wann bist du denn vierzig?«, wollte ihr Dad von ihr wissen.

Sie zuckte mit den Schultern.

Viele Dutzend Kekse später gingen wir auseinander, um uns auszuruhen und vor dem Abendessen frisch zu machen. Die Mädchen, die viel zu aufgeregt waren, um zu schlafen, sahen sich Mister Magoos *Eine Weihnachtsgeschichte* an. Um neun oder spätestens halb zehn würden den beiden die Augen zufallen, damit sie dann möglichst früh wieder aufstehen und uns aus dem Bett zerren konnten, noch bevor die Sonne aufging, weil sie wissen wollten, was ihnen der Weihnachtsmann gebracht hatte.

Die Küche war ohne größeres Zutun meinerseits wieder in ihren Originalzustand zurückversetzt worden. Ich nahm eine Tasse Kaffee mit nach oben, wo ich mir ein Bad einließ und etwas vom Schaumbadezusatz mit den ätherischen Ölen hinzugab, den Colette aus San Diego mitgebracht hatte.

»Peace« hieß das Produkt.

Während ich im Schaum lag, stieg mir der Duft von Jasmin und Vanille in die Nase. Ich versuchte die Schultermuskeln zu entspannen. Irgendetwas war mit meinen Schwestern los.

Nachdem ich mich eingeseift hatte, rasierte ich mir die Beine. Ich konnte nicht sagen, was es genau war. Es kam mir vor wie eine große Schüssel luftige, cremige *crème pâtissière*, in die winzige Eierschalenstücke gefallen waren. Zwar sah alles perfekt aus, aber unter der Oberfläche war nichts so, wie es sein sollte.

Vielleicht war es aber auch nur die Anspannung vor dem Weihnachtsessen am nächsten Tag.

Mit Hilfe der Duschbrause wusch ich mir die Haare.

Dann atmete ich noch einmal tief ein.

Frieden auf Erden.

Den Menschen ein Wohlgefallen.

Allen.

Selbst meinem Vater gegenüber.

Und den Geschwistern.

Als ich mir die Haare föhnte, kam Leo mit dem Telefon herein. »Für dich«, sagte er. »Dein Vater.«

Wenn man vom Teufel spricht. »Daddy? Hast du es dir anders überlegt mit heute Abend?«

»Hallo, Maggie. Nein. Es geht nicht um heute Abend.« Er hustete. »Ich möchte euch gerne morgen zum Frühstück einladen. Dich, deine Schwestern und deinen Bruder.«

»Oh.« Ich legte das Handtuch beiseite. »Nur wir vier?« Völlig überrumpelt wickelte ich eine Haarsträhne um den Finger.

»Ja. Sagen wir um neun?«

Ich holte tief Luft. »Daddy, morgen ist *Weihnachten*. Die Mädchen packen dann ihre Geschenke, die der Weihnachtsmann gebracht hat, aus. Das ist Tradition. Das will ich nicht verpassen.« Dann schloss ich die Augen und wartete auf den Sturm.

Zu meiner Überraschung lachte er nur leise. »Ich bin sicher, die beiden sind sowieso schon vor Morgengrauen auf.«

Da hatte er nicht ganz unrecht.

»Sagen wir halb zehn?«, fragte er.

Am liebsten hätte ich *Muss das sein?* gejammert. Ich

starrte mein Spiegelbild an. »Ich rede mit den anderen, aber wie wäre es zwischen halb zehn und zehn?«

»Gut. Dann sehen wir uns da. Frohe Weihnachten.«

»Frohe Weihnachten, Daddy. Bis morgen.«

»Ich frage mich, was das wohl für ein Frühstück wird. Noch mehr Scones?«, meinte Leo, als wir an diesem Abend aneinandergekuschelt im Bett lagen.

»Ich habe noch nie etwas gegessen, was mein Vater gekocht hat. Noch nie. Vielleicht sollte ich etwas mitbringen.« Sanft strich ich mit dem Finger über seinen Unterarm.

»Wie schlimm kann es schon werden?«

»Ich weiß nicht. Diese Art von Fragen vermeide ich, wenn es um meinen Vater geht. Es hängt doch immer davon ab, wie viel er getrunken hat.«

»Er klang anders als sonst.«

»Ich weiß. Irgendwie war er die ganzen letzten Monate schon verändert.«

»Was für ein Heiligabend!« Wir hatten das Licht ausgeschaltet und nur eine kleine weiße Lichterkette am Spiegel angelassen. »Es war …« Leo kratzte sich am Kopf. »Äh … *lustig*.«

»Das war es. Wie ist das möglich? Normalerweise sind Spaß und meine Familie Todfeinde. Herzzerreißend, kritisch, qualvoll – das sind die Adjektive, die normalerweise zu unseren Treffen passen.« Ich sah meinen Mann an. »Zumindest bei meiner Verwandtschaft. Deine Familie ist wie aus dem Bilderbuch. Ich wusste gar nicht, was normal ist, bis ich dich getroffen habe.«

»Glaub mir, wenn wir in derselben Stadt leben würden, würdest du sie auch nicht mehr so normal finden.«

»Ich muss zugeben, diese offenen Zuneigungsbekundungen und der gegenseitige Respekt, den ihr füreinander habt und wie ihr unbeschwert zusammen lachen könnt – das ist wirklich nicht normal. Du hast recht.« Ich drehte mich zu ihm um und stützte den Kopf in die Hand. »Wenn wir sie besuchen fahren, freue ich mich immer richtig darauf. Das ist wie Urlaub.«

Er grinste und küsste mich.

»Aber um auf Jacqueline zurückzukommen. Was ist da bloß los? Sie ist gar nicht sie selbst.«

»Vielleicht magst du sie ja irgendwann mal darauf ansprechen, aber vielleicht nicht gerade an Weihnachten?«

Ich schnappte theatralisch nach Luft. »Willst du etwa, dass wir den ersten Weihnachtsfeiertag miteinander verbringen, ohne dass es eine große emotionale Szene gibt? Das klingt doch irgendwie langweilig, oder?«

»Nein«, erwiderte er grinsend.

»Ich werde mich von meiner besten Seite zeigen, wenn sie es tut.«

»Komm her zu mir«, meinte Leo und zog mich an sich. »Ich hab ein verfrühtes Weihnachtsgeschenk für dich.«

24

Erster Weihnachtsfeiertag

»Wir sehen aus wie in einem Film.« Jacqueline und ich trugen die Kleider, die Colette für uns zu Weihnachten genäht hatte, und Art sein Artful Dodger Hemd. »Du hast dich dieses Jahr wirklich selbst übertroffen.«

»Danke. Ich bin gespannt, was Daddy dazu sagen wird.« Colette lächelte.

Ich konnte ihn bereits hören: *Findet ihr wirklich, dass ihr passend angezogen seid? Verwechselt ihr nicht Weihnachten mit Mardi Gras?* Doch es machte Spaß, diese Sachen zu tragen, und Weihnachten sollte doch eigentlich eine freudvolle Zeit sein.

Wir bogen in die schmale Straße ein, die zum Haus meines Vaters führte. Raureif bedeckte Felder, die von Holzzäunen gesäumt links und rechts des Weges lagen, und die Pferde standen unter wolkenverhangenem Himmel draußen auf der Koppel. Über Nacht war es bitterkalt geworden. Die Mädchen waren heute Morgen sehr enttäuscht über den fehlenden Schnee gewesen. Was hat es mit der weißen Weihnacht auf sich, dass diese Vorstellung so fest in unserem kollektiven Gedächtnis verankert ist? Das kann doch nicht nur von kitschigen Weihnachtsliedern stammen.

Als wir vor dem Haus hielten, war ich erst einmal sprachlos. Daddy hatte rings um die Fensterrahmen und in den Bäumen Lichterketten angebracht. Schneemänner und andere bunte Gesellen schmückten den Rasen. Auf der Veranda stand ein Nussknacker Wache, der so groß war wie Elly. Rote Bänder waren um jeden Pfeiler geknotet. An der Tür hing ein Kranz, und darunter ein kleines Schild mit der Aufschrift »*Believe*«.

»Wow«, sagte Colette.

Das Haus war seit dem Tod unserer Mutter nicht mehr festlich geschmückt gewesen. Ich schluckte, fasste nach Jacquelines Hand und drückte sie. Sie drückte zurück. Auch sie schien sich zu erinnern.

»Die Mädchen werden begeistert sein«, flüsterte ich. Das Haus, über zweihundertfünfzig Jahre alt, war an sich schon ein Schmuckstück. So herausgeputzt sah es aus wie auf einer Postkarte. Das Einzige, was fehlte, war der Schnee. Es hätte mich nicht überrascht, wenn uns der Weihnachtsmann höchstpersönlich die Tür geöffnet hätte.

Schweigend saßen wir im Auto und starrten das Haus an.

»Ich denke, wir sollten bald anfangen, das ganze Essen reinzutragen«, meinte Art und hängte sich seine Kameratasche über die Schulter.

Ich seufzte. »Muss das wirklich sein?«

»Du klingst wie Charlotte.« Zum ersten Mal, seit wir losgefahren waren, lächelte er. »Du weißt hoffentlich, dass ich das nur für dich tue, oder?«

»Hab ich mir schon gedacht.« Ich beugte mich hinüber und umarmte meinen Bruder. »Danke, Art.«

Dann saß ich wieder da und bestaunte das Haus.

»Sollten wir nicht langsam mal aussteigen?«, fragte Jacqueline. In Colettes Kreationen sahen wir alle toll aus, aber sie war einfach umwerfend. Sie trug die Haare offen und ohne Klammern. Ihr einziger Schmuck bestand aus einem Paar baumelnder, mit Edelsteinen besetzter Ohrringe.

»Ich weiß nicht. Das Haus sieht so gemütlich und einladend aus. Vielleicht ist es eine Falle«, meinte ich, nur halb im Scherz. Was auch immer da vor sich ging, es musste ziemlich schwerwiegend sein, wenn Daddy sich so viel Mühe machte. Konnte es sein, dass er den Verstand verloren hatte? Gab es eine psychische Erkrankung, die exzessive Feiertagsdekorationsschübe auslöste?

»Wenn ich dich so höre, fühl ich mich gleich besser.« Colette legte mir eine behandschuhte Hand auf die Schulter.

»Auch dir *Joyeux Noël*.« Ich holte tief Luft. »Dann mal los.« Egal, was es war, ich würde es durchstehen. Wenigstens musste ich nicht allein in die Höhle des Löwen.

Wir stiegen aus. Fröstelnd zog ich meinen Mantel enger um mich, während Art den Kofferraum öffnete. Einen Teil des Essens hatten wir jetzt schon dabei, und Leo würde später den Rest bringen.

»Ich hatte noch nie in meinem Leben so wenig Hunger«, seufzte Jacqueline.

»Ich weiß, was du meinst«, stimmte Colette ihr zu.

»Aber das Weihnachtsfrühstück hat Tradition.« Ich hasste es, wenn Leute sagten, sie hätten keinen Hunger, wenn Essenszeit war.

»Und niemand bricht mit Traditionen, vor allem nicht, wenn es ums Essen geht, hab ich recht? Zumindest nicht in unserer Familie.« Jacqueline legte mir die Hand auf den

Arm. »Jetzt schau nicht so verängstigt drein. Wir werden essen. Das tun wir immer. Aber hast du keine Sorge, dass du die Kilos, die du abgenommen hast, gleich wieder drauf hast?«

»Ich?« Ich blickte an mir herab.

»Ja, mit dir rede ich. Mit wem denn sonst? Du siehst übrigens toll aus. Du warst doch sicher auf Diät?«

»Nö«, erwiderte ich grinsend. »Aber ich war walken. Kilometerweit.«

»Steht dir. Wie wäre es mit einem Spaziergang?« Sie wies mit dem Kopf in Richtung des Waldes hinter den Ställen.

»Führ mich besser nicht in Versuchung. Aber das könnten wir schon machen«, sagte ich. »Nach dem Frühstück, meine ich.«

»Vielleicht könnten wir ausreiten? Weißt du noch?« Wir waren seit Jahren nicht mehr reiten gewesen. Daddy hielt immer noch Pferde, aber ich traute mich nie zu fragen, ob ich mir mal eines ausleihen durfte.

»Das war das Beste daran, hier aufzuwachsen.«

Sie nahm die *Bûche* und ich eine der Auflaufformen mit dem *Gratin dauphinois*, sowie meine Korbtasche mit den Salatzutaten. Ich bereitete meine Salate nämlich gerne frisch zu, kurz vor dem Servieren. Art schnappte sich den Truthahn, der so weit vorbereitet war, dass er gleich in den Ofen konnte.

Die Haustür ging auf. Das mit dem Weihnachtsmann war ein Scherz gewesen, aber dort stand mein Vater mit einem angestrengten Lächeln auf den Lippen und einem ... war das ein *roter* Pullover?

»*Bienvenus! Joyeux Noël*«, begrüßte er uns. Da er keinen falschen Bart trug, erkannte ich ihn trotz des Pullovers. Jacqueline und ich sahen uns verstohlen an.

»Rot?«, wisperte sie.

Ich schüttelte den Kopf. Diesen Pulli hatte er auf gar keinen Fall selbst gekauft, außer er litt an akut einsetzender Farbenblindheit.

»Er wird wieder heiraten«, flüsterte ich Colette zu, die mit einer Einkaufstasche bunt eingepackter Geschenke neben mir aufgetaucht war. »Wetten?«

»Hoffentlich nicht. Ich hasse es, wenn er heiratet.«

»Was sonst sollte ihn von Grau und Beige abbringen?«

»Wenn sie es geschafft hat, dass er bunte Sachen trägt, muss sie Superkräfte haben. Vielleicht kommt sie aus irgendeiner Sekte.« Colette kicherte.

»Und was für eine Sekte soll das sein? Die Anbeter farbenfroher Dinge?«, entgegnete ich.

Am liebsten hätte ich die Finger überkreuzt, doch ich hatte die Hände voll. Gemeinsam gingen wir zur Veranda und stiegen dann im Gänsemarsch nacheinander die Stufen hinauf, um ihn zu küssen, ihm frohe Weihnachten zu wünschen und durch die Tür zu treten, als wäre es das Drehkreuz am Eingang eines Vergnügungsparks. Wir waren alle vier groß genug für die Achterbahn.

Falls ein Teil meines Gehirns noch an der Vorstellung festgehalten hatte, dass die Weihnachtsdekoration draußen ein Zufall war, wurde ich beim Eintreten eines Besseren belehrt. Auf einmal hatte ich einen Kloß von der Größe einer Melone im Hals. Weihnachtslieder tönten aus den Lautsprechern. Überall waren Tannenzweige angebracht und Kerzen aufgestellt. Auf dem Kaminsims, über einem knisternden Feuer, standen die Weihnachtsmann-Matroschka-puppen aus unserer Kindheit in Reih und Glied, von der größten bis zur kleinsten.

Ich schnupperte. »Hast du hier drin Kastanien geröstet?« Das wäre zu seltsam.

»Ja, für das *purée de marrons*. Schmeckt besser als dieses Dosenpüree, das man kaufen kann. Jetzt schau mich nicht so an. Es ist ja nicht so, dass ich nicht kochen kann.« Er nahm uns die Mäntel ab und hängte sie in den Schrank im Flur.

Es war, als wäre er vom Geist Nat King Coles besessen.

Und dann war da noch der Baum. Im Erker mit den Bunt-glasfenstern neben dem Kamin, umgeben von der Sitzbank, ragte eine prachtvolle Fichte empor. Ich musste die Tränen wegblinzeln. An ihren Zweigen hing der ganze Baum-schmuck aus unseren Kindertagen. Mein Engel. Colettes Kätzchen in einem Perlenkörbchen mit Schleife. Jacquelines Nussknacker. Und das Lieblingsstück meiner Mutter: eine Kristallkugel mit einem winzigen verschneiten Dorf darin. Eine perfekte Welt innerhalb der Welt.

Art ging zum Baum und griff nach einem kleinen Holz-zug, den er im Alter von neun Jahren gebastelt und sorgfäl-tig bemalt hatte.

»Ich wusste gar nicht, dass du das alles noch hast«, sagte er.

Mein Vater räusperte ich. »Ich habe nichts weggewor-fen.« Er breitete die Hände aus. »Ihr seht alle sehr ... festlich aus.«

»Du auch. Neuer Pulli?«, fragte ich.

»Um ehrlich zu sein, ja.« Er blickte an sich hinab und befühlte den Stoff mit zwei Fingern. »Steht er mir?«

»Er sieht toll aus, Daddy. Rot ist eine gute Farbe für dich«, antwortete Colette.

Dann folgten wir ihm ins Esszimmer.

»Hier riecht es aber nicht nur nach Kastanien, sondern noch nach etwas anderem Leckeren«, stellte ich fest.

»*Cougnole de Noël.*«

»Wo, um alles in der Welt, hast du eine *cougnole* aufgetrieben?«, wollte ich wissen. Mein Vater wandte sich um.

»Selbst gebacken. Ich habe das Rezept, wie sagt man? Ah ... *gegoogelt.*«

Mein Vater kochte nicht nur, er benutzte auch noch das Verb »googeln«. Ich hatte nicht einmal gewusst, dass er inzwischen Internet hatte. *Cougnole* war ein besonderes Gebäck, das man in Belgien am Weihnachtsmorgen aß. Es war süß und hatte eine ähnliche Konsistenz wie eine Brioche oder ein Hefezopf.

»Wow.«

»Nun ja, wir werden sehen, ob es gelungen ist. Vielleicht ist so viel Begeisterung gar nicht angebracht. Bitte, kommt ins Esszimmer.«

Wir taten wie geheißen. Ich hoffte sehr, dass die *Cougnole* essbar war, denn ich konnte mir nicht vorstellen, wie wir uns Daddy dann gegenüber verhalten sollten. Er verschwand in der Küche.

»Glaubst du, er nimmt irgendwelche Medikamente?«, flüsterte Colette.

Ich zuckte mit den Schultern. »Falls ja, scheinen sie zu wirken.«

»Vielleicht sollten wir so viel davon kaufen, dass es für alle Zeiten ausreicht«, schlug Art vor.

»Wie lange ist er denn schon so?«, wollte Jacqueline wissen.

»Ich weiß auch nicht so genau. Ein paar Monate?«, antwortete ich.

»Du bist doch die Einzige von uns, die hier lebt. Du solltest das wissen«, entgegnete sie.

Nun erkannte ich meine Familie wieder. Die Schuldgefühle, die wieder die Oberhand gewannen und mich einhüllten wie eine Decke. Mich um meinem Vater zu kümmern war etwas, das ich aus einem Gefühl der Verpflichtung heraus tat, nicht weil ich das Bedürfnis danach hatte. Als ich Jacqueline einen entsprechenden Blick zuwarf, hatte sie zumindest den Anstand wegzusehen.

»Tut mir leid. Ich habe so etwas nur einfach nicht erwartet.«

»Frag mal mich!« Im Esszimmer war es wie im ganzen Haus. Verschwunden waren die Zeitungsstapel, der Staub, die leeren Gläser und halb ausgetrunkenen Kaffeetassen, die stickige Luft. Der Tisch selbst hätte aus einer Fotoserie im *Gourmet Magazine* stammen können. Es war, als wäre man aus einem Ingmar-Bergman-Film herauskatapultiert worden und in einem Bing-Crosby-Weihnachtsspecial gelandet. Es hätte mich nicht überrascht, wenn meine Mutter mit einer Kaffeekanne und einem breitem Lächeln aus der Küche aufgetaucht wäre.

»Vielleicht heiratet er ja Martha Stewart«, raunte Colette.

»Wer auch immer sie ist, Martha würde in ihrer Gegenwart Minderwertigkeitskomplexe bekommen«, flüsterte ich zurück. »Auf jeden Fall wäre es mal was anderes.« Die Exfrauen meines Vaters waren alle dünne, neurotische und egozentrische Schönheiten. Blond, brünett oder rothaarig, ganz egal. Sie waren alle gleich: Sie sahen toll aus, zogen sich toll an, waren höflich. Und sie besaßen ungefähr so viel Tiefgang wie das Planschbecken meiner Kinder.

Doch heute passte nichts in das Bild, das ich in meinem Kopf erschaffen hatte. Der Frühstückstisch war mit dem handbemalten Porzellan gedeckt, das meine Eltern zur Hochzeit geschenkt bekommen hatten. Colette befühlte einen Teller.

»Das ist toll«, meinte sie.

»Erinnerst du dich nicht mehr daran?«, fragte ich.

Sie schüttelte den Kopf. Ich vergaß immer wieder, wie klein sie gewesen war, als Maman starb.

Als mein Vater mit einem Tablett mit Kaffee, heißer Schokolade und einer Teekanne zurückkam, merkte ich, dass ich immer noch die Auflaufform in der Hand hatte.

»Am besten bringt ihr das alles in die Küche, dann können wir frühstücken«, schlug er vor, während er das Tablett auf den Tisch stellte.

Brav marschierten wir in die Küche, um Teller und Taschen mit Essen auf den blitzblanken Arbeitsflächen abzuladen.

»Mit so etwas hatte ich nun wirklich nicht gerechnet«, sagte ich und machte mich daran, den warmen Backofen vorzuheizen.

»Irgendwas ist da im Busch. Und ich bin mir nicht sicher, ob es mir gefällt«, meinte auch Jacqueline.

»So ganz traue ich der Sache auch nicht«, stimmte ich zu.

Colette sah aus dem Fenster. »Meint ihr, er ist …?« Auch Colette gelang es nicht auszusprechen, was wir alle dachten.

»Krank«, beendete Art ihren Satz mit der üblichen Emotionslosigkeit, die ihn befiel, sobald er das Haus betrat. »Falls ja, verbirgt er es ziemlich gut. Er hat nie besser ausgesehen. Und ist euch aufgefallen, wie's hier riecht?«

»Wer würde diesen Duft von frisch gebackenem Brot und Kastanien, Tannennadeln und Bienenwachs nicht riechen?« Ich atmete tief ein.

»Du solltest Schriftstellerin werden, weißt du das?«, meinte Art, woraufhin ich ihn spielerisch boxte.

»Ja«, sagte Jacqueline, »es riecht wie in einer guten *boulangerie*.«

»Genau. Und fällt euch noch was auf?« Art lehnte sich an den Küchenschrank und verschränkte die Arme vor der Brust.

Gemeinsam schnupperten wir wie ein Rudel Bluthunde.

Dann schnappte Colette plötzlich überrascht nach Luft. »Zigaretten. Es riecht nicht nach Zigarettenrauch.«

Wie konnte mir das entgangen sein?

»Vielleicht raucht er inzwischen draußen?«, schlug sie vor.

»Unser Vater? Also bitte! Das findet er doch vulgär«, widersprach ich.

»Wenn er aufgehört hat zu rauchen, dann muss irgendetwas Gravierendes passiert sein«, sagte Jacqueline.

Da hatte sie recht. Wir sahen uns an.

»O Gott«, stöhnte ich. Es sähe meinem Vater ähnlich, eine wunderschöne, herzerwärmende Kulisse zu erschaffen, den perfekten Vater und Großvater zu spielen, nach dem wir uns alle gesehnt hatten, nur um uns dann zu eröffnen, dass er sich im letzten Stadium irgendeiner unheilbaren

Krebserkrankung befand. Das wäre dann tatsächlich das schlimmste Weihnachten aller Zeiten.

»Dagegen machen können wir jetzt sowieso nichts«, meinte Jacqueline.

Ich öffnete den Backofen, damit Art den Truthahn hineinbugsieren konnte.

»Du zuerst«, sagte er zum Vogel. Dann schob er mich vom Ofen weg, schloss schnell die Klappe und lachte gackernd. »Ha! Jetzt hab ich dich!«

»Du Spinner.«

»Ich schätze, wir sollten jetzt reingehen, was?« Er drehte sich zu uns um.

»Vielleicht sollte einer von uns was sagen?«, schlug ich vorsichtig vor.

»Du?«, meinte Jacqueline.

»Nein, ich dachte eigentlich mehr an dich.« Schließlich war sie seine Lieblingstochter.

Doch Jacqueline verdrehte die Augen.

»Dann werden wir also alle bloß dasitzen und essen und darauf warten, dass das Beil fällt.« Einen nach dem anderen sah ich meine Geschwister an, doch mir begegneten nur verlegene Mienen und leere Blicke.

»Warum sollten wir uns von dieser Gewohnheit verabschieden? Hat diese Familie nicht schon immer so funktioniert?«, meinte Art.

»Vielleicht fällt das Beil ja gar nicht«, sagte Colette.

»Vielleicht geht es ihm um etwas anderes«, sagte Jacqueline.

»Eine weitere Ehe? Sogar das klingt gut, wenn es die Alternative ist zu …« Ich seufzte.

»Aber wenn es um eine neue Frau ginge, wäre sie dann nicht hier? Außerdem, ist er nicht langsam ein bisschen zu alt, um mit seiner Braut in den Sonnenuntergang zu segeln?«, wandte Art ein.

»Bist du Schmonzettenautor geworden?«

»Oh, Art, wie kann man je zu alt für die Liebe sein?« Colette senkte den Blick und wirkte einen Moment lang so, als hätte sie durch einen Brand alles verloren, was sie besaß. Dann war der Ausdruck auf ihrem Gesicht auch wieder verschwunden.

»Ich spreche nicht von Liebe. Ich spreche von einer Heirat unseres Vaters.«

Jacqueline unterbrach die beiden. »Lasst uns einfach reingehen und es hinter uns bringen.« Sie verließ die Küche mit gestrafften Schultern und hoch erhobenem Kopf. Wir anderen folgten ihr, und ich machte mich auf etwas gefasst.

Jacqueline ging zu unserem Vater. »Daddy, es ist wunderschön hier. Du hast das Haus neu streichen lassen, stimmt's?«

»Um ehrlich zu sein, ja. Ich bereite das alles schon seit ein paar Monaten vor. Vor allem während der letzten vier Wochen.« Er saß bereits am Kopfende des Tisches und wartete offensichtlich auf uns. Dabei faltete er seine Serviette immer wieder auf und zu.

»Aber ...«

»Die meisten dieser Sachen« – er zeigte auf das Porzellan, die Dekorationen, sogar die Bilder –, »waren auf dem Dachboden, seit ... seit eure Mutter ... seit Camille ... gestorben ist.«

Niemand sagte ein Wort. Ich war mir sogar nicht einmal sicher, ob noch jemand atmete.

In Daddys Anwesenheit sprachen wir nicht über Maman. Wir sprachen auch kein Französisch.

Wir spielten nie auf die Vergangenheit an.

Ich war so wütend auf ihn, dass er uns nichts von Mamans Sachen überlassen hatte, obwohl er selbst nichts davon benutzte. Nichts, außer ein Hermès-Tuch für jede seiner Töchter. Er hatte alles einfach versteckt, als hätte es sie nie gegeben. Dass ich ihr Tagebuch geklaut hatte, wusste er nicht.

Und jetzt saß er hier und sagte ihren Namen.

»Warum setzt ihr euch nicht hin, dann können wir beim Essen reden.«

Wir taten wie geheißen. Ich nahm ihm gegenüber Platz, Jacqueline auf der einen Seite und Colette und Art auf der anderen. Dann griff ich nach dem Messer, um von der *Cougnole* fünf Scheiben abzuschneiden. Ich ging dabei präzise vor, als würde das Ergebnis anschließend benotet werden.

»Kaffee?« Jacqueline griff nach der Kanne. Dankbar nickend, hielt ich ihr meine Tasse hin, genau wie alle anderen. Alle, außer unser Vater.

»Es gehört zur Tradition, am Weihnachtsmorgen *Cougnole* mit Butter zu essen und dazu heiße Schokolade zu trinken«, erklärte er und schenkte sich Kakao ein. Wahrscheinlich war Alkohol darin. Er machte schließlich auch keinen Hehl daraus, dass er morgens einen Schuss Brandy in seinen Kaffee gab.

»Ich glaube, ich habe dich noch nie heiße Schokolade trinken sehen«, sagte ich und nippte an meinem Kaffee. Er war aromatisch und stark, ich hatte das Gefühl, sofort einen klareren Kopf zu bekommen.

»Mir war mal nach etwas anderem.«

»Was du nicht sagst«, murmelte mein Bruder.

»Was Art damit meint, ist, dass es uns aufgefallen ist«, erklärte ich. Es kam mir so vor, als sollten wir ein Gedeck für Maman auflegen.

Nachdem ich meine Scheibe *Cougnole* mit Butter bestrichen hatte, biss ich ein Stück ab. Es war perfekt. »Daddy, wie um alles in der Welt hast du es geschafft, beim ersten Versuch eine perfekte *Cougnole* zu backen?« Der Teig war weder zu luftig noch zu fest, nicht zäh, aber auch nicht krümelig. Und das war gar nicht so einfach.

»Um ehrlich zu sein, ist es nicht mein erster Versuch. Ich habe ein bisschen geübt.« Er betrachtete die Scheibe auf seinem Teller. »Ich habe sogar sehr viel herumprobiert.« Dann sah er mich an.

»Würdest du mir beibringen, wie man *Cougnole macht*?«, platzte ich heraus, bevor ich richtig darüber nachgedacht hatte.

»Damit du in deinen Kochbüchern darüber schreiben kannst?« Er beugte sich vor.

»Nein! Nein, natürlich nicht.« Auf einmal war mir heiß, und ein Stück *Cougnole* steckte in meinem Hals fest. Ich zwang mich zu schlucken und spülte schnell mit Kaffee nach.

»Oh. Wie schade. Es wäre mir eine Ehre gewesen.«

Ich hob so ruckartig den Kopf, dass ich es beinahe in meinem Genick knacken hörte.

»Okay. Das. Reicht. Jetzt.« Jacquelines Stimme war laut und klar. Sie saß aufrecht mit erhobenem Haupt da. Noch nie hatte ich meine Schwester so sehr geliebt wie jetzt, wo sie meinem Vater die Stirn bot. Ich war auch nie stolzer auf sie gewesen. Irgendetwas war anders an ihr, aber sie hatte nichts von ihrer Strenge verloren. »Daddy, was genau geht hier vor?«

Obwohl sie ganz normal am Tisch saß und scheinbar ruhig ihre halb leere Kaffeetasse in der Hand hielt, hatte sie vor meinem inneren Auge die Arme vor der Brust verschränkt, die Augen halb zusammengekniffen und wippte ungeduldig mit dem Fuß.

Mein Vater räusperte sich. »Ja, ich habe vor, euch gewisse Dinge zu erklären. Ich weiß, dass ihr Fragen habt.«

»Zum Beispiel, wo du an Thanksgiving warst?«, fragte Jacqueline.

»Warum war es dir so wichtig, dass wir alle an Weihnachten herkommen?« Colettes Stimme war leise.

»Und alles, was du hier gemacht hast«, fügte ich hinzu. »Das ist unglaublich. Aber was … warum …?« Da ich zu stottern anfing, machte ich den Mund wieder zu. Jacqueline und ich sahen uns an. Wir verstanden uns ohne Worte: Was hatte es mit dem roten Pulli auf sich?

»Eine Frage nach der anderen. Ich war an Thanksgiving hier. Ich habe hier im Haus gearbeitet.«

»Ganz allein?« Ich dachte, nichts, was mein Vater tat oder sagte, könnte mich noch schockieren, aber ich hatte mich getäuscht. Das war einfach zu traurig, sogar für ihn.

»Ja. Ich wollte euch alle zusammen sehen.« Er schenkte sich eine weitere Tasse heiße Schokolade ein. Vermutlich um sich Mut anzutrinken. Dann räusperte er sich wieder. »Der Grund, weshalb ich euch alle zu Weihnachten eingeladen habe, ist, dass ich euch etwas sagen möchte, was schon vor langer Zeit hätte ausgesprochen werden sollen.« Er ließ den Blick in die Runde schweifen und verweilte einige Augenblicke bei jedem von uns. Dann räusperte er sich erneut.

»Daddy, sag es einfach, egal, was es ist«, drängte Jacqueline.

Oder brauchst du zuerst ein Halsbonbon?, dachte ich. Mein Vater lächelte.

»Nein, danke, aber das ist sehr nett von dir, Maggie.«

Ups. Ich hatte wohl wieder einmal laut gedacht.

Alle grinsten mich an, und die Anspannung im Raum löste sich etwas.

Art stand auf. »Dann will ich euch alle mal aus eurem Elend erlösen.« Er sah unseren Vater an. »Ich weiß, weshalb du uns heute hier versammelt hast. Ich weiß, was du verkünden willst.« Er warf Jacqueline einen Blick zu, die kopfschüttelnd lautlos »Nein« sagte. Auch sie stand nun auf.

»Art, hör zu, ich …«

»Lass mich einfach ausreden. Es ist sowieso höchste Zeit, dass es alle erfahren. Ich habe keine Lust mehr auf diese Lüge. Sie kotzt mich an.«

»Bitte!« Jacquelines Faustschlag auf dem Tisch schreckte alle auf.

»Jacqueline, lass gut sein, ja?«

Mit offenem Mund ließ sie sich wieder auf ihren Stuhl sinken. Wer war dieser Typ, der aussah wie mein süßer, verrückter kleiner Bruder, aber es schaffte, meine Schwester zum Schweigen zu bringen? Das hier entwickelte sich langsam zu einem dieser surrealen Erlebnisse, wie man sie normalerweise nur im Traum hat.

»Ich weiß es«, sagte Art. »Ich weiß es schon lange.«

»Was weißt du?«, fragte Daddy.

»Dass ich nicht dein Sohn bin. Dass ich nicht wirklich zu dieser Familie gehöre.«

Colette stellte ihre Tasse so abrupt ab, dass Kaffee über den Rand schwappte und einen Fleck auf der guten Tischdecke hinterließ.

»Wovon redest du denn da?«, wollte ich wissen. Sprachlos vor Schreck gab es bei mir nicht. Mir fehlten nie die Worte.

»Das ist das Lächerlichste, was ich je gehört habe«, brüllte mein Vater vom Kopfende des Tisches. Er hatte völlig die Fassung verloren. Ah, jetzt kehrten wir zur Normalität zurück. »Natürlich bist du mein Sohn. Wie kommst du denn auf diese absurde Idee?«

»Artie, schau mich an?« Jetzt war ich an der Reihe aufzustehen. Wir glichen einer Gruppe Kandidaten in einer Spielshow. »Ich weiß noch genau, wie Maman mit dir schwanger war.«

»Ja, sie war schwanger, aber nicht mit mir. Sie hat Wehen bekommen, ist ins Krankenhaus, hat einen Sohn geboren. Aber er hat nicht überlebt. Also habt ihr stattdessen mich an seiner Stelle mit nach Hause gebracht. Meine echte Mutter war eine zugedröhnte Siebzehnjährige, die eher einen Job bei der NASA bekommen hätte, als sie in der Lage gewesen wäre, sich um ein Baby zu kümmern.«

»Wie bitte?« Ich ging hinüber und schlang die Arme um ihn. Am liebsten hätte ich ihn hochgehoben und hin und her gewiegt. »Das ist doch Quatsch. Man verlässt das Krankenhaus nicht einfach mit dem Baby einer anderen Frau, selbst wenn es zur Adoption freigegeben wird. Hast du eine Ahnung, wie kompliziert Adoptionen sind?«

Art wirkte einen Moment lang völlig verloren. »Aber sie hat gesagt ...« Er sah Jacqueline an.

»Wie meinst du das?«, hakte ich nach.

Art hielt den Blick weiter auf meine Schwester gerichtet.

»Was? Jacqueline?« Ich kapierte es immer noch nicht.

Jacqueline studierte aufmerksam ihre Hände, die die Kaffeetasse umklammerten. Ich wünschte, jemand würde die Weihnachtsmusik abstellen.

»Es tut mir leid«, sagte sie zu ihrer Tasse.«

»Es tut dir leid?«, wiederholte ich verwirrt.

»Ich hab ihm diese Geschichte erzählt. Es ist meine Schuld.« Nach wie vor wich sie allen Blicken aus.

»Aber warum?«, fragte Art. »Ich war doch bloß ein Kind. Ich habe dir das geglaubt.«

»Weil ich eifersüchtig war. Ich wollte, dass du verschwindest. Schon bevor du auf die Welt gekommen bist, hat es sich so angefühlt, als gäbe es nicht genug Liebe für uns alle. Ich hatte Angst, dass wenn es noch einen Jungen gibt, nicht mehr genug für mich übrig bleibt.« Schließlich hob sie zitternd den Kopf. »Ich wollte nicht, dass das so lange geht.«

»Aber das ergibt doch gar keinen Sinn. Du warst immer die Lieblingstochter«, sagte ich, bis mir klar wurde, dass Daddy ja hier war und zuhörte. »Verzeihung«, flüsterte ich. Er wirkte irgendwie gequält, doch erstaunlicherweise sagte er kein Wort.

Da fing sie an zu weinen. Ich hatte Jacqueline bislang nur auf der Bühne weinen sehen. »Ich weiß«, fuhr sie fort, »ich bin ein Monster. Macht nur. Verschwört euch gegen mich. Ich habe es verdient.«

»Dann stimmt das also gar nicht?« Art sah benommen aus. Er fuhr sich durch die Haare, bis sie in alle Richtungen abstanden.

Sie schüttelte kaum merklich den Kopf.

»Du hast immer geglaubt, du gehörst nicht zur Familie? All die Jahre?«, fragte Colette.

Nun starrten wir wieder entsetzt Jacqueline an, bis mein Vater schließlich den Bann brach.

»Lasst sie in Ruhe. Es ist Weihnachten. Setzt euch alle wieder hin. Wenn jemand an dieser Situation schuld ist, dann bin ich das.« Er wandte sich an Art. »Natürlich bist du mein Sohn. Du siehst genauso aus wie mein Bruder.«

»Der, der –« Konnte ich denn nicht ein Mal den Mund halten?«

»Der gestorben ist, ja.« Ein weiteres Tabu. Wir sprachen nie über Daddys Familie. Ich kannte nur die groben Eckdaten. Als er zwölf war, war sein Bruder beim Bau eines Baumhauses von einem Baum gefallen und war sofort tot gewesen. Seine Mutter hatte sich zwei Jahre später umgebracht. Sein Vater wurde Alkoholiker. An ihn konnte ich mich ebenfalls nicht erinnern. Er starb ungefähr zu der Zeit, als ich auf die Welt kam, an einem Geschwür. Daddy erbte das ganze Vermögen. Er packte seine Sachen und zog mit seiner Frau, der dreijährigen Jacqueline und mir nach Amerika. Hier kaufte er dieses schöne Haus und gründete sein Antiquitätengeschäft.

Art starrte meinen Vater an. Er sah aus, als würde er gleich anfangen zu weinen. »Das hast du mir nie gesagt.«

»Es gibt viele Dinge, die ich dir nicht gesagt habe. Euch allen nicht.«

Jacqueline hielt den Kopf immer noch gesenkt.

»Es ist nicht ihre Schuld«, fuhr mein Vater fort. »Jacqueline. Sieh mich an.« Sie tat es. »Mach dir keine Vorwürfe. Es ist meine Schuld«, wiederholte er leise, ehe er sich wieder an Art wandte. »Ich bin schuld. Ich wollte, dass ihr stark seid. Dass ihr standhaltet.«

»Standhaltet?« Ich konnte es nicht lassen.

»Dem Tod eurer Mutter standhaltet.«

»Aber du warst schon so, bevor sie gestorben ist«, widersprach ich. Ich konnte mich nicht daran erinnern, dass er je herzlich und fürsorglich gewesen war. Ich erinnerte mich nicht daran, ihn je lachen gehört zu haben. Das war das Paradoxe, das ich nicht begriff. Der Mann in Mamans Tagebuch war das genaue Gegenteil jenes Menschen, den ich als meinen Vater kannte. Dann rutschte auf einmal ein weiteres Puzzlestück an seinen Platz. »Moment mal. Du wusstest von ihrer Krankheit?«

»Was?« Nun war auch Jacqueline wieder voll da.

Er griff nach seiner Tasse und trank einen Schluck. »Es ist kalt.« Mit einer Grimasse stellte er sie wieder ab. »Es hatte sich schon lange angekündigt. Und sie war viele Jahre in Remission. Wir wussten, dass jede Schwangerschaft die Krankheit … die Tuberkulose wieder auslösen konnte.«

»Also hast du uns die Schuld gegeben?«, fragte ich.

»Nicht bewusst. Sie wünschte sich eine große Familie.« Er seufzte.

»Und du hast das zugelassen?« Unwillkürlich ballte ich die Hand zur Faust. »Sie wusste, dass sie das Risiko einging, dass wir ohne Mutter aufwachsen? Ohne sie?« Auf einmal wurde mir fast schwarz vor Augen und schwindelig.

»Lasst es mich erklären.«

»Darum möchte ich doch sehr bitten.« Meine Aufregung schlug in kühle Wut um. »Ich bin ganz Ohr. Das sind wir alle.«

»Ich war dagegen. Ich wusste, dass dieser Wunsch nach einer großen Familie sie umbringen konnte. Aber sie wollte unbedingt viele Kinder. Ich konnte ihr nichts abschlagen. Doch ich hasste meine Schwäche. Wenn ich stärker gewesen wäre, hätte ich sie davon abgehalten. Ich hätte mich… operieren lassen können.« Er schien in sich zusammenzufallen. »Wäre ich ein besserer Mensch gewesen, hätte ich das getan. Denn wenn sie etwas wollte, konnte sie nichts und niemand davon abbringen.«

Da hatte er nicht ganz unrecht. Trotz all ihrer lässigen Eleganz war ihr Wille eisern gewesen. Doch er hätte sie retten können, und damit musste er leben.

»Also«, meldete sich Colette zu Wort. »Wolltest du uns nie haben. Art und mich?«

»Die Wahrheit ist, ich wollte eure Mutter mehr.« Er griff nach seinem leeren Teller und schien das Motiv darauf zu studieren. Dann stellte er ihn wieder ab, sah seine beiden jüngsten Kinder an. »Aber nicht genug. Es tut mir leid.«

Nun ergab alles einen Sinn. Warum Jacqueline der Liebling war. Sie war das einzige Kind, dass sich unsere Eltern beide gewünscht hatten.

»Wann genau ist sie denn krank geworden? Du hast nie gesagt, wann es anfing.« Ich atmete unregelmäßig.

Wortlos sah mein Vater mich an, ehe er den Blick abwandte.

»Oh«, sagte ich leise. Ich hatte also meine Mutter umgebracht. Frohe Weihnachten. Ich schob meinen Stuhl zurück. Auf einmal fiel mir das Atmen schwer.

Dann stand ich auf. »Ich gehe ein bisschen frische Luft schnappen. Ich muss raus.«

»Maggie. Lass mich doch zuerst ausreden. Darf ich?«

Doch ich konnte nicht. Ich musste weg.

»Nach deiner Geburt war sie wieder symptomfrei«, rief er mir hinterher. Ich blieb stehen, drehte mich jedoch nicht um. »Es ging ihr gut, und danach blieb ihr Zustand stabil, deshalb verlor es für sie an Bedeutung. Sie dachte, sie hätte den Erreger besiegt. Also beschloss sie, wieder schwanger zu werden. Ohne mir etwas davon zu sagen.«

Mein Herz klopfte wild in meiner Brust. Colette. Auf zitternden Beinen ging ich zurück zum Tisch, stellte mich hinter meine kleine Schwester und hielt ihre Stuhllehne umklammert, um sie zu stützen. Ihre Wangen glänzten vor Tränen.

Die Stimme meines Vaters wurde leiser. »Aber es ging ihr gut.« Ein kleines Lächeln. »Also wurde sie übermütig.«

»Dann habe ich sie also umgebracht. Die Krankheit kam wegen mir zurück«, meinte Art. »Da war es ja noch besser zu glauben, ich sei adoptiert.«

»Es war nicht wegen dir, sondern wegen *ihr*. Ich habe lange gebraucht, um das zu begreifen. Aber sie wusste immer, dass sie nicht sehr alt werden würde. Alles hätte ein Auslöser sein können. Ein kleiner operativer Eingriff, ein körperlicher Schock. Sie wollte, dass ihr Kinder euch gegenseitig habt. Sie wollte, dass ihr euch nahesteht.«

»Na, das hat ja toll funktioniert«, meinte Art.

»Als sie wieder krank wurde, habe ich das nicht ertragen und mich zurückgezogen. Ich habe versucht, den Schmerz im Alkohol zu ertränken. Wenn hier irgendjemand ihren Tod herbeigeführt hat« – er schluckte schwer –, »dann bin ich das. Sie hatte Angst. Die Ärzte sagten uns, sie bräuchte Ruhe. Aber ich habe nur an mich gedacht. Und ich gab mir die Schuld.«

»Aber du hast sie doch geliebt«, sagte Jacqueline.

»Ich habe ihr die letzten Jahre ihres Lebens zur Hölle gemacht. Und danach hätte ich euch allen dasselbe angetan. Wenn eure Großmutter nicht gewesen wäre.«

Wir dachten alle an Mamy. Die Jahre, die wir bei ihr in Belgien verbracht hatten, hatten uns vermutlich gerettet.

Er schüttelte den Kopf. »Das Wichtigste ist, dass sie für euch da war. Mir war das damals nicht klar, aber euch zu ihr zu schicken war das Beste, was ich tun konnte.«

»Es fühlte sich so an, als würdest du uns loswerden wollen«, meinte Art.

»Ja«, stimmte ich ihm zu. »Du hast uns dauernd nur kritisiert, du wolltest, dass wir perfekt sind. Wir waren in deinen Augen nie gut genug«, fuhr ich fort. »Nie so perfekt wie Maman. Nur ist sie das in Wirklichkeit gar nicht gewesen, denn sie hat uns bekommen, obwohl sie wusste, dass wir ohne Mutter aufwachsen würden, bei einem…« Gerade noch rechtzeitig brach ich ab.

»Bei einem gefühlskalten, herzlosen, anspruchsvollen Vater, der zu viel trank.« Er stand auf und kam um den Tisch herum auf uns zu. »Ja, ich wollte, dass ihr perfekt seid. Und stark. In meinem Wahn wollte ich, dass ihr das

424

Opfer wert seid, das sie erbracht hatte. Ihr Leben im Tausch gegen eures.«

Ich machte einen Schritt nach hinten. »Luft. Ich brauche Luft.«

»Gute Idee.« Auch Jacqueline erhob sich mit zitternden Händen. Wir sahen uns an. Sie ging zur Haustür. Ich drehte mich um und verschwand in der Küche. Ich musste etwas tun, irgendetwas, aber es gab nichts mehr vorzubereiten.

Voller Panik verließ ich das Haus durch die Hintertür und rannte zu den Ställen hinüber. Der Rock meines ungewöhnlichen Kleides flatterte im Nordwind. Meine gesamte Kindheit war eine Lüge gewesen. Das Bild meiner perfekten Mutter zerstört. Wie hatte sie uns das antun können? Mein Vater, der mit den Schuldgefühlen, sie nicht gerettet zu haben, leben musste, und mit uns, die ihn jeden Tag daran erinnerten. Mein großes Thema, dieses Gefühl, nie die Erwartungen zu erfüllen, nie gut genug zu sein. Dabei hätte ich mich noch so sehr anstrengen können – es gab sie gar nicht, diese perfekte Person, die ich mein ganzes Leben über versucht hatte zu sein. Durch die Regeln dieses Spieles hatte ich nie eine Chance gehabt.

Ich schnappte nach Luft. Damals als Kind waren die Ställe mein Zufluchtsort gewesen. Der Geruch von Heu und Pferdeschweiß hatte mich stets getröstet. Hier hatte ich außerdem meinem Vater nachspioniert und mir manchmal gewünscht, ich wäre eines seiner Pferde statt seine Tochter. Seine Stimme, wenn er mit ihnen sprach, war sanft, seine Gesten zärtlich. Sie konnten ihn sogar zum Lächeln bringen.

»Gali! Warte auf mich!«

Als ich mich umdrehte, sah ich Colette in ihren weißen

Stiefeln und dem orangeroten Minikleid mit dem geometrischen Muster hinter mir herlaufen. Ihr langer weißer Mantel flatterte offen in der eisigen Winterluft.

Fröstelnd rieb ich mir die Arme. In der Eile war ich ohne Jacke aus dem Haus gerannt. Der Himmel hatte inzwischen die Farbe von Heidekraut, ein Zeichen, dass es bald schneien würde.

»Das war … verrückt«, schnaufte Colette. »Alles klar bei dir?«

»Nein. Das war einfach zu viel. Es kommt mir vor, als würde mein Leben keinen Sinn mehr ergeben. Und du?«

»Genauso. Wenn ich mir vorstelle, dass ich Angst hatte, er würde mir Stress machen, weil ich eine arbeitslose alte Jungfer bin.«

»Und ich hatte Angst, dass er mich fett findet!«

Wir lachten etwas kläglich.

»Aber, Gali, jetzt mal im Ernst.« Sie griff in den Stoff um meine Taille. »Du bist nicht fett. Ich werde das hier enger nähen müssen. Schließ endlich Frieden mit deinem Körper.«

»So wie du, meinst du?«

Erfolgreich vermieden wir es, über unsere traurigen Herzen zu sprechen. Dank lebenslanger Übung waren wir unheimlich gut darin. Colette zog eine Schachtel Lucky Strikes aus ihrer Manteltasche.

»Magst du eine?«, fragte sie.

»Gibt's die denn noch?« Ich warf einen Blick Richtung Haus. »Ach, was soll's.« Ich zündete mir eine an und nahm einen tiefen Zug. Meine erste Zigarette in über neun Jahren, und sie schmeckte wie die Abgase meines Volvos. Nach dem zweiten Zug wurde mir schwindelig.

»So schlimm ist es eigentlich nicht«, meinte Colette.

»Was? Das Rauchen?«

»Nein. Zu wissen, was wirklich passiert ist.«

Schweigend rauchten wir und beobachteten, wie die Rauchwolken aufstiegen und sich dann in Luft auflösten.

»Was ich echt mies finde, ist, dass er das an Weihnachten macht.« Gierig sog ich an der Zigarette. Es wäre wirklich leicht, wieder mit dem Rauchen anzufangen. »Er denkt immer noch nur an sich selbst. Heute sollte ein friedlicher, schöner Tag sein. Und schau, was er daraus gemacht hat. Er hat uns in einen emotionalen Schleudergang gepackt. Eines begreife ich einfach nicht, weder mit dem Kopf noch mit dem Herzen: dass Maman wusste, dass sie sterben würde. Dass jedes Baby ein Risiko war. Und trotzdem hat sie getan, was sie wollte, ohne Rücksicht auf die Konsequenzen.«

»Sie dachte, sie hätte die Krankheit besiegt. Sie dachte, sie wäre stärker. Also können wir ihr nicht wirklich einen Vorwurf machen, oder?«

»Ich weiß nicht. Wir haben jetzt so lange an der Vorstellung der perfekten Mutter und dem Monstervater festgehalten.« Tränen stiegen mir in die Augen. »Wie anmaßend.« Ich kam mir vor, als würde ich ein Sakrileg begehen. Keiner von uns hatte Maman je kritisiert.

Nun weinte auch Colette. »Je höher das Podest, desto tiefer der Fall. Aber, Gali, sie konnte doch nicht wissen, dass er uns gegenüber so kalt und hart sein würde. Und du hast ja gehört, was er gesagt hat: Alles hätte einen Rückfall auslösen können.«

Ich zuckte mit den Schultern und wischte mir über die Augen, aber die Tränen liefen weiter. Ich wusste überhaupt nichts mehr. Ich wusste nicht einmal, wer ich war. Alles, was mich bis zu diesem Punkt mein Leben lang angetrieben hatte, war weggefallen. Wenn ich nicht diese Person war, die versuchte, es ihrem Vater recht zu machen, damit er stolz sein konnte und die eine Frau wie meine Mutter werden wollte, wer war ich dann?

Hatte ich jemals irgendetwas getan, weil ich es wirklich selber wollte?

Ein Gedanke formte sich in meinem Kopf. »Vermutlich will er, dass wir das alles hinter uns lassen, es überwinden. Dass wir alle einen Neuanfang wagen.«

»Wie meinst du das? Die Wahrheit macht uns frei?« Colette lachte. »Darüber hinwegkommen. Einfach so?« Sie schnippte mit den Fingern. »Ein Leben lang diese … kennst du diese Stimme im Kopf? Die dich kritisiert, die dir einflüstert, dass du nicht gut genug bist, nicht intelligent genug, hübsch genug, erfolgreich genug?«

Ich nickte. »Nur zu gut.« Auf einmal hatte ich das unglaubliche Bedürfnis, mir die Zähne zu putzen.

»Diese Stimme klang immer wie Daddy.«

»Bei mir auch. Aber vielleicht könnten wir es wenigstens versuchen«, sagte ich.

»Was denn?«

»Na ja … Entscheidungen zu treffen, die nichts mit dem zu tun haben, was er unserer Meinung nach erwartet. Uns nicht dauernd vorzustellen, dass er über unser Leben urteilt. Wie wäre es, wenn wir stattdessen aufeinander hören?«

»Oh, Gali. Du sagst das so, als wäre es genauso einfach wie die Haarfarbe zu wechseln.«

»Vielleicht war das alles nur dazu gedacht, uns zu zeigen, dass wir versuchen sollten, uns abzunabeln und uns gegenseitig zu stützen.« Aber es kam mir so vor, als wären wir Teil eines Theaterstücks, dessen Vorhang sich zum nächsten Akt bereits gehoben hatte, bei dem die Schauspieler immer noch dieselben waren, die Szenerie sich jedoch so verändert hatte, dass sie weder ihren Text noch den Ablauf kannten. Jemand hatte das Stück umgeschrieben, ohne den Schauspielern Bescheid zu sagen. Colette hatte recht.

Hinter uns waren schnelle Schritte zu hören. Art kam schnaufend auf uns zugerannt. Sein Atem bildete weiße Wolken in der Luft.

»Ihr müsst sofort mitkommen und Jacqueline beruhigen. Die dreht total durch. Ich schaff es nicht. Sie weigert sich, mich auch nur anzusehen.« Er schüttelte den Kopf. »Als wäre es meine Schuld.«

Wir traten unsere Zigaretten aus und eilten Art hinterher. Die Kippen entsorgten wir im Mülleimer, als wir an der Garage vorbeikamen.

Jacqueline stand in zusammengesunkener Haltung an mein Auto gelehnt da. In ihrem umwerfenden Kleid bot sie nach wie vor einen fantastischen Anblick, doch als ich näher kam, sah ich, dass ihre Haare wirr waren und sich dunkle Streifen über ihr Gesicht zogen. Sie schluchzte.

»Hier, bitte schön.« Colette reichte ihr ein Taschentuch.

»Danke«, sagte Jacqueline. »Und jetzt geht weg.«

»Nein.« Stattdessen nahm ich sie in die Arme. »Wein dich mal richtig aus.«

»Du verstehst das nicht. Kannst du gar nicht.«

»Doch, da bin mir ziemlich sicher«, widersprach ich.

»Du warst ein kleines Mädchen. Es war nicht unbedingt das Netteste, was du tun konntest, aber ...«

»Ich bin schuld, dass Art so geworden ist, wie er ist!« Ihre sonst so ruhige Stimme überschlug sich fast.

»He! Ich bin hier und kann dich hören. Ich will nicht behaupten, dass es mich nicht beeinflusst hat ... das ist ein ziemlich großer Paradigmenwechsel. Abgesehen vom ganzen Rest.« Er legte die Finger an die Schläfen und schloss die Augen. »Aber« – er öffnete die Augen wieder und sah Jacqueline direkt an –, »ich glaube, es ändert nicht grundsätzlich etwas an unserem Wesen.«

»Also, bitte! Ich bin doch nicht blöd!« Ihr Mund war eine schmale Linie. »Warum versuchst du auch noch, nett zu mir zu sein?«

»Jacqueline.« Art schob mich beiseite und legte ihr die Hand auf den Arm. »Glaubst du, dass ich – adoptiert oder nicht –, so lange weggeblieben wäre, wenn ich das Gefühl gehabt hätte, geliebt zu werden? Auf gewisse Weise ist es fast schlimmer, die Wahrheit zu kennen, weil es zeigt, dass er nicht einmal seinen eigenen Sohn lieben konnte.«

»Aber das hat er doch«, protestierte ich. »Es ist nur so, dass ...«

»Ich weiß. Ich erinnere ihn an seinen toten Bruder. Aber ich war bloß ein Kind. Verdammt!« Er drehte sich von uns weg und steckte sich eine Zigarette an. »Als ob eine Entschuldigung alles ungeschehen machen könnte.«

»Vergiss nicht, dass er zu uns auch nicht unbedingt liebevoll und herzlich war«, sagte ich. »Und jetzt wissen wir, warum.«

Art starrte mich an. Ich atmete tief durch und sog den

Duft nach Tannennadeln ein. Die Zigarette hatte einen fauligen Geschmack in meinem Mund hinterlassen. »Für dich war es schlimmer, ich weiß. Du warst noch so klein. Aber du hattest immerhin uns.«

»Ich hatte dich. Und Colette.«

»Kein adäquater Ersatz, aber wir haben dich geliebt. Und tun es immer noch.«

»Ich bin immer zu dir ins Bett gekrochen, wenn ich Angst hatte, weißt du noch?«

Ich nickte. »Bis du angefangen hast wegzulaufen.«

»Das hat nicht funktioniert. Die Dämonen waren immer da. Also habe ich beschlossen, sie einzufangen.« Er spielte an der Kamera herum, die um seinen Hals hing.

Daddy beobachtete uns rauchend von der Veranda aus. Es sah aus, als würde er gerne zu uns herüberkommen, sich aber nicht traute.

»Das ist eine ganze Menge, die wir alle verdauen müssen. Aber vielleicht könnten wir…« Mit dem Kopf wies ich Richtung Haus. Mir war so kalt, dass meine Zähne anfingen zu klappern.

»Jacqueline«, sagte Art. »Du hast mich nicht kaputt gemacht, okay? Du warst noch ein Kind. Wir wissen alle noch ganz genau, wie es war, in diesem Haus aufzuwachsen.«

»Lasst uns reingehen«, drängte Colette.

»Nein«, widersprach Jacqueline. »Es ist mehr als das. Diese Lüge verfolgt mich. Aber das kannst du natürlich nicht wissen.«

»Wie auch, wenn du uns nichts davon erzählst«, erwiderte ich.

Tränen liefen ihr wieder über die Wangen. Sie schüttelte

den Kopf und presste die Lippen fest aufeinander. Ihr Lippenstift war inzwischen verschwunden, wodurch sie jünger wirkte. »Vergesst es. Geht schon mal rein. Ich komme dann nach.«

»Warum sagst du es nicht einfach und bringst es hinter dich. Wir scheinen hier heute alle ordentlich auszupacken.«

»Lasst mich einfach in Ruhe.«

»Ach, jetzt komm schon«, drängte Colette.

»Na gut. Diese Lüge hat mich eingeholt, okay? Ich kann keine Kinder bekommen, egal, was ich tue, egal, wie viele Behandlungen ich mache, nichts funktioniert. Und jetzt will Laurent...« Sie legte den Kopf in den Nacken und atmete langsam gen Himmel aus.

»Er will ein Kind adoptieren«, beendete ich den Satz für sie. »Ist es das?«

Sie nickte.

»Verstehe ich das richtig?«, hakte Art nach. »Du glaubst, das ist so eine Art ausgleichende Gerechtigkeit oder so was? Dass du dafür bestraft wirst?«

Sie blickte zu Daddy auf der Veranda hinüber.

»Mann, du bist ja noch viel durchgeknallter als ich. Jacqueline, so funktioniert das nicht«, meinte Art.

»Er hat recht.« Ich zog sie wieder in meine Arme.

»Woher willst du das wissen?«

»Ich weiß zumindest, dass adoptierte Kinder mindestens so sehr, wenn nicht noch mehr geliebt werden als eigene.« Colette legte Jacqueline die Hand auf den Arm.

»Das sagen alle«, meinte diese. Der Schatten eines Lächelns huschte über ihr Gesicht. »Es ist nur ... ach, vergiss es.«

Colette wickelte sich das Ende des Schals, den sie trug, wie ein Stirnband um den Kopf, den Blick gesenkt. »Du wirst es aber Laurent erzählen müssen, oder?«

»Ja. Wir sind für dich da. Wir sind füreinander da. In guten ...«

»... wie in verdammt schlechten Zeiten«, beendete Art meinen Satz.

»Wir kriegen das schon hin.« Ich fühlte mich völlig ausgelaugt.

Art nahm Jacquelines Hand. So standen wir dicht beisammen und wirkten in unserem ungewöhnlichen Aufzug vermutlich wie ein Grüppchen aus dem Cirque du Soleil entlaufene Gestalten.

Gott sei Dank gibt es gutes Essen. Wir aßen wirklich alles bis aufs Tischtuch und das Tafelsilber auf. Hoffentlich würden wir noch genug Hunger fürs Weihnachtsessen haben.

Etwas zittrig holte ich Luft. »Daddy. Warum erzählst du uns das alles gerade heute?« Wir konnten der Wahrheit genauso gut jetzt ins Gesicht sehen. Gleich würde er uns eröffnen, dass er sterbenskrank war, und wir würden den Großteil unseres restlichen Lebens brauchen, um dieses Weihnachtsfest zu verarbeiten.

»Weil ... weil es an der Zeit war.«

»Daddy«, schaltete sich nun auch Jacqueline ein, »machst du eine Therapie oder so?«

»Was für eine lächerliche Frage.«

»Also, bist du ... krank?«, fragte Art.

»Nein. Noch nicht. Meine Leber ist nicht gerade in einem Topzustand, aber ansonsten bin ich bei recht guter Gesundheit. Allerdings trinke ich nicht mehr so viel.« Er wirkte etwas wehmütig.

»Wow«, meinte Colette. Dann wurde geschwiegen.

»Gut.« Ich wusste, dass ich etwas komisch klang. Ich dachte an mein Geschenk für ihn, eine sehr teure Flasche Single Malt Whisky. Wenn man nur noch selten trank, durfte man sich durchaus einen guten Tropfen genehmigen. »Hier drin riecht es auch nicht nach Zigaretten. Das ist neu.«

»Die hab ich ebenfalls reduziert.« Er wies mit dem Kopf Richtung Veranda. Also rauchte er tatsächlich draußen.

»Was ich also sagen will.« Er blickte in die Runde. »Es tut mir unendlich leid. Ihr seid alles, was ich habe. Und das ist eine ganze Menge. Dieses Geschenk hätte ich beinahe weggeworfen.« Er rieb sich die Stirn, als hätte er plötzlich Kopfschmerzen. »Ich weiß, es klingt abgedroschen. Aber ich hatte das Gefühl … dass ich es euch schuldig bin, mich persönlich bei euch zu entschuldigen. Bei euch allen.«

»Dann bist du also nicht krank«, wiederholte ich.

»Nein. Dachtet ihr, darum geht es?«

Ich nickte.

»Tut mir leid, wenn ich den Eindruck erweckt habe. Ich hoffe, es ist noch nicht zu spät für uns, für mich. Ich verstehe, wenn ihr mir nicht so leicht vergeben und alles vergessen könnt.« Er rieb sich die Augen. »Ich habe jedem von euch einen Brief geschrieben.«

»Aber, Daddy, warum gerade jetzt?«, wollte Colette noch einmal wissen. »Was war der Auslöser?«

Er schüttelte den Kopf. »Das war kein einzelner Moment,

eher eine Reihe kleiner Ereignisse. Doch das klingt zu lächerlich.«

»Erzähl es uns trotzdem«, verlangte ich. Das zumindest war er uns schuldig. Nachdem er das qualvollste aller Weihnachten inszeniert hatte, hatten wir das Recht zu erfahren, was den Anstoß gegeben hatte.

»Es begann nach meiner Scheidung von Cynthia. Ich wusste, das war's. Das letzte Mal. Weil ich das nicht noch einmal durchstehen würde. Aber verheiratet zu sein gab mir Struktur. Mehr oder weniger jedenfalls. Allein zog ich durch die Kneipen, ernährte mich schlecht, trank zu viel, fiel dann zu Hause einfach nur ins Bett. Eines Abends sah ich mich selbst im Spiegel hinter der Bar. Dort saß ein alter Mann mit dicken Tränensäcken unter den Augen. Ein Mann, den ich nicht mehr wiedererkannte. Als wäre der Mensch, der ich einmal gewesen war, der Mensch, in den sich eure Mutter verliebt hatte, so tief verschüttet, dass er so gut wie tot war. Jahre des Selbstmitleids hatten einen armseligen Kerl aus mir gemacht. Als ich am nächsten Morgen aufwachte, wurde mir klar, dass es immer so weitergehen würde, wenn ich nicht etwas dagegen unternahm. Der Zug war kurz davor, ohne mich abzufahren.«

»Du bist noch nicht alt, Daddy«, sagte Colette und legte ihre Hand auf seine. Er starrte darauf.

»Kurzum, wenn ihr mich lasst…« – er richtete sich ein wenig auf –, »wäre ich gerne ein Teil eures Lebens. Und«, fügte er hinzu und sah dabei mich an, »das eurer Kinder.«

Es gab im Grunde nichts zu sagen.

»Und nun«, schloss er, »möchte ich euch um einen Gefallen bitten. Einen großen Gefallen. Ich würde es verstehen, wenn ihr euch weigert. Es gibt noch eine Sache, die ich heute gerne mit euch tun würde.«

Es war so weit. Ich hatte gewusst, dass die nächste Hiobsbotschaft irgendwann kommen würde. Ich war mir nur unsicher, wie viel ich noch ertragen konnte.

Wir waren seit der Beerdigung nicht mehr alle zusammen auf dem Friedhof gewesen.

Die Fahrt dorthin verlief fast wie in meiner Erinnerung. Sogar das Wetter war ähnlich.

Verstohlen sah ich zu Colette hinüber, die neben mir auf der Rückbank saß. Es war fast so, als wären wir in die Vergangenheit zurückversetzt. Allerdings war dieses Auto wesentlich luxuriöser und roch auch nicht nach nassem Hund und zerbrochenen Farbstiften wie der Volvo Kombi unserer Kindheit. Art saß vorne neben Daddy, Jacqueline zu meiner Linken. Heute hatten wir nicht darüber gestritten, wer in der Mitte sitzen musste. Früher hatte es in der Mitte der Rückbank eine Art Höcker gegeben, und wir mussten uns auf diesem Platz immer abwechseln. Wobei Jacqueline, die Älteste, immer einen Weg fand, sich zu drücken, indem sie eine Reihe mysteriöser Beschwerden anführte, die mit ihrem künstlerischen Wesen zu tun hatten. Und Art war zu klein gewesen.

Um ehrlich zu sein, hatte mich der Mittelplatz lange nicht so gestört, wie ich es behauptet hatte. Gern hatte ich die Unbequemlichkeit in Kauf genommen, um dafür das Privileg zu haben, etwas höher als meine Schwestern zu sitzen. Ich liebte den Blick nach vorn durch die Windschutzscheibe, eingerahmt von Mamans Kopf auf der linken und

Daddys auf der rechten Seite. Sie war immer gern Auto gefahren, und Daddy behauptete, dass ihm nicht viel daran liege. Ein paar Jahre lang hasste ich es, dass stets sie immer fuhr, als würde es meinen Vater weniger männlich machen, und ihn, verglichen mit den Vätern meiner Freunde, in meinen Augen herabsetzte. Ich thronte über meiner Familie und sah zu, wie die Straße sich unter den Rädern des alten Volvo Kombis abspulte. In meiner Erinnerung brachte uns dieser Wagen zu Pfadfindertreffen, Sportveranstaltungen und später zu Jacquelines Vorsingen, Colettes Ausstellungen, meinen Tanzvorführungen und sogar zum Abschlussball.

Mom trug immer ein Tuch um den Kopf, und normalerweise verbarg eine Sonnenbrille ihre Augen, selbst an den vielen Tagen, an denen es bedeckt war. Sonne war keine Voraussetzung, um eine Sonnenbrille zu tragen, Tageslicht reichte als Begründung. Sie verfolgte die neuesten Modetrends, aber eher aus der Ferne, und blieb dabei geschmackvoll europäisch, blieb immer ein wenig die Ausländerin, die aussah, als sollte sie eigentlich ein schickes Cabrio durch die Hügel der Toskana steuern. So als wäre sie auf dem Weg zu einem Picknick mit knusprigem Brot, Pecorino, frischen Tomaten und Landwein und würde nicht eines ihrer Kinder zu einem Pfadfindertreffen bringen.

Sie liebte ihren Jaguar, hatte jedoch durch uns Kinder selten Gelegenheit, ihn zu fahren.

Tief inhalierte ich nun den typischen Neuwagengeruch, als mein Vater in die Einfahrt des Friedhofs einbog. Alle fünf zögerten wir auszusteigen, und ich fragte mich erneut, wieso ich mich hatte überreden lassen, heute hierherzukommen. Eigentlich hatte ich genug. Es kam mir vor, als wäre ich innerhalb weniger Stunden in Stücke gerissen und wieder neu zusammengesetzt worden. Doch mein Vater gab sich solche Mühe. Und es war Weihnachten.

Also versuchte ich meinen Kopf auszuschalten. Ich würde auch das hier überstehen.

Fast hätte ich wieder angefangen zu weinen, doch es gelang mir, mich zusammenzureißen, bevor ich die Autotür öffnete. Wieso hatte ich vor der Abfahrt nicht wenigstens noch ein schönes Glas Cognac getrunken? Oder Grand Marnier. Oder von mir aus auch Franzbranntwein. Selbst Mundwasser hätte es getan. Nach der Wärme des Wagens wurde mir an der frostigen Luft beinahe schwindelig. Während ich den Kragen meines Mantels hochschlug, verfluchte ich mich innerlich dafür, keinen Schal mitgenommen zu haben. Was glaubte ich denn, wo ich war? In Florida? Die Türen knallten eine nach der anderen zu, wie Gewehrschüsse in der stillen, eisigen Luft.

»Man sollte eigentlich erwarten, dass mehr Leute hier sind. Schließlich ist Weihnachten«, meinte ich grummelnd zu Colette mit Blick auf den leeren Parkplatz.

»Ja, sollte man meinen. Schließlich waren wir in den letzten Jahren auch immer hier.«

»Das ist nicht dasselbe.«

»Woher willst du das wissen? Haben dich alle, die einen lieben Menschen verloren haben, angerufen, um es dir zu sagen? *Wir verstehen deinen Widerwillen, das Grab deiner Mutter aufzusuchen, meine Liebe, aber in unserem Fall, tja, sind wir einfach herzlos. Gefühllos.*«

»Vielleicht sollten wir aufhören zu streiten. Ausnahmsweise.« Jacquelines Augen waren immer noch gerötet, aber sie sah beeindruckend aus in Anbetracht des Zustandes, in dem sie sich vor einer guten Stunde befunden hatte. Nach kurzem Zögern hakte sie sich bei uns beiden unter. Auch Art gesellte sich zu uns. In einer Viererreihe schlugen wir den Weg zu Mamans Grab ein. Vor uns überquerte Daddy bereits das knisternde Gras.

Mein Blick schweifte über den Himmel, der inzwischen fast braungrau war.

Ich würde es schaffen. Sobald dieser Tag überstanden war, würde ich nach Hause gehen und eine schöne Flasche Cognac oder auch zwei zum Abendessen trinken und danach einige Fässer von dem Eierlikör, den Colette für den Nachtisch zubereitet hatte.

Mein Atem bildete eine Wolke aus weißen Eiskristallen vor meinem Gesicht.

An ihrem Grab stellten wir uns im Halbkreis auf. Der Grabstein war schlicht, elegant. Ein Schwarz-Weiß-Foto von ihr, ihr Name, *Camille Dubois-Arnaud, 1940–1983*. Ich wickelte den Strauß weißer Lilien und blutroter Rosen aus, den mein Vater im Voraus besorgt hatte, und stellte ihn in die Urnenvase. Die Zellophanfolie stopfte ich zusammengeknüllt in meine Handtasche. Jacqueline goss Wasser aus der mitgebrachten Evianflasche in die Vase.

»Die werden nicht lange halten«, meinte ich.

»Nichts hält *ewig*«, sagte Daddy.

Als Jacqueline leise das *Ave Maria* anstimmte, kamen mir doch wieder die Tränen. Ihre Stimme war glockenhell und stark. Ich wischte mir über die Augen.

Die Töne des Liedes sanken rings um uns herab, legten

sich sanft über die Grabsteine und die kahlen Zweige der Kastanien- und Ahornbäume. Ich hatte nicht mit meiner Familie hierherkommen wollen, ehe in meinem Leben nicht alles perfekt war. Ehe ich mich bewiesen hatte. Nun wusste ich nicht einmal mehr, was das überhaupt bedeutete.

Als wir uns umdrehten, um zum Auto zurückzugehen, fing es an zu schneien. Stumm reckte ich mein Gesicht den dicken, weichen Flocken entgegen.

Wir saßen an der üppig gedeckten Tafel, Leo und die Mädchen neben mir, Syd, Art und Colette zu meiner Linken, meine Großmutter, Tante Sola, Jacqueline und Laurent zu meiner Rechten. Daddy saß an seinem üblichen Platz am Kopfende. Alle redeten durcheinander und versuchten, sich über die Weihnachtslieder und das Klappern von Besteck hinweg Gehör zu verschaffen. Das Feuer loderte im Kamin, es roch nach Holz, gebratenem Truthahn und Tannennadeln. Laurent und Mamy Elise lachten, Daddy unterhielt sich mit Art. Jeder nahm sich zu essen, dazu gab es Wein und Wasser und Apfelsaft für die Mädchen.

Als ich gerade eine mit Cranberrys gefüllte Birne auf Charlottes Teller bugsierte und versuchte, den weiten Ärmel von Colettes Kleid dabei nicht in die Sauce zu hängen, klingelte es an der Tür. Alle sahen meinen Vater an.

»Ich erwarte niemanden mehr«, erklärte er und legte sein Besteck zur Seite.

Auf einmal lief es mir kalt den Rücken herunter. »Bleib sitzen, Daddy. Ich geh schon.« Ich sprang auf und warf dabei beinahe meinen Stuhl um. Das war doch hoffentlich nicht Simon? Als ich die Tür öffnete, verschlug es mir den

Atem. Dort stand der mit Abstand schönste Mann, den ich je gesehen hatte.

Er strich sich den Schnee aus den Haaren und streckte mir die Hand hin. »*Scusi. Buon Natale.* Ich bin ...«

»Dante«, sagte ich. Colette hatte ihn mir beschrieben, oder es zumindest versucht, doch sie war ihm dabei nicht annähernd gerecht geworden. Er war halb Mann, halb Engel. Kein Wunder, dass sie so verzweifelt darüber war, ihn verloren zu haben. Ich starrte ihn immer noch an.

»*Posso* ... darf ich eintreten?«

»Natürlich. Bitte entschuldigen Sie.« Ich ergriff seine ausgestreckte Hand und zog ihn ins Haus. »Wie unhöflich von mir. Ich bin Gali.«

Er lächelte. »Magali, *sì*. Nico hat mir alles erzählt über Sie.«

Wenn das kein umwerfendes Lächeln ist, dachte ich bei mir. Dann schlug ich mir die Hand vor den Mund. Ich hatte es wieder getan.

»Grazie.« Er wurde rot.

»Geben Sie mir Ihren Mantel. Sind Sie hier, um Colette zu besuchen? Haben Sie schon etwas gegessen? Kommen Sie, kommen Sie mit«, plapperte ich drauflos. Unter seinem Mantel trug er einen schicken Anzug. Mir fielen die Stickereien auf. Eine von Colettes Kreationen. Das konnte für meine kleine Schwester nur Gutes bedeuten. Ich konnte es kaum erwarten, ihr Gesicht zu sehen. Auf dem Weg ins Esszimmer musste ich mich sehr bremsen, nicht zu schnell loszurennen.

Als wir eintraten, senkte sich Schweigen herab wie eine Decke aus Schnee. Syd stellte mit offenem Mund blind ihr

Glas auf den Tisch und verschätzte sich dabei, sodass es klirrend zu Boden fiel und den Bann brach.

»Ich bin ja so ein Tollpatsch«, sagte sie und verzog das Gesicht.

Meine Großmutter gab missbilligende Laute von sich und wollte einen Lappen holen gehen, doch Leo bremste sie. »Ich mach schon«, sagte er.

Colette starrte Dante an und biss sich auf die Unterlippe. Lächelnd legte er den Kopf schief. Dann stand sie auf und ging zu ihm, wobei sie aussah wie ein winziger, bunter Vogel, der losflatterte.

Er ergriff ihre Hände und ließ den Blick suchend über ihr Gesicht wandern.

»Wie hast du mich gefunden?«, krächzte sie.

»Wenn man jemanden finden will, ist es nicht schwer. Ich benutze das Internet. Ich habe beschlossen, ich gebe dich nicht auf, ohne zu kämpfen.« Sein Blick wanderte über die versammelten Gäste.

»Wayne …«

Er legte ihr den Finger an die Lippen. Und dann küsste er sie, vor allen Anwesenden. Beinahe wäre ich vor Verzückung in Ohnmacht gefallen, wenn ich zu solchen Anfällen geneigt hätte. Syd sah aus, als würde sie hyperventilieren, und sogar die kühle Jacqueline war errötet. Daddy studierte seinen Teller und runzelte die Stirn, doch er sagte kein Wort. Gott sei Dank.

Hand in Hand mit Dante wandte sich Colette zu uns um. Sie strahlte. »Daddy, und alle anderen, das ist Dante.«

»Ich hole noch einen Teller«, sagte ich. Leo folgte mir, um die Kehrschaufel zu holen. In der Küche küsste er mich.

»Alles klar bei dir?«

»Ich weiß nicht so genau. Aber es wird schon wieder.«

Als wir den Tisch abgeräumt und die *bûche* und die Dessert-teller hereingetragen hatten, stand mein Vater auf. »Es gibt da etwas, das ich euch geben will. Bin gleich wieder da. Elly, Charlotte, wollt ihr mir helfen?«

Sie kehrten mit einem großen Karton zurück, den sie auf den Boden stellten.

»Es ist nicht wirklich ein Weihnachtsgeschenk, deshalb ist es nicht eingepackt«, erklärte er.

»Und es ist nicht mal vom Weihnachtsmann«, fügte Charlotte hinzu.

»Stimmt. Jedenfalls sind die Sachen für euch, wenn ihr sie haben wollt. Diese Dinge haben eurer Mutter gehört.«

»Oh mein Gott!« Ich legte meine Gabel beiseite und stand auf. Doch ich war nicht schnell genug, denn meine Schwestern hatten den Karton bereits aufgerissen. Gemeinsam wühlten wir darin herum. Ein Hauch Chanel No°5 stieg mir in die Nase.

»Seht euch das an!« Jacqueline hatte Mamans Schmuck-schatulle gefunden und hielt ein Paar glitzernde Smaragd-ohrringe in die Höhe. »Ich erinnere mich noch daran, wie ich ihr dabei zugesehen habe, wie sie die angesteckt hat. Daddy und sie wollten auf irgendeine große Party gehen.« Sie sah zu unserem Vater hinüber.

»Eine Wohltätigkeitsveranstaltung für das Kunstmuseum«, sagte er. Sein Blick schien in die Ferne gerichtet.

»Die sind umwerfend. An die kann ich mich gar nicht mehr erinnern«, meinte Colette.

»Wahrscheinlich hat sie sie für besondere Anlässe aufgehoben«, spekulierte Jacqueline. »Aber an die hier erinnerst du dich bestimmt.« Sie zog in Weißgold gefasste Perlohrringe hervor.

Colette biss sich auf die Lippe. »Die hat sie immer getragen. Wisst ihr noch, die weiße Leinenhose und dieses gestreifte Oberteil mit dem U-Boot-Ausschnitt, das sie so liebte? Dazu hat sie diese Ohrringe getragen. Sie sind zeitlos.«

»Sie hatte wirklich Stil«, sagte ich.

Wir fanden Fotos, Briefe, zwei Vintage-Kleider, bei deren Anblick Colette beinahe in Ohnmacht fiel, einige Taschen, einen Halston Hut, mehrere Halstücher. Ganz unten lag ein großer rechteckiger Gegenstand, der in weißes Seidenpapier eingewickelt war. Ich hob ihn aus der Kiste und packte ihn aus. Das Blut in meinen Adern verwandelte sich in geschmolzene Schokolade.

»Oh!«, machte Colette.

»Mamans Birkin«, flüsterte Jacqueline ehrfürchtig. »Die hattest du die ganze Zeit?«

Daddy nickte.

Wir betrachteten alle die Tasche in ihrem Nest aus Seidenpapier.

»Das ist das Schönste, was ich je gesehen habe.« Colette streckte den Finger aus und streichelte das dunkelgrüne Leder.

»Ihr müsst einen Weg finden, sie euch zu teilen. Sie ist dazu da, euch zusammenzubringen«, erklärte mein Vater.

»Wow«, staunte Syd. »Ich war doch für euch immer so etwas wie eine Schwester, oder?«

Art legte den Arm um sie. »Ich schätze mal, da ist nichts für mich dabei, was?«

»Aber natürlich. Da sind Briefe und Fotos.« Doch es klang selbst in meinen Ohren lahm.

»Nur ihr Tagebuch habe ich nie gefunden«, meinte mein Vater. »Ich weiß nicht, was damit passiert sein könnte.«

Ich schluckte und öffnete den Mund, doch dann überlegte ich es mir anders. Dieses Geständnis konnte noch warten.

»Doch, Arthur, für dich habe ich auch noch etwas.« Er stand auf und ging zu dem Louis Philippe-Sekretär hinüber, der ganz ähnlich war wie der, den Jacqueline in ihrem Apartment in Brüssel stehen hatte. Aus einer der oberen Schubladen nahm er einen Schlüssel. Beiläufig warf er ihn vor Art auf den Tisch. »Steht in der Garage«, erklärte mein Vater.

Art hielt die angelaufene Kette in die Höhe, an welcher der Schlüssel zum cremefarbenen Jaguar Cabrio unserer Mutter baumelte.

»Fährt der noch?«, fragte Art staunend.

»Wie eine Eins.«

Das Strahlen meines Bruders erhellte den ganzen Raum. »Ich weiß nicht, was ich sagen soll.«

»Du brauchst überhaupt nichts zu sagen.«

Elly räusperte sich.

»Oh, natürlich. Habt ihr die größte Schachtel unterm Weihnachtsbaum gesehen?«, fragte mein Vater.

»Die, auf der unsere Namen stehen?«, erkundigte sich Elly.

»Mit dem Geschenkpapier mit Zuckerstangen drauf?« Charlotte.

»Genau die. Warum macht ihr die nicht einfach auf.«

Ich hatte die beiden noch nie so schnell ein Zimmer verlassen sehen. Wir anderen folgten ihnen. Sie rissen das Papier in Fetzen ab.

»Ein Puppenhaus!«

Und nicht irgendein Puppenhaus. Handgemacht, vollständig aus Holz. Es handelte sich um einen exakten Nachbau von Madelines Internat in Paris, inklusive Efeuranken und zwölf kleinen Betten.

Die Mädchen quietschten vor Freude.

Ich strich über die Tasche. Es kam mir vor, als würde ich meine Mutter umarmen. Die Tasche war wie sie: klassisch, schön, zeitlos, aber – wie ich jetzt begriff – auch nicht perfekt. Die Tasche hatte Gebrauchsspuren, die ihre eigentliche Schönheit ausmachten.

Es war ein großes Geschenk. Als wäre ein Teil unserer Mutter zurückgekehrt. Nicht unser Idealbild von ihr, sondern die echte Frau, inklusive ihrer Fehler, Makel und allem anderen. Und vielleicht würden wir ja auch noch unseren Vater zurückbekommen. Nicht unbedingt den, von dem wir immer geträumt hatten, aber trotzdem einen Vater. Alles war anders und gleichzeitig wie immer. Es kam mir vor, als wäre ich in ein fremdes Land gezogen, wo ich mich nicht mehr ständig beweisen musste. Ich konnte aufhören, mein Leben aufzuschieben, bis alles perfekt war. Denn wenn ich tief in mein Herz blickte, wusste ich, dass da zwei Dinge waren, die ich liebte: meine Familie, die echte und die erweiterte, und das Essen. Und jetzt gerade hatte ich beides.

Le vrai chocolat chaud belge

Traditionelle belgische heiße Schokolade

Auch wenn mir selten eine Heiße Schokolade nicht geschmeckt hat
(mit Ausnahme dieser scheußlichen Milchpulver-Wasser-Sorte), ist das hier die
chocolat chaud meiner Kindheit. Sie passt zu den besten und den schlimmsten
Ereignissen. Maman hat sie immer am Weihnachtsmorgen gekocht.
Oder wenn es das erste Mal geschneit hat. Am ersten Schultag und am letzten.
Für den ersten Freund, den ersten Liebeskummer. Jeden größeren Erfolg.
Es war der Kakao für besondere Anlässe. Die geheime Zutat ist ein Löffel brauner
Zucker. Diese Heiße Schokolade ist reichhaltig, dunkel, samtig und lässt für den
kurzen Augenblick, in dem man sie genießt, die Zeit stillstehen.

> Man nehme 35–45 g hochwertige belgische Schokolade
> (mit möglichst hohem Kakaoanteil) pro Tasse Milch.
> Zum Beispiel Callebaut, Galler, Neuhaus oder die Lieblingsschokolade
> unser Familie, Côte d'Or.

Milch, Schokolade, Zucker und eine Prise Meersalz pro Tasse in einem Topf
mit dickem Boden auf mittlerer Stufe erhitzen und dabei mit einem Holzlöffel
umrühren, bis die Schokolade geschmolzen ist. Sobald die Flüssigkeit heiß ist,
aber noch nicht kocht (am Rand des Topfes bilden sich kleine Bläschen) vom
Herd nehmen und kräftig aufschlagen, bis sich Schaum bildet.

Wer »schummeln« will – ich persönlich tue das, aber verraten Sie es meiner Großmutter nicht –, kann die heiße Flüssigkeit auch 10 Sekunden lang in den Mixer geben. Sofort servieren, am besten zu einer mit Butter bestrichenen Scheibe Craquelin, Cougnole. Notfalls tut es auch Hefezopf oder frisches Baguette.

(Hierbei handelt es sich um das Grundrezept, das sich auf jede beliebige Art aufpeppen lässt. Mit Gewürzen, einem Schuss Cognac, echter Schlagsahne, geriebener Schokolade ... die Möglichkeiten sind grenzenlos. Natürlich schmeckt sie auch so einfach schon wunderbar.)